Un parfum d'encre et de liberté

DU MÊME AUTEUR

Un goût de cannelle et d'espoir, Les Escales, 2014.
La Bonne Étoile d'Elsie, France Loisirs, 2013.

Sarah McCoy

Un parfum d'encre et de liberté

Traduit de l'anglais (États-Unis)
par Anath Riveline

Michel LAFON

Titre original
The Mapmaker's Children

Première publication en langue originale
par Crown Publishers en 2015.

Les personnages, les lieux et les situations de ce récit
étant purement fictifs, toute ressemblance avec des personnes
ou des situations existantes ne saurait être que fortuite.

118, avenue Achille-Peretti – CS 70024
92521 Neuilly-sur-Seine Cedex
www.michel-lafon.com

À Daddio, Curtis McCoy,
le plus bel exemple de courage, de foi et de père aimant.

Prologue

NEW CHARLESTON, VIRGINIE-OCCIDENTALE
FÉVRIER 2010

LA VIEILLE MAISON SUR APPLE HILL LANE TREMBLAIT SOUS LE POIDS DE la neige. Les poutres gémissaient, fatiguées par les années, murmurant leurs douleurs secrètes aux colombes venues se réfugier sous le toit. Blottis plumes contre plumes, les oiseaux hochaient rapidement la tête comme pour dire « Oui, oui, on sait, oui, oui, on comprend ». Pendant ce temps, tout en bas, au fond de la cave, le gel aiguisait le métal qu'on entendait tinter à l'intérieur de la tête en porcelaine de la poupée, rendant ses bords plus tranchants qu'un couteau. Dans ce froid insoutenable, le crâne s'entêtait à résister, encore une minute, encore une heure.

La porte d'entrée s'ouvrit toute grande, et une rafale glaciale chargée de neige s'engouffra au cœur de la demeure.

– Les journaux et les présentateurs météo parlent d'apocalypse blanche ! lança un homme âgé aux cheveux couleur d'albâtre, pourtant moins âgé que la bâtisse elle-même.

Il était suivi d'une femme emmitouflée dans une épaisse écharpe et portant des gants tricotés main.

– Une autre tempête s'annonce, ajouta-t-il. Tout droit venue du Canada, apparemment. Il fallait vraiment qu'on s'en occupe aujourd'hui ?

– On a assez attendu, papa, répondit un homme plus jeune, qui entra après lui.

– Je sais que tu es impatient de te débarrasser de cet endroit, mais on ne gagne rien à se précipiter, le sermonna le père. Surtout quand le blizzard se déchaîne dehors.

– J'ai déjà convoqué les ouvriers. Ceux qui ont construit le Milton's Market. Ils viennent la semaine prochaine. Je veux que la maison soit prête pour le printemps, quand les gens commencent à prospecter… Ils cherchent un nouveau départ, ils veulent emménager en été. On doit miser là-dessus. Si on attend, on l'aura encore sur les bras l'hiver prochain et… les gens vont finir par se demander ce qui cloche ici.

– Quelle idée ! C'est une vieille bâtisse magnifique ! protesta la femme en posant sa main nue sur la rampe de l'escalier.

Sa voix et son contact réchauffèrent les os de la maison, qui frémit sous sa caresse. La femme sourit en baissant les yeux vers le bois sous sa peau.

– L'histoire vaut de l'or… et la patience paye.

Le plus jeune des deux hommes trépigna sur le plancher, qui gémit sous son poids.

– Avec tout le respect que je vous dois, mademoiselle Silverdash, je ne vois pas vraiment ce que vous faites ici. Il s'agit d'une affaire privée, entre mon père et moi, et ceux qui auront les fonds nécessaires pour acheter cette maison.

– Je comprends parfaitement, Mack.

Elle retira sa main de la rampe, et la maison en grelotta de déception.

– Morris a fait appel à moi parce que nous avons fait en sorte que pratiquement toutes les résidences de la rue soient classées monument historique. Cela augmente considérablement la valeur immobilière des maisons, de ce quartier… et de toute la ville, à vrai dire. Monsieur Potts, qu'il repose en paix, refusait catégoriquement qu'on mette les pieds chez lui, alors j'ai respecté sa volonté. Cependant, maintenant que l'occasion se présente… Mais je comprends, vous avez tout à fait raison, je n'ai rien à faire ici.

L'homme se passa une main dans les cheveux, dont les mèches argentées rappelaient celles de son père.

– Eh bien, mademoiselle Silverdash, c'est juste…

Il poussa un profond soupir, et l'air entre eux sembla se figer.

– Maintenant, écoute-moi bien ! s'écria le père en faisant un pas en avant. Je ne tolérerai pas une telle impolitesse ! Mademoiselle Silverdash est titulaire d'un master d'histoire, elle est bien plus calée dans ce domaine que toi… ou que moi.

– Pardon ? Qu'est-ce que tu insinues ? s'indigna le fils. Je n'ai pas fini mes études, alors je suis un abruti ?

– Je n'ai jamais dit ça, Mack. Je cherche simplement des conseils, l'avis d'une experte… Attendons quelques semaines et demandons à Niles de faire une estimation. Les ouvriers ne pourront de toute façon pas commencer les travaux avant que la neige ait fondu. Inutile d'être allé à l'université pour comprendre ça. Il suffit d'un peu de bon sens. C'est ridicule d'avoir programmé la rénovation maintenant.

Mais Mack n'écoutait plus, l'esprit tourné vers une pensée lointaine, un souvenir ancien.

– Toute ma vie, tu as fait ça. Tu as toujours pris son parti à elle.

Le vieil homme jeta un coup d'œil à Mlle Silverdash, avant de lever les yeux au ciel et de secouer la tête.

– Et toi tu prends toujours des décisions hâtives, et après tu refuses d'en assumer la responsabilité et tu espères que les autres répareront tes bêtises.

– Pas comme toi, n'est-ce pas ? siffla Mack. Monsieur Noble, monsieur Chevaleresque, monsieur Je-me-marie-avec-la-femme-que-je-saute-un-vendredi-soir-et-j'élève-mon-bon-à-rien-de-fils ! C'est ça que tu as en tête, avoue !

L'atmosphère autour d'eux se craquela.

– Je suis désolée, murmura Mlle Silverdash. Je ne suis pas à ma place ici, je vous laisse régler cela entre vous.

La porte était bloquée, elle dut tirer de toutes ses forces pour l'ouvrir. Le vent se glissa sous son bonnet de laine et gronda tout bas : « Noooon, ne pars pas. »

– Espèce d'imbécile ingrat ! Tu n'es qu'un égoïste, un...

– Dis-le ! Un bâtard... Et ton plus grand regret.

Son père le dévisagea. La maison percevait les palpitations de son cœur, tels les sabots des chevaux qui autrefois galopaient jusqu'à son seuil. Les colombes dans le grenier enfouirent leurs têtes sous leurs ailes. Le crâne de la poupée renonça à lutter, et la fissure sur son front s'élargit pour dessiner un éclair lugubre.

– Tu es mon fils ! gronda le vieil homme en brandissant un doigt menaçant. On ne connaît rien de l'amour avant d'avoir eu des enfants.

Mack se figea.

– Quand tu seras disposé à me présenter des excuses, tu sauras où me trouver, conclut le père. En attendant, je ne te donnerai pas un sou. Si tu es décidé à rénover cette bâtisse sans mon avis, alors tu devras te passer de mon investissement.

Furieux, il sortit, abandonnant son fils dans les courants d'air. Les lèvres de Mack tremblaient sous le coup d'un remords non exprimé. Seuls les murs en étaient témoins, incapables de raconter son histoire à sa place.

Dehors, le ciel s'était assombri. La chape nuageuse se déchira, déversant un nouveau déluge de neige.

Sarah

NORTH ELBA, NEW YORK
AVRIL 1859

CET HIVER-LÀ N'AVAIT PAS ÉTÉ AUSSI FROID QUE LE PRÉCÉDENT. POURTANT, contrairement aux autres années, le puits avait gelé. Juste avant Noël, la corde du seau s'était cassée net telle une brindille. John Brown, le père de Sarah, avait promis de la repêcher à son retour, au printemps, mais la glace tenait toujours. Sarah et sa grande sœur Annie s'étaient donc vu confier la tâche de faire fondre la neige dans le tonneau en bois de la cuisine, une corvée indispensable à leur survie. Il arrivait souvent à Sarah de noyer son regard dans le broc et de psalmodier « Sarah Brown, Sarah Brown, Sarah Brown ». Les syllabes résonnaient jusqu'à devenir les paroles d'une chanson inconnue, comme celles qui tournoyaient autour d'elle à cet instant.

– L'eau… c'est dans l'eau… affirma le docteur Nash. Il faut brûler la louche.

Avec ses pouces, le docteur tira sur les pommettes de Sarah pour lui ouvrir grand les yeux. Trop vif : la lumière dans la pièce, ses parents au pied du lit, Annie à sa droite ; le visage du docteur

Nash rasé de frais, sa peau plus lisse que celle d'une pomme. La mâchoire de son père, elle, semblait sculptée dans du marbre, une impression renforcée par ses favoris blancs.

– Une longue vie vous attend, jeune fille. Allons, vivez-la !

Le docteur Nash la libéra et elle laissa sa tête rouler vers Annie. Son odeur toute proche, l'héliotrope du jardin et la cire des bougies sur sa peau, une touche de babeurre dans son haleine. Sarah prit une profonde inspiration

– V...v...va-t-elle s...survivre ? demanda sa mère avec difficulté.

Elle n'avait pas toujours eu ce bégaiement. Watson, Salomon et Oliver racontaient que son élocution était parfaite jusqu'au jour où Annie avait accidentellement renversé une casserole d'eau bouillante sur leur sœur cadette, Kitty. Le bébé était mort au petit matin. Trop jeune au moment du drame, Sarah ne se souvenait ni d'elle ni de l'aisance verbale de sa mère.

– Oui, mais...

Le docteur Nash tourna le dos à la malade et baissa la voix.

– ... elle restera diminuée. La dysenterie a été très aiguë. Votre fille ne pourra pas porter d'enfant.

Les mots la fouettèrent comme une cravache, déchirant l'air. Si seulement elle avait été endormie, ils auraient glissé sur elle sans rien bouleverser.

– Elle sera stérile ? lâcha Mary, choquée.

« Diminuée... aiguë... pas d'enfant... » Sarah se répétait ces mots, comme pour émousser le tranchant de leur sens.

Sa mère sanglotait.

– Qui voudra l'aimer, désormais ?

Un frisson glacé effleura la joue de Sarah. Annie s'était levée pour consoler leur mère.

– Je vais nous préparer du thé à la menthe, maman.

Cette idée lui donna la nausée. Sarah ne pouvait supporter autant de douceur dans un moment aussi cruel. Une cuillerée de sirop d'érable dans une tasse de vinaigre.

Qui voudra l'aimer ? Sarah Brown, Sarah Brown, Sarah Brown, qui voudra t'aimer ?

Elle enfonça sa tête dans l'oreiller, où ses larmes se perdirent avant d'être découvertes.

Quelques heures plus tard, elle se réveilla, un chardon dans la bouche. Elle avait soif, sa langue la piquait. Pour une fois, ni thé ni soupe, et aucun membre de la famille occupé à en servir autour d'elle. La tempête qui avait grondé dans son estomac pendant des semaines s'était calmée. Elle descendit de son lit. Ses jambes portaient son poids avec peine, mais elle rassembla ses forces et tituba vers la cuisine.

Un rai de lumière filtrait sous la porte de l'arrière-cuisine. Des voix murmuraient. Pas le gazouillis d'Annie, de la petite Ellen ou de leur mère, mais le roulement sourd qui précède le tonnerre. Des voix d'hommes recouvertes du voile du secret. Rien de très étonnant chez les Brown, mais Sarah ne s'était jamais approchée d'assez près pour les entendre distinctement.

– Regardez avec attention, mademoiselle Rolla, insistait l'un d'eux.

– Vous y êtes presque, affirma le père de Sarah. Vous voyez cette ligne, là, c'est le Canada. La Terre promise, la liberté ! Un passeur vous attend à la frontière. Tout ce qu'il vous reste à faire, c'est arriver au bateau. Notre conducteur ne peut vous amener plus loin que la route de Plattsburgh. Vous devrez ensuite suivre ce plan. Cependant, nous ne pouvons vous le donner : si jamais vous étiez capturées, les propriétaires d'esclaves découvriraient l'emplacement de nos avant-postes. S'il vous plaît, ma chère, il vous faut user de toutes vos capacités de mémorisation.

– Il m'faut quoi ? demanda Rolla.

– Garder la carte en tête, expliqua le père de Sarah. Pour que, de jour comme de nuit, vous sachiez sur quelle route vous êtes.

– J'essaye, m'sieur Hill, mais les lignes, les nombres, les mots, les cartes… tout ça, ça se ressemble. Vous avez pas quelque chose avec des images ? J'me débrouille mieux avec les images.

Sarah perçut le lourd soupir de déception de son père, qui lui semblait toujours s'accrocher à sa barbe broussailleuse.

– Mama, mama, roucoula un enfant.

– Chut Daisy, attends un peu !

Une vive douleur enflamma les genoux de Sarah quand elle se baissa pour regarder par la fente de la porte de la cuisine, là où un jour son frère Watson avait donné un coup de pied rageur.

Deux femmes noires et une fillette en tenues d'esclave. Des fugitives. L'une d'elles se trouvait devant la table, entre le père de Sarah et deux hommes qu'elle ne reconnut pas. Sarah savait que son père s'investissait corps et âme dans l'abolitionnisme. Ses frères avaient combattu dans le Kansas et étaient morts pour la cause, mais les filles Brown n'avaient jamais été mises dans la confidence de leurs projets et de leurs actions. John considérait que cela représentait un trop grand danger pour elles. Les femmes devaient assurer le soutien à l'arrière : s'occuper du foyer et élever des enfants forts au service de Dieu. C'était son interprétation des Écritures.

– Peut-être que si je mets la bougie bien devant mes yeux, le chemin s'imprimera dans mon esprit, hasarda Rolla.

Sarah avait quitté son lit de mort, transformée. Une nouvelle personne. Fatiguée d'être laissée pour compte, fatiguée d'attendre que son destin décide si elle devait vivre ou mourir, fatiguée de son impuissance. Diminuée, incapable de fonder une famille comme ses sœurs ou sa mère, que lui restait-il à craindre ? Une seule gorgée d'eau croupie, et tout pouvait s'arrêter. Elle n'avait pas l'intention de se croiser les bras jusqu'à ce que ce moment arrive. Elle voulait vivre pleinement, trouver un nouveau but à son existence.

Elle poussa la porte de la cuisine et, sans se soucier de l'expression stupéfaite de son père, s'avança vers la table, déterminée.

– Je peux vous faire un dessin, proposa-t-elle en s'emparant de la carte et du fusain.

Elle s'était rendue à Plattsburgh à plusieurs reprises. Tandis que son père vaquait à ses affaires clandestines, Mary, sa mère, emmenait Sarah et ses frères et sœurs faire des courses en ville, et ensuite ils pique-niquaient sur les rives du lac Champlain. Sarah se rappelait le paysage par cœur et elle s'empressa de le reproduire. Sa main se déplaçait habilement, traçant de grandes lignes gracieuses ou imprimant de petits traits précis. Petit à petit, le lieu apparut sur la feuille blanche tel un mirage. Elle ne s'était jamais imaginée artiste avant cela. Elle n'avait jamais eu l'occasion ou l'envie d'essayer. À présent, le dessin lui venait aussi aisément qu'un sourire et lui procurait deux fois plus de plaisir.

Les hommes l'observèrent. Même son père resta étonnamment muet.

– La rivière a la forme d'une oreille, affirma Sarah.

– Je vois ça, acquiesça Rolla.

– Elle fait une boucle depuis la forêt jusqu'à l'embarcadère.

Sa main s'inclina délicatement.

– Il vous faudra la suivre. Quand vous verrez un chêne avec trois yeux de perdrix et des racines qui s'enfoncent dans la rivière – elle dessina l'arbre –, vous saurez que le port est à vingt pas du bord de la ville. Vous ne verrez pas le lac Champlain tout de suite, mais ne vous arrêtez pas, il est bien là.

Elle ajouta des ondulations pour achever son illustration, puis poussa la feuille vers la bougie.

Monsieur Hill, l'homme qui avait encouragé Rolla à regarder attentivement le plan, se concentra à son tour.

– Quelle fidélité ! C'est remarquable.

Il se tourna vers Sarah, radieux.

– Joli travail, Mademoiselle...

– Sarah.

– Ma plus jeune fille après la petite Ellen, précisa John.

Monsieur Hill eut une moue admirative.

– Une artiste aussi talentueuse apporterait beaucoup à notre cause. Beaucoup de fugitives pourraient bénéficier de tels dessins, et les observateurs extérieurs n'y verraient qu'un joli croquis. Qu'en pensez-vous, mademoiselle Rolla ?

– Sans aucun doute !

Elle se tapa le front et ferma les yeux.

– Je vois l'endroit comme si j'y étais.

– Sarah, tu devrais être au lit, la somma John en se raclant la gorge. Tu n'es pas encore complètement rétablie.

– J'avais soif, père.

– Il reste du thé chaud. Sers-toi, et fais vite. Ensuite je t'aiderai à te remettre au lit.

La joie qu'elle sentit pétiller dans la voix de son père la réchauffa plus qu'aucune boisson n'aurait pu le faire.

John et M. Hill se tournèrent vers le troisième homme qui, à ce qu'avait compris Sarah, devait être le conducteur. Elle se servit une tasse, tandis que les esclaves noires se préparaient à partir.

– Allons-y, Daisy, lança la plus jeune des deux femmes à la petite fille assise sur ses genoux.

Daisy serrait dans ses bras une de leurs vieilles poupées de chiffon. Annie venait de finir de la rembourrer avec de la lavande. Cela aidait la petite Ellen à s'endormir.

– Elle est pas à toi ! gronda la femme en se débattant avec la fillette pour lui arracher le jouet des mains.

Sarah vit que la petite était au bord des larmes et éclaterait en sanglots dès que la poupée lui serait retirée. Ses pleurs réveilleraient sa mère et ses sœurs, sensibles à la détresse des tout-petits.

– Elle peut la garder, affirma Sarah.

La jeune femme baissa les yeux.

– Non, mam'zelle. On peut pas prendre ce qui est à votre famille.

– Cette poupée est à moi. Je tiens à la lui offrir.

C'était un demi-mensonge. Elle avait appartenu à Sarah quand elle avait l'âge d'Ellen, et comme le reste des jouets, vêtements, jeux et livres, elle avait été transmise à la cadette. Autant d'objets qu'ils avaient tous adorés plus jeunes, mais qu'ils avaient oubliés en grandissant.

Ellen avait d'autres poupées, aux visages peints et aux robes fraîchement cousues. Celle-là ne lui manquerait pas, avec ses haillons en calicot et son rembourrage d'herbe sèche.

– Cela lui tiendra compagnie pendant le voyage.

La femme cessa de lutter avec l'enfant et osa lever les yeux.

– Merci, c'est très généreux.

Soulagée de ne plus avoir à se battre, Daisy serra la poupée contre elle et suça une de ses franges, inhalant le parfum de miel. Le sommeil la gagnait peu à peu.

Sarah caressa la joue douce de la petite.

– Ce qu'elle cache à l'intérieur est magique, murmura-t-elle à la fillette.

– La camomille a le même effet, dit la femme noire en souriant.

– J'espère qu'à cette heure demain, nous serons tous paisiblement endormis pour prendre un nouveau départ dès l'aube, déclara Sarah en levant sa tasse de thé.

– C'est tout ce qu'il faut nous souhaiter, confirma Rolla en rejoignant ses camarades de voyage. Pareil pour vous, mam'zelle Brown.

– Sarah ! appela son père depuis la porte, et elle obéit.

À l'étage, il la borda sous les couvertures glacées et posa la tasse sur son chevet. La vapeur s'en échappait en fines volutes.

– Es-tu fâché, père ?

Il ne répondit pas et son silence inquiéta Sarah.

– Comment pourrais-je être en colère, alors que tu as répondu à l'appel de Dieu ?

Sa barbe dissimulait son sourire, mais ses yeux exprimaient sa satisfaction.

– Sarah, penses-tu que tu pourrais reproduire cette prouesse ? Peindre un paysage avec une telle précision ?

Elle hocha la tête, sûre d'elle.

– Excellent. Je te ferai porter des fournitures demain, mais tu dois d'abord me faire une promesse.

Ses traits s'assombrirent. Ce n'était plus seulement le père qui se tenait devant elle, mais l'homme engagé et fervent.

– Cela doit rester secret. Tu ne dois en parler ni à ta mère ni à tes frères et sœurs, et certainement pas en dehors de notre famille. Ces dessins... les risques encourus sont immenses. Pour toi, pour les tiens et pour tous ceux qui participent à notre mission. Comprends-tu ?

Dehors, la petite esclave pleurait, réveillée par l'air froid, mais ses cris furent rapidement étouffés dans le chariot.

Les pieds de Mary résonnèrent sur le sol dans la chambre d'à côté, suivis du bruit de ses pas qui approchaient.

– Tout le monde va bien, j'ai cru entendre des pleurs ? demanda-t-elle, son bonnet de nuit de travers et les yeux encore tout ensommeillés.

– Tout le monde va bien, ma chérie, assura John.

– Un des chiens de chasse, expliqua Sarah en cherchant l'approbation de son père. Il devait rêver d'une battue.

Cela aurait très bien pu être vrai, après tout.

Eden

NEW CHARLESTOWN, VIRGINIE-OCCIDENTALE
AOÛT 2014

« UN CHIEN NE REMPLACE PAS UN ENFANT ! »

Eden agrippait la rampe de l'escalier, le visage rouge de colère.

Jack, son mari, se tenait en bas des marches. Dans ses bras bavait un chien de la taille et de la couleur d'une citrouille. Entre les poignées de son attaché-case, une rose piquait du nez, accablée par la chaleur estivale.

– Je pensais…

Elle secoua la tête. Qu'est-ce qui lui avait traversé l'esprit, au juste ? Qu'un chien ferait l'affaire ? Joli substitut ! N'importe quoi !

Le soleil d'août inondait de lumière le plancher en chêne poli par la porte moustiquaire. Elle se protégea les yeux d'une main. *Trop brillant. Aveuglant.* Elle ne s'était toujours pas habituée à ce battant exaspérant. L'architecte leur avait garanti que toutes les maisons de New Charlestown en étaient équipées. Leur ancien nid d'amour en brique rouge se trouvait certes en plein chaos urbain, mais elle avait adoré sa porte verte, laquée par des siècles de couches de peinture successives. Quand elle la fermait, on aurait dit une rencontre parfaite entre la porte et son chambranle, comme un baiser.

– S'il te plaît, ne laisse pas ouvert ! gronda Eden, sa main toujours en visière. Je ne suis pas encore habillée !

Elle tira son T-shirt Jack's Sting sur ses cuisses nues.

Il se tourna pour fermer la porte, mais elle l'arrêta aussitôt.

– Non, attends, rapporte-le, ordonna-t-elle en faisant un signe de tête vers le chien.

– Impossible, je l'ai acheté à un gitan sur la route 7 et c'était le dernier de la portée.

Elle sentit l'exaspération monter en elle mais résista à son envie de le corriger. Peut-être qu'on disait « gitan » en Angleterre, mais le terme était péjoratif aux États-Unis. Il habitait ici depuis assez longtemps, il aurait dû le savoir. Comment avait-il osé prendre une telle décision sans lui demander son avis ? Elle n'existait plus, aussi inutile que la chambre d'enfant sous ce toit.

Le chien leva le museau pour renifler le col amidonné de la chemise de Jack et lécher son menton à la barbe naissante. Jack ne mettait pas d'after-shave, mais il sentait tout de même le cèdre musqué et la menthe. Des parfums de jardin d'hiver qui l'avaient autrefois transportée dans la campagne anglaise.

Au cours des premières années de leur mariage, quand il se douchait le matin, la vapeur qui s'infiltrait dans la chambre à coucher était chargée d'effluves si délicieux qu'il la réveillait même d'un profond sommeil. Elle l'attirait alors dans leur lit, nu et chaud, et oubliait le temps, le travail et les contraintes. Elle se laissait submerger par tout ce que représentaient Jack Anderson et la famille qu'elle voulait fonder.

Avoir des enfants figurait sur sa liste de rêves à réaliser avant de mourir, juste après le marathon et la plongée sous-marine. Avec Jack, ils avaient participé à la course de seize kilomètres de Washington DC, la Cherry Blossom Ten Mile Run, histoire de se maintenir en forme avant leur mariage, et ils avaient plongé dans les îles Vierges pour leur lune de miel. Cela ferait l'affaire. Elle avait rayé les deux entrées de sa liste et s'était lancée dans le projet bébé. L'entreprise s'était révélée autrement plus compliquée.

Au début, elle avait fait deux fausses couches. Des drames tranquilles. Une tache dans sa culotte, du sang dans l'eau, partis en une minute. Des cœurs pas plus gros que des dés à coudre, qui battent, puis s'arrêtent.

– Mon premier n'a pas tenu non plus, avait dit sa mère au téléphone, s'interrompant pour aspirer une grande bouffée de sa cigarette électronique. Dieu te donnera un enfant quand Il te sentira prête.

Eden avait grimacé, excédée. Sa mère avait été élevée en bonne catholique et s'était convertie au judaïsme lorsqu'elle avait épousé le père d'Eden. Ensuite, toute la famille était devenue presbytérienne. Elle avait ajouté à cette sauce ses propres principes, rigides. L'un d'eux étant qu'on ne s'immisce pas dans les miracles de la reproduction.

– Les nouvelles âmes sont gouvernées par Dieu, pas par des tubes et des éprouvettes, avait-elle décrété quand un centre de procréation médicalement assistée avait fait la une des journaux.

Sa rigueur et sa froideur émotionnelle s'étaient manifestées sans aucune équivoque le jour où le père d'Eden avait été foudroyé par une crise cardiaque pendant un dîner d'affaires à Manhattan. Il était mort la bouche pleine de cheesecake à la fraise. Eden avait vingt et un ans à l'époque et étudiait à l'université de Georgetown. Denny, son frère, en avait douze. Leur mère avait eu la gentillesse d'attendre qu'il entre au lycée pour vendre leur maison d'enfance à Larchmont, dans l'État de New York, et s'était installée dans un chalet à Santa Fe, au Nouveau-Mexique.

Eden ne l'avait pas avertie de sa deuxième grossesse, qui s'était terminée comme la première. En fait, elle n'en avait parlé à personne.

– S'il te plaît, Jack, avait-elle imploré derrière la porte fermée de la salle de bains. Je ne veux pas que tu entres.

Quand le saignement s'était arrêté, elle avait pris une douche si chaude que sa peau en était sortie rose et tachetée. Elle avait sangloté sous le jet brûlant jusqu'à ce que la vapeur étouffe ses pleurs. Ensuite, elle avait jeté sa culotte trempée de sang dans la poubelle, par-dessus les Coton-Tige et les lames de rasoir usées. Elle n'aurait pas pu retirer la tache. Elle avait enfilé son peignoir blanc et était sortie de la salle de bains un peu avant minuit, ses cheveux noirs encore dégoulinants.

Assis par terre, la tête appuyée contre le mur, la bouche ouverte, Jack ronflait. Elle avait posé une main sur son menton pour le réveiller et il s'était relevé péniblement.

– Le bébé est parti. Je ne veux pas qu'on en parle.

Il avait hoché la tête et s'était avancé pour la prendre dans ses bras, mais elle s'était reculée, ses pieds nus laissant des empreintes humides sur le sol. La douleur était trop vive, sa compassion lui faisait le même effet que de l'alcool à brûler sur une plaie ouverte. Elle ne la supportait pas, même si cela aurait pu favoriser la cicatrisation.

– Qu'est-ce que je peux faire pour toi ? demanda-t-il, impuissant, laissant retomber ses bras.

Rien, songea-t-elle. Il ne pouvait rien faire. C'était son corps à elle. Sa faute.

Après cela, son organisme avait complètement renoncé. Ils avaient passé près de deux ans à tenter de concevoir de façon naturelle, en vain. Elle avait essayé le yoga, les massages, le reiki. Pendant un moment, elle avait fait de l'exercice régulièrement. À un autre, elle s'était ménagée au point de ne plus bouger un orteil. Son homéopathe lui avait prescrit plus de viande rouge, puis plus de viande du tout, des herbes chinoises mélangées avec des insectes bouillis, de l'acupuncture, des baies de goji, des mixtures bio dans d'étranges bouteilles opaques, du thé et des vitamines. Comme aucune de toutes ces recettes ne semblait fonctionner, elle s'était tournée vers la médecine moderne : un spécialiste de la fertilité qui administrait des médicaments pour déclencher l'ovulation et des injections quotidiennes d'hormones qui lui provoquaient des crises de larmes chaque fois qu'elle oubliait de démarrer au feu vert, faisait tomber un biscuit par terre ou croisait des petites filles avec des nœuds dans les cheveux. L'obstétricien lui avait recommandé de réduire les sources de stress, et son guérisseur holistique l'avait mise en garde contre les effets néfastes de la ville sur l'inconscient.

Ils avaient donc emménagé à New Charlestown, et elle avait tout sacrifié : son poste à l'agence de communication, son goût pour le footing, les fêtes avec les amis, son habitude de réfléchir posément, sa capacité à profiter de l'instant présent sans craindre de ne pas avoir ce qu'elle désirait le plus mais ne pouvait obtenir par la seule force de sa détermination.

Les cinq tentatives de procréation *in vitro* et leur déménagement les avaient mis sur la paille. Même avec la promotion de Jack comme vice-président de la branche marketing d'Aqua Systems, ils avaient dû s'accorder une année de plus. Une pause pour renflouer les caisses. Eden était vidée sur bien d'autres plans : son cœur aussi était à sec.

Elle s'était *sentie* enceinte après le dernier transfert d'embryon. Sa poitrine était sensible, son appétit plus important et ses chevilles douloureuses. Les mêmes symptômes que pour ses deux précédentes grossesses. Quand le médecin avait placé la sonde sur son ventre, elle souriait, cherchant sur l'écran noir et blanc le haricot qu'elle était sûre d'y trouver. Mais au lieu de cela, elle ne vit qu'une caverne sombre. Déserte.

Elle avait trente-six ans, Jack trente-neuf. Attendre encore une année semblait plus définitif que la peine de mort. Ils étaient malheureux depuis un sacré moment déjà, alors à quoi bon ? se demandait-elle. Pas de joli petit minois dans lequel se reconnaître l'un et l'autre. *Toi et moi en une seule personne*. Désormais, il ne restait plus que Jack et Eden, et des années de déception muette entre eux.

Un grésillement retentit depuis une fente du plancher.

– Tu as laissé entrer un criquet, s'indigna Eden dans un soupir, la migraine battant à ses tempes au rythme du chant de l'insecte.

Dans les bras de Jack le chien remua ses oreilles duveteuses et leva sa truffe vers le bruit, reniflant le petit intrus. Ses yeux noirs à peine visibles sous les boucles denses de sa fourrure se posèrent sur Eden. Il pencha la tête et tira la langue, dans une sorte de sourire canin.

La frustration dans la poitrine d'Eden l'oppressa soudain. Elle éprouva le besoin impérieux de tenir dans ses bras cette petite boule de poils et de sentir les battements de son cœur contre le sien. Cette pensée lui fit l'effet d'un coup de poignard. Alors elle croisa les bras fermement, ses poings s'enfonçant dans ses côtes.

– On ne connaît absolument rien à l'éducation d'un...

Le mot se coinça dans sa gorge. Elle déglutit :

– ... chien.

Jack passa une main dans l'épais pelage de l'animal, qui lui lécha goulûment la paume.

– Il a peut-être des maladies, lâcha-t-elle, autant pour Jack que pour elle-même. La rage ou des vers, ou pire encore. On n'a jamais eu d'animal. Pourquoi maintenant ?

Elle inclina la taille et sentit la morsure de l'injection, encore cuisante sur la peau de sa hanche après tant de semaines.

– Et qu'est-ce que tu essayes de me dire en rapportant ça ici, Jack ?

La tension lui incendiait la colonne vertébrale. Elle avait le visage en feu. Les hormones synthétiques qui empoisonnaient encore son corps agissaient comme du kérosène sur son tempérament naturel.

– Alors ? Quoi exactement ? fulmina-t-elle.

Le grésillement s'amplifia.

– Calme-toi, Eden.

– Ne me dis pas de me calmer ! Je ne suis pas une enfant... Je suis ta femme, et j'en ai ma claque que tout le monde me dise ce que je dois faire sans écouter ce que j'ai à dire !

Sa voix partit dans les aigus et elle ne fit rien pour la rattraper.

Le chien fourra sa truffe dans la manche de Jack.

– Tu lui fais peur.

À vrai dire, la rage d'Eden grandissait depuis son rendez-vous avec le médecin, deux semaines plus tôt. Elle s'était retenue de tout casser dans son cabinet. De lancer les seringues comme des fléchettes, de détruire l'appareil d'échographie, d'arracher le papier pour le réduire en miettes. De hurler sur Jack, sur le docteur Baldwin, sur le sort, et sur Dieu qui se montrait si cruel.

La respiration coupée, elle s'était contentée de hocher la tête, tandis que les deux hommes échangeaient des mots de regret et tout ce qui s'ensuit : « Mère porteuse... adoption... cryopréservation... ou peut-être juste une vraie pause... » Eden n'avait pas ouvert la bouche. Elle était restée allongée, les yeux rivés sur les néons de la salle d'examen, ses poumons menaçant d'imploser. Comme si on la maintenait sous l'eau et qu'elle se débattait pour remonter à la surface.

À présent, le barrage avait cédé et elle hurlait aussi fort qu'elle le pouvait.

– Je lui fais *peur* ? Mais ce n'est qu'un chien, Jack ! Un chien ! Il ne sait pas ce que c'est d'avoir peur ! Ça, là... ça n'a *rien* d'effrayant ! cria-t-elle en frappant la rampe avec sa main.

Elle dut se mordre l'intérieur de la joue pour ne pas fondre en larmes. Un goût de cuivre emplit sa bouche.

Le grésillement du criquet cessa, mais le chien se mit à geindre et à agiter ses pattes dans tous les sens. Jack le posa à terre et il fila dans la cuisine, renversant sur son passage l'attaché-case qui écrasa la rose.

Jack respira profondément. Il plissa les yeux dans la direction de sa femme, avant de baisser la tête pour foudroyer le plancher du regard.

Cette explosion – cette purge – de cinq secondes lui avait fait un bien fou, mais à présent Eden la regrettait.

– Je suis désolée, murmura-t-elle.

Cela ne lui ressemblait pas. Elle se comportait en adolescente, plus encore que pendant son adolescence : des éclats incontrôlés, des coups. Irrationnelle, hystérique... Les choses devaient être faites à sa façon, sinon rien. Elle détestait cela. Elle se détestait, et pourtant elle n'arrivait pas à empêcher son cœur de s'emballer. La douleur et les remords la rongeaient, son mariage ne résistait pas aux tempêtes et n'aurait peut-être jamais dû exister. Cela la rendait affreuse, dure et méchante.

Elle venait de terroriser un pauvre chiot orphelin. Quel genre de monstre était-elle devenue ?

– Denny m'a envoyé un SMS pendant que je discutais avec les compagnies aériennes, dit Jack. Est-ce qu'il t'a appelée ?

Eden avait coupé tous les téléphones, pour ne pas être réveillée pendant sa sieste. De toute façon, elle ne voulait rien acheter. Elle n'était pas encore descendue voir si le clignotant du répondeur était allumé.

Jack appuya sur « Play », et la voix du frère d'Eden retentit.

– Hello Eden, c'est Denny.

Eden finit par atteindre le rez-de-chaussée.

Son frère travaillait dans un bar-restaurant à Philadelphie. Serveur le jour, il jouait au poker pour les clients dans la soirée. Quand Eden pensait à lui, des chansons lui venaient en tête, si pleines d'émotions qu'elle en frissonnait jusqu'aux os et regrettait une enfance que pourtant personne ne lui aurait envié.

– Ton portable a basculé sur la messagerie, alors j'espérais te trouver à la maison. Je voulais… juste parler avec ma grande sœur, quoi…

Une sirène hurla derrière lui.

– La partie a duré longtemps hier au bar, j'ai pas pu sortir avant l'aube. Je rentre chez moi, là.

Il s'interrompit pour respirer, son souffle vibrant dans le micro. Eden sentit son estomac palpiter. Il s'était passé quelque chose. Son ton le trahissait, même s'il s'efforçait de le rendre léger.

– Bon… rappelle-moi.

Jack prit le combiné.

– Je vais lui dire que tu n'es pas en forme, que tu as chopé un microbe.

– Non, pas la peine. Je le rappellerai. Demain.

– Dis-lui que j'attends sa visite. Il faut qu'il voie la nouvelle maison.

– Oui, d'accord.

Comme si elle voulait que son petit frère découvre ce qu'ils étaient devenus : de la vaisselle sale sur des cartons pas encore ouverts ; l'odeur des plats indiens à emporter de Jack, et celle de la peinture fraîche ; et elle, débraillée et sale avec des poils sur les jambes, elle qui avait décidé de faire chambre à part. Au début, c'était simplement pour éviter que les ronflements de Jack ne la dérangent. Son spécialiste en fertilité lui avait dit que le sommeil était essentiel à une santé optimale. Jack n'avait pas demandé à retourner dans leur lit après l'échec de la dernière FIV, et elle lui en avait été reconnaissante.

Dans la cuisine, un bruit de griffes grattant le bois. Eden trouva le chiot caché derrière une tour de cartons dans le garde-manger. Jack avait demandé à ce que les cloisons qui séparaient la cuisine, le garde-manger et l'ancien quartier des domestiques soient abattues pour agrandir l'espace, mais l'architecte avait refusé. Il s'agissait de murs porteurs. Apparemment, si on plaisante avec la structure, tout s'écroule. Ils n'y avaient donc pas touché.

Le petit chien tremblait de tout son corps, le museau coincé dans une fissure entre le plancher et la plinthe.

Elle ne pouvait certes pas réparer le parquet, mais elle pouvait calmer l'angoisse du chiot.

– Hello, bonhomme, susurra-t-elle. Viens par ici. Il veut de l'eau ? demanda-t-elle à Jack. Ou peut-être faire ses besoins…

– Il les a faits avant qu'on entre dans la maison, affirma Jack en grattant sa barbe naissante.

Il avait l'air épuisé.

Quel jour était-on ? Le lundi, il prenait l'avion pour Austin, et de nouveau le vendredi pour la réunion avec le directeur général de la compagnie, dans les bureaux d'Aqua Systems à Washington. Était-on déjà vendredi ? Elle était certaine d'avoir entendu, la veille, les cloches de l'église presbytérienne. Bien qu'ils fussent dans cette maison depuis trois mois, elle ne parvenait pas à s'habituer à leur carillon appelant les fidèles à la messe tous les dimanches matin à l'aube. Ce tintement lui avait paru attendrissant quand elle s'était imaginée en train de nourrir leur enfant à la fenêtre. À présent, elle le trouvait moqueur. Elle se mettait l'oreiller sur la tête et à chaque coup, elle murmurait « Tais-toi, tais-toi, tais-toi ».

– Qu'est-ce que tu fais à la maison ? demanda-t-elle d'un ton accusateur qu'elle n'avait pourtant pas eu l'intention de prendre.

Il poussa un carton et se pencha vers le chiot.

– Ne t'inquiète pas, elle aboie, mais elle mord pas, grommela-t-il.

Eden se crispa, sur la défensive, mais laissa passer. Elle n'avait plus la force de se battre.

– Qu'est-ce que t'as trouvé ?

Jack souleva le chien et un criquet de la taille d'une agrafe tomba de sa gueule.

– Incroyable ! Il a attrapé le criquet ! s'exclama Jack.

– Tue-le ! Vite !

Mais l'insecte était déjà retourné dans le trou.

– Super ! lâcha Eden, ironique.

– Mon vol pour Austin a été annulé à cause du mauvais temps. Ils m'ont mis sur celui de demain matin, à huit heures. Je voulais rentrer avec une surprise pour toi.

Il fit un signe de tête vers la rose écrabouillée sous l'attaché-case.

– Le chiot, c'était un bonus.

Il croisa son regard tranchant.

– Raté, conclut-il. Je suis sûr que quelqu'un en ville en voudra. Une gentille famille.

Le cadeau sur pattes de Jack continuait à renifler furieusement.

– Sûrement pas nous, alors, lança-t-elle, regrettant aussitôt de ne pouvoir effacer ce qu'elle venait de dire.

Ferme-la Eden, bon sang, ferme-la, se réprimanda-t-elle.

Jack posa le chien qui replongea immédiatement sur la fissure, et il les laissa là, tous les trois : Eden, le chien et le criquet.

La porte du réfrigérateur s'ouvrit. Une capsule de bière sauta et cliqueta sur le plan de travail en marbre.

– On fait quoi de lui, alors ? demanda Eden.

– Je vais y réfléchir, répondit Jack en se dirigeant vers le salon.

C'était sa façon de dire qu'il ne voulait pas en parler. Il voulait juste se poser dans le canapé et regarder du foot.

Les oreilles du chien s'étalaient sur le sol, son museau furetant dans tous les sens. *Peut-être qu'une araignée ou un serpent se cache là*, se dit Eden. Jack sirotait sa bière tranquillement, alors que le chien allait se faire piquer. Quelle négligence...

– Pour l'amour du ciel ! s'écria Eden en extirpant le chien de la fente.

Mais cette fois le plancher se souleva en même temps.

Dans un grincement effrayant, le parquet s'ouvrit. La fissure n'était pas l'effet de la dégradation de la maison. C'était une poignée. La moiteur de l'air trop longtemps emprisonné baigna soudain l'endroit d'une étrange fraîcheur. Plutôt que de se jeter dans la fosse, la brave bête s'assit à côté d'Eden, son museau poilu tout chaud contre son genou.

– Jack ?

La voix d'Eden était à peine plus forte que le grésillement du criquet. Les fantômes poussiéreux envahirent la pièce.

Dans l'obscurité rayonnait un orbe. Le visage d'un enfant, décapité, en forme de lune.

C'est un signe, se dit-elle. *Je vais mourir ici, dans cette ville, dans ce mariage, si je ne m'enfuis pas maintenant.*

Elle hurla et laissa retomber la trappe.

Extrait du New Charlestown Spectator : journal de la civilisation

« Insurrection à Harpers Ferry »

18 octobre 1859 – Des rumeurs concernant une insurrection de Nègres ayant eu lieu à Harpers Ferry il y a deux jours nous sont parvenues aujourd'hui à six heures du matin. Des cargaisons entières de fusils ont été saisies et des instructions pour distribuer ces armes à des esclaves dans tout le pays ont été interceptées. Une mutinerie nationale se préparait !

Un groupe de Blancs et de Nègres se sont introduits dans l'arsenal fédéral dimanche soir. Ils ont sectionné et détruit les câbles du télégraphe, si bien que nous autres, innocents résidents et voisins, avons entendu les tirs et les cris hostiles devant nos fenêtres sans avoir aucun détail, ni moyen d'en rendre compte… jusqu'à maintenant.

Informé de l'attaque, le gouverneur Wise a mobilisé la milice de Virginie à Harpers Ferry et a adressé un pli à la capitale, pour requérir auprès du président Buchanan l'envoi en urgence des renforts fédéraux, ce qui lui a été accordé dès lundi. Plusieurs compagnies de Marines sont parties vers le Sud avec l'ordre de prendre le pont de Harpers Ferry avant minuit, quels que soient les risques encourus. La mission a connu un franc succès, et nous sommes sur place, aujourd'hui mardi, pendant le cessez-le-feu, pour rapporter les faits.

Instigateur de l'opération, le capitaine John Brown a été arrêté et incarcéré dans la prison de Jefferson County. Il souffre de blessures mortelles qui n'empêcheront pas, s'est engagé le gouverneur Wise, que justice soit rendue contre lui et contre ses complices, afin que tous nos citoyens voient que l'État de Virginie respecte la loi et que nous sommes une nation paisible où les Blancs et les esclaves noirs vivent en harmonie. Les rébellions, quelles qu'elles soient, sont vouées à l'échec, à l'instar de celle de Harpers Ferry.

Sarah

NORTH ELBA, NEW YORK
21 OCTOBRE 1859

VITE ! DIT MARY, PRESSANT SES FILLES. PRENEZ LES DERNIÈRES SAUCISSES fumées avec le fromage.

La petite Ellen sortit en courant vers le cellier tandis que Sarah remplissait un baluchon déjà plein à craquer avec des bandages et une chemise propre.

Owen avait fait irruption dans la maison, puant les marais, la transpiration et le sang, collé en une couche si épaisse sur son visage que Mary Brown l'avait d'abord pris pour un assassin monstrueux et avait failli l'assommer avec le tisonnier. Mais il était tombé à genoux en suppliant :

– Mère, aidez-moi !

Et elles avaient compris que c'était lui l'unique membre de la faction porté disparu.

Mary, Sarah et la petite Ellen étaient restées s'occuper de la ferme, tandis que le reste de la famille Brown était parti aux côtés de John pour sa grande opération. Ils avaient espéré déclencher les prémices de la fin de l'esclavage. Désormais ils étaient tous morts, en prison, ou en fuite, comme Owen. Même Annie, la sœur de Sarah, et Martha, sa belle-sœur, se cachaient quelque part entre le Maryland et New York. Monsieur Sanborn, un membre du Comité secret des Six de John, avait fait parvenir des nouvelles à Mary : les filles étaient choquées, mais saines et sauves. L'information leur avait apporté un peu de réconfort au cours de cette semaine d'attente silencieuse. L'avenir planait, sombre et impitoyable, à l'horizon, comme un orage se rapprochant d'eux inexorablement. Le déluge était imminent.

– Ne bouge pas, dit Mary à Owen en lui plantant l'aiguille dans le front.

Il était assis sur un tabouret de la cuisine avec, à ses pieds, les chiffons ensanglantés qui avaient servi à laver ses blessures.

– Je dois absolument recoudre cette entaille avant que tu partes… Si elle s'infecte, tu contracteras la fièvre et tu en mourras pendant le voyage, si tu ne te fais pas prendre.

Il s'était enfui. Quand leur père avait refusé de se rendre au général Lee, les Marines avaient pris d'assaut leur arsenal fortifié. Ils avaient compris que c'en était fini d'eux. Owen s'était précipité vers la porte du fond, sans même jeter un regard derrière lui, tandis que l'épée s'abattait sur leur père.

Owen était le demi-frère de Sarah, né de la première femme de John, morte en couches. Il n'avait jamais été le plus courageux ou le plus loyal d'entre eux, mais toujours le premier à sentir le danger et à l'éviter. Et même s'il n'était pas la chair de sa chair, Mary l'avait élevé depuis qu'il était nourrisson, et il lui était même arrivé de s'occuper de lui plus que de ses propres enfants, par respect pour la mémoire de sa mère. Et c'est ce qu'elle faisait de nouveau, à présent, sans poser aucune des questions qui brûlaient les lèvres de Sarah : comment était-il revenu en Virginie ? Comment n'avait-il pas essuyé les tirs qui avaient tué ses frères Watson et Oliver ? Pourquoi n'était-il pas enfermé avec son père dans la prison de Jefferson County ? Au lieu de cela, Mary utilisait leur dernier catgut pour coudre des points d'une précision d'orfèvre afin qu'il ne reste aucune cicatrice.

Ils avaient reçu tous les journaux qui en faisaient part. Dans la nuit du 16 octobre, les hommes de John avaient coupé les câbles du télégraphe pour que personne ne puisse alerter les autorités, avant de monter dans le train de la B & O jusqu'à Harpers Ferry où ils avaient forcé l'armurerie nationale avec succès. Une fois sur place, en revanche, ils avaient attendu en vain le soutien d'une armée d'esclaves insurgés qui n'étaient jamais arrivés. Ceux qui privilégient la patience passive et le dialogue les avaient avertis : la violence entraîne la violence. Et comme pour confirmer la formule, le premier touché n'avait pas été un ennemi esclavagiste mais un Noir libre, un bagagiste dénommé Hayward Shepherd, mort d'une balle tirée par un des hommes de John, son supposé libérateur. Les mots et les actions s'opposaient parfois brutalement.

Les messages avaient afflué de toutes parts. Ses collègues d'affaires réputés, ses amis clandestins, mais aussi l'auteur et philosophe Amos Bronson Alcott et le célèbre abolitionniste Frederick Douglass. La plupart des personnes qui avaient participé à l'opération avaient fui vers le Canada ou d'autres pays. Même si leur cause avait été noble, leur action ne resterait pas impunie.

Seules dans leur maison de North Elba, Mary, Sarah et la petite Ellen avaient veillé toutes les nuits, se rongeant les sangs, effrayées à l'idée qu'ils périssent tous, que des propriétaires d'esclaves viennent chez elles pour se venger, et que la justice en fasse autant. Cependant, leurs voisins ne disaient rien. Même si la communauté avait été bâtie sur un même idéal abolitionniste, ils restaient à l'écart, condamnant ces actions « illégales » tandis que les gros titres des journaux affichaient : « LE SANG DES HABITANTS DE HARPERS FERRY A COULÉ. LE SUD SE VENGERA. LES MARINES DES ÉTATS-UNIS ONT MATÉ LA RÉBELLION DES ESCLAVES. LE CAPITAINE BROWN MORTELLEMENT BLESSÉ, MAIS EN PRISON ! »

Le monde semblait tourner le dos à la famille Brown. Owen lui-même, pas encore remis de sa blessure, cherchait déjà à se distancer de l'événement, de leur mission, du Chemin de fer clandestin, et de leur foi en un monde égalitaire.

La petite Ellen revint à bout de souffle et en pleurs.

– Pas trouvé le fromage !

Mary finit de recoudre la blessure d'Owen, puis se leva pour aller la cave. Ellen la suivit, inondant sa poupée de larmes.

Sarah était déterminée à ne pas laisser Owen partir sans obtenir de réponses. Elle était sur le point d'en exiger quand il brandit un morceau de papier devant ses yeux.

Elle lissa la page chiffonnée et reconnut immédiatement les lignes pourtant à peine visibles de son croquis. Son père lui avait demandé de tracer un plan pour les esclaves prêts à s'insurger dans les plantations avoisinantes. Un chemin vers les hautes herbes dressées en cercle qui indiquaient l'emplacement caché de leur arsenal de lances. Des pistes entortillées de chemin de fer à travers les bois devaient les conduire à Harpers Ferry et leur permettre de rejoindre John Brown et ses hommes. Un bel éclair au-dessus du bâtiment de l'armurerie symbolisait le détonateur de la liberté contre les esclavagistes du Sud. Elle avait été tellement fière de cette reproduction. Son père l'avait félicitée pour sa beauté et l'intelligence de ses indices.

John avait demandé à ses associés du Chemin de fer clandestin à Boston d'en imprimer des copies, accompagnées de l'épître de Paul aux Galates : « C'est pour que nous soyons libres que le Christ nous a libérés. Alors tenez bon, et ne vous remettez pas sous le joug de l'esclavage. » Leur intention était de distribuer les tracts dans les plantations de Virginie en les faisant passer pour des brochures prosélytes, mais les fonds recueillis n'avaient pas été à la hauteur de leurs espoirs.

Les associés de Boston étaient méfiants. Aider des fugitifs à s'échapper était une chose, attaquer une institution fédérale était une tout autre affaire. Techniquement, c'était un acte de trahison, et une majorité d'abolitionnistes en Nouvelle-Angleterre avaient retiré leur soutien financier.

Un imprimeur du coin qui devait un service à John avait accepté de tirer quelques douzaines d'exemplaires de la carte de Sarah. Jusque-là, la jeune fille n'avait vu que son original. La copie que lui avait donnée Owen n'était qu'une pâle reproduction, floue et imprécise.

– La police a mis la main dessus, affirma Owen en posant un doigt crasseux sur le papier. Ils sont à la recherche de celui qui a dessiné ce plan et ont juré qu'il serait pendu pour trahison.

– Je… commença Sarah, interrompue par le retour de Mary et Ellen.

Owen froissa rapidement la feuille dans son poing.

– Je dois y aller.

Il s'empara du sac de nourriture sans un remerciement.

– Au Canada ? demanda Mary.

– Non, répondit Owen, effleurant l'entaille sur son front tout en détournant le regard. Je vous avertirai quand la voie sera libre. Si vous ne recevez aucune nouvelle de moi, c'est encore mieux.

Il partit vers la porte et se tourna vers Sarah.

– Arrête. Quoi qu'ils disent ou fassent, ordonna-t-il. Qu'ils continuent sans nous. Notre famille a fait assez de sacrifices, les Brown ont versé assez de sang. C'est terminé, Sarah.

Il prit un des vieux chapeaux de son père sur le crochet, l'enfonça sur sa tête et disparut.

Mary n'interrogea pas Sarah sur ce qu'il venait de dire. Elle se contenta de refermer la porte derrière lui et monta coucher Ellen. Mais Sarah avait très bien compris. Il l'encourageait à suivre son exemple et à fuir. Sarah n'était pas aussi lâche que lui, elle était forte. Elle était la fille de John Brown et de Mary, une femme qui luttait à chaque seconde contre ce cauchemar.

À l'étage, Mary chantait une berceuse pour calmer Ellen.

– Fais dodo ma poupée, ne pleure pas. Je te donnerai du pain et du bon lait chaud.

– Tu te trompes, Owen, marmonna Sarah en serrant les dents. Ce n'est pas terminé. Cela ne fait que commencer…

Eden

NEW CHARLESTOWN, VIRGINIE-OCCIDENTALE
AOÛT 2014

Le claquement de la porte d'entrée réveilla Eden en sursaut. Elle avait passé une nuit affreuse. Des cauchemars pleins de têtes de poupées de toutes sortes : dans une laitue ; à la place de la lune ; rebondissant dans la gueule d'un chien ; dans la main de Jack, telle une pomme, celui-ci affirmant que ce n'était rien d'autre qu'un déchet… Ah non, ça, ça s'était vraiment produit, en fait.

Il ne l'avait pas du tout prise au sérieux. Exactement comme quand elle avait posé des questions au docteur Baldwin. Elle avait passé des heures sur Internet à essayer d'obtenir des conseils avisés, des remèdes miracles ou des recettes de grands-mères récoltées dans les salles d'attente des obstétriciens. Il l'avait prise en traître, tournant en ridicule toutes ses recherches. Cela l'avait rendue furieuse.

Bien sûr, elle ne croyait pas aux fantômes, aux charmes ou aux inepties farfelues, mais elle croyait au surnaturel et aux présages. Où exactement se situait la frontière, elle ne le savait pas. Ce dont elle était sûre, c'est qu'elle avait trouvé une tête de bébé en porcelaine, au crâne fendu, dans une fosse que leur onéreux architecte aurait dû découvrir avant eux. Elle avait vu *Amityville.* Après tout ce qu'ils avaient traversé, la maison leur riait au nez. Et Jack n'avait absolument pas réagi parce que, sans aucun doute, il estimait qu'ils le méritaient bien.

Sept longues années à essayer de rendre leur union féconde, et ils avaient échoué. Elle avait échoué. Il était temps d'arrêter les dégâts. Bon Dieu, elle ne pouvait pas vivre ainsi le restant de ses jours, à se rappeler ce fiasco chaque fois qu'elle regardait Jack ou entrait dans le garde-manger ! Elle finirait comme cette tête de poupée, enfermée dans une fosse, oubliée, impuissante, toujours sur terre, mais morte.

L'idée la fit frissonner. Première étape, appeler l'agence de communication pour essayer de récupérer son ancien poste. Si elle y parvenait, elle louerait un studio ou séjournerait à l'hôtel le temps de trouver un appartement correct en ville. Et l'argent ? Elle se tourna dans son lit et se frotta le front. Ils n'avaient pratiquement plus un sou à la banque. Pourquoi n'avait-elle donc pas ouvert un compte d'épargne secret, comme sa mère le lui avait conseillé ? À l'époque, Eden avait pris cette suggestion comme une critique de plus, la preuve que sa mère ne la croyait pas capable d'être heureuse en ménage. Peut-être que la vieille dame avait pressenti la déception à venir. L'intuition maternelle. Un autre don qu'Eden n'avait pas reçu en héritage.

En bas, la moustiquaire en métal claqua, faisant trembler toute la maison. Il était neuf heures et une minute. *Jack a dû rater son avion encore une fois,* se dit-elle. Mais alors que la lumière du jour filtrait à travers les stores, elle conclut que cette éventualité était tout à fait improbable. Alors maintenant, pas question de se rendormir avec un inconnu qui rôdait dans la maison.

Une terreur sourde la fit sauter hors de son lit. À la porte de la chambre, elle s'arrêta.

Des pas qu'elle ne reconnaissait pas trottinaient en bas. La démarche de Jack était plus lente, l'allure tranquille et confiante de ses longues jambes légèrement arquées. Était-ce le petit corps de la poupée qui cherchait sa tête disparue ? La sueur coulait sur son front alors qu'elle l'imaginait s'agiter au rez-de-chaussée, le chien à ses trousses reniflant ses haillons poussiéreux.

Elle essuya les gouttelettes qui perlaient sur sa lèvre supérieure. *N'importe quoi !* se réprimanda-t-elle. Elle n'était plus la petite fille peureuse de huit ans qui dormait avec des boules Quies pour éviter d'entendre les bruits de la maison. Son père avait beau s'efforcer de la rassurer en lui expliquant que ce n'étaient que les branches des arbres qui taquinaient les pignons du toit, elle roulait les boules entre ses doigts, les enfonçait dans ses oreilles et les laissait remplir ses canaux. Elle avait envie de ne rien entendre, elle préférait de loin rester dans l'ignorance et le calme. Eden n'avait plus repensé à ces bouchons depuis des années. Ils l'auraient aidée à supporter les ronflements de Jack, mais ce n'était pas vraiment le problème.

D'un geste excessif, elle ouvrit grand la porte et s'élança dans la lumière.

– Qui est là ? appela-t-elle par-dessus la rampe.

Les pas s'interrompirent.

Eden descendit l'escalier mais prit conscience de son apparence. S'il s'agissait d'un intrus dangereux, le spectacle d'une femme seule légèrement vêtue pouvait lui donner des idées déplacées. Elle se figea donc, se reprochant de se trouver dans la même position que les héroïnes de films à suspense dont elle se moquait toujours. « Pourquoi elle remonte l'escalier ? Quelle idiote ! », disait-elle à Jack, qui répondait : « Faut bien qu'on ait un peu d'action. Elle peut pas se montrer plus maligne que le tueur dès la première scène. »

Elle aperçut son reflet sur le verre de leur photo de mariage accrochée au mur. Elle n'avait plus rien de la femme d'affaires pimpante qu'elle avait été, avec ses cheveux en pagaille et ses yeux creux. Une vision macabre. Peut-être qu'elle aurait l'avantage, après tout.

– Je vous ai entendu !

Poursuivant la boule de poils orange qu'était leur nouveau chien, une petite fille, en chair et en os, déboula en sautillant.

Elle tenait à la main une boîte de conserve pour chats, dont le couvercle ouvert avait pris la forme d'une chips, et Eden sentit tout de suite l'odeur de la viande froide. Elle tourna la tête pour ne pas vomir.

– Il me paye pour le faire, expliqua l'enfant.

La fillette n'avait manifestement pas toute sa tête.

– C'est une erreur.

– Vous êtes madame Anderson ? demanda la petite en inclinant la tête comme un moineau.

Eden hocha la tête. Le relent qui se dégageait de la pâtée lui retournait l'estomac. Les effets secondaires des hormones semblaient plus sévères à ce moment que lors de la prise : nausées, sommeil agité, paranoïa, bouffées de chaleur. Il faut dire, elle en avait pris pendant tant d'années qu'elle n'arrivait pas à se rappeler ce qu'on ressent « normalement ».

– J'habite à côté, continua la fillette. Monsieur Anderson est passé ce matin pour me proposer un marché.

Elle retira le couvercle de la boîte qu'elle posa sur le sol.

Le chien s'en approcha, lécha le dessus et eut un mouvement de recul. Il était encore là, et Jack était parti. Drôle de façon de s'en occuper.

– Il me paye cinquante dollars tous les vendredis si je lui donne à manger et si je le promène quand il est en déplacement. Regardez ! lança la petite en brandissant une clef argentée. Je ne suis pas une voleuse. Il m'a dit de venir, à cause de vos allergies. Les médecins disent que je suis allergique au pollen, en mars et en avril. Mon visage enfle comme une fraise trop mûre. C'est nul.

– Mes allergies ? répéta Eden.

Elle se frotta le front, essayant de voir clair dans ce cauchemar.

– À Criquet… aux poils de bêtes, selon mon docteur.

La petite fille indiqua le chien d'un signe de la tête. Il avait renversé son repas. Des morceaux s'étaient logés entre les lattes du parquet telle de la pâte à modeler marron. Il faudrait maintenant qu'elle frotte le bois avec du produit pour en éliminer la puanteur.

– Ah oui… C'est ce qu'a dit M. Anderson ?

Eden se passa une main dans les cheveux et son T-shirt remonta sur sa cuisse. Bon, la priorité : être présentable.

– Tu ne m'as pas dit ton nom.

– Cleo.

– Cleo. C'est joli. Moi, c'est Eden. Comme tu peux le voir, tu m'as surprise, et pas vraiment au meilleur moment, dit-elle en tirant vers le bas son T-shirt Jack's Sting. Tu veux bien m'accorder un instant ?

Elle monta dans sa chambre et fouilla dans ses cartons. Comment Jack avait-il osé lui faire ça ? Partir pour la semaine en confiant sa clef à une fillette qu'ils ne connaissaient ni d'Ève ni d'Adam… Elle lui en toucherait deux mots, de son attitude inconsciente et ridicule… Cinquante dollars pour nourrir un chien avec des conserves pour chats ? C'était peut-être même dangereux pour sa santé. Et si cette fillette était en train de l'empoisonner ? Que se passerait-il ensuite ? Elle aurait sur les bras un chien mort pendant que Jack jouait les *cow-boys* au Texas. Quel toupet !

Le temps de mettre la main sur ses vêtements, sa rage décupla. Son cœur tambourinait, ses joues s'enflammaient. La seule idée réconfortante qui lui venait, c'est qu'il allait devoir rapidement apprendre à réparer ses erreurs tout seul. Très bientôt, elle regarderait en arrière elle aussi, après deux martinis pendant un dîner de travail, et elle se dirait : « Merci mon Dieu, c'est terminé, je suis ici, merci mon Dieu. »

Elle enfila une robe longue à motifs d'hibiscus, se peigna et redescendit.

– Eh bien…

Mais la fillette était partie, ainsi que le chien.

Elle sortit sur le perron. À sa droite sur Apple Hill Lane, une femme coiffée d'un chapeau à larges bords se tenait à genoux sur un coussin de jardin et désherbait ses bégonias jaunes. En face d'elle, de l'autre côté de la rue, un homme, trop jeune pour être à la retraite, lisait le journal sur sa terrasse, une tasse fumante à côté de lui. Deux mamans en jogging papotaient en poussant leurs landaus d'un pas si énergique qu'Eden se sentit épuisée rien qu'à les regarder. Elle retourna à l'intérieur et ferma la porte en bois derrière elle. Les mamans aux landaus passèrent, leurs voix alertes traversant les murs.

– Gastro. Les gosses se la refilent comme des sucreries. Phil et moi, ça fait une semaine qu'on ne dort plus, il y a du vomi partout ! expliquait l'une d'elles.

– Allez, on en rira quand on sera vieilles, gloussa l'autre. Ce sera leur tour d'éponger leurs tapis persans.

Eden se rappela ce que sa mère lui avait dit quand elle lui avait confié, un mois après leur mariage, qu'elle essayait de tomber enceinte.

– Je suis heureuse que tu aies retrouvé la raison si rapidement. Un métier, une carrière, ce ne sont que des foutaises. La seule vérité, c'est que tout le monde veut être éternel. C'est un besoin narcissique qui a commencé avec Adam et Ève dans le jardin d'Éden : voir sa semence engendrer sa propre semence. Les enfants représentent l'immortalité. Donne ça à un homme, et il restera à tes côtés quel que soit le fruit défendu qui se présente.

Eden avait ignoré cette remarque, caractéristique du pessimisme et de la sainteté de sa mère. Les temps avaient changé. Les femmes pouvaient tout avoir : une carrière éblouissante, une maison resplendissante, un mari dévoué *et* une famille épanouie. Et elle n'avait pas été loin de le prouver. Eden ne s'était pas attendue à ce que son propre corps soit son plus grand obstacle. Jack pourrait encore procréer pendant de longues années, mais pas avec elle. Il valait mieux que ce soit elle qui le quitte, avant qu'il ne parte avec une femme plus jeune, au ventre plein de cette immortalité en puissance.

La nourriture pour chats s'étalait au milieu du plancher. Eden ramassa la boîte et repéra une note que Jack avait posée sur le téléphone.

« E, la fille des voisins va s'occuper de Criquet. On trouvera une solution plus satisfaisante à mon retour. Repose-toi, je t'appelle d'Austin. Je t'aime, J. »

– Criquet ? C'est quoi ce nom ?

Elle aurait bien aimé qu'on lui demande son avis. Achille, Fitzgerald, Cornouailles, Manhattan... quelques propositions à discuter. Ou au moins, un nom qu'ils auraient choisi ensemble. Mais après tout, qu'est-ce que ça pouvait bien faire ? Bientôt, « ensemble » appartiendrait au passé.

Elle froissa le papier pour le fourrer dans la boîte de pâtée pour chats et jeta le tout à la poubelle. La tête de la poupée trônait sur le comptoir en marbre, à peine plus loin que là où Eden l'avait laissée. Elle regardait Eden fixement avec un sourire narquois. La jeune femme retint sa respiration, malgré elle.

– Bon Dieu, Jack ! jura-t-elle tout haut, évacuant sa peur dans ce cri.

À la lumière du jour, la tête était plus petite que dans son souvenir, plus petite que dans ses rêves. Peut-être dix centimètres de circonférence et quinze du cou au sommet de son crâne ébréché. Les cheveux peints formaient encore de belles boucles autour de son visage au front de pêche et aux joues fardées de rouge. Ses yeux fatigués étaient cerclés de saleté, le droit noir, le gauche vert olive, la fissure juste au-dessus. Eden se demanda pourquoi on les avait peints de manière si étrange.

Elle la ramassa, et quelque chose à l'intérieur tinta. *Le morceau de porcelaine de la fissure*, se dit-elle, et elle la retourna pour essayer de le libérer. Comme il ne tombait pas, elle s'arrêta pour ne pas casser le tout – le syndrome du bébé secoué. Elle reposa la tête et prit un chiffon mouillé pour en retirer la saleté jusqu'à faire briller le rose des joues. Les lèvres pincées s'éclairèrent en un sourire discret. Elle avait été aimée, songea-t-elle, elle avait appartenu à quelqu'un.

– Où est ta petite fille, maintenant ? demanda-t-elle en finissant de la nettoyer.

Elle la posa ensuite sur le bord de la fenêtre pour éviter qu'elle ne tombe du comptoir en roulant.

Devant la vitre, elle aperçut la queue-de-cheval de Cleo qui bondissait dans le jardin. Eden se protégea les yeux de la main en sortant. L'odeur végétale de l'été embaumait l'air, un parfum d'enfance qu'Eden connaissait bien. En vivant en ville, elle en avait été éloignée.

Le chien trottinait dans les rangées de basilic, de haricots mange-tout qui pendaient comme des stalactites, et de laitues verdoyantes. Il s'arrêtait à chaque pas pour renifler une fleur ou manger une feuille. Quand il vit Eden, il se précipita vers elle et lécha ses orteils nus.

– Qu'est-ce qui t'arrive ? s'écria-t-elle en reculant son pied.

Il s'attaqua au deuxième pied. Sa langue, aussi douce que la peau d'une poire couverte de rosée, la chatouilla.

– Mais tu es fou ! gronda-t-elle, un rire dans la voix.

Elle remua sa longue robe pour le chasser, mais cela ne le découragea pas, sa queue s'agitant sous le tissu aux impressions florales.

– Tu ne sais pas où ces pieds ont traîné, Criquet.

En entendant son nom, il se coucha et leva la tête vers elle, une de ses oreilles posée dans la poussière. Eden la souleva et gratta en dessous.

– Criquet... murmura-t-elle de nouveau.

Le nom lui allait bien.

Ses yeux noirs l'inspectaient. Une âme se cachait derrière.

Enfant, Eden n'avait jamais eu d'animal domestique, sa mère ne voulait pas en nettoyer les saletés. Son père disait qu'il le regrettait beaucoup, mais qu'avec ses déplacements fréquents ce n'était pas pratique.

– Il faudrait qu'à chaque fois on place la pauvre bête dans un chenil, des semaines entières. Ce ne serait pas juste pour elle.

Quelle ironie, alors qu'ils n'hésitaient pas à mettre leurs enfants dans des internats quand ils partaient ! Même à l'époque, Eden l'avait perçu.

Cœur Tendre, l'ours en peluche de ses six ans, était ce qu'elle avait eu de plus proche d'un animal domestique. Elle le nourrissait avec des bols de sucre d'orge, brossait sa fourrure, le laissait dormir sur son oreiller, et l'emportait avec elle partout où ses parents le lui permettaient. Un jour, elle commit l'erreur de le faire glisser sur son Slip'N Slide, son toboggan aquatique. Le petit corps en coton absorba l'eau, gonfla puis pourrit de l'intérieur. Sa mère jeta la peluche alors qu'Eden prenait sa leçon de piano hebdomadaire. Pour la fillette, ç'avait été comme perdre son meilleur ami. Denny n'était arrivé dans sa vie que trois ans plus tard. Elle se demanda si la propriétaire de cette tête de poupée avait éprouvé un sentiment similaire.

– J'ai promis à votre mari que je lui donnerais à manger, affirma Cleo. Mais dans votre garde-manger, j'ai même pas trouvé un macaroni.

Elle adressa à Criquet un regard de pitié très exagéré, qui crispa Eden.

De quel droit avait-elle fouillé dans leur cuisine ? Jack la payait pour nourrir le chien, pas pour fourrer son nez partout. Elle poussa un soupir exaspéré, mais Cleo ne remarqua rien.

– On n'a que des boîtes pour chats chez nous, et il a pas l'air d'adorer, alors soit vous me donnez un peu d'argent pour que je lui achète de la viande pour chiens au supermarché, soit vous l'achetez vous-même.

C'était une jolie gamine, malgré son impertinence, se dit Eden. Elle la sentait fraîche et ingénue, le produit intact de Mère Nature. Qu'est-ce que cela faisait, déjà, d'être si jeune ? Eden ne s'en souvenait plus.

Une abeille se posa sur une branche de basilic et Criquet la renifla.

– Attention ! avertit Eden. Elle va te piquer.

Le chien ouvrit la gueule comme pour goûter la tige.

En un mouvement rapide, Eden le souleva. Il était aussi léger que son nounours Cœur Tendre, les os de sa cage thoracique plus fins que ses propres doigts enfouis dans la fourrure. Il lécha la sueur salée de la nuit sur les poignets de sa maîtresse et se détendit dans ses bras.

– Alors, on fait comment ? demanda Cleo en roulant une fleur de trèfle entre son pouce et son index. Je dois aller à la banque sur Main Street à l'heure du déjeuner. Milton's Market est à côté, je peux y faire un saut.

Pas une mauvaise idée. Même si Criquet ne restait pas, Eden ne pouvait pas laisser cette pauvre bête mourir de faim, et elle comprenait tout à fait qu'il n'apprécie pas l'infâme mixture qu'on venait de lui servir.

– D'accord, lança-t-elle en ramenant le chiot dans la maison, Cleo sur ses talons.

Elle n'était pas sûre de savoir où elle avait mis son sac à main, mais elle se rappelait avoir trouvé dans la poche d'un pantalon de Jack un billet froissé de vingt dollars, la dernière fois qu'elle avait eu le courage de faire une lessive. Elle se dirigea vers la boîte fourre-tout dans la buanderie, juste à côté de la cuisine, et plongea la main au milieu de la monnaie, des chewing-gums tordus, des recettes chiffonnées et des bonbons à la menthe.

– Tiens, dit-elle à la fillette en lui tendant le billet, mais Cleo regardait ailleurs.

– C'est quoi, ça ?

Eden ne comprit pas tout de suite de quoi elle parlait, mais quand elle tourna la tête, elle vit que l'enfant contemplait le crâne de la poupée.

– Monsieur Anderson et vous pratiquez le vaudou ?

– Non ! Pas du tout… commença Eden, mais Cleo l'interrompit de nouveau.

– Parce que je veux pas de malédiction. J'ai vraiment pas besoin de ça !

Elle ne semblait pas effrayée, plutôt excédée.

– Mais non ! Nous sommes presbytériens ou quelque chose dans le genre. Ni vaudou ni malédiction. C'est un vieux jouet qu'on a trouvé… dans cette maison ! se justifia-t-elle en prenant la petite tête dans sa main. C'est bon pour la poubelle.

Jack n'avait pas tort, après tout.

Comme un hochet, la tête cliqueta comme pour répondre. Elle la reposa.

– Quelqu'un a dû l'oublier ici.

– Elle était où ?

– Dans le garde-manger. Sous le plancher, une sorte de cave…

– Je peux y jeter un coup d'œil ?

Eden n'y voyait pas d'objection. Même si cela ne présentait pas grand intérêt, selon elle.

– À gauche, contre le mur du fond. Tu trouveras une trappe avec une poignée.

– Oui, c'est comme un cellier, confirma la fillette depuis le garde-manger. On n'en a pas, nous, parce que notre maison était une grange, à l'origine. Mais Mlle Silverdash en a un. Elle y cache ses trésors : des vieilles lettres, des livres et des photos. Elle dit que les choses s'y conservent mieux.

– C'est possible. Dieu sait depuis combien de temps cette poupée est là, et pourtant elle est dans un état très correct. Je suis d'accord avec Mlle... Silverdash.

– Je vais demander aux Niles, annonça Cleo, qui sortait du garde-manger en griffonnant sur un petit carnet. Ils ont une boutique d'antiquités, un peu plus haut sur la route. C'était une scierie avant, jusqu'à ce que plus personne n'ait plus rien à scier. Quand Mme Niles est morte, M. Niles a racheté l'endroit et l'a rempli de bricoles farfelues : des ustensiles de cuisine tellement rouillés qu'ils auraient sûrement torturé une tomate, de la vaisselle ébréchée, des bols en porcelaine et tout ce qui peut exister sur la planète, y compris des jouets pour enfants. Ils disent qu'ils ont l'œil pour dénicher des merveilles. Ça fait beaucoup rire mon grand-père. En tout cas, quand je leur pose une question sur une vieillerie, ils ont toujours la réponse. Une fois, on a découvert une tasse enfouie dans la saleté de la cour. Il y avait une lettre inscrite dessus, un A, un R ou un H. Tout ce qu'on voyait correctement, c'est la barre au milieu. Je l'ai apportée à Vee – c'est la fille de M. Niles. C'est une professionnelle, elle a son diplôme d'antiquaire et tout et tout. Mademoiselle Silverdash voulait faire un tour dans votre maison avant qu'elle soit vendue, pour vérifier si elle pouvait pas être classée monument historique, mais...

Elle s'arrêta, comme si elle craignait d'en avoir trop dit.

– En tout cas, la tasse avait plus de cent ans.

Une estimation ? Eden fut enchantée de l'idée. Et si cette maison n'était pas juste une vieille baraque ? Si c'était un monument historique, avec les travaux qu'ils y avaient faits, ils pourraient gagner trois fois son prix d'achat en la revendant à un musée ou à la société historique du coin. Son esprit s'emballa. Ils pourraient partager moitié-moitié avec Jack, et cela lui suffirait pour repartir du bon pied.

Cleo rangea son carnet et son stylo dans sa poche.

– Je suis très forte pour résoudre les mystères. Vous en faites pas, on aura vite le fin mot de cette histoire de tête de poupée.

Eden ne voyait pas trop ce qui éveillait ainsi l'intérêt de la fillette, mais elle n'avait pas l'intention de décourager son enthousiasme. Elle examina de nouveau la tête en porcelaine.

Autour de l'œil droit, on apercevait une sorte de halo vert, comme si on avait peint en noir par-dessus. Artistiquement dessinés et légèrement baissés, les yeux donnaient une expression mélancolique à la tête de poupée. La tristesse faisait partie de sa beauté. Mais où était le reste ? Même dans les dessins des anciennes civilisations, il y avait des corps reliés aux têtes. Aucune petite fille, que ce soit maintenant ou mille ans plus tôt, n'aurait trouvé réconfortant de jouer avec une tête de poupée. Et à ce qu'Eden pouvait constater, elle avait été retirée exprès. On voyait encore les trous qui avaient servi à fixer le corps à la base du cou en céramique, mais il ne restait plus un seul morceau de tissu, ni même un fil, aucune trace de déchirure. L'unique marque évidente de dégradation était la fissure sur le crâne. Pourquoi quelqu'un aurait-il voulu décapiter une poupée ? Et surtout, pourquoi abandonner la tête dans une cave à légumes ?

Cleo prit l'argent.

– Je prends quel type de croquettes ? s'enquit-elle, avant de faire un signe vers le garde-manger vide. Et vous voulez que j'achète autre chose ?

Pour toutes provisions, il leur restait une sauce barbecue, des raisins secs, des boîtes de haricots et un carton vide de muesli. En mai, quand ils avaient emménagé, Eden avait nourri l'espoir que le potager leur fournirait l'essentiel de leur ravitaillement.

Depuis son enfance, elle avait un faible pour le jardinage. Même si sa mère se plaignait tout le temps de devoir récurer les taches d'herbe sur ses vêtements et la terre sous ses ongles, elle avait laissé Eden cultiver un petit carré de verdure dans leur propriété. Quand ses amies s'étonnaient de cette passion pour la terre et les graines chez une enfant si jeune, sa mère répondait que c'était sa faute.

– Je n'aurais pas dû l'appeler Eden !

Madame Mitchell, l'agent immobilier, avait glissé des photos du potager florissant de la reine Anne dans le descriptif, pour leur donner une idée du potentiel de la propriété.

– La plus grande partie du jardin est de votre côté du domaine, leur avait-elle expliqué en leur montrant le plan. Mais un citronnier et quelques myrtilliers se trouvent chez le voisin. Il s'agit de M. Bronner, le président de la Bronner Bank, une des familles fondatrices de New Charlestown, avait-elle fanfaronné.

C'était le seul élément dans ce déménagement qui présentait un avantage sur la vie à la ville. Ils posséderaient un jardin foisonnant. Cette perspective éveilla une nostalgie d'enfance. La semaine de leur arrivée, Eden avait cueilli des asperges et des radis, les avait coupés et les avait assaisonnés avec de l'huile d'olive, du vinaigre de vin, du sel de mer et du poivre concassé.

Jack était ravi. Son père avait été l'un des précurseurs de l'agriculture bio, avant l'accident de voiture qui avait laissé Jack orphelin et l'avait envoyé habiter chez un oncle dans les Cornouailles, en Angleterre. Eden s'était sentie flattée par ses compliments, jusqu'à ce qu'il réclame le plat principal.

– Les protéines ?

Et à vrai dire elle n'avait pas réfléchi aussi loin, trop préoccupée par ses légumes. Elle avait l'impression d'avoir toujours un train de retard, à cause de ses injections d'hormones, et n'avait pas fait à Jack le plaisir de reconnaître qu'elle avait encore faim, elle aussi.

– Si ce que j'ai à t'offrir ne te suffit pas, tu n'as qu'à t'acheter des plats à emporter.

Et à partir de ce jour, c'est ce qu'il avait fait. Des boîtes du Bombay Bistro s'empilaient dans leur garage, puant le yaourt raïta tourné.

– Hum… lâcha-t-elle, une main sur les étagères vides. Merci, mais je dois aller faire des courses de toute façon. Ça, c'est pour le chien, affirma-t-elle en montrant le billet de vingt dollars dans la main de la petite fille.

Criquet enfouit son museau dans le bras d'Eden, appuyant sa truffe humide sur sa peau.

– Achète du Casey's Organics.

Cette marque de nourriture pour chiens avait été l'un de ses meilleurs clients, et aucun autre nom ne lui venait en tête.

– Je vous rendrai la monnaie, assura Cleo.

– Garde-la, contredit Eden, dans un élan de largesse soudaine.

– Oh non, madame Anderson, je ne demande pas l'aumône.

Ce n'était pas ce qu'Eden avait eu en tête, mais elle appréciait la vivacité de la fillette.

– C'est pour ta peine. Et appelle-moi Eden. Madame Anderson, ce n'est pas moi.

Elle n'avait jamais changé son nom de jeune fille sur les documents de la Sécurité sociale et avait toujours travaillé en tant qu'Eden Norton. Refaire sa carte professionnelle et ouvrir un nouveau compte mail semblaient des complications superflues. Quand ils sortaient avec des investisseurs de Jack, elle était simplement « Eden, la femme de Jack ». Personne ne l'appelait Mme Anderson.

Cleo la regarda d'un air méfiant et empocha le billet avant de se diriger vers la porte.

– Au fait, s'exclama Eden pour la retenir, tu sais qui a habité ici avant nous ?

– Le vieux Potts, répondit Cleo dans un haussement d'épaules.

– Il avait des enfants ?

– Il n'avait qu'une jambe, dit la fillette en secouant la tête. Il a perdu l'autre sous la roue d'une voiture quand il avait mon âge. Il a vécu avec sa sœur, et quand elle s'est mariée il est resté seul. Mademoiselle Silverdash dit que le mot qui correspond à ce genre d'homme est « reclus ». Chacun chez soi, si vous voyez ce que je veux dire…

– Je vois.

– Eh ! s'écria Cleo, remarquant enfin Criquet dans les bras d'Eden. Vous n'allez pas gonfler ou vous couvrir d'urticaire ?

– Je ne suis pas allergique aux chiens, déclara Eden en levant les yeux au ciel.

Elle se demanda ce qui avait pris à Jack de sortir un mensonge pareil.

– Je me disais aussi… affirma Cleo en hochant la tête.

Elle repartit vers la porte, mais s'interrompit de nouveau.

– Potts n'avait plus un sou quand il est mort et il avait des dettes à la banque, alors la maison et tout ce qu'il y avait dedans ont servi à les rembourser. Mack Milton a acheté l'endroit aux enchères. Avec son père ils étaient sur le point d'en faire l'une de leurs affaires de rénovation immobilière, mais ils se sont disputés juste avant le début des travaux. La maison est restée condamnée pendant des années. Les enfants disaient qu'elle était hantée, mais Mlle Silverdash dit que seuls les vieux secrets et les nouvelles rancœurs hantent New Charlestown.

Elle s'éclaircit la gorge.

– Je dois y aller. Je vous rapporte la nourriture pour chiens plus tard.

Il vint à l'esprit d'Eden qu'elle devrait se présenter à la mère de Cleo. Elle ne voulait pas se retrouver dans une situation embarrassante, *Pour quelle raison ma fille va-t-elle faire vos courses ? Vous auriez dû nous le demander d'abord.* Encore Jack qui l'obligeait à régler un problème qu'il avait lui-même créé.

– Ta maman est à la maison, maintenant ? demanda Eden. Ce serait bien que je lui parle de notre marché.

Cleo posa la main sur la poignée de la porte sans la tourner. Elle regarda Eden par-dessus son épaule.

– Mes parents ne sont plus là, expliqua-t-elle. Je vis avec mon grand-père.

Vraiment ? Eden avait imaginé que le M. Bronner de la Bronner Bank était le père de Cleo et que sa mère, tout comme Eden, avait dû arrêter sa carrière prometteuse pour se retrouver femme au foyer. Le beau portrait que leur avait dépeint l'agent immobilier se brisa, et elle s'efforça de rassembler les pièces pour en constituer un nouveau.

Monsieur Bronner était son grand-père. Le père du père ou de la mère de Cleo ? Eden savait combien il était difficile d'être orphelin. Quand Jack avait treize ans, ses parents étaient morts dans un accident de voiture. Un oncle célibataire l'avait élevé, et Eden s'était toujours demandé si le comportement apathique de Jack vis-à-vis de leur infertilité était dû à son manque de repères parentaux. Mais Denny et elle avaient grandi dans une famille traditionnelle, deux parents, deux enfants, une maison pavillonnaire, et ils ne s'en étaient pas mieux sortis.

Il lui fallait réfléchir à une réaction appropriée. À son agence de communication, elle pouvait convaincre un buisson d'acheter une robe verte ; mais quand il s'agissait d'émotions sincères, elle était perdue.

– Oh… oh ! lâcha-t-elle simplement en clignant des yeux.

Extrait du New Charlestown Spectator : journal de la civilisation :

« L'exécution de John Brown »

« 1er décembre 1859 - Demain, vendredi, le colonel John Brown sera exécuté avant midi, pour les crimes commis durant l'assaut contre les armureries de Harpers Ferry. Après être passé devant un tribunal, Brown a été reconnu coupable de trahison, de meurtre et de complot. Son exécution sera programmée dans les plus brefs délais, pour montrer à la nation que l'État de Virginie a agi dans le calme, sans passion ni inquiétude.

Lors de sa dernière intervention auprès de la Cour, le capitaine Brown a déclaré : "Je me sens tout à fait satisfait de mon traitement lors de mon procès. Étant donné les circonstances, il a été plus généreux que ce à quoi je m'attendais."

Le prisonnier a affirmé avoir essayé d'aider les esclaves à s'enfuir sans violence, et que si des pertes sont à déplorer, l'unique responsabilité pèse sur ceux qui ont voulu s'interposer.

De telles excuses sont absurdes. Les journaux du Nord soutiennent peut-être la cause des abolitionnistes, mais ici, dans le Sud, ces seize Blancs et ces cinq Nègres n'ont fait que prouver la stupidité de leur fanatisme, entraînant mort et destruction. Il reste à espérer que les bons citoyens de Virginie ne viendront pas assister à l'exécution, mais qu'ils demeureront dans leurs maisons auprès de leur famille et de leurs esclaves. Comme il se doit. »

Sarah

PRISON DU COMTÉ DE JEFFERSON,
CHARLESTOWN, VIRGINIE
1ER DÉCEMBRE 1859

LE GARDE DE LA PRISON DU COMTÉ DE JEFFERSON PRIT LE SAC DES MAINS DE la mère de Sarah.

– Un jour, j'ai trouvé un couteau cousu à l'intérieur du ventre d'une poupée et une note expliquant au prisonnier où l'attendait un cheval pour son évasion. La femme qui avait apporté le colis assurait qu'elle ne les avait jamais vus avant. Elle pensait vraiment que j'allais croire ça ! C'est peut-être la poupée qui avait avalé le couteau et le billet de son propre chef ?

Il secoua la tête.

– Les gens essayent d'introduire toute sorte d'objets illégaux dans la prison. Faut que je regarde partout.

Il enfonça une épée rouillée dans le pain d'épice qu'elles avaient cuit avec les restes de gingembre, de sorgho et de sel trouvés dans le garde-manger.

Depuis l'attaque de Harpers Ferry en octobre, les femmes Brown n'avaient eu ni le temps ni la force d'aller faire des courses au magasin. Leurs réserves avaient considérablement diminué, mais aucune d'elles ne l'avait remarqué. Elles n'avaient pratiquement plus d'appétit. Leurs pommettes étaient plus saillantes que jamais, ce qui accentuait la ressemblance des filles avec leur père. La petite Ellen était la seule à avoir gardé son visage rondelet. Pour entretenir son ignorance d'enfant, elles lui donnaient des cuillerées de beurre mélangées au sirop d'érable récolté en automne. Son rire et ses suppliques pour en avoir plus étaient comme un baume sur leurs cœurs meurtris. En d'autres circonstances, John se serait plaint qu'elles gâtaient trop cette enfant, mais il n'était pas là pour donner son avis... et il ne le serait plus jamais.

La veille de leur départ pour la Virginie, Sarah avait trouvé sa mère qui fouillait comme une hystérique dans les placards vides.

– Le pain d'épice, c'est son gâteau préféré. Il faut que nous en apportions... Il le faut...

Alors, avec Annie, elle avait aidé sa mère à rassembler les ingrédients nécessaires pour en préparer un et elles l'avaient apporté avec elles depuis New York. Tout cela pour que ce jeune soldat le réduise en miettes.

– Pas d'armes cachées sur les visiteuses, Monsieur, signala-t-il à son supérieur qui grogna, surpris de l'entendre.

Le soldat replia les bords du torchon et rendit le gâteau. Les yeux baissés, le visage livide, Mary s'en saisit comme s'il s'agissait d'un nouveau-né.

Sarah avança, mais le soldat se plaça devant elle. Ses mains montèrent le long des bras de la jeune fille et il devint rouge comme une pivoine.

– Est-ce nécessaire ? demanda le jeune homme en direction de son supérieur, qui l'encouragea d'un hochement de tête.

– On n'est jamais trop prudent, Pennington, siffla le plus âgé des deux. Les Yankees...

Il cracha un jet de tabac sur le sol.

– Elles mentent à leurs grands-mères et rient au nez de leurs pères.

Sarah serra les mâchoires. Elle bouillait intérieurement.

– Si nous vous avons fait du tort, nous nous en excusons, déclara Annie.

Leur père avait toujours fait l'éloge de la docilité d'Annie. Sarah n'était pas du genre à tendre l'autre joue. C'était ce qu'elle trouvait le moins cohérent chez son père, en contradiction totale avec ses actions. À l'aube de son exécution, ces soldats leur faisaient perdre le précieux temps qu'il leur restait avec lui. Oui, elle était prête à mentir, à se moquer, et bien plus si elle le pouvait. Elle poussa un profond soupir et se planta fermement devant eux.

Pennington sortit une Bible à la couverture noire et usée.

– Madame Brown, mesdemoiselles Brown, je veux que vous juriez devant Dieu et en respect de la loi des États-Unis d'Amérique et de l'État de Virginie que vous ne cachez pas d'armes dans vos jupons...

Il cligna des yeux en direction de Sarah qui le regarda fixement, sans sourciller.

– ... ni dans la doublure de vos autres vêtements, qui pourraient aider à l'évasion du détenu John Brown, condamné pour trahison contre l'État de Virginie, meurtre avec préméditation et incitation à l'insurrection.

La Bible avait les coins abîmés comme celle de leur père. Sarah se demanda s'il la lui avait confisquée et si elle devait accepter de recevoir ces accusations sur le livre saint de leur famille.

– Maintenant, posez votre main droite et jurez.

Sa mère et Annie obéirent sur-le-champ.

– Nous jurons.

Pas d'armes dans ses habits, mais beaucoup d'amertume... et une carte. Tandis que sa mère et Annie avaient dormi sur tout le trajet en diligence depuis la gare de Washington, jusqu'à la prison de Charlestown en Virginie, Sarah n'avait rien perdu de la route, malgré la nuit noire, et avait tracé tous les repères qu'elle percevait à travers les variations du galop des chevaux.

Elle avait déchiré un pan de son jupon pour dessiner dessus et l'avait roulé dans sa botte. Quand elle le pourrait, elle avait l'intention de le donner à son père pour qu'il s'enfuie, comme ceux qu'ils avaient déjà sauvés.

L'esclavage était une abomination. Tous les membres de sa famille et un grand nombre d'habitants du Nord le pensaient également. Des milliers de concitoyens étaient descendus dans le comté de Jefferson pour manifester leur colère et leur soutien à John Brown. À vrai dire, ils étaient arrivés en si grand nombre qu'un couvre-feu avait été décrété pour les villes alentour, et les trois femmes avaient été escortées par l'armée depuis la gare jusqu'à la prison. Pour rendre visite à John Brown, il fallait une autorisation gouvernementale. Aucun de ses collègues notables du Nord ne l'avait obtenue.

Seule Sarah pouvait le sauver, et elle était bien décidée à ce que son croquis lui montre la voie de la liberté. Mais à présent, ce gamin du Sud lui demandait de jurer sur le texte sacré qu'elle n'avait rien apporté pour aider son père à rester en vie. Comment osait-il la forcer à mentir ainsi ? Elle savait que si elle desserrait les mâchoires, elle ne serait plus capable de se contrôler. Elle tenait de son père, tandis que Mary et Annie étaient de nature plus pleurnicharde. Leur départ de North Elba les avaient laissées inconsolables.

– Il va être pendu en plein centre-ville comme un criminel, avait sangloté Mary en serrant les lettres de John sur son cœur. Aucune pitié, aucune honte. Regardez ce qu'ils font à un homme juste qui n'agit qu'au nom du Tout-Puissant !

Annie avait pleuré dans la manche de sa robe en taffetas noir, ses larmes laissant des marques sombres sur le tissu.

– J'ai essayé de veiller sur lui, maman. Tous les jours, répétait-elle inlassablement.

Parce qu'elle était encore convalescente, Sarah était restée à North Elba avec Mary et la petite Ellen tandis qu'Annie et la femme d'Oliver, Martha, étaient descendues vers la ferme de Kennedy dans le Maryland pour cuisiner et sauver ainsi les apparences auprès des voisins, pendant que les hommes préparaient leur opération. Après le désastre de l'offensive et plus d'un mois à se cacher, les deux femmes étaient enfin revenues à North Elba, à peine reconnaissables et hantées par le souvenir de cette épreuve. Watson et Oliver étaient morts, Owen en fuite, leur père blessé et emprisonné.

En novembre, le docteur Nash avait confirmé que les malaises de Martha ne venaient pas uniquement de son chagrin. Elle portait l'enfant d'Oliver. Elle restait alitée depuis et ne mettait pas le pied dehors. Ils craignaient le pire pour elle et pour le bébé à venir. Son deuil lui empoisonnait le sang. À présent, leurs ennemis allaient faire boire à Mary la même potion mortelle.

C'en était trop pour Sarah.

– Affreux personnages ! s'était-elle offusquée dans la diligence. Si j'étais un homme, je prendrais une lance et je transpercerais le juge. Maudits propriétaires d'esclaves !

Dans un geste brusque, sa mère l'avait giflée, assez fort pour la marquer mais avec suffisamment de douceur pour qu'elle comprenne qu'elle ne lui voulait aucun mal. Annie avait affiché une expression outrée. Mary n'avait jamais frappé aucun de ses enfants avant cela. L'autorité avait toujours été le domaine du père.

– « Celui qui veille sur sa bouche et sur sa langue préserve son âme des angoisses », avait récité Mary comme si elle chantait une chanson. Souviens-toi de cela quand nous serons en Virginie, Sarah. Même Jésus a été persécuté à tort et crucifié. Votre père connaissait le prix du salut. Montre un peu d'humilité.

Et Sarah avait juré de se taire.

Le soldat approcha la Bible de la jeune fille.

– Vous jurez ?

Ses narines s'écartèrent, elle posa la main sur la couverture et hocha la tête.

– Elle a mal à la gorge, intervint Annie. Elle jure.

Sarah s'offusqua de ce mensonge. Sa gorge allait très bien, merci !

L'officier en chef décrocha une grosse boucle de sa ceinture. Les clefs cliquetèrent telles des dents qui s'entrechoquent dans le froid.

– Venez, suivez-moi.

Les trois femmes formèrent une ligne à sa suite à travers le dédale des cellules.

Sarah menait le train. Elle osa poser ses doigts nus sur les barreaux en fer rouillé et glacé qui puaient le sang.

Son père était seul dans le cachot à présent. Même s'il avait affirmé qu'on le traitait bien, ces semaines de captivité l'avaient laissé infirme. Il avait été très grièvement blessé au cours de l'assaut, et pour qu'il assiste à son procès on avait dû le porter jusqu'au tribunal sur une civière. Il ne parvenait à tenir debout devant le juge et les jurés que grâce au soutien de trois hommes, volontaires pour aider.

– Mieux vaut qu'il soit pendu rapidement, plutôt que cette agonie lente, avait confié Salomon, un des frères de Sarah, à cette dernière.

N'ayant pas participé à l'offensive de Harpers Ferry ni à aucune des opérations de John dans le territoire du Kansas, il avait été le seul fils présent au procès.

Salomon n'avait pas exagéré, Sarah le comprenait désormais. Leur père gisait sur une planche en bois. Un secrétaire se tenait tout près, avec de l'encre et une plume à disposition, ainsi qu'un bol de ragoût bien plus grand que ce que Sarah avait mangé depuis des mois. La vue de cette viande et de ces pommes de terre lui mit l'eau à la bouche.

Demain, à la même heure, papa ne sera lui-même plus qu'un tas de viande, se dit Sarah, et son appétit céda la place à la nausée. Elle se frotta la peau juste au-dessus du corset qu'elle avait commencé à porter.

Elle l'avait reçu pour son anniversaire en septembre. Il était d'occasion, ainsi que le jupon assorti. Sa mère lui avait cousu une robe dans un tissu couleur prune, acheté à l'origine pour deux canapés dont les coutures avaient craqué. Sarah se fichait bien que sa robe ait l'air d'une tapisserie. Elle avait vu l'écrivain George Eliot en porter une semblable et l'avait trouvée très belle sur une femme. La teinte pourpre foncé seyait parfaitement aux jours de deuil à venir.

Elle baissa la tête et interpréta ses crampes d'estomac sous les baleines du corset comme une punition pour s'être autorisée à avoir faim et à laisser son esprit vagabonder, alors que son père souffrait.

– John ! appela sa mère, à travers les barreaux.

Le garde leur permit d'entrer et Mary s'agenouilla auprès de lui. Le taffetas de sa robe l'entourait comme une rose noir corbeau. Des miettes du pain d'épice brisé s'éparpillaient sur le sol et des souris cachées dans leur nid se mirent à couiner plus fort que des passereaux. Annie s'accroupit vers son père, de l'autre côté de sa couche.

Sarah restait debout à observer le trio, s'agrippant les mains pour les empêcher de trembler. Ses ongles s'enfonçaient dans ses paumes et dessinaient des croissants rouges sur sa peau.

Son père ouvrit des yeux injectés de sang, incandescents au milieu de son visage blême. Elle recula d'un pas. Leur éclat lui avait toujours prouvé qu'il était bien le prophète que tout le monde voyait en lui.

– Mary, chuchota-t-il. Ma chère Mary.

Il lui prit les mains et elle embrassa les doigts de son mari malgré leur aspect gonflé.

Annie pleurait. Il lui caressa la joue puis se tourna vers Sarah, la transperçant du regard. Elle se redressa aussitôt.

– Mes enfants, vous rendrez des hommes très fiers, commença-t-il, avant d'être interrompu par une forte quinte de toux.

Quand la crise se calma, ses yeux s'étaient fermés ; et Sarah se dit que, comme pour le prophète Élie, Dieu avait décidé de l'emporter avant l'exécution.

Leur mère passa la main sur sa poitrine, sa gorge et sa bouche. Il revint à lui.

– Je sens un parfum de Noël, affirma-t-il. La naissance de notre Sauveur.

– Du pain d'épice, murmura Mary en découvrant le gâteau.

Il esquissa un faible sourire.

– Comment le savais-tu ? J'ai eu une vision : les anges m'accueillaient avec du pain d'épice.

Les larmes de sa mère coulaient en abondance. Elle porta un morceau du pain d'épice aux lèvres de son mari. Quand il eut croqué dedans, elle s'adressa à Sarah :

– De l'eau...

– Pourrais-je avoir quelque chose à boire ? demanda Sarah au garde.

Il inspecta tour à tour les trois femmes. Ne détectant aucune menace d'évasion, il hocha la tête et partit dans le couloir, ses clefs cliquetant à chacun de ses pas.

Dès qu'ils furent seuls, John se souleva sur ses coudes.

– Plus près de moi, ma famille, ordonna-t-il d'une voix ardente et autoritaire, la voix qu'elle lui avait toujours connue.

Elles se rapprochèrent toutes les trois.

– Écoutez attentivement. N'ayez jamais honte de notre cause. Je ne veux pas de donneurs de leçons bien-pensants à mes funérailles, je ne veux que les esclaves miséreux de Virginie. Gardez leurs enfants tout près de vous, mes chères. Soyez leurs anges gardiens. L'abolition de l'esclavage ne meurt pas avec moi. Vous devez poursuivre le combat. J'ai envoyé par courrier ces mêmes recommandations à vos frères encore en vie. Vous autres, mes filles, ainsi que Ruth et la petite Ellen, êtes les mères de la future génération. Une génération qui n'acceptera plus qu'on enchaîne et qu'on asservisse d'autres êtres humains. « Ne vous mettez pas avec les infidèles sous un joug étranger. Car quel rapport y a-t-il entre la justice et l'iniquité ? Ou qu'y a-t-il de commun entre la lumière et les ténèbres ? » Promettez-le-moi, mes filles...

– Je te le promets, jura Annie en lui embrassant le creux de la main et en posant la tête sur la couverture en laine qui recouvrait sa poitrine.

C'était un vœu que Sarah pouvait prononcer sans difficulté. Elle ne pourrait jamais porter d'enfants, ne serait jamais la mère de la future génération. Aucun homme ne l'asservirait.

– Vous avez ma promesse dans cette vie et pour l'éternité, Père.

Elle se pencha et sortit de sa botte la carte qu'elle avait tracée sur un bout de son jupon, mais, avant qu'elle puisse la placer dans la main de son père, une vive douleur le fit grimacer et rouler sur le côté.

– Nous sommes ici pour servir la volonté divine. J'ai fait tout ce que mon corps de mortel me permettait. Je suis heureux de quitter cette terre en réalisant mon dessein. Mon plus grand regret est de partir avant d'avoir vu mes enfants accomplir le leur, et avant de savoir que l'hérésie que représente l'esclavage sera abolie.

Les clefs retentirent de nouveau, mais cette fois le garde revint accompagné. Deux hommes en redingote le suivaient. Sarah se redressa rapidement et cacha son dessin dans le repli de son châle.

– Père Hill et son fils, annonça le garde.

Il avait oublié l'eau.

Mary et Annie se levèrent pour accueillir les visiteurs, et Sarah resta sans voix. Elle avait déjà vu le pasteur, la nuit où elle avait eu la révélation de ses talents d'artiste et avait rejoint le Chemin de fer clandestin.

– George, Freddy... les salua son père.

– Bonjour, John, répliqua le pasteur. Je présume que vous êtes madame Brown ? demanda-t-il en claquant légèrement des talons.

– Mon père... confirma-t-elle en tendant la main.

– Appelez-moi George. Voici mon fils, Frederick. Nous sommes enchantés de vous rencontrer.

Il fit une petite révérence en direction de Mary, puis vers Annie et Sarah, sans rien laisser paraître du fait qu'il l'avait reconnue. Elle répondit par un hochement de tête timide.

– C'est une bénédiction pour moi d'avoir connu George et sa famille, expliqua John. Il prêche dans l'église de Charlestown, un frère devant Dieu et un *ami*.

Elles comprirent ce que ce mot cachait. Leur père n'avait pas d'amis qui ne partageaient pas ses opinions. Il ne voyait pas d'intérêt de se lier avec ceux qui considéraient l'esclavage comme juste ou, pire même, tolérable. « Ainsi, parce que tu es tiède, et que tu n'es ni froid ni bouillant, je te vomirai de ma bouche. » C'était un de ses versets favoris, et quand il le citait, il crachait toujours sur le sol pour appuyer ses paroles.

– Les pasteurs commis d'office par la Cour ont le regard fuyant. Je n'ai aucun besoin de l'absolution de ces gens-là. Mais George est vertueux. Un homme de confiance, je n'en connais pas de plus fiable dans tout l'État de Virginie.

Sarah savait qu'il disait vrai.

Le garde baissa les yeux et ajusta son fusil sur le côté.

Par réflexe, Sarah recula d'un pas. Mais n'ayant pas l'habitude de porter sa cage de fer dans les espaces confinés, elle se cogna dans la table et fit tomber un crayon par terre. Elle essaya de le ramasser, mais avec corset et crinoline sa tentative fut vaine. Frederick, Freddy comme l'appelait son père, lui épargna cette peine.

– Ils roulent plus vite que des roues à aubes, dit-il en posant le crayon sur le bureau. Ils devraient les faire carrés, conclut-il en adressant à Sarah un clin d'œil complice.

La jeune fille se crispa. Connaissait-il son secret, les cartes qu'elle traçait pour le Chemin de fer clandestin ?

– Deux de mes filles, présenta John. L'aînée, Ruth, est restée avec sa famille, et la cadette, Ellen, a été confiée aux bons soins d'amis. Elle est trop jeune pour cette sinistre aventure.

Les deux visiteurs baissèrent la tête en un même geste.

– En effet, acquiesça George. Sinistre.

Sarah profita que leur attention était occupée ailleurs pour les observer. Comme son père, George arborait une barbe qui lui cachait la plus grande partie du visage ; mais Freddy était rasé de frais, ses joues rondes plus pâles que du babeurre, ses cheveux noirs et courts, légèrement bouclés au milieu du front. S'ils avaient étudié ensemble à North Elba, il aurait été dans une classe entre la sienne et celle d'Annie, songea Sarah.

Elle leva la tête vers son col et croisa son regard. Contrairement aux yeux d'un bleu glacial de son père, ceux de Freddy étaient profondément chaleureux, marron ou noisette. Verts peut-être. Elle n'aurait su dire, leur couleur variait au gré des mouvements de la bougie.

– Faut plus traîner là, mon père, avec les femmes, annonça le garde. Il se fait tard.

Sarah sentit ses joues s'empourprer. Elle ne pouvait pas partir maintenant, elle n'avait pas donné la carte à son père. Son cœur battait la chamade, mais l'air se coinçait dans sa gorge, refusant de descendre jusqu'à ses poumons à cause de son maudit corset ! Elle devait agir vite. Alors elle fit la seule chose qu'elle pouvait encore faire : elle feignit de s'évanouir, se laissant choir au sol.

– Sarah ! cria Annie.

Elle accourut au secours de sa sœur et essaya d'arranger les pans de sa jupe.

– Les baleines sont trop serrées, elle n'a pas l'habitude.

Pas faux. Et en tous les cas, cela faisait parfaitement illusion. L'intimité des sous-vêtements féminins embarrassa les visiteurs et le garde qui détournèrent la tête, pendant que Sarah glissait le plan dans la main de son père, sous la couverture.

– Elle a été souffrante. La dysenterie… à l'automne, bégaya sa mère.

Sarah se dit qu'elle la croyait *vraiment* malade. Qu'ils parlent de corset et de jupon lui convenait très bien, mais sa santé n'était pas leurs affaires, à ces inconnus.

– Ma pauvre Sarah, s'alarma Mary.

Cette pitié lui donna la nausée.

Freddy lui donna une petite gifle sur la joue. Il leva la main pour recommencer, mais Sarah la saisit rapidement.

– Monsieur Hill, je vous en prie, ne faites plus cela.

Elle avait mené à bien sa mission et pouvait cesser de faire semblant. Plus question que cet individu la tapote comme si elle était un bébé !

Freddy l'aida à s'asseoir tandis qu'Annie lui recouvrait les jambes avec sa jupe pour qu'elles ne soient pas exposées. Enfin, le garde apporta de l'eau et des petits biscuits. Mary en donna un à Sarah, mais il était si sec qu'elle s'étouffa et tendit la main vers le verre.

– Buvez doucement, conseilla Freddy, ses mots venant soulever les mèches libres autour des oreilles de la jeune fille.

– Nous avons déjeuné léger, plus que d'habitude, expliqua Annie.

Un autre mensonge. Elles n'avaient rien mangé du tout. Sarah avala avec peine. Le morceau en bouillie glissa laborieusement dans sa gorge. Craignant qu'il atterrisse sur son estomac comme une pierre sur une égreneuse, elle suivit les consignes de Freddy avant de lui rendre le verre vide.

– Merci, je vais bien, insista-t-elle en se dégageant des bras de Freddy.

Sa nuque était chaude et sensible à l'endroit où son souffle s'était posé.

– Elle a besoin de reprendre des forces, déclara John. Toutes les trois, vous en avez besoin. Partez avec George, maintenant.

– Priscilla, ma femme, a cuisiné une copieuse marmite, annonça le pasteur. Avec des galettes de maïs toutes fraîches. Nous serons heureux de vous accueillir à New Charlestown.

– C'est très gentil de votre part, affirma Mary. Mais je ne suis pas encore prête à faire mes adieux. C'est impossible !

– Ma chère, commença John, calmement. Dieu compte les minutes de ma vie pour que tu n'aies pas à le faire. Et je voudrais un peu de temps seul pour me préparer. Les heures que Jésus-Christ a passées dans le Jardin de Gethsémani furent essentielles à sa patience.

Personne n'osa le contredire, mais Mary tremblait si violemment que George dut la tenir par le bras pour l'empêcher de tomber.

Elle refusa de quitter le chevet de son mari, jusqu'à ce qu'il le lui ordonne.

– Pars, Mary ! Ne m'oblige pas à me faire du souci pour toi dans mes derniers instants. Je te verrai demain matin. Que Dieu vous garde, toi et les enfants.

Mary se ressaisit.

– Que Dieu te bénisse… murmura-t-elle.

Elle s'écarta de George et embrassa le front de son mari. Puis, appelant faiblement ses deux filles, elle sortit de la cellule sans se retourner.

Sarah et Annie embrassèrent à leur tour leur père pour lui souhaiter bonne nuit, comme elles l'auraient fait à la maison. Plus simple de suivre la routine, de ne pas changer les habitudes. Se convaincre que dans l'action, les mots sonneraient juste. Que le matin, les oiseaux et le soleil seraient les bienvenus et non pas des messagers de mort. Que demain n'était que demain.

– Bonne nuit, Père, dit Sarah.

Sa barbe drue lui gratta la joue. Elle ne l'avait jamais embrassé sans s'y piquer.

– Merci Sarah, répondit-il, et dans sa voix elle entendit le carillon de la résurrection.

Il utiliserait sa carte pour s'enfuir dans la nuit. Elle en était persuadée.

La diligence militaire emmena les trois femmes loin de Harpers Ferry, passant au-dessus d'une crique à l'embouchure de la rivière Shenandoah et à travers une forêt infestée de grenouilles, vers de petits bâtiments modestes en brique nichés entre les falaises de Blue Ridge.

Une église blanche avec une façade à pignons trônait au centre du village, son sommet pentu pareil à une stalagmite. Sarah imagina les prières des fidèles monter vers les cieux. Les étoiles qui scintillaient au-dessus d'elle rendaient cette vision encore plus éclatante. Peut-être toutes ces constellations représentaient-elles des villes comme celle-ci, où les prières se mêlaient dans une mare invisible. L'univers à l'envers. Peut-être des âmes regardaient-elles vers le bas pour chuchoter des rêves et créer des légendes à propos de la Terre avec autant d'espoir qu'eux-mêmes s'en construisaient à propos de la lune. L'idée lui fit mal à la tête : tout ce qui était connu devenait l'inconnu, la réalité se dissipait dans la Voie lactée.

De tout le trajet, personne n'avait parlé. Si la fatigue, la faim et le froid qui s'infiltrait dans la cabine ouverte n'avaient pas suffi à les rendre muettes, le désespoir avait achevé la tâche. Que restait-il à dire ? Elles se tenaient blotties les unes contre les autres sous une couverture militaire en laine, Sarah et Annie de chaque côté de leur mère. Le souffle des filles s'inscrivait gris et lourd dans l'air, alors que celui de leur mère sortait plus fluet que des pissenlits éparpillés par le vent. Cela rappela à Sarah un conte de Hans Christian Andersen que son père avait rapporté d'Europe quand elle était enfant.

La petite Gerda arrivait au palais de la Reine des Neiges. Alors Sarah imita l'héroïne et récita le *Notre Père* pour que ses respirations à elle aussi prennent l'apparence d'anges et se battent contre les flocons de neige gardiens du royaume.

– Merci Sarah, lâcha Mary en lui serrant la main, quand elle eut terminé.

Sarah espérait que Dieu ne la punirait pas pour avoir invoqué son nom de cette façon. Elle n'avait pas écouté un seul mot de ce qu'elle avait prononcé, l'esprit perdu dans son récit imaginaire et bercé par le rythme de sa déclamation.

La diligence traversa l'artère principale de la ville avant de s'arrêter dans une ruelle. Les chevaux poussèrent un hennissement puissant et frappèrent la chaussée de leurs sabots. Le soldat qui conduisait cogna sur le toit puis jeta leurs bagages à terre. Ils atterrirent avec un bruit sourd entre les rangées de buis qui bordaient une grille peu élevée.

– Nous sommes arrivés à New Charlestown, annonça-t-il, avant de descendre leur ouvrir la portière. La maison des Hill.

D'un geste de la main, il indiqua une bâtisse en brique au bout d'une allée, où un fin rai de lumière filtrait d'une fenêtre voilée.

George et Freddy les avaient suivies, et ils conduisaient leurs chevaux vers une grange de la même taille que la maison.

Le soldat aida Annie et sa mère à descendre de la diligence, mais Sarah refusa de prendre sa main, remontant sa jupe pour sauter à terre avec aplomb.

George et Freddy apparurent dans la pénombre, un setter roux et élancé trottant à leurs côtés. Le chien grogna en direction du soldat qui se pressa de remonter à sa place de conducteur.

– Elles sont sous votre responsabilité, mon père.

– Je m'occupe d'elles, affirma George en saluant le soldat.

La calèche repartit vers la prison à toute vitesse. Le bruit du galop des chevaux s'éteignit, couvert par celui du vent qui soulevait les feuilles mortes.

– Soyez les bienvenues ! lança George, une fois la rafale passée.

Le chien frotta sa truffe contre la jambe de Freddy pour qu'il vienne lui caresser le menton.

– Je vous présente Gypsy, annonça George. Nous l'avons trouvée sur le bateau qui nous a amenés ici, la truffe fourrée dans les rations. Nous l'avons recueillie juste à temps pour lui éviter de mijoter dans le prochain ragoût au menu. Freddy n'avait que sept ans. Gipsy ne l'a plus quitté depuis. Allons, venez vous réchauffer à l'intérieur. Priscilla et ma fille, Alice, sont impatientes de faire votre connaissance.

Même si ses paroles les invitaient à entrer dans la maison, son corps semblait leur barrer encore la route. Les trois femmes tremblaient dans le vent glacial, la neige emprisonnée dans les nuages encore trop hauts pour tomber.

– Je dois vous mettre en garde, cependant : Alice est plus... simplette que la plupart des filles de son âge. Mais ce qui lui fait défaut en esprit, elle le compense par son bon cœur. Elle risque de vous accueillir avec un débordement d'enthousiasme, ne lui en tenez pas rigueur.

– Un cœur généreux vaut bien plus que toute l'intelligence du monde, affirma Mary.

George guida Mary et Annie dans l'allée.

Gypsy renifla la jupe de Sarah. Elle avait rangé les biscuits dans la poche de son manteau et les y avait oubliés. Elle caressa le museau de la chienne qui se laissa flatter.

– Elle vous apprécie, assura Freddy, les bras chargés de bagages. En général, Gypsy ignore les invités, à moins qu'elle ne les aime carrément pas, et dans ce cas elle le fait savoir très vite.

– Rien à voir avec mes biscuits, bien sûr, ironisa la jeune fille.

– Ah, la clef de sa loyauté, plaisanta le jeune homme. Les miettes de biscuits. Dès que vous n'en aurez plus, elle vous oubliera, vous pouvez en être sûre.

Il lui adressa un autre clin d'œil et Sarah se demanda si c'était une habitude chez lui, ou le signe qu'il en savait plus sur elle qu'elle ne l'aurait souhaité. Elle trouvait cela déconcertant.

Pour ne pas y penser, elle caressa la tête de Gypsy. *Je t'aime bien, ma belle*, songea-t-elle, et elle aurait juré voir une lueur de compréhension dans les yeux de la chienne.

Devant elle, la porte s'ouvrit. La lumière se répandit dans l'obscurité, révélant une couronne de houx sur le montant. La période de Noël avait commencé, Sarah l'avait oublié.

– Super ! De nouveaux amis ! s'écria une voix de petite fille, mais Sarah ne vit aucune enfant sur le seuil, juste deux femmes de la même taille.

George embrassa celle qui se tenait sur la gauche, Mme Priscilla Hill.

– Bienvenue dans notre humble demeure, lança-t-elle en prenant les deux mains de Mary dans les siennes.

Sans se soucier des convenances, l'autre femme se jeta au cou d'Annie.

– Priscilla, Alice, je suis heureux de vous présenter Mme Mary Brown, commença George, formel. Mademoiselle Annie Brown et…

Il s'interrompit pour donner le temps à Sarah d'approcher :

– … mademoiselle Sarah Brown.

Alice lâcha Annie pour enlacer Sarah. Ses bras étaient gras mais forts et exhalaient une odeur âcre de pêche laissée trop longtemps au soleil. Cela rappela à Sarah le parfum d'Ellen après une journée à jouer dans le jardin en été. Elle se demanda si Alice était née ainsi ou si elle l'était devenue : après une maladie, comme sa dysenterie, ou une épreuve. De toute façon, cela lui fit aimer les Hill encore davantage. Ils se mettaient en danger pour elles. Ils hébergeaient la famille d'un condamné à mort et exposaient leur fille aux regards de tous. Certains pourraient penser qu'Alice serait plus à sa place dans une institution. Sarah connaissait ces endroits.

Freddy porta leurs affaires à l'étage, Gypsy sur ses talons. George accrocha son chapeau à la patère à côté de la porte puis les invita à se mettre à l'aise. Leurs manteaux étaient gelés, s'en défaire les soulageait d'un vrai poids, et Sarah eut plus chaud dès qu'elle s'en fut débarrassée.

Une cheminée en briques dégageait une douce chaleur dans le petit salon. Alice se planta à côté et fouilla dans un panier. Le plancher en bois craqua sous les pas de Sarah, et Alice se tourna avec un sourire radieux. Elle paraissait plus âgée que Sarah, plus âgée qu'Annie, même. Mais elle avait les attitudes d'une enfant. À tel point qu'elle pouvait effrayer son entourage, ou plutôt sa bonne humeur débridée pouvait effrayer parce qu'elle jurait tant avec le monde dans lequel ils vivaient tous. Un monde d'esclaves et de soldats, de guerres et de cercueils. Un monde qui avait tué ses frères et allait pendre son père.

– Viens, appela Alice en tendant la main. C'est pour toi. Un cadeau.

Le feu projetait des reflets orange sur sa peau et éclairait ses yeux d'un éclat surnaturel. Dans la main de Sarah, Alice déposa des pétales bleus, chacun séché avec soin.

Sarah avait glissé des roses thé entre les pages de gros livres, plusieurs printemps auparavant ; mais elle avait oublié de noter dans quel recueil et, au comble de la frustration, n'avait pu les retrouver dans la bibliothèque de son père. Elle avait le même sentiment quand elle essayait de saisir le temps. Avec Annie, elles avaient déjà tenté de marquer toutes les heures d'une journée, pour ne rien en oublier. À chaque nouvelle heure entamée, elles déclaraient à haute voix : « Je fais le serment de ne jamais oublier cette heure de ma vie offerte par Dieu. »

Mais elles avaient oublié. En fait, elle n'avait plus repensé à cette journée depuis des années et ne se remémorait rien, hormis ces déclarations. Qu'avaient-elles fait d'autre ? Elle en avait perdu le souvenir, comme elle avait perdu ces roses. Mais à présent elle tenait dans la main des pétales bien réels.

Sarah les caressa du bout de l'index, ils craquèrent comme du petit bois qui brûle et exhalèrent un parfum délicat.

– Jacinthes et glycine. Bienvenue ! s'exclama Alice.

Les autres entrèrent à leur tour dans le petit salon, et Alice distribua ses présents aux deux autres femmes.

Annie regarda les pétales attentivement.

– Des jacinthes bleues et mauves ?

Le sourire d'Alice s'élargit encore.

– Oui, mauves. Vous connaissez le langage secret des fleurs ?

– Votre message est joliment adressé, merci Alice.

La jeune fille se serra contre le coude d'Annie et posa enfin la question qui lui brûlait les lèvres.

– Tu veux bien t'asseoir à côté de moi pendant le dîner ?

– Oh ! mais où sont nos bonnes manières ? s'écria Priscilla. Vous avez voyagé toute la journée pour rendre directement visite au capitaine Brown. Vous devez être épuisées, passons vite à table. Après, vous pourrez vous reposer.

Elles suivirent leurs hôtes dans la salle à manger. Priscilla prit place, et tous s'installèrent à leur tour. George et Freddy chacun en bout de table. Sarah s'assit à la droite du jeune homme, les pieds si près des siens qu'elle n'osa pas bouger d'un millimètre.

Elles n'avaient pas eu de vrai dîner depuis longtemps. Et malgré la modestie de celui qui leur était servi, le raffinement n'y manquait pas. Couverts en argent ; serviettes en tissu, aussi lisses que les pétales d'Alice ; lampes tempête qui les éclairaient tous comme une peinture de Duccio di Buoninsegna, les enveloppant d'un halo doré et rougeoyant. Le frère de Sarah avait rapporté d'un de ses voyages en Europe avec son père une réplique miniature de la *Cène*. Sarah s'émut en se remémorant le tableau.

Depuis l'assaut de Harpers Ferry, elles avaient sauté des repas ou s'étaient contentées de bols de porridge avec des œufs. Même si les poules de leur basse-cour se portaient à merveille, les femmes Brown n'avaient eu ni l'énergie ni l'envie de les attraper, de les égorger et de les cuisiner. Elles avaient laissé les volatiles prospérer et batifoler dans les bois pendant qu'elles s'alimentaient grâce à leurs œufs.

Les hommes partis, elles avaient mangé à côté du poêle, qui sentait le beurre et l'érable brûlés. Jamais ils n'avaient eu de cuisinière ou de domestiques. John Brown ne voulait pas d'étranger sous son toit pour le servir. Pour lui, ç'aurait été comme avoir un esclave. Faire à manger, élever les enfants et s'en occuper revenait aux femmes.

Chacun dans le foyer avait un rôle défini. La mécanique bien huilée d'une montre : la pendule des Brown. Une roue ou un marteau ne peut décider de cesser de fonctionner et espérer que les aiguilles continuent à afficher l'heure, leur avait-il expliqué. Sarah avait conclu que les femmes étaient les roues et ses frères, les marteaux. Son père, lui, était la face de l'horloge avec les aiguilles. Il se voulait brillant inventeur de paraboles. La pendule des Brown était celle qui plaisait le moins à Sarah. Elle n'aimait pas l'idée d'être une roue. Tourner sur soi-même sans jamais aller nulle part.

À table, Annie ne tarissait pas d'éloges sur les éminents amis de son père, les Alcott – « un professeur d'université à la Harvard Divinity School… leur fille Louisa May a publié un excellent roman féerique… une famille de philosophes et de penseurs… » – qui avaient eu la gentillesse de garder Ellen pendant leur absence.

Sarah grimaçait, sachant que George connaissait bien mieux les amis de son père qu'Annie. Elle ne voyait pas du tout l'intérêt de cette conversation un soir pareil. George hochait la tête poliment, lui permettant ainsi de ne pas aborder le sujet qui les torturait tous : l'exécution du lendemain.

– Le dîner est presque prêt ! annonça une voix derrière la porte de service.

– Parfait ! Venez, Siby, appela George. Je voudrais vous présenter à nos invitées.

Timidement, la femme avança dans la lumière. Une griffonne, la peau couleur fauve, les yeux marron clair, les cheveux marron, bouclés, attachés en chignon. Elle devait avoir l'âge d'Alice, peut-être quelques années de plus.

– Voici notre Siby.

Elle fit une petite révérence.

Annie se tourna vers Mary, horrifiée, tandis que Sarah regardait tour à tour Siby et George. Non, ce n'était pas possible. Un abolitionniste, propriétaire d'esclaves ? Le plus grand hypocrite qui soit sur cette terre !

Les Hill comprirent aussitôt le trouble des trois femmes.

– Non, non, non ! s'exclamèrent ensemble George, Priscilla et Freddy.

– Siby est libre. Elle vit avec nous, oui, mais nous la payons. Elle fait partie de la famille..., se justifia George, avant de laisser échapper un profond soupir. Oui, je sais, c'est ce que disent tous les propriétaires de plantation, et je suis désolé d'utiliser les mêmes expressions... Mais chez nous, ce n'est pas juste en théorie. C'est la vérité, elle est libre. Sa famille, les Fisher, étaient les esclaves de ma belle-famille, et ils nous ont été offerts comme cadeau de mariage.

Priscilla baissa les yeux.

– Mais dès qu'ils sont arrivés chez nous, nous les avons affranchis, continua George, esquissant un large sourire pour les rassurer.

Annie fronçait toujours les sourcils.

– Les parents de Siby et ses deux jeunes frère et sœur habitent au bout de la route, dans leur propre maison.

– J'habite chez les Brown pa'ce qu'y m'donnent un bon travail, et c'est rare pour une personne comme moi, ici, confirma Siby. Mon papa, il est noir comme un pépin de pomme. Mais Clyde et Hannah, les jumeaux, et moi, on tient de not' mère, qui est bien plus jaune. Sa mère à elle était une esclave claire de peau en Géorgie, et mon grand-père, c'était le fils de son maître.

Elle haussa les épaules en souriant.

– Moi, je suis née libre, grâce à m'sieur George, affirma-t-elle en penchant fièrement la tête sur le côté. Papa travaillait sur la rivière, c'est d'là qu'vient not'nom, Fisher, les pêcheurs. J'suis si contente de cuisiner et nettoyer pour les Hill. Maman peut rester à la maison tranquillement, pa'ce que m'dame Priscilla dit qu'les bébés ils ont b'soin d'leur maman au début.

– C'est une merveilleuse maman, complimenta Mme Hill.

– Et vous savez d'quoi vous parlez, c'est elle qui vous a élevée, remarqua Siby en rougissant.

Le père de Sarah lui avait appris que faire miroiter la liberté aux esclaves était une chose, mais que la leur offrir concrètement était bien différent. Il avait payé de sa vie l'idée que l'espoir serait assez puissant pour inciter la rébellion à Harpers Ferry, mais cela n'avait pas suffi. Libres ou affranchis, ils avaient toujours des attaches avec les familles de Blancs. Certains, comme la mère de Siby, par le sang. Leur demander de se révolter contre les gens auprès desquels ils avaient vécu toute leur vie exigeait une impressionnante force de persuasion. Ceux qui avaient été torturés et rudoyés n'osaient plus espérer, terrorisés pour leur famille sur les plantations. Ceux que l'on traitait correctement ne voulaient pas sacrifier leur condition pour un avenir incertain qui pourrait être bien pire. Par conséquent, cela ne l'avait pas surprise que son père ait échoué à mobiliser davantage de Nègres. Les familles du Sud s'enchevêtraient comme un fourré de mûres et de framboises.

Priscilla adressa un clin d'œil à Siby, et Sarah sentit la complicité entre les deux femmes.

– Je n'ai jamais appris à faire un pain de maïs aussi savoureux que le tien et celui de ta mère, déclara-t-elle.

– Alors là, c'est bien vrai ! confirma George en donnant un coup de poing sur la table. J'aime ma Prissy comme la prunelle de mes yeux, mais son pain de maïs est affreusement sec.

– C'est pa'ce que j'le fais comme un gâteau, en rond, expliqua Siby, triturant son tablier, d'embarras. Y d'vient tout farineux si on lui ajoute pas du beurre pour le ramollir.

Alice ramassa sur le sol une poupée en albâtre avec des cheveux peints en jaune, des lèvres rouges et des yeux brillants. Elle la posa sur la table.

– Papa, Kerry peut venir avec nous à table ?

Priscilla observa ses convives. Elle prit la main de George qui lui caressa les doigts avec son pouce.

– Kerry est un cadeau de Noël qu'Alice a reçu un peu en avance, de Tante Nan.

– Papa dit que son visage lui rappelle nos pommes Kerry Pippin. Vous trouvez, vous aussi ? demanda-t-elle en brandissant son jouet.

– Elle peut être des nôtres du moment qu'elle reste assise sagement sans nous interrompre, accepta George en se raclant la gorge.

– Maman et moi, on va lui broder un bavoir avec des fleurs de pommier, chuchota Alice en direction de Sarah.

Mary venait de coudre une nouvelle robe pour leur plus belle poupée. La petite Ellen avait supplié qu'on lui en confectionne une avec de la soie couleur safran nacré, décrite par une princesse de conte de fées dans un spectacle de marionnettes qu'elle avait vu en ville. Elles avaient eu beau lui expliquer que cela n'existait que dans les légendes, la petite s'était entêtée.

– Mais je la vois dans ma tête !

Alors, de quel droit se dressaient-elles contre son imagination ? Elles s'étaient reproché la propension à l'extravagance de la fillette. Elle avait cinq ans, elles la couvaient trop. Très vite, elle croquerait dans le fruit de l'arbre de la connaissance.

Et à présent, elles rencontraient Alice Hill, dotée d'une jeunesse éternelle. Une bénédiction, un malheur.

– Elles sont magnifiques, s'enthousiasma Sarah. Il y a trois ans, une vague de froid a provoqué des chutes de neige en avril après la floraison des pommiers. On ne pouvait pas distinguer les flocons des fleurs. L'eau du puits a eu un goût de cidre après la fonte et jusqu'à l'été.

Sarah ne savait pas pourquoi elle avait eu besoin de raconter cette histoire, mais à voir le visage radieux d'Alice elle se réjouit de l'avoir fait.

– Des anges du royaume de la gloire ! chuchota Alice en levant son verre vide. À Noël !

George serra la main de sa femme puis leva à son tour son verre, vide lui aussi.

– À la miséricorde divine, qui nous accompagne en toute saison. Dans la joie et la tristesse.

Les lèvres de Mary tremblèrent. Annie fixa du regard le H incrusté dans son assiette en porcelaine. Les bougies se consumaient lentement tandis que les mèches se changeaient en cire fondue.

L'antique horloge dans l'entrée sonna l'heure. *Oui,* se dit Sarah, *que les roues continuent à tourner et les minutes à passer. Il vivra. Quand ils ouvriront son cercueil, il sera vide.* Mais chaque coup qui retentissait rappelait l'indéniable vérité : son père était John Brown, pas Jésus-Christ.

Eden

NEW CHARLESTOWN, VIRGINIE-OCCIDENTALE
AOÛT 2014

« Y A QUELQU'UN ? APPELA CLEO DEPUIS LE REZ-DE-CHAUSSÉE. MADAME Anderson ! »

Eden était dans sa chambre. Elle avait appelé son agence de communication et avait eu une longue discussion avec l'un des vice-présidents. Celui-là même qui lui avait garanti que son bureau l'attendrait patiemment jusqu'à ce qu'elle soit prête à revenir. Eh bien, non. Quatre mois plus tard, le discours avait changé : « Un jeune gars épatant tout droit débarqué de Georgetown » qui avait fait « des merveilles » avec les clients d'Eden. Cela n'aurait pas été juste pour lui qu'ils s'en débarrassent maintenant, avait-il expliqué, et il avait osé ajouter qu'il enviait à Eden sa petite vie bucolique loin du chaos urbain. Elle aurait voulu gratter une allumette au-dessus de son bureau après l'avoir abondamment arrosé d'essence.

Qu'il parte en fumée.

Elle avait raccroché, trempée de sueur, et avait cherché comme une acharnée sur Internet quelle pouvait être la valeur immobilière d'un monument historique. Elle avait également appelé le

Niles Antique Mill et laissé un message pour que quelqu'un vienne procéder à une estimation de leur maison. Immédiatement.

– Madame An-der-son !

– J'arrive ! hurla Eden, rangeant dans ses favoris la Lee-Manning House, une propriété de New Charlestown.

Classée au registre des lieux historiques, elle avait été vendue pour une somme colossale et servait désormais de Bed & Breakfast. Exactement le genre de chose qu'Eden avait en tête.

– Oh, bonjour. Je savais que vous étiez à la maison.

En bas, Cleo était agenouillée à côté de Criquet et lui caressait le haut du crâne entre les oreilles.

– J'ai fait les courses.

Elle se releva et partit dans la cuisine sans attendre Eden.

– Comme chez Milton ils n'avaient pas la marque que vous vouliez, je suis allée sur l'ordinateur de la librairie de Mlle Silverdash pour voir si je ne trouvais pas un autre nom de marque bio sur Internet, et j'en ai profité pour me renseigner au sujet de la tête de la poupée. Mademoiselle Silverdash a trouvé ça très intéressant. Elle a dit que vous pouviez la lui apporter quand vous voulez et qu'elle l'examinerait. Elle sait tout sur New Charlestown. Elle est diplômée d'histoire et de littérature. Elle tient une boutique d'antiquités, expliqua-t-elle en prononçant le mot avec soin, mais elle vend aussi des livres neufs.

Cleo brandit un gros recueil de recettes de cuisine à la couverture glacée.

– Elle a trouvé celui-ci, *The Holistic Hound.* Il contient quatorze recettes cent pour cent bio pour les chiens. Mademoiselle Silverdash m'a suggéré de les tester avant de passer des commandes spéciales chez Milton. Je lui ai raconté que vous m'aviez embauchée pour garder Criquet. Eh bien, Mme Hunter... – mon grand-père dit qu'elle a des oreilles comme des chauves-souris –, a entendu notre conversation depuis l'autre bout du magasin et est venue vers nous avec un de ses jumeaux. Des petits braillards mal polis, ces deux-là, d'ailleurs, déblatéra Cleo en sortant ses courses d'un sac en papier marron. Madame Hunter a commencé à poser des questions sur votre maison, comment c'était à l'intérieur. Mais vous en faites pas, madame Anderson, je lui ai dit que votre maison méritait de figurer dans le magazine *Coastal Living*. Ça lui en a bouché un coin. Mademoiselle Silverdash m'a félicitée d'avoir trouvé un petit boulot d'été. Elle était très impressionnée. Elle est impatiente de vous rencontrer.

Cela irrita Eden que quelqu'un ait osé poser des questions sur sa maison et que Cleo ait livré un petit aperçu de l'intérieur. *Coastal Living* en plus ! Quel rapport avec la vie sur la côte ? Ils étaient coincés au beau milieu de la Virginie-Occidentale !

Cleo pointa du doigt les provisions sur le plan de travail : un brocoli, deux pommes de terre, du riz brun, du poulet haché et du bouillon de volaille.

– Mademoiselle Silverdash dit que la « Casserole Canine » est la recette la plus simple pour démarrer.

Elle ouvrit le livre à une page marquée par un Post-it jaune.

– En gros, faut tout mélanger et faire cuire.

Eden se pinça l'arête du nez. Elle était tout à fait partisane de bien manger, mais tout de même...

Jack gardait les recettes de son père et ses innovations en matière d'agriculture biologique dans un coffre à la banque, et Eden aimait soutenir la famille Anderson. L'héritage de Jack était si mince. Une alimentation bio lui avait été recommandée par son spécialiste de la fertilité, elle s'était par conséquent approvisionnée en conséquence. Toutes les célébrités suivaient cette tendance désormais, et un hamburger végétarien devenait plus facile à trouver qu'un cordon bleu. À vrai dire, elle se serait lancée dans un régime d'insectes si les médecins lui avaient dit que cela l'aiderait. Du reste, la plupart des entrées bio ne demandaient aucune sorte de préparation. De toute façon, elle n'était pas particulièrement douée pour la cuisine.

Eden fouilla dans les cartons pour trouver la cocotte en fonte rouge. Un cadeau de mariage qui figurait sur leur liste mais dont elle ne s'était encore jamais servi.

– Tu veux bien m'aider à la préparer, cette Casserole Canine ? demanda-t-elle, s'efforçant de cacher son désespoir.

Les plaques de cuisson, elle ne connaissait pas trop. Son truc à elle, c'était le micro-ondes. Faire la cuisine requérait des couteaux, du feu… beaucoup trop dangereux. Et même sûrement interdit en dessous d'un certain âge.

– Quel âge as-tu ?

– J'aurai onze ans en janvier, répondit Cleo.

À onze ans, Eden s'était déjà vu confier l'entière responsabilité de Denny, alors Cleo était bien assez grande pour la seconder dans la cuisine. À huit ou neuf ans, ce n'était pas pareil, mais à presque onze ans… Il ne restait qu'un pas à faire pour atteindre treize ans, âge auquel une jeune fille pouvait être considérée comme une adulte. À une époque, les gens se mariaient et faisaient des bébés à cet âge. Eden n'avait pas d'exemple en tête, mais elle était sûre de l'avoir lu quelque part.

Elle posa la casserole sur la plaque.

– Tadada ! s'exclama-t-elle en la montrant à Cleo d'un ample mouvement du bras digne d'un magicien.

– On devrait peut-être la passer sous l'eau d'abord, suggéra la fillette.

Pleine de poussière et de billes de polystyrène, cette cocotte n'avait été jusqu'ici qu'une tache rouge et brillante dans son installation ultra-moderne. Cleo avait raison : si elle voulait se lancer dans la cuisine, autant qu'elle parte du bon pied. Il fallait tout désinfecter.

Ce qu'elle fit.

– Monsieur Morris, le propriétaire du Morris Café, dit qu'un bon ragoût est tout aussi délicieux qu'une tarte salée. Il fait les meilleures tourtes de la région et il a gagné tellement de prix au Dog's Day End, le festival culinaire de la ville, qu'il fait désormais partie du jury. Il n'a pas la patience pour les plats sophistiqués. Les glaçages compliqués et les trucs machins fantaisie. C'était le restaurant de sa femme et Mlle Leonore ne cuisinait pas comme ça, expliquait Cleo en coupant le pied du brocoli. Son plus jeune fils, Mett, est maintenant le gérant. Monsieur Morris déjeune à côté, la plupart du temps, chez Mlle Silverdash. Pour éviter l'affluence, à ce qu'il dit, mais tout le monde sait que c'est son fils aîné qu'il cherche à éviter. Mack livre les provisions à Mett.

Cleo secoua la tête, l'air grave.

– Mademoiselle Silverdash dit que si Mlle Leonore était encore là, c'est son cœur qui serait brisé, pas sa tête. Et elle en sait quelque chose, elles étaient très proches.

– Elle est où maintenant ? Et qu'est-ce qui est arrivé à sa tête ? demanda Eden, encourageant la fillette à continuer son récit.

Elle s'installa sur un tabouret de bar, curieuse d'entendre les ragots de la ville.

– Mademoiselle Leonore est morte d'une attaque quand j'avais sept ans. Tout le monde était bouleversé. Et après, les gens ont commencé à parler...

– De quoi ? insista Eden, même si elle savait que cela ne la regardait pas.

Cleo coupa les pommes de terre pour les jeter dans la marmite.

– Il y a très longtemps, Mlle Silverdash avait un faible pour M. Morris. Il est arrivé dans la ville quand ils étaient au lycée et mon grand-père raconte que toutes les filles lui tournaient autour, mais c'est Mlle Silverdash qu'il préférait. Monsieur Morris devait l'emmener au bal de fin d'année, mais elle venait de se faire retirer une dent et sa mâchoire avait enflé démesurément. Elle ne voulait pas qu'il rate l'événement, alors elle l'a convaincu d'inviter sa meilleure amie, Mlle Leonore. Deux mois plus tard, il lui demandait sa main. Mademoiselle Silverdash a dit que c'était le destin, que l'amour ne s'explique pas. Ils se sont mariés à la mairie, comme beaucoup de gens à l'époque, selon mon grand-père. Comme pour la cuisine, sans clinquant. Mademoiselle Silverdash est devenue major de sa promotion à l'université de Virginie. Les gens en ville n'ont pas arrêté de jaser sur elle, ils disaient que si une fille est trop intelligente elle reste célibataire. Selon eux, Mlle Silverdash en est l'exemple flagrant. Moi, je trouve ça complètement idiot.

Cleo s'interrompit pour verser une tasse de riz brun dans l'eau bouillante, et Eden en profita pour donner son avis sur la question.

– Une femme n'a pas besoin d'un mari pour réussir dans la vie. Mademoiselle Silverdash a monté sa propre librairie, c'est un sacré accomplissement, pour un homme comme pour une femme. Elle est heureuse.

– Bof, pas tant que ça en ce moment, contredit Cleo dans un soupir. La librairie n'est pas au mieux. Trop de factures et pas assez de main-d'œuvre pour tout ce qu'il y a à faire. Monsieur Morris dit qu'elle est têtue comme une mule. Elle ne veut pas entendre raison et le laisser l'aider. C'est un homme d'affaires. Il a investi dans le café Milton's Market et la moitié de la ville. Même dans la banque de mon grand-père, avant ma naissance. Mais Mlle Silverdash refuse son assistance. Elle dit que ça ne fera qu'alimenter les mauvaises langues, et franchement je la comprends, affirma Cleo en reposant le couvercle de la casserole.

Eden ne pensait pas pouvoir lui soutirer plus d'informations, mais ce que disait la fillette ne correspondait pas exactement à l'image idéalisée de la ville telle que l'avait dépeinte leur agent immobilier. L'envers du décor, dévoilé en plein milieu de sa cuisine par Cleo et la tête de la poupée.

– Donc… tu vis avec ton grand-père ?

Elle n'avait pas trouvé meilleure approche pour l'interroger sur l'absence de ses parents.

– Et Barracuda, répondit Cleo. C'est un chat Korat. Gris avec des longues dents. Grand-père l'a pris quand grand-mère a commencé sa chimio. La première fois qu'elle a voulu le prendre dans les bras, il l'a griffée au sang. Alors elle l'a appelé Barracuda et elle a dit que même si certains êtres ne montrent pas de reconnaissance quand on leur manifeste de la tendresse, ça ne veut pas dire qu'ils en ont moins besoin que les autres. Et elle avait raison, parce que, encore aujourd'hui, Barracuda refuse de dormir ailleurs que sur la chaise de grand-mère. Elle lui manque.

– J'imagine qu'à toi aussi…

– J'étais encore en couche-culotte quand elle est morte, répondit Cleo dans un haussement d'épaules. Cancer des ovaires. Mais on me raconte beaucoup d'histoires sur elle, alors j'ai un peu l'impression de la connaître.

– Mon père aussi, lança Eden, les mots s'échappant d'elle sans qu'elle ait eu l'intention de les prononcer.

Les joues couvertes de taches de rousseur de Cleo s'empourprèrent. Elle se frotta le nez du dos de la main.

– Il doit vous manquer.

– C'était un homme bien, déclara Eden en souriant.

Au fond d'elle, Eden regrettait qu'il n'ait pas été le héros qu'elle avait toujours voulu qu'il soit. Elle aurait préféré ne pas connaître la vérité.

– Moi, je n'ai pas de papa.

Le silence envahit la pièce. Qu'est-ce qu'Eden pouvait répondre à cela ? « Je suis désolée » ne sonnait pas terrible. « Pas de chance » encore pire.

– Ça ne me dérange pas d'être une bâtarde, continua Cleo comme si elle lisait dans les pensées d'Eden. Ma mère est retournée vivre chez ses parents pour que mes grands-parents m'élèvent. C'était avant le cancer.

De la vapeur s'échappa du couvercle

– La Casserole Canine doit encore mijoter un moment, déclara la fillette en repoussant une mèche de cheveux blonds qui lui était tombée sur le front. Ça va si je reviens après le dîner pour sortir Criquet ? Avec mon grand-père, on regarde et on joue à *Jeopardy* pendant qu'on mange. Grand-père me donne une pièce à chaque bonne réponse. Je les mets dans un grand bocal et quand il sera plein, j'ouvrirai mon propre compte en banque. Je pourrai signer des chèques et acheter des choses… des billets d'avion, par exemple.

– Ah oui ? Pour aller où ?

Cleo se mordilla un moment la lèvre inférieure, avant de hausser les épaules

– J'ai quelques idées…

Cleo était la gamine la plus originale qu'Eden ait jamais rencontrée. Elle commençait à vraiment l'apprécier : ses yeux violets, son toupet, tout en elle lui plaisait. Cela la rendait triste que la petite n'ait jamais connu son père, mais sa relation avec M. Bronner, son grand-père, semblait compenser cette absence. D'après les histoires que lui rapportait Cleo, Eden ressentait une réelle sympathie pour M. Morris, Mlle Silverdash et les grands-parents de la fillette. Elle aimait même Barracuda. Seule la maman de Cleo restait un mystère complet.

La société montrait du doigt les mères célibataires, quoi qu'on en dise. Et la situation n'avait pas dû être plus facile dix ans plus tôt, surtout dans une petite ville comme celle-là. Alors que lui était-il arrivé ? Dès l'enfance, Cleo s'était vu privée des deux femmes les plus importantes de sa vie.

Quand le père d'Eden était mort, elle avait encore sa mère. Aussi peu présente qu'elle ait été, elle leur préparait tout de même des œufs brouillés le matin, allait les chercher à l'école et les emmenait à leurs leçons de natation et de musique. Elle avait investi du temps dans ses enfants. Et d'une certaine façon, c'était de l'amour. C'est pour cette raison que, malgré son absence d'envie, Eden l'appelait une fois par mois en redoutant le moment où elle n'aurait plus besoin de le faire. Sa mère était *sa mère*. Bonne ou mauvaise, on en n'a qu'une.

– Si tu aimes les voyages, j'ai des centaines de guides de tourisme. Jack et moi, on a pas mal bougé.

Elle prit alors conscience que leurs dernières vacances remontaient à bien longtemps.

Elle souleva un carton sur l'étiquette duquel était dessinée une rangée de livres. Qui avait fait ça ? Ni Jack ni elle n'avait le moindre talent artistique, et aucune envie de s'y adonner. Elle retira le ruban adhésif et attrapa un guide du Mexique dans la boîte

– Nous sommes allés à Puerto Vallarta. Tu adorerais. C'est comme sur les photos.

Elle tourna les pages colorées et déplia la carte reliée en leur milieu.

– On n'a qu'à faire un échange. Tu me prêtes *The Holistic Hounds* et moi le *Frommer's Mexico*, ça te dit ?

La sonnerie de la porte fit aboyer Criquet.

Cleo accepta le livre.

– On dirait que vous avez de la compagnie.

La silhouette dans l'entrée tournait la tête anxieusement de gauche à droite, et Eden reconnut ce geste, discret comme seul un membre de la famille pouvait le faire. Denny.

Sarah

NEW CHARLESTOWN, VIRGINIE
1ER DÉCEMBRE 1859

LES TALENTS DE CUISINIÈRE DE SIBY SE CONFIRMÈRENT, ET SARAH FUT TRÈS reconnaissante de la part de pain de maïs supplémentaire qu'elle lui offrit discrètement.

– Au cas où ton vent' te l'réclame'ait dans la nuit, glissa-t-elle en conduisant les trois femmes dans la chambre des invités.

Quand elles eurent ôté leurs habits, une fois les bougies consumées, Annie sortit une bouteille noire de son sac.

– Je l'ai commandée dans le journal *Albany Advertiser.*

– De la poudre de Perlimpinpin ? demanda la mère.

– Non, maman. Un baume confectionné par le docteur Karl Von Meier en Allemagne, un très célèbre médecin. Cela nous aidera à dormir et nous donnera des forces.

Un verre et un broc en plâtre attendaient sur la coiffeuse. Annie prépara le dosage, moitié eau et moitié potion.

– Cela devrait suffire pour toutes les trois.

La mère n'écoutait plus. En chemise de nuit, elle restait à la fenêtre couverte de givre, les yeux rivés sur le ciel lourd.

– Et s'il neigeait ? chuchota-t-elle. On ne pend pas un homme en pleine tempête de neige. On n'enterre pas les morts dans un sol gelé.

Les yeux de Mary étaient injectés de sang et sombres comme du charbon. Elle avait désespérément besoin de sommeil, ne fût-ce qu'une heure ou deux.

Annie adressa un regard impuissant à Sarah.

– Nous devons garder la foi, lança-t-elle, et Sarah acquiesça d'un hochement de tête.

Leur mère s'effondrait de l'intérieur, vaincue. Elle prit le verre et but.

– Les effets sont avérés, affirma Annie. J'en ai donné à Sarah et elle a guéri.

Sarah l'apprenait seulement maintenant. Sa gorge se serra. Comment Annie avait-elle pu le lui cacher tout ce temps ?

– Tu m'as fait boire ça, sans que je le sache ?

Annie se redressa.

– Ce baume t'a sauvé la vie !

– Et s'il m'avait empoisonnée ?

– Alors le résultat aurait été le même que pour la première, répliqua Annie.

Sarah grimaça à cette remarque. Elles avaient eu une autre sœur, une autre Sarah née treize ans avant elle et emportée par une épidémie de dysenterie, comme ses frères Charles, Peter et Austin. Sarah avait toujours détesté l'idée qu'elle servait de remplaçante. Annie n'avait pas un tel passé morbide. Il n'avait pas existé d'autre Annie Brown avant elle.

Et elle venait de suggérer que sans la potion, Sarah aurait connu le même sort que cette sœur aînée. Mais ce qu'elle entendait dans son cœur et dans sa tête était bien plus cruel ; ce qu'elle entendait, c'est qu'elle n'aurait pas valu mieux que la première. Et les mots de sa mère lui revinrent à l'esprit, tranchants comme une lame de rasoir : « Qui voudra l'aimer, désormais ? »

Elle se détourna d'Annie et de sa mère. Elle souffrait de crampes d'estomac après tout le ragoût d'agneau qu'elle avait ingurgité. Elle avait perdu l'habitude de manger autant.

– Maman, tu ne devais pas tout boire ! s'indigna Annie en retournant le verre.

Les jambes flageolantes, Mary partit s'allonger sur le lit, et se mit aussitôt à ronfler.

Sarah posa la main sur la joue de sa mère.

– Son visage est brûlant. Bon sang, Annie !

– Ne jure pas, gronda Annie, du ton sévère de leur père. Elle va bien.

Elle s'assit sur le lit et secoua les jambes de sa mère. Le ronflement s'arrêta un instant avant de reprendre sur la même cadence.

– C'est sûrement l'alcool dans la potion, rien d'autre.

– De l'alcool !

Annie se leva pour aller vers la coiffeuse.

– Tu as soûlé notre mère avec ton remède miracle, la veille de l'exécution de notre père ? siffla Sarah.

Annie prépara un autre verre et but d'un trait pour rassurer sa sœur. Elle se pinça les lèvres après la dernière goutte avalée.

– Je pensais qu'elle aurait meilleur goût...

– Père te...

Sarah s'interrompit, ne sachant comment finir sa phrase.

John avait prononcé des sermons contre l'ivrognerie, l'accusant d'être la source des pires débauches. Mais elle l'avait vu partager des verres avec ses collègues, les froides nuits de North Elba. L'usage médicinal ne figurait pas dans la liste des perversions. Elle se souvint des jours de dysenterie qui se confondaient dans la fièvre et le brouillard, les crises après les repas de pudding indien et de thé, qu'elle savait désormais arrosé de la potion d'Annie.

– Nous devons toutes nous reposer, affirma Annie en tendant le verre à Sarah.

Cette dernière secoua la tête. Annie et leur mère considéraient cette épreuve comme inévitable, mais elle n'était pas du même avis. Son père lui avait confié plus d'informations qu'il n'en avait jamais confié aux autres femmes de sa vie, et elle ne l'abandonnerait pas maintenant.

Annie posa le verre et vint se coucher à côté de sa mère.

– Tu es si têtue…

Elle bâilla, ses yeux se fermaient déjà, alourdis par la potion.

– Bonne nuit.

La bougie allait bientôt s'éteindre tout à fait. Sarah trouva une couverture supplémentaire dans une commode en bois. Elle s'en enveloppa, respirant le parfum d'une saison depuis longtemps passée, le soleil et les légumes du potager sous la corde à linge. Elle se planta devant la fenêtre, dans l'attente. Même si tout ce qu'elle pouvait espérer, c'était la certitude de l'aube à venir.

Père, se dit-elle, *si tu dois périr, je te jure que je ne t'abandonnerai pas.*

Les enfants étaient créés pour porter l'héritage de leurs aïeux. Son père le lui avait enseigné. C'était dans la nature des choses : les vignes montrent aux graines comment germer ; les oisillons apprennent de leurs mères à s'envoler ; les poissons nagent contre le courant pour pondre. Dieu les bénit en leur disant : « Croissez et multipliez ! Remplissez la terre… » La Genèse. Le livre préféré de son père, la fin de l'existence solitaire de Dieu, le début de la Création. Elle comprenait désormais. Le jour n'avait de sens qu'avec la promesse d'un dénouement. La naissance et la mort, le début et la fin. Ils ne faisaient qu'un dans la mémoire de l'univers.

Mais qui se souviendrait d'elle demain ?

La chandelle était morte. Dehors, les nuages s'enfuyaient, laissant la place à la lune d'hiver qui brillait tel un os.

Elle expira, dessinant un halo de condensation sur la vitre.

Gypsy aboyait en courant entre la maison et la grange.

Plongée dans le noir, la chambre sentait la pommade et les corps, mais le monde lumineux patientait derrière la fenêtre. Sarah pressa son nez contre le verre, regardant la chienne trotter entre les rangées de tomates assoupies. Sa fourrure étincelait comme une pièce de monnaie. Elle glapit de nouveau en direction de quelque chose que Sarah ne distinguait pas et retourna vers la maison.

Soudain, elle se dit que si son père s'était enfui et avait décidé de ne pas suivre sa carte, il parviendrait tout de même à retrouver le chemin de la maison des Hill. Comment pouvait-elle rester à l'intérieur, quand son père se trouvait peut-être en bas, maître de son destin ? Le cœur de Sarah tambourinait dans sa poitrine, l'espoir renaissant en elle.

Elle s'empara de la serviette dans laquelle se trouvait le pain de maïs et, sur la pointe des pieds, sortit de la chambre. Aucune lueur de bougie ne rougeoyait sous les portes. Elle descendit l'escalier et, par l'entrée des domestiques, parvint dans la cuisine. La braise dans l'âtre chatoyait doucement en s'éteignant. Sur la gauche, elle aperçut un passage étroit qui menait vers la chambre de Siby et le garde-manger. Sarah se dirigea droit vers la porte de derrière.

Dehors, la couverture réchauffait son corps bien plus que son manteau ne l'avait fait plus tôt dans la soirée. Le sol gelé piquait ses pieds nus, elle trouva une paire de bottes à côté des outils de jardinage. Elle les enfila et se dirigea vers l'endroit où Gypsy avait aboyé. Sortant le pain de maïs de la serviette, elle claqua la langue contre son palais comme elle le faisait toujours quand elle nourrissait les poules dans leur ferme.

Leur jardin à North Elba était recouvert de givre et de neige en une épaisse couche hivernale ; mais ici, même en décembre, la terre était encore nue. Un myrtillier donnait encore quelques fruits. Les partenaires financiers du Chemin de fer clandestin avaient dépensé jusqu'à leurs dernières économies, comme l'avait demandé son père, pour acheter du bois et de la pierre à fusil en vue de l'assaut. Il ne restait pas un sou pour se procurer des couleurs, alors Sarah avait appris à dessiner avec le jus de ses cueillettes. Celui des betteraves donnait une pâte rose ; la peau des carottes et des oranges, un jaune vif ; les mûres, un noir pourpre, parfait pour les coloris les plus foncés ; même l'herbe offrait sa teinte verte au papier. La nature produisait plus que des apparences. C'était une source de pigments inépuisable, gratuite pour tous, mais avant tout appréciée par ceux qui savaient lire les nuances et les formes. Une vague de myrtille : un cours d'eau vers la liberté. Des cœurs roses : des gens qui s'aiment. Du jaune : la sécurité d'un refuge. Du noir : un danger à proximité. Du vert : la vie. Sarah longea les parterres du potager. En plus des myrtilles, elle aperçut des pelures d'orange, des betteraves rouges, de l'oseille et du chou frisé...

Un cheval hennit. Sarah tomba à genoux dans les ombres du jardin.

Freddy et un autre homme avançaient vers la grange, tirant une jument tachetée par la bride.

– Je vous suis très reconnaissant, monsieur Fisher, remercia Freddy.

Le visage de M. Fisher était indigo, étincelant dans la lumière de la nuit.

– Heureux d'pouvoir vous aider, m'sieur Hill.

Le père de Siby. Sarah fut touchée par la façon dont Freddy s'adressait à lui sur un ton empli de respect et d'affection. La vision de son père devant ses yeux : un homme blanc et un homme noir, côte à côte, égaux.

– Nous avons pensé que ce serait mieux d'avoir deux chevaux pour tirer la calèche, expliqua Freddy. Au cas où nous devrions aller plus vite. Il y aura beaucoup d'étrangers en ville. C'est incroyable de constater comme personne n'accepte de sacrifier son temps pour un homme bien qui fait un travail de valeur, et comme tous sont prêts à accourir pour le voir souffrir.

Freddy secoua la tête et ajusta les rênes dans la paume de sa main.

– L'être humain. Nous ne sommes que des sauvages. Parfois je me demande si Gypsy et Tilda ne nous regardent pas avec pitié.

Monsieur Fisher poussa un soupir si fort que Sarah le perçut depuis sa cachette.

– Moi aussi j'me d'mande. M'sieur George, il est un homme de pardon, d'merci et d'tolérance. Je sais qu'il leur apprend juste ça aux Blancs de New Charlestown, mais est-ce qu'on écoute ces dires des Évangiles dans les aut' villes ? J'ai pas l'impression, moi.

Il passa une main sur les flancs de la bête.

– Mon père, y a bien longtemps, y m'a expliqué qu'Dieu a donné aux animaux une aut'vision des choses. Ils ont pas autant de couleurs dans leur tête, et du coup ils sont moins confus. Y s'laissent pas aveugler par l'arc-en-ciel. Quand j'étais jeune, je priais d'voir comme eux, rien qu'un instant seulement.

La jument lui poussa l'épaule.

– Un arc-en-ciel, c'est beau, mais si on essaye de l'attraper, on comprend vite qu'c'est que d'la buée dans les mains.

Il tapota le chanfrein du cheval et l'entraîna derrière lui.

– En parlant d'ça, j'espère bien qu'cette brume s'ra l'vée pour de bon d'ici d'main soir, sans ça les passagers, ils auront du r'tard.

Les deux hommes se figèrent pour contempler le ciel. Sarah suivit leur regard. L'éclat de la lune transperçait les nuages, mais on n'apercevait aucune étoile.

– Ils viennent par voie de terre ou par la rivière ? demanda Freddy.

– À c'qu'on dit, ils viennent d'Alabama en suivant la Grande Cass'role.

Freddy poussa un profond soupir.

– Ils seront en retard, c'est certain.

Les passagers, la Grande Casserole : des noms de code du Chemin de fer clandestin. Elle avait raison ! Les Hill et les Fisher partageaient le secret de son père, le sien aussi désormais, et Sarah avait constaté que les secrets unissent les gens bien plus que les liens du sang, l'amour ou la foi. Le Comité des Six constitué par son père comptait des hommes supérieurs à tous les autres. Des hommes pour lesquels il aurait accepté de quitter sa famille. Des hommes pour lesquels il était prêt à se faire pendre.

– Margie et Siby, elles ont préparé d'quoi manger pour les femmes Hill. J'vais leur d'mander d'en rajouter un peu plus pour ceux qu'arrivent.

Il fit avancer Tilda en claquant sa langue, puis continua à parler tout bas.

– M'sieur Freddy, je veux pas m'immiscer et je veux pas que vous pensiez qu'je juge, mais je pourrais pas m'considérer comme un bon chrétien si j'vous le disais pas.

Monsieur Fisher se figea et leva la tête en signe de confidence.

– Vous aut', vous faites c'qu'y faut ici avec les Brown. Mon frère vit libre à l'Ouest et il écrit sur c'que l'cap'taine Brown essaye d'faire dans nos territoires. Pourquoi tout l'sang versé, pourquoi il va être pendu ? Pour mes gens et les gens de Margie en Géorgie, pour qu'ils soient libres. J'aurais pas pris d'arme pour me battre à Harpers Ferry, oh non, mais vous y trompez pas...

La brume entoura la lune, les enveloppant d'obscurité.

– Tout c'qu'on voit, ça indique le changement.

Quelque chose de froid et moite chatouilla le genou nu de Sarah posé à même le sol. Au comble de la nervosité et craignant que ce ne soit un serpent, elle sursauta à la vue des deux hommes.

Gypsy agita la queue de joie. Des miettes jaunes étaient accrochées à la barbe touffue qu'elle avait sous le museau.

– Mademoiselle Brown ! s'exclama Freddy en s'approchant d'elle pour mieux la voir.

Comme si sa famille n'avait pas subi assez d'humiliations... Embarrassée, Sarah resserra la couverture contre son corps, passant le bord triangulaire par-dessus ses épaules comme un châle. Elle se redressa.

– Oui, c'est bien moi, monsieur Hill.

Freddy se tourna vers M. Fisher.

– Je vous présente mademoiselle Sarah Brown.

– Enchanté, salua l'homme en esquissant une petite révérence.

Sarah leva la tête bien haut.

– C'est un plaisir de vous rencontrer, monsieur Fisher. Je vous prie de remercier votre fille pour ce délicieux repas. Je n'avais rien mangé d'aussi savoureux depuis des mois. Et la lune... commença-t-elle en prenant une inspiration si profonde que les deux hommes virent sa poitrine se soulever malgré l'épaisseur de la couverture. Monsieur Thoreau préconise une promenade dans la nature à toute heure pour calmer un corps et un esprit anxieux.

Citer Henry David Thoreau donna un peu d'aplomb à Sarah, et elle espéra que Freddy était suffisamment éduqué pour connaître l'écrivain. Sinon, elle perdait son temps.

– Vot'e m'sieur Thoreau, c'est un homme bien sage, moi j'dis, confirma M. Fisher en reculant d'un pas et en levant la tête vers la lune. Mais j'suis pas comme lui, j'préfère êt' chez moi au chaud quand y fait encore un peu jour.

Freddy se racla la gorge, pour réprimer une toux ou un éclat de rire, Sarah n'aurait su dire.

– Reposez-vous bien, monsieur Fisher, lança-t-elle.

– Vous aussi, mam'zelle Brown.

Les deux hommes échangèrent un regard complice et M. Fisher repartit d'où il était venu.

Gypsy lécha des miettes de pain de maïs sur Sarah, laissant une grande trace humide. Elle frotta l'oreille du chien. La jument hennit, fatiguée et pressée de manger sa ration de foin.

Freddy fit un geste de la tête en direction de la grange.

– Si vous avez envie de marcher, peut-être voudrez-vous m'accompagner pour coucher Tilda.

Sarah rougit sous la couverture. Aucun homme convenable n'aurait proposé une promenade à une femme en petite tenue. D'un autre côté, aucune femme convenable ne se serait retrouvée dehors dans le noir en petite tenue. Elle considéra la situation sous tous les angles. Quelle conduite devait-elle adopter en cet instant ? Elle croisa ses bras sur sa poitrine, comme pour décider s'il était digne de sa compagnie.

Personne d'autre n'était réveillé, et elle pouvait décider de tout oublier. Seul le souvenir crée la réalité, et il n'importait que de se rappeler que les Hill et les Fisher comptaient parmi les membres du Chemin de fer clandestin. Qu'elle accompagne ou non Freddy dans la grange ne signifiait absolument rien.

– C'est par là que j'allais, affirma-t-elle en se plaçant de l'autre côté du cou musclé de la jument.

Gypsy trottait derrière eux, reniflant les pas de Sarah en quête d'autres miettes.

Une chouette hulula, et les animaux dans la grange s'agitèrent en poussant toutes sortes de cris quand Freddy ouvrit la porte, faisant entrer l'air froid avec eux.

Il attacha Tilda dans sa stalle. Le foin crissait sous ses pieds. Son silence alarma Sarah, mais elle était résolue à ne pas s'inquiéter. Et elle y parvint, du moins en théorie. Mais elle ne pouvait s'empêcher de penser à la manière dont ce jeune homme la jugeait, à l'avoir découverte si peu vêtue au milieu du jardin. La trouvait-il légère ? Ou pire, infantile ?

Pour meubler le silence, elle prit la parole, exprimant ce qui lui venait immédiatement à l'esprit.

– J'aime bien M. Fisher. Il est gentil, et ce qu'il a dit sur mon père m'a beaucoup touchée.

– Vous avez entendu ?

Elle hocha la tête.

– Mais ne vous faites aucun souci, je suis une Brown. Nous savons garder les secrets dans la famille.

Elle baissa la voix.

– Je suis dans la confidence au sujet du train de la liberté… le Chemin de fer clandestin. J'ai tracé les cartes, chuchota-t-elle, le dernier mot plus marqué que les autres, même si elle n'en avait pas eu l'intention.

– Vous avez dessiné toutes les cartes ? s'étonna Freddy en la dévisageant longuement.

Sarah sentit son cœur s'emballer devant cette accusation implicite. Le danger et la peur pouvaient se révéler aussi puissants que le silex et l'acier. Parfois utiles. Souvent destructeurs. Elle s'apprêtait à tourner les talons pour courir vers la maison, mais le sourire de Freddy l'arrêta.

– Impressionnant. Vous êtes très douée !

Ses oreilles la brûlèrent malgré le froid qui régnait dans la grange.

Freddy passa une main sur l'encolure de Tilda puis tout le long de son dos jusqu'à sa croupe.

– Les Fisher font partie de notre famille. Je me battrais jusqu'au sang pour eux.

Il fit sortir Sarah du box, referma la porte avec soin et la contempla attentivement.

– Je crois en l'abolitionnisme. Comme beaucoup d'autres. Votre père a tracé la route, pas juste pour mettre un terme à l'esclavage, mais pour pénétrer le cœur de ce pays. Et pourtant…

Il baissa les yeux vers les rênes qu'il tenait dans la main.

– Certains ne sont pas d'accord avec ses méthodes trop violentes. Ils défendent cette cause mais pensent qu'il existe de meilleurs moyens d'agir.

Il disait vrai. Le Chemin de fer clandestin et l'attaque à Harpers Ferry ne remportaient pas le même degré d'estime. Sarah elle-même était partagée, mais elle se sentait le devoir de défendre son père. Qu'il eût tort ou raison, il se trouvait à la veille de son plus grand sacrifice. Il méritait au moins l'approbation de ses enfants.

– Les pigments doivent être mélangés pour créer un nouveau paysage.

– Est-il indispensable d'utiliser pour cela le couteau du peintre ? La brosse ne suffit-elle pas ?

Il n'avait pas tout à fait tort. Mais les deux étaient nécessaires.

La grange embaumait des odeurs mêlées de laine et de cuir, de lait de vache et de souris tapies sous les combles. Des particules de balle flottaient dans l'air, scintillant comme du sable sur le lit sombre d'une rivière. Sarah distinguait à peine les contours du profil fin et pâle de Freddy. Les couleurs s'étaient perdues dans les ombres de la nuit.

Ses yeux brillaient d'une lueur dorée malgré la pénombre. Il l'étudiait avec une curiosité égale à la sienne.

– Vous n'êtes pas comme votre mère et votre sœur. Vous êtes différente. Vous avez le tempérament de votre père…

Une brindille de foin s'envola d'un chevron pour se poser doucement sur le front de Sarah. Elle fit un geste pour la retirer en même temps que Freddy avançait sa main vers elle. Leurs doigts se frôlèrent, et elle sentit son cœur battre à toute allure. Jamais elle ne s'était retrouvée seule avec un homme étranger à sa famille. Elle recula et trébucha sur Gypsy. Freddy la rattrapa par le bras et la couverture glissa de ses épaules. Il la retint et l'en recouvrit. Des braises lui brûlaient la peau. La colère, l'embarras et un sentiment qu'elle n'aurait su définir.

– Monsieur Thoreau recommande peut-être une petite marche pour fatiguer le corps, mais je doute qu'il approuve qu'une fille ne dorme pas de la nuit.

Une *fille.* Le mot lui fit l'effet d'une gifle.

– Oui. Et cette promenade m'a épuisée, affirma-t-elle en sortant de la grange, deux pas devant lui.

Elle traversa la cour et se dirigea vers la porte de la cuisine. À l'intérieur, elle retira ses bottes et se retourna. Autant prendre tout de suite congé pour la nuit parce qu'elle n'avait aucune envie de se faire raccompagner dans sa chambre comme une *fille.*

– Bonne nuit, monsieur Hill.

– Freddy, corrigea-t-il, son visage aux traits gracieux plus beau que jamais.

– Freddy, répéta-t-elle, sans lui proposer de l'appeler par son prénom.

– J'espère que vous parviendrez à vous reposer. Demain…

Il s'interrompit pour inspirer profondément.

– Demain sera chargé.

Elle entendit ses pas dans l'escalier seulement lorsqu'elle souleva la couverture pour se glisser aux côtés de sa mère et d'Annie dans le lit. Il avait dû attendre dans le jardin jusqu'à être sûr qu'elle avait regagné sa chambre. Chaque craquement du bois la fit suffoquer. Quand la porte de sa chambre s'ouvrit et se referma, elle dut faire un effort pour ne pas l'imaginer derrière la cloison qui les séparait, à fixer du regard le plafond comme elle le faisait elle-même à cet instant. Elle ferma les yeux si fort que des étoiles apparurent derrière ses paupières.

Que Dieu me pardonne, je devrais être en train de prier pour l'âme de mon père. Il ne s'était pas enfui. Les illusions d'une enfant idéaliste, rien de plus. Ce n'était pas la précision de sa carte qu'il fallait remettre en cause. Le pauvre homme avait à peine la force de se lever pour boire une gorgée d'eau… Quelle idiote elle avait été de se convaincre que son père était un saint, capable d'accomplir des miracles, quand même le Christ avait versé tout son sang sur la croix ! À cette heure, il gisait à l'endroit même où elle l'avait laissé : dans une prison du Sud, attendant que l'on précipite sa mort.

– Bois la potion, sœurette, murmura Annie.

Sarah se leva et prit une gorgée directement au goulot. Elle grimaça quand le liquide amer coula dans sa gorge et reconnut le goût piquant. Puis elle s'allongea de nouveau, croisant les doigts sur son cœur pour en calmer les battements furieux. *Dors*, pria-t-elle. *Cette journée doit prendre fin.* Comme l'avait dit Freddy, le lendemain serait chargé.

En quelques minutes, la potion exauça ses souhaits.

Eden

NEW CHARLESTOWN, VIRGINIE-OCCIDENTALE
AOÛT 2014

« Et un boulet de canon m'a soufflé les yeux ! »
Bob Dylan, John Brown…

LA CITATION S'ÉTALAIT SUR LE MANCHE DE L'ÉTUI DE GUITARE DE DENNY. un sac en toile bourré à craquer empêchait la porte-moustiquaire de s'ouvrir complètement. Eden la poussa fort pour sortir et la laissa claquer derrière elle.

Quand Denny se tourna, la première chose qu'elle remarqua, c'est qu'il s'était laissé pousser les cheveux. Des boucles en désordre tombaient sur ses oreilles et des lunettes d'aviateur lui entouraient le sommet du crâne. *Super*, se dit-elle, *sa nouvelle marotte. La phase Bob Dylan.*

– Eden ! s'exclama-t-il en ouvrant grand ses bras, révélant sur son biceps un cœur tatoué entouré d'épines.

Elle était sûre de voir ce tatouage pour la première fois.

– Quelle surprise ! s'exclama-t-elle, une pointe d'embarras dans la voix.

Il la serra contre lui de toutes ses forces et elle se lova contre sa poitrine. Pin et muscade : il portait le même after-shave que leur père. L'estomac d'Eden se contracta. Elle retournait des années en arrière, entraînée par ses sens vers le souvenir de son père, de son frère, de la famille et des jours qu'elle avait oubliés mais qui se manifestaient soudain.

– Est-ce qu'un petit frère a besoin d'une excuse pour rendre visite à sa grande sœur ?

Pas une excuse mais au moins un coup de fil. Refoulant son agacement de ne pas avoir été prévenue et de découvrir son frère tatoué, elle le serra contre elle. Elle aimait penser qu'ils étaient aussi proches qu'avant, qu'il n'avait aucun secret pour elle. Bien sûr, elle, elle ne lui disait pas tout ; mais, même enfant, elle ne lui avait jamais tout confié. Normal, elle était l'aînée.

Quand leur mère traversait une de ses périodes noires et qu'elle s'enfermait dans sa chambre, passant en boucle *Downtown* de Petula Clark, si fort que les tasses en porcelaine dans le buffet cliquetaient sur leurs soucoupes, elle emmenait Denny dans la rue pour attendre le camion de glaces sur le trottoir. Elle le voyait encore, un esquimau à la cerise à la main, levant les yeux vers elle pour la regarder. À présent, la perspective avait changé. Le menton de son petit frère s'appuyait lourdement sur sa tête, le bas du tatouage pointant sous la manche de sa chemisette tel le bord abîmé d'une cape de torero.

Elle posa un doigt dessus.

– T'es devenue conservatrice depuis que t'habites ici ? demanda-t-il en prenant un air outré et en se frottant la peau.

Eden plissa les yeux. Elle n'allait pas le laisser changer de sujet aussi facilement.

Denny banda son muscle pour agrandir le tatouage.

– Qu'est-ce que tu veux que je te dise ? Mon corps est une œuvre d'art.

Elle laissa échapper un sourire en tâtant son bras.

– Adulte et tatoué. Que diraient nos parents ?

Denny frotta le dessin sur sa peau.

– C'est pour papa, alors je ne crois pas qu'il se fâcherait.

Eden regarda de plus près. Les lianes d'épines formaient le prénom Dennis. Leur père, l'homonyme de Denny. Son cœur se serra. Joli hommage, même si elle doutait qu'il plairait à leur mère.

Eden réprima son accès de nostalgie et changea de sujet. Denny avait les yeux injectés de sang.

– Tu as l'air épuisé, remarqua-t-elle en faisant un geste vers son sac de marin. Tu as l'intention d'emménager ici ?

– Si tu m'invites à passer l'entrée, se moqua-t-il en examinant la maison et son jardin. Pas mal du tout, Jack a fait fort. On se croirait dans la somptueuse demeure royale de Larchmont.

Eden fronça les sourcils.

– Je t'installe un lit de camp sur la terrasse ?

– Tout doux. Je voulais juste te faire sourire !

Il l'entoura de ses bras musclés, et elle eut l'impression d'être une amande dans un casse-noix.

– Cet endroit est charmant. En arrivant ici, je me suis dit que j'entrais dans la quatrième dimension. Les gens vivent encore comme ça ?

– Malheureusement.

Eden ouvrit la moustiquaire et Criquet les accueillit en agitant frénétiquement la queue. Quand il vit Denny, il poussa un aboiement qui ressemblait au gloussement d'un canard.

– C'est qui, lui ?

Eden se gratta la tête. Par où commencer ?

– C'est Criquet. Jack vient de l'acheter.

– T'es sûre qu'il s'appelle pas plutôt Dumbo ? Il a une sacrée paire d'oreilles.

Étrangement, Eden éprouva le besoin de protéger son nouveau compagnon. *N'appelle pas mon chien Dumbo*, se dit-elle, même si elle savait que Denny ne faisait que la taquiner.

– C'est quelle race ?

Une note creuse retentit quand il posa sa guitare. Criquet fila loin du bruit mystérieux.

Majoritairement cocker spaniel, imaginait-elle, mais avec les petites pattes trapues d'un corgi, les oreilles tombantes d'un basset hound et le pelage d'un caniche. Ce n'était pas le plus mignon des bâtards. Mais ce qu'il perdait en pedigree, il le compensait par son affection.

– Pas un chien de garde en tout cas, conclut Denny.

Eden avait laissé Cleo dans la cuisine quand on avait sonné à la porte, mais la fillette était partie. Dans le jardinet de derrière, elle ne vit qu'un écureuil qui dévorait ses haricots mange-tout.

– Viens par ici, bonhomme, c'est moi, oncle Denny.

Il se pencha pour laisser le chien renifler sa main.

– Tu vois, je suis inoffensif et je te donnerai même des friandises en cachette de ta maman.

Criquet était un chien et elle, sûrement pas sa mère. Mais malgré elle, Eden sourit.

– J'arrive à peine à croire que tu as fini par craquer et que tu as pris un animal de compagnie.

– Je t'arrête tout de suite : il part dès qu'on lui trouvera une famille qui veut bien de lui.

En moins d'une minute, Denny avait réussi à gagner la sympathie de Criquet, désormais allongé sur le dos pour se faire caresser le ventre. Il regardait Eden à l'envers et, de plaisir, il laissa pendre sa langue. *Si seulement les êtres humains savaient se satisfaire aussi facilement*, pensa Eden. Elle touilla la Casserole Canine. Le riz avait bruni et s'était aggloméré au fond de la marmite. C'était sûrement prêt.

– Tu devrais le garder, conseilla Denny.

Elle remplit une assiette et la posa sur le sol. Criquet approcha, une oreille sur le front comme une chaussette à l'envers. Eden la remit en place.

Avant qu'elle pût l'en empêcher, Denny fonça vers la cocotte et enfourna une grande bouchée du plat qui continuait à mijoter.

– Denny, c'est de la nourriture pour chien ! La Casserole Canine !

Il se figea, les yeux rivés un long moment sur sa sœur.

– Et merde ! Je viens de m'enfiler des roubignolles de poulets ?

Il se passa la bouche sous le jet du robinet, profondément dégoûté.

Eden fit un geste vers le livre de recettes, *The Holistic Hound*, sur le plan de travail et, incapable de se retenir plus longtemps, elle éclata de rire.

Denny jeta un coup d'œil aux ingrédients.

– Eh ben... Si ça, c'est de la nourriture pour chien, je sais pas comment je devrais appeler ce que je mangeais à Philadelphie.

Il se resservit.

Une vague de fierté envahit Eden. Pour un coup d'essai, c'était un coup de maître. Elle aurait voulu que Jack soit là pour le voir : elle savait cuisiner ! Cela ne comptait plus vraiment à présent, mais il serait impressionné. Elle prit soudain conscience qu'elle avait eu cruellement besoin de cet instant de gloire, aussi infime fût-il.

– T'es au courant que Chucky trône au centre de ta cuisine ?

La tête de la poupée n'était pas particulièrement assortie à l'acier inoxydable et à la décoration italienne en marbre.

– Oui, je sais...

Elle décida de ne pas développer.

– Tu veux pas la mettre au musée des horreurs ? plaisanta-t-il en continuant à dévorer le riz avec une cuillère en bois.

Quand il eut terminé, il ramassa son sac et le mit sur son dos.

– Alors, où est-ce que je dors ?

Bonne question. Les deux seuls lits de la maison étaient occupés. Elle se dirigea vers l'escalier, réfléchissant à une histoire convaincante. Denny la suivit, le bois des marches craquant sous son poids. Il s'arrêta devant la photo de Jack, Eden et lui-même en vacances en Hollande.

– Très sympa ce voyage, se rappela-t-il.

Eden acquiesça, l'esprit trop occupé pour parler. Elle ouvrit la porte de la chambre d'amis : les draps défaits, les oreillers dans tous les sens, le T-shirt de Jack roulé en boule dans un coin, son rasoir et sa brosse à dents dans la salle de bains adjacente.

– Y a déjà quelqu'un qui dort ici ?

– Jack souffre d'apnée du sommeil. Vraiment forte. C'est comme une corne de brume !

Elle n'avait rien trouvé de mieux.

– Il est venu ici il y a quelques nuits pour que je me repose. Il pense que ça pourrait être lié aux travaux. Ça soulève des particules de poussière vieille de Mathusalem. On a installé un nouveau système de filtrage d'air et on a commandé des draps anti-allergisants, mais il est tout le temps en déplacement...

Pas si loin de la vérité. Il ronflait vraiment. Il avait proposé d'aller dormir dans la chambre d'amis. Il travaillait toute la semaine à Austin.

Après avoir défait le lit et ramassé les vêtements sales de Jack, elle sortit des draps propres d'un carton portant l'inscription LINGE DE LIT, avec le dessin d'une corde à linge derrière les mots. Pas étonnant qu'il ait fallu deux jours aux déménageurs pour tout sortir de leur appartement de deux pièces : ils étaient trop occupés à dessiner sur les cartons !

Quand Denny entra dans la salle de bains, elle jeta un dernier coup d'œil rapide pour s'assurer que rien ne sortait de l'ordinaire, du moins en apparence.

– Eden ? appela Denny en ouvrant la porte.

Elle sursauta comme une enfant prise en flagrant délit de chapardage de sucreries.

– C'est quoi, ça ? demanda-t-il en brandissant une boîte de seringues.

Elle avait oublié qu'elle avait rangé là celles qu'elle avait en trop.

– Euh...

Elle prit la boîte et la tourna dans tous les sens, cherchant une excuse qui tiendrait la route, un mensonge crédible.

– On dirait des aiguilles.

Denny fronça les sourcils.

– Tout le monde a des seringues en cas d'urgence, dit-elle en tapotant le couvercle.

Son explication lui parut si bête qu'elle dut baisser les yeux vers le tapis rouge.

– Sérieux ?

Elle savait qu'elle devait lui avouer la vérité. Sinon, l'esprit obsessionnel de Denny chercherait sans répit la réponse à ce nouveau mystère. Ils n'étaient pas frère et sœur pour rien.

– Écoute, Denny, j'ai vraiment pas envie d'en parler maintenant. Personne n'est en train de mourir. En tout cas, ni Jack ni moi, affirma-t-elle en se frottant d'un doigt l'arête du nez.

Son regard la transperça. Elle ne le rassurait pas du tout.

– Ne te fais pas d'idées fausses. Nous allons tous les deux plutôt bien, bredouilla-t-elle. C'est compliqué…

Elle n'avait pas l'intention de parler ovaires, spermogramme et fécondation *in vitro* avec son petit frère.

– Tu te drogues ?

Eden éclata de rire.

Il ne sourcilla pas, resta figé et ne prit même pas la peine d'essuyer les postillons qu'elle lui avait envoyés sur le bras.

– Parce que, vraiment, t'as l'air… défoncée.

Elle s'assit sur le lit, épongeant des larmes d'hilarité qui allaient se transformer en sanglots si elle ne se calmait pas rapidement.

– Dans le mille, petit frère. Je suis défoncée. Jack et moi, on l'est et depuis des années.

Il s'assit à côté d'elle.

– Notre bassiste avait une sale dépendance au crack. Il s'est fait un trou de la taille d'une pièce de monnaie dans la peau à force de s'injecter cette merde. Il est parti un mois en Arizona, en désintox.

Il ausculta ses bras fins.

– Je ne prends pas de crack, Den. Je ne m'injecte que des hormones légales prescrites par mon médecin, mais ça me rend sûrement plus cinglée que n'importe quelle drogue.

Il agita la tête, n'y comprenant visiblement rien.

– Nous essayons d'avoir un bébé.

C'était venu plus facilement qu'elle ne l'avait craint. Elle s'était attendue à ce que les mots la foudroient, mais elle ne ressentit aucune douleur.

– *In vitro*. Les seringues, c'était pour mes injections quotidiennes d'hormones. Ça n'a pas marché, comme tu peux le voir, mais c'est du passé. Peut-être qu'on n'est pas faits pour avoir des enfants…

Elle haussa les épaules, impressionnée par son calme. Elle avait parfaitement réussi à présenter une explication rationnelle et contrôlée. S'être confiée la libérait. Après des années à avoir gardé le secret, en parler à Denny lui procurait un soulagement inattendu. Elle décida de continuer.

– Je ne suis pas sûre qu'on soit faits pour vivre ensemble, Jack et moi…

Denny semblait stupéfait, son visage s'allongeant comme celui d'un clown triste. Il avait toujours eu le cœur tendre.

– Je suis désolé, Eden…

– Bah, t'en fais pas, dit-elle en glissant son bras sous le sien, le tatouage contre sa peau. « Si la vie t'offre des citrons, au moins t'as des citrons ! » récita-t-elle en lui donnant un petit coup de coude. C'est pas ce que papa répétait tout le temps ?

Denny hocha la tête en lui prenant la main pour la serrer doucement.

– Tu vas bien ?

Elle sourit comme pour dire « Oui, bien évidemment », mais les mots ne sortirent pas.

– Installe-toi et fais-moi une liste de courses, lança-t-elle à la place. Je vais au supermarché demain.

Denny sortit sa guitare de son étui et commença à gratter les cordes.

– « Oh, monsieur Criquet… ça vous dirait du poulet grillé ? Ou un petit saucisson… Ouaf, ouaf, je veux un bon bouillon ! Ça marche, on va le préparer. »

La chanson résonna dans le couloir, dans l'escalier et dans toute la maison. En bas, Criquet grognait pour accompagner la mélodie, et Eden retourna dans sa chambre. Elle chercherait sur Internet des informations sur les poupées antiques de la guerre civile. En attendant que Vee Niles l'appelle et lui en apprenne plus sur la maison, elle pouvait au moins se renseigner sur la tête en porcelaine.

Denny avait raison sans le savoir : il était fort probable qu'elle en tire un bon prix dans un musée. Ou à une vente aux enchères de Christie, à New York. Les gens payaient des sommes impressionnantes pour n'importe quel objet qui avait une histoire : un gratte-dos qui aurait appartenu à un pèlerin du *Mayflower* ; le dentier de Winston Churchill ; la cuvette des toilettes de John Lennon ; une bille qu'un gars du Kentucky déclarerait être la bille fétiche de Lincoln… et la liste n'en finissait pas. S'il s'agissait de quelque chose que le reste du monde ne pouvait avoir, ils le voulaient. L'astuce consistait à trouver la spécificité secrète, ou du moins à faire croire qu'il en existait une.

Sarah

NEW CHARLESTOWN, VIRGINIE
2 DÉCEMBRE 1859

SARAH SE RÉVEILLA DANS UN ÉPAIS BROUILLARD, SEULE DANS LE LIT ET LA bouche pâteuse. Par la fenêtre, la lumière filtrait blême. Elle frotta ses yeux lourds de sommeil pour chasser le voile qui les embrumait. Entre son pouce et son index, elle roula la balle qui collait à sa chemise de nuit jusqu'à ce qu'elle disparaisse.

Plus de trace de Mary ni d'Annie, ni de leurs vêtements de deuil. Sarah se dépêcha de s'habiller mais constata qu'elle ne pouvait lacer son corset sans aide. Elle arpenta la chambre, furieuse.

– Satanée lotion ! Fichtre, fichtre et fichtre !

Au-dehors, des sabots claquèrent et des hennissements retentirent. Freddy traversait la cour. Derrière la porte de la grange grande ouverte, l'endroit où avait stationné le chariot était vide. Il ne restait que des traces de roues dans la boue. Malgré la morsure froide du verre glacé, Sarah pressa son visage contre la vitre pour mieux voir. Freddy descendit de cheval rapidement, attacha les rênes autour du poteau et se dirigea en hâte vers la porte de derrière. Après quelques secondes, des murmures agitèrent la maison. La voix grave de Freddy et d'autres plus aiguës, de femmes. Ils discutaient dans la cuisine.

Sarah jeta son corset et enfila rapidement sa robe. Sans prendre la peine de se brosser les cheveux, elle fila hors de la chambre. Freddy et Priscilla, qui se tenaient dans l'entrée, lui adressèrent des regards désolés. Elle savait qu'elle n'avait pas fière allure.

– Bonjour, madame Hill, salua Sarah, hésitante avant de se tourner, solennelle, vers Freddy. Monsieur Hill...

Priscilla fit un geste de la main vers le salon.

– Entrez vous sustenter.

– Je vous remercie, mais je cherche ma sœur et ma mère, répondit Sarah poliment.

– Annie se réchauffe devant le feu.

Sarah se précipita dans le salon pour y trouver sa sœur qui laissait les flammes lui caresser le visage.

– Annie ?

Cette dernière se tourna vers elle avec l'expression d'un épouvantail après une canicule. Au milieu de ses traits décomposés, ses yeux étaient gonflés et rouges.

– Papa ne nous veut pas là-bas... Il ne nous veut pas.

– Non, tu te trompes ! s'indigna Sarah en secouant la tête.

Même si sa carte ne l'avait pas mené vers la liberté, il restait encore du temps, des adieux à échanger d'un père à ses filles. Il devait avoir des mots à adresser à chacune, elle en était convaincue ! Une dernière leçon de liturgie pour Annie, ses dernières instructions pour Sarah afin qu'elle poursuive sa mission au sein du Chemin de fer clandestin.

– Freddy a emprunté son cheval à M. Fisher. Tout est prêt.

Une larme coula sur la joue d'Annie puis sur la tête de la poupée d'Alice, par terre à côté d'elle.

– S'il te plaît... lâcha-t-elle, avant de se tourner vers Priscilla. Où est notre mère ?

La femme cacha ses lèvres tremblantes derrière un mouchoir et regarda Freddy.

– Des soldats sont venus avant l'aube, expliqua-t-il. Seule votre mère a été conviée à se rendre à la prison.

Sarah manqua de s'étouffer.

– Ils nous ont montré une lettre signée de la main du capitaine Brown. Il ne voulait pas de votre sœur ou de vous si près du danger. Nous avons par conséquent respecté sa requête et avons accompagné Mme Brown. Après une heure, elle est sortie et nous a confié qu'elle ne se rendrait pas sur le lieu de l'exécution. Elle a demandé à mon père qu'il l'emmène vers une colline pour regarder dans l'intimité. Je suis revenu pour vous faire part des souhaits de vos parents.

Sur le visage de Freddy, elle lisait une gentillesse insupportable, et Sarah se rendit compte qu'elle pleurait.

Priscilla lui entoura les épaules de son bras.

– Ma chère enfant...

Elle sentait bon la cardamome et les clous de girofle et, malgré son désir de paraître forte, Sarah s'effondra dans son étreinte.

– C'est pour vous protéger, assura Priscilla.

La joue de Sarah se soulevait au ryhtme de la respiration de Mme Hill.

– Il n'a en tête que votre bien.

– Le gouverneur Wise et le général Taliaferro ont lancé une mise en garde, déclara Freddy. L'exécution pourrait enflammer les esprits et engendrer une bataille sanglante entre l'armée gouvernementale et les sympathisants abolitionnistes. J'aurais fait la même chose que votre père à sa place, pour vous savoir en sécurité.

Un éclat de rage jaillit de la bouche de Sarah, révélant toute l'étendue de sa douleur.

– Mais vous ne l'êtes pas ! À midi, ses chaussures se balanceront dans le vide pendant que vous serez tranquillement assis ici auprès de votre famille !

Les mots lui brûlèrent la langue, et elle regretta aussitôt d'incendier Freddy d'une telle amertume. De tous ceux qui l'entouraient pendant ce grave instant, il était le seul à partager encore avec elle le secret de la mission de son père. C'était irrationnel, hystérique, ses paroles étaient en contradiction totale avec ses véritables sentiments. Elle se couvrit le visage de ses deux mains.

Alertées par ses cris, Alice et Siby entrèrent dans la pièce. À travers ses doigts, Sarah vit leurs chaussons : pêche clair pour Alice, et pour Siby, terre de Sienne brûlée. Les couleurs se brouillèrent dans ses larmes comme des gouaches sur une palette.

– Je vous présente mes excuses, mademoiselle Brown, dit Freddy. J'ai parlé sans réfléchir.

Elle vit ses bottes sortir de la pièce.

– S'il te plaît, ne pleure pas, supplia Alice, sur le point d'éclater en sanglots.

Elle s'approcha d'Annie et s'agenouilla pour ramasser sa poupée.

– Tu devais les aider, la gronda-t-elle avant d'installer Kerry Pippin sur une chaise, comme si elle attendait qu'elle fasse un miracle.

Priscilla serra Sarah plus fort encore dans ses bras.

– La tristesse, ça vous entraîne dans vot' tombe, déclara Siby. J'ai du thé noir, des crêpes de maïs et du beurre de pommes pour vous r'donner du courage.

– Merci, juste du thé pour moi, répliqua Priscilla.

La pendule dans le couloir sonna neuf coups. Comment était-ce possible ? Sarah avait l'impression de s'être levée depuis des heures. Il lui semblait que plusieurs jours s'étaient écoulés entre le moment présent et sa rencontre avec Freddy dans la grange ; des semaines depuis qu'elles avaient pris le train à New York ; et avant cela, avant cela il s'agissait d'une autre vie.

L'exécution était programmée pour midi. Son père allait rester sous le même ciel gris et menaçant pendant les trois prochaines heures. Et après… plus rien. Et rien qu'elle puisse faire pour l'en empêcher. Cette impuissance était insoutenable.

Alice ouvrit un livre de modèles en points de croix : fontaines de fougère et faisceaux de blé, tulipes et brindilles en points de chaînette et en échelle de points d'épine et minuscules points d'œillets.

– Pour la broderie française, il est préférable d'utiliser des fils de couleur, mais il est difficile de s'en procurer de nos jours. Maman a de beaux cheveux avec plus de jaune que moi. J'aime coudre pour nos proches. Nous avons déjà décoré des voiles de mariées et des bonnets de bébés, des manchettes et des cols, des jouets, pratiquement pour tout le monde ! Maman dit que j'ai des mains de fée.

Elle les tendit vers Annie.

– Et maintenant, nous allons nous occuper de la robe de Kerry Pippin.

Elle feuilleta son livre jusqu'à tomber sur la page qu'elle cherchait.

– Voilà !

Elle brandit le modèle, le fixant d'un regard si intense qu'on aurait dit qu'elle voulait voir à travers.

– Des fleurs de pommier. L'amour et une vie nouvelle.

– Amour grisant et inconditionnel, selon certaines interprétations, murmura Annie. La préférence, aussi.

Alice sourit et hocha la tête, enthousiaste.

– Juste les fleurs. Les fruits symbolisent la tentation.

Elle chercha confirmation auprès d'Annie.

Cette dernière passa un doigt sur le bord de la robe en mousseline de la poupée.

– Je peux vous aider si vous voulez. Cela me fera passer le temps.

– Sarah et toi, vous avez des cheveux châtains absolument ravissants. Pourriez-vous m'offrir ceux qui restent sur votre brosse ?

Alice sautillait sur le coussin, au comble de l'excitation, jusqu'à ce que Priscilla lui tapote le genou. Elle se couvrit alors la bouche d'une main et se mit à fredonner *Mon beau sapin*. La mélodie emplit la pièce d'une telle harmonie que le monde autour sembla s'effacer.

– Il me reste un petit fil noir sur ma bobine, affirma Priscilla. Va donc la chercher ainsi que le cadre, ma douce.

Alice s'interrompit.

– Mais ça suffira à peine pour le bord !

– Moi, cela ne me dérange pas, intervint Sarah.

Ses cheveux, épais, s'accrochaient toujours dans sa brosse.

– Tu peux utiliser mes cheveux.

Chez elles, leur mère cousait souvent des initiales sur les mouchoirs ou certains habits à l'aide des cheveux que les jeunes filles perdaient le soir en se coiffant. Leur père aimait que ses chaussettes en soient parées. Il affirmait que cela protégeait les orteils et réchauffait les pieds.

Alice bondit en tapant des mains. Elle retint son pas jusqu'à l'entrée, avant de s'élancer vers l'escalier puis d'escalader les marches deux à deux.

Siby sortait de la cuisine, un plateau dans les mains.

– Mam'zelle Prissy, des perc'-neige ont poussé dans l'jardin d'maman, dit-elle en versant le thé fumant. Je m'disais que p'têt' mam'zelle Alice aimerait en cueillir quelques-uns pour son dictionnaire des fées pendant qu'j'm'occupe de Clyde et Hannah c't'après-midi.

– Je pense que cela arrangera tout le monde, acquiesça Priscilla.

– J'pensais bien, renchérit Siby en approchant la tasse de la main de Sarah.

Le liquide chaud sentait bon la chicorée maltée, et Sarah le but d'un trait jusqu'à la dernière goutte sans se soucier des bonnes manières. Comme Siby l'avait promis, la chaleur l'envahit, apaisant la tempête qui grondait en elle. Son estomac se contracta sous l'effet de la faim. Le corset n'était pas là pour étouffer les gargouillis. Elle posa la main sur son ventre comme on le fait sur la bouche d'un enfant qui pleure, mais cela ne suffit pas à faire taire son appétit.

– La dernière récolte, ça a donné l'beurre de pommes le plus délicieux qu'j'aie jamais cuisiné. Le meilleur verger à la ronde, il est droit dans not' jardin, déclara Siby, affairée à épousseter de la poussière imaginaire avec son tablier. C'est encore mieux sur les crêpes de maïs toutes chaudes, comme celles que j'viens de préparer.

L'estomac de Sarah se manifesta de nouveau. La chair trahissait l'esprit.

– Je pense que je mangerais bien un petit quelque chose finalement, lança-t-elle.

– Une p'tite bouchée, alors, se réjouit Siby.

Sarah contempla sa sœur dont le visage était tourné vers les flammes.

– Je reste avec Annie, assura Priscilla, sa tasse à la main.

Avant que Sarah puisse opposer une objection, Siby l'aidait à se lever du canapé.

Dans la cuisine, Freddy se tenait debout à côté du fourneau, la bouche pleine et une cuillère remplie de beurre de pommes dans la main. Il avala en vitesse ce qu'il mâchait quand les deux femmes entrèrent. Il se redressa et hocha la tête, poliment.

Une pile de crêpes aussi élevée qu'un haut-de-forme trônait sur le plan de travail, une fourchette plantée à son sommet pour la maintenir stable. Siby déposa une crêpe dans une assiette avant de faire un signe de tête vers le beurre dans la main de Freddy.

– Tu vas partager, ou tu veux tout dévorer comme ça ?

– Oui bien sûr, enfin, je veux dire non…

Il lui tendit la cuillère, la mit sur le fourneau, la reprit et la laissa finalement sur la table en chêne de la cuisine.

C'était la première fois que Sarah le voyait rougir. Une jolie teinte rosée lui colorait les joues.

Siby ouvrit grands les yeux. Elle installa l'assiette de Sarah sur la table.

– J'vous apporte une cuillère propre pour la confiture, annonça-t-elle avec une petite tape sur l'épaule de Sarah.

Freddy passa une main dans ses cheveux noirs, se dandinant, mal à l'aise, d'un pied sur l'autre. Sarah s'en voulait de s'être emportée contre lui. Elle était en colère contre elle-même et désespérée par la tournure des événements. Malheureusement pour lui, Freddy avait juste essuyé les conséquences de sa rage. Elle s'était montrée injuste, ses attaques reflétant simplement son état d'esprit du moment. Elle aurait voulu s'expliquer.

La pendule sonna les dix coups. « Vous, qui ne savez pas ce qui arrivera demain ! Car, qu'est-ce que votre vie ? Vous êtes une vapeur qui paraît pour un temps infime, et qui ensuite disparaît. » Son père citait souvent ces vers. S'en inspirant, Sarah avait peint un tableau avec du jus de baies. Il restait trop peu de fruits dans le buisson pour obtenir une teinte profonde, mais c'est ainsi que Sarah voyait le temps : des traînées bleu pâle, parfumées des saisons passées.

– Je suis désolée, Freddy. Je n'aurais jamais dû vous parler comme je l'ai fait tout à l'heure.

Il s'approcha au moment où Siby revenait vers Sarah avec une cuillère en bois.

– C'est tout ce qu'il nous reste. Nous avons utilisé tout le service hier soir et je n'ai pas encore eu le temps de faire la vaisselle.

Plutôt que de la donner à Sarah, elle l'enfonça directement dans le pot et jeta un regard vers Freddy.

– Quoi ? Y m'reste encore sept bocaux dans la cave, prends pas cette mine inquiète, j't'en apporte un autre, si t'y tiens !

– Non, je... commença Freddy, mais elle était déjà repartie vers le garde-manger.

Il se tourna vers Sarah, sa cravate serrait un peu trop son cou.

– Mademoiselle Sarah, s'il vous plaît, ne vous excusez pas. Je n'aurais pas dû dire ce que j'ai dit. Cette journée est un calvaire pour vous. Je voudrais simplement pouvoir me rendre utile...

La tendresse qui teintait sa voix émut la jeune fille.

Alice passa la tête par la porte de la cuisine.

– Les méchantes fées ont volé mon dé à coudre !

Sarah pensa tout d'abord qu'elle plaisantait, mais la détresse sur le visage d'Alice la détrompa.

Siby revint les bras chargés de draps noirs destinés à recouvrir les rideaux en signe de deuil. Elle posa le nouveau pot de beurre de pommes sur la table.

– M'sieur George m'a demandé d'installer tout ça.

– Viens avec moi, Alice. On va te trouver ce dé. Les fées aiment bien cacher les objets dans les coins et les recoins.

– Je comprendrai que vous préfériez rester seule, mademoiselle Brown, déclara Freddy avec une révérence.

– Pas du tout, à vrai dire. Et réservez le « mademoiselle Brown » à Annie, cela lui convient mieux. Je suis juste Sarah.

Elle ne devrait pas se montrer si effrontée avec un homme, se dit-elle, mais la bienséance lui semblait un luxe vraiment superflu, étant donné les événements de la journée et de la veille, et l'ampleur de la mission léguée par son père, qu'il incombait aux vivants de poursuivre. Elle lui avait juré qu'elle ne renoncerait pas, et elle tiendrait sa promesse. Elle accomplirait plus que ses autres enfants, plus que tous ses fils, plus que ce qu'il était attendu de la part d'une femme. Elle serait sa propre création et peindrait la voie pour que d'autres l'empruntent.

Sarah retint sa respiration au moment des douze coups de midi, jusqu'à sentir la pièce tourner autour d'elle et à manquer d'oxygène. Une réaction de son corps à la perte de son père, se dit-elle. Annie pleurait sans bruit, le visage dans un des mouchoirs brodés de Priscilla. Freddy se tenait droit, la tête baissée en signe de respect. Priscilla récitait une prière.

Les braises dans le foyer crépitaient sur un petit carré de mousse. La souche fendue n'avait pas été gardée au sec assez longtemps pour produire un feu régulier et tranquille. Les flammes s'élevaient, macabres, évoquant des histoires de bûcher, de fournaises mortelles et les nombreuses références bibliques de son père sur les esprits en feu.

Comment une âme voyage-t-elle de la Terre au Ciel ? se demanda-t-elle. Comme dans *Hamlet* de Shakespeare, peut-elle faire une halte pour rendre visite à sa famille et à ses amis ? Avec la stature de saint de son père, elle imaginait bien que Dieu autoriserait ce dernier à conduire le char d'Élie. C'était le genre de prouesse qu'elle l'aurait imaginé réaliser, si elle avait encore cru aux miracles.

Un coup à la porte fit sursauter tout le monde. George n'aurait pas frappé à sa propre maison, et Siby serait entrée par la cuisine. Par conséquent, qui que ce fût, ce n'était pas un membre de la famille.

Freddy ouvrit prudemment la porte et sourit.

– Monsieur et madame Niles...

– La cloche a sonné. Le mal est fait, lança M. Niles.

– Nous avons apporté des victuailles pour les femmes Brown, annonça Mme Niles. Puisque nous sommes les seuls Écossais en ville, nous n'allions pas renoncer à la tradition, même en sol étranger.

Elle tendit gracieusement un paquet.

– Le fait que ce ne soit pas une mort naturelle ne fait pas moins de ce décès un deuil. Le *Spectator* a publié un article sur le capitaine Brown. Il a laissé derrière lui des jeunes filles et une femme, et ses fils sont pratiquement tous morts à cause de son affreux commerce.

Annie attira Sarah tout contre elle en passant son bras sous celui de sa sœur. L'heure était venue de s'unir.

– Nous ne restons pas, continua Mme Niles. Nous avons laissé Ruthie à la maison pour garder les petits. Elle tenait à présenter ses condoléances.

– Je ne manquerai pas de les leur transmettre, lui répondit Freddy.

Avant même qu'il eût le temps de fermer la porte, une femme appela.

– Frederick !

Freddy adressa à Sarah une moue compatissante, comme pour dire : « Cela part d'une bonne intention. Soyez indulgente. » Du moins, c'est ainsi que Sarah l'interpréta.

– Madame Milton…

– Je vois que les Niles ont été plus rapides que nous, remarqua Mme Milton d'une voix robuste. Et les Jamison arrivent, eux aussi. Je ne veux pas vous garder trop longtemps, mais j'ai tenu à vous apporter un pain de viande. Je ne doute pas que votre mère a demandé à Siby de préparer de quoi manger, mais je me suis dit qu'un plat en plus ne ferait pas de mal.

Elle plaça dans les bras de Freddy un moule rond au-dessus des gâteaux que venait de lui donner Mme Niles.

– J'imagine que Mildred Niles vous a préparé ses délicieux biscuits à la cannelle. J'ai été bien avisée de vous cuisiner du salé.

– Merci, répondit Freddy en replaçant les paquets correctement.

– Dites à vos parents que ce sont des gens bien. Aider ainsi les Brown est fort louable. Vraiment ce sont des gens bien… répéta-t-elle, laissant sa voix s'éteindre doucement.

Priscilla s'était levée pour le débarrasser. Freddy ne prit pas la peine de fermer la porte.

– Les Jamison arrivent avec leurs deux cadets.

– Ils nous apportent une carafe de cidre et une couronne d'épicéa. On peut dire que nos voisins ont le cœur sur la main, constata Priscilla.

– Que va-t-on faire, Mère ?

Elle regarda tour à tour Sarah et Annie, avant de revenir vers son fils.

– Couper deux fois plus de bois si la porte reste ouverte ainsi toute la journée.

Elle remonta le col de sa robe sous son menton.

Les vitres embuées étaient maintenant recouvertes de givre. Le feu avait diminué, soufflé par le courant d'air, et les doigts d'Annie sur le bras de Sarah étaient gelés.

– Madame Brown a l'intention de retourner sans plus attendre à New York auprès du capitaine Brown pour une veillée funèbre et un enterrement, expliqua Priscilla. Par conséquent, même si ces présents sont très généreux…

– Je devrais les refuser ? demanda Freddy.

– Non, intervint Annie.

Elle avait les larmes aux yeux, et Sarah comprit à quoi elle pensait : Hébreux 13. Refouler un étranger revenait à refouler leur propre père, venu à elles sous la forme d'un ange.

Bien sûr, Sarah ne pensait pas que Mme Milton et ses pâtisseries étaient vraiment leur père, mais elle était du même avis qu'Annie.

– Nous ne pouvons pas les chasser, alors qu'ils viennent ici à leurs risques et périls, malgré les injonctions du gouverneur.

Après l'assaut donné par leur père en octobre, personne à North Elba n'avait osé s'aventurer près de leur ferme. Que ce soit pour un voisin dont une maladie avait emporté l'enfant, pour un père tué dans un accident ou une mère morte en couches, tout le monde assistait aux funérailles mais la famille pleurait seule son mort. Sarah n'aurait jamais imaginé venir chez quelqu'un, pas plus chez un ami que chez un étranger, pour apporter des victuailles comme le faisaient ces Sudistes. Elle fut profondément touchée par cette coutume.

Son père les avait quittées. Il n'entrerait pas à New Charlestown à bord d'un attelage de feu, mais cela ne voulait pas dire que son esprit n'avait pas brillé dans l'esprit de ces gens.

Sarah se leva du canapé, Annie accrochée à son coude. Bras dessus bras dessous, elles partirent vers la porte d'entrée pour accueillir les Jamison. Après eux, ce fut le tour de M. Reedling, le propriétaire de la scierie. Il apportait un petit jambon affiné. Les Smith, frère et sœur, furent les suivants, s'excusant que leurs parents se soient pas venus, car ils possédaient des esclaves et n'adhéraient pas aux idées abolitionnistes. Cependant, leur mère avait tout de même tenu à leur faire porter une brioche aux raisins encore chaude.

Quand Alice et Siby revinrent de la ville avec des paniers remplis de victuailles offertes par les Fisher et des amis noirs, ils avaient déjà accumulé assez de provisions pour nourrir une armée : des biscuits, un pain de viande, une brioche aux raisins, deux brocs de cidre, un pain de maïs, un sac de noix de pécan grillées, trois couronnes de fleurs, et un bocal de betteraves au vinaigre. Les filles s'étaient tenues près de la porte tout l'après-midi, accueillant les voisins et les remerciant pour leur gentillesse comme si elles avaient toujours vécu là. Freddy ne les abandonna qu'un instant, pour leur apporter manteaux, écharpes et mitaines. Gypsy les rejoignit, s'allongeant sur le seuil, à moitié dedans, à moitié dehors. Siby alimenta le feu, dont l'éclat ne baissa pas un seul instant.

La peine qui avait endurci le cœur de ses frères venait d'être purifiée comme de l'eau chez Sarah. La mort de son père ne marquait pas la fin de sa mission, mais le début d'une œuvre plus importante.

Les gens étaient capables de bien plus d'amour et de bienveillance qu'ils ne l'imaginaient. La parole collective ne laissait pas toujours transparaître la bonté individuelle. Bien sûr, d'affreux personnages commettaient des actes monstrueux. Dans cette région, des êtres humains en maltraitaient d'autres à cause de la couleur de leur peau. De viles créatures qui se considéraient supérieures à leurs semblables. Leur père le leur avait prouvé à tous : quand un cœur s'arrête de battre, la seule couleur qui demeure, c'est le rouge du sang. La chair est égale. Une personne est bonne ou mauvaise par son caractère seulement.

Ces charitables étrangers incarnaient mieux que quiconque le fait que, même si Sarah et sa famille avaient tout perdu à Harpers Ferry, la bonté vaincrait malgré tout, aussi indomptable qu'une rivière après une tempête.

Eden

NEW CHARLESTOWN, VIRGINIE-OCCIDENTALE
AOÛT 2014

LE PARFUM DU CAFÉ QUI PASSAIT RÉVEILLA EDEN TÔT. ELLE DESCENDIT DANS la cuisine et trouva Denny installé seul au bar en marbre, en face de la fenêtre sous laquelle la tête de la poupée était posée. De loin, on aurait dit qu'ils se dévisageaient, méfiants.

Elle se racla la gorge.

Il sursauta et sa tasse, qu'il avait remplie à ras bord, se renversa. À le voir si nerveux, elle se demanda combien de cafés il avait déjà bus. À l'évidence, plus d'un.

– Désolée, je suis en retard, s'excusa-t-elle, même si cela faisait des mois qu'elle n'était pas sortie de son lit aussi tôt. Tu es debout depuis longtemps ?

– Je ne me suis pas couché, répondit-il en essuyant le café. Je peux pas dormir comme ça, je suis un oiseau de nuit.

Bien sûr. Il jouait en général au Mother Mayhem's Café jusqu'à la fermeture, à minuit. Ils s'étaient dit au revoir autour de vingt-deux heures. Mais elle percevait dans son ton quelque chose de plus que ce qu'il voulait bien dire. Pourquoi était-il encore éveillé ?

– Il y a une petite télé dans la…

Elle hésita, redoutant de prononcer les mots « chambre d'enfant ».

– L'autre chambre. On peut la mettre dans la tienne pour qu'au moins tu aies un peu de distraction. Tu pourrais regarder les rediffusions de *M*A*S*H*, par exemple.

– Super ! Exactement ce qu'il me faut. *Suicide is Painless* [1] comme berceuse !

Elle ignorait que c'était le titre de la chanson du générique.

Denny se mit à la chanter.

– « Difficile de jouer au jeu de la vie… »

Elle agita la main pour l'interrompre.

– D'accord, pas *M*A*S*H*. Pourquoi pas *L'Île des naufragés*, alors ? C'est plus gai.

Elle se servit une tasse de café.

– Ta promeneuse de chien, Cleo, est passée, annonça-t-il.

– Ah oui ?

Eden était impressionnée par le sérieux de la fillette.

– Une gentille gamine, commenta-t-elle. Un peu bizarre. Je pense qu'elle est un peu seule.

– J'ai eu le même sentiment.

– Et qu'est-ce qu'elle parle ! Un vrai moulin à paroles. Je la trouve autoritaire, aussi. Mais j'apprécie son esprit capitaliste. Elle n'a pas de frère ni de sœur. Pas de parents. Elle vit avec son grand-père qui est veuf. Je ne l'ai jamais rencontré, mais notre agent immobilier m'a dit qu'il était banquier. Monsieur Bronner, des banques Bronner.

Elle tapota sur sa tasse avec un ongle.

Elle était pire que Cleo, à déblatérer sur la petite comme si elle l'avait toujours connue. Ou peut-être que, tout simplement, elle voulait la connaître mieux. Elle ravala ce sentiment avec une gorgée de café noir.

Denny contemplait l'auréole brunâtre à l'intérieur de sa tasse.

1. « Le suicide ne fait pas mal. »

– C'est horrible…

– Oui, tout à fait d'accord. Tu ferais pas un bon serveur.

– Je parle de Cleo.

Eden trouvait la situation de la fillette triste et malheureuse, mais « horrible » lui semblait quand même très exagéré. Elle haussa les épaules.

– L'unique héritière d'un banquier ? Elle aurait pu tomber plus mal. Comme tant d'autres.

– Quand papa est mort, je vous avais encore, toi et maman. On avait encore des gens pour qui on comptait.

Elle trouvait ses propos disproportionnés par rapport à la réalité, et pour la deuxième fois en quelques minutes elle se demanda ce qu'il lui cachait. Elle s'apprêtait à l'interroger sur ce qui le tracassait réellement, mais il prit la parole le premier.

– Alors, ça fait combien de temps que vous essayez d'avoir un enfant ?

Elle reçut la question comme un coup de poing en plein ventre et recula d'un pas.

– Un moment…

Elle se blinda pour l'interrogatoire à venir… *Qu'est-ce qui n'a pas marché ? Pourquoi n'avez-vous pas réussi ?* Mais au lieu de cela, il replongea son regard dans le fond de sa tasse, laissant Eden combler le silence.

– Nous n'en avons parlé à personne. C'est comme ça et c'est tout…

Elle versa son café dans l'évier. Imbuvable. Elle observa un instant le liquide colorer l'acier. Elle ne voulait pas que Denny ait de la peine pour elle.

– Mère Nature… amie ou ennemie. Ça dépend du point de vue.

– Saloperie, oui !

Elle ne savait pas si elle devait le prendre au sérieux, ou si c'était juste un élan de cynisme.

L'expression sur le visage de son frère la fit opter pour la deuxième solution et elle rit pour détendre l'atmosphère.

– Tu l'as dit !

Il se leva et passa une main autour de ses épaules, la serrant de toutes ses forces dans une étreinte qui cherchait plus à prendre qu'à donner. Elle l'entoura de ses bras, et la tension dans les muscles du jeune homme se relâcha.

– Je suis content qu'on soit là, l'un pour l'autre, confia-t-il dans une profonde inspiration.

Elle se demanda ce qui était arrivé : comment avait-il pu grandir autant ? Elle avait l'impression de sentir encore son crâne de petit garçon, quand sa tête lui arrivait sous le menton. Et maintenant, c'était un géant.

– Tu serais perdue sans moi, plaisanta-t-il.

Quand elle se libéra, le visage de son frère s'était décontracté. Elle lui planta un doigt sur le sternum.

– Complètement.

Un mot était posé à côté de la tête de la poupée. D'une écriture ronde et épaisse.

« *Madame A.*

Si vous voulez nourrir Criquet avec les recettes du Holistic Hound, on a besoin d'acheter plein de trucs. On a des carottes, des pois, des épinards et du chou frisé dans le potager, mais il nous manque du riz brun, du poulet haché, de l'huile de lin et de la citrouille en conserve. C'est pour Criquet. Mais je pense vraiment que vous devriez faire d'autres courses aussi. DES COURSES POUR DES ÊTRES HUMAINS.

J'ai rencontré votre frère. Il a dit qu'il sortirait Criquet à midi si ça vous va. Je vais au Niles Antique Mill pour me renseigner au sujet de la poupée, ensuite j'irai à la banque pour déjeuner avec Grand-père.

Au fait, je lis votre guide du Mexique. J'aime beaucoup.

Cleo »

Le Niles Antique Mill ? Vee Niles avait appelé sur le portable d'Eden et laissé un message cryptique, s'excusant d'avoir des heures de travail de folie et expliquant que son père s'était cassé le bassin. Elle était débordée mais pensait pouvoir passer avec son camion de glaces dans les prochains jours.

Eden n'y avait absolument rien compris et s'était agacée de devoir mettre son projet en suspens. Elle détestait emprunter toutes sortes de détour quand c'était en fait très simple : elle voulait un cachet officiel qui classait sa maison comme monument historique et lui donnait une valeur bien plus importante que la misérable demeure d'un couple malheureux sans enfant… Seulement elle voulait cela par écrit, bien sûr. Contrairement à un bien quelconque, il était impossible d'apporter une maison chez quelqu'un. Elle dépendait du bon vouloir de Mme Vee Niles pour venir la visiter, mais elle ne voyait toujours pas le rapport avec le camion de glaces.

– Cleo est arrivée avec son mot déjà écrit et elle semblait déterminée à te le transmettre, expliqua Denny.

– Cette fille a du cran. Je t'ai dit de faire une liste aussi, Den… sinon, Criquet et toi vous allez manger la même chose.

– Tu sais ce que j'aime, mes goûts n'ont pas changé depuis vingt ans.

– Cheerios, ailes de poulet et jus d'orange ?

– Pas mal, acquiesça-t-il, prenant un air sérieux. Ajoute à ça des cacahuètes et des bières.

Il se gratta un instant le menton.

– Ah oui, et du pain, du lait, de la viande et du fromage. Je crois qu'on a fait le tour.

Avant qu'elle ait le temps de réagir, il la souleva dans les airs à la manière d'un haltérophile, tandis qu'elle se défendait sans conviction.

Quand il la reposa enfin, elle prit la liste et sa clef sur le crochet. Elle enfila des sandales rouges à sequins que sa mère lui avait offertes pour Noël. En entendant le cliquetis des clefs, Criquet déboula dans la cuisine et lui renifla les pieds.

– Surveille ce bonhomme pendant mon absence ! lança-t-elle en direction de son frère. C'est un sacré numéro.

Denny prit Criquet dans ses bras, le tenant comme un ukulélé. Désormais à la hauteur d'Eden, le chien plongea son regard dans le sien et elle se sentit fondre.

Elle lui attrapa le cou et le gratta gentiment.

– Je reviens vite, mon gars.

De son pouce gauche, Denny caressait le ventre du chien.

– On va aller se balader, ça nous rafraîchira les idées.

– Tiens-le en laisse, demanda Eden.

Mais est-ce qu'ils en avaient une ? Elle l'ajouta à sa liste.

– Ne le laisse pas boire ou manger des saletés, ni courir dans les flaques de boue. Prends un sac en plastique avec toi, et...

– Regarde des deux côtés de la rue avant de traverser. Compris, maman, je prends bien soin de ton petit chéri.

– Je ne suis pas... il n'est pas...

Elle renonça à argumenter.

Eden n'arriva pas plus loin qu'au coin de la rue. La main gauche sur le volant, elle avait tenté d'entrer « Milton's Market » sur son GPS et avait mordu le trottoir deux fois de suite. Elle préféra se garer pour naviguer sur l'écran tactile. Après tous ces efforts, elle obtint un vexant « Pas de réponse ». Si le GPS ne parvenait pas à trouver l'adresse, elle aurait encore préféré qu'il lui indique que cet endroit n'existait pas du tout. « Pas de réponse » sonnait comme une sorte de purgatoire, ça la confrontait à son idiotie. L'imbécile qui ne voyait pas la forêt cachée derrière les arbres. Il était possible de trouver l'endroit, mais sans l'aide du GPS elle allait rester assise dans sa voiture sur Apple Hill Lane, un pied sur le frein, hésitant entre tourner à droite ou à gauche.

Des enfants criaient et couraient dans un jardin, se laissant éclabousser par un arroseur. Eden jeta un œil dans le rétroviseur pour s'engager sur la route quand un rayon doré se refléta dans le miroir : Cleo ! Son ange gardien venu la guider sur son vélo Schwinn.

– Cleo ! appela-t-elle.

La bicyclette fit demi-tour pour revenir vers elle.

– Quoi de neuf, madame A. ?

Eden se réjouissait de sa promotion qui la faisait passer de Mme Anderson à Mme A.

Cleo planta fermement ses deux pieds sur le sol et posa le guidon contre la carrosserie. Eden essaya de ne pas s'inquiéter pour la peinture.

– Salut, toi… Tu vas où comme ça ? s'enquit-elle sur le plus léger des tons, pour ne rien laisser transparaître de son hystérie croissante.

La fillette avait déjà pu la voir sous cet angle lors de leur première rencontre, et elle espérait bien modifier cette image d'elle qu'elle lui avait donnée.

Cleo avait coiffé ses cheveux en un palmier sur le haut de sa tête, qui semblait trop lâche ou trop lourd pour tenir en place : il tombait légèrement sur le côté. Elle leva son poignet vers Eden et tapota le cadran d'une montre violette en plastique.

– Déjeuner.

Il était déjà midi ? Eden consulta son tableau de bord. La technologie l'avait déjà laissée tomber une fois.

– Votre frère ne vous a pas transmis mon message ? demanda la fillette. Je viens de la boutique des Niles, mais ils avaient un rendez-vous chez le médecin. Monsieur Niles est tombé du grenier d'une grange, il s'est carrément cassé en morceaux. Vous avez déjà rencontré Vee ?

– Pas vraiment.

Eden se racla la gorge. Sentant la crampe poindre, elle posa son pied sur le plancher et mit le levier en position parking.

– En fait, je vais à Milton's Market pour ta liste. Tu as dit que la banque est à côté, je te dépose ?

Elle dessina son plus beau sourire, espérant que la fillette accepterait son offre et lui servirait de GPS.

Cleo se pencha pour examiner de plus près la banquette arrière en cuir. Ses joues sentaient les tomates mûres du potager.

– Mon vélo tiendra pas.

Eden n'avait pas pensé à ça.

– D’accord, lâcha-t-elle, son sourire remplacé par une grimace.

– Je vais être en retard.

Un pied sur la pédale, Cleo démarra.

Eden la suivit. Avec un peu de chance, elle verrait bientôt des commerces, signe qu’elle approchait du but. Mais non. Juste d’autres rues à trois voies et des maisons joliment entretenues. Elle ralentit, restant discrètement à distance de la petite fille. En vérité, ce n’était pas la plus discrète des couvertures.

Cleo prit un virage. Eden prit le même. Elle tourna à gauche, puis à gauche encore et rapidement à droite. À un carrefour, la fillette surprit Eden en braquant à la perpendiculaire de la voiture.

– C’est cette rue ! indiqua-t-elle en montrant du doigt le chemin. Mais c’est plus facile de trouver une place de stationnement derrière Milton. Il y en a plein un peu plus loin.

– Merci Cleo, c’est gentil de m’avoir guidée.

– Même un crapaud ne pourrait pas se perdre à New Charlestwon. C’est vraiment qu’une seule grande rue.

Elle se prépara à repartir.

– Achetez des œufs mimosa, ils font les meilleurs du monde ! Mais seulement pour les grandes occasions. Là, c’est pour fêter l’arrivée du premier bébé de Mack et Annemarie Milton, né dimanche.

« L’enfant né le jour du Seigneur est solide, joyeux, heureux et souriant », récita Eden en elle-même. Chaque mot lui transperçait la peau comme une vieille aiguille. Elle s’imagina Annemarie Milton chantant des berceuses à son nouveau-né aux lèvres dégoulinantes de lait maternel. Elle sentit sa nuque se raidir. Elle voulait revenir sur ses pas, retourner à la maison, les mains vides, s’enfermer dans sa chambre et se cacher sous les couvertures. Elle contempla le trottoir brûlant d’où s’élevaient des nuages de vapeur, et crut qu’elle allait être malade.

Comme elle ne réagissait pas, Cleo roula vers elle.

– Vous avez entendu ce que je vous ai dit pour les places de stationnement ?

Eden hocha la tête, les yeux humides de rage, la gorge sèche.

– Je vous retrouve après mon déjeuner avec Grand-père, salua la fillette en s'éloignant rapidement.

Eden la suivit du regard jusqu'à ce qu'elle disparaisse derrière une rangée de voitures garées. *Quelle étrange gosse*, se dit-elle, et cette pensée la fit sourire.

Milton's Market était bien plus grand qu'elle ne s'y était attendu, avec une fromagerie, une boucherie, une boulangerie et un traiteur en plus des rayonnages de conserves et d'articles habituels. Avec ses allées bordées de stores vichy, l'endroit respirait l'ordre et le propre. Elle trouva tous les ingrédients de la liste de Cleo et prit aussi de quoi nourrir Denny. Elle suivit les conseils de Cleo et acheta une douzaine d'œufs mimosa. Les jaunes étaient piqués d'un cure-dent avec un drapeau miniature portant l'inscription « C'est un garçon ! ». Elle se serait crue à un pique-nique organisé par les Milton. Pittoresque.

Au moment où le caissier lui tendait la facture, Cleo entra dans le magasin.

– Bravo, vous y êtes ! lança-t-elle en direction d'Eden avant de se tourner vers l'homme derrière le comptoir. Salut, Mack.

– Bonjour, Cleo.

Eden n'avait pas pris la peine de lire le badge.

– Mack… Mack Milton, c'est bien ça ? s'étonna-t-elle.

Son nom apparaissait en seconde position sur le contrat de l'agent immobilier. Juste après Morris Milton. Même si elle n'avait jamais rencontré aucun des deux, leur titre de « vendeurs » figurait en face de celui d'« acheteurs » de Jack et elle.

– En chair et en os ! répondit-il avec un rictus satisfait.

Elle lui tendit la main.

– Eden Norton… Anderson. On vient d'emménager, vous savez.

– La maison sur Apple Hill, à côté de celle des Bronner. Jolie bâtisse.

Il lui serra la main chaleureusement.

– Annemarie sera jalouse de savoir que je vous ai rencontrée avant elle. Elle n'a pas arrêté de me demander de vous apporter des beignets de bienvenue. Mes fameux beignets au cidre.

– Mes préférés ! s'exclama Cleo, visiblement alléchée.

– C'est très gentil de votre part, mais c'est plutôt moi qui devrais vous féliciter. J'ai entendu dire que vous veniez d'avoir un bébé.

– Mon premier, confirma Mack, rayonnant. Matthew.

– Tous les Milton ont des noms qui commencent par M, c'est une tradition familiale, expliqua Cleo.

– Oh ! je vois. Cleo m'a déjà beaucoup renseignée à propos des Milton de New Charlestown. Matthieu et Mack au Milton's Market, votre frère Mett qui tient le café, et votre père Morris…

En entendant ce prénom, Mack se ferma. Eden avait prononcé un nom tabou, et l'atmosphère s'alourdit.

– Faut qu'on y aille ! s'écria Cleo en s'emparant du sac de provisions. L'heure du conte est bientôt terminée et je dois échanger un livre. Mademoiselle Silverdash nous attend.

Première nouvelle ! Eden se pinça les lèvres pour cacher sa surprise.

– Dépêchez-vous alors. Enchanté de vous avoir rencontrée, salua Mack.

– Moi aussi. Je serais ravie de voir le reste de la famille… et de vous présenter Jack.

S'ils restaient en ville et ensemble assez longtemps. C'était une habitude très conventionnelle de toujours parler d'elle comme d'un couple. D'ailleurs, leur couple n'avait jamais posé problème, c'était même plutôt le contraire. Jack et elle avaient toujours fait forte impression quand ils sortaient ensemble : rayonnants, amoureux, talentueux. Ils s'étaient toujours vantés pendant les dîners mondains d'avoir trouvé leur moitié, comme deux aimants qui se rejoignent… *Clic !* Sur ce principe, ils s'étaient toujours montrés forts et unis, et sur ce principe, ils s'étaient mariés. Leur tentative d'intégrer un troisième élément à ce duo parfait avait tout détruit. Ils ne pouvaient plus faire autrement que se séparer.

Cleo attira Eden vers la sortie en la tirant par la manche. Son vélo était appuyé contre un parcmètre à quelques mètres du magasin.

– Engager la conversation sur une dispute de famille n'est pas le meilleur moyen de faire connaissance, remarqua la fillette en haussant les épaules. Bon, mais c'est pas un secret.

Elle posa le sac de commissions d'Eden dans le panier accroché à son guidon, retira la béquille et avança sur le trottoir en poussant son vélo.

Soudain, comme venue de nulle part, résonna aux oreilles d'Eden la chanson du camion de glaces dans *Le Magicien d'Oz,* « Suivez la route de briques jaunes ». La jeune femme fredonna la mélodie alors que les phares de sa voiture se reflétaient sur les rayons des roues. Elle allait enfin rencontrer Mlle Silverdash.

Sarah

NORTH ELBA, NEW YORK
23 DÉCEMBRE 1859

AVANT L'AUBE, SARAH ET ANNIE AVAIENT COUPÉ DES BRANCHES ENNEIGÉES de sapin et de houx dans la forêt derrière la maison. Elles considéraient qu'il serait injuste de gâcher la fête d'Ellen pour une histoire de convenances. Des voiles noirs étaient suspendus devant les fenêtres et les miroirs. Sur le lac Placid, le blizzard soufflait et une épaisse couche blanche se formait. Heureusement, elles avaient enterré leur père dès leur retour. Si elles avaient tardé, son cercueil se serait encore trouvé dans l'entrée à cette heure.

Les Alcott leur avaient envoyé un exemplaire d'*Un chant de Noël* de Charles Dickens, que Sarah appréciait beaucoup à l'exception du début, quand le fantôme Marley apparaît enchaîné. Elle le lisait à la petite Ellen en sautant les détails des premières pages. « Un fantôme nommé Marley vint avertir Scrooge de la visite de trois esprits… » Elle préférait faire simple. Il n'en fallait pas plus pour comprendre le reste de l'histoire.

Sarah et Annie accrochèrent les branches qu'elles avaient coupées au-dessus de la porte avec du ruban écarlate. Le parfum qui s'en dégageait rappelait à Sarah la Virginie, Freddy et les gentils voisins venus avec des offrandes plein les bras. Elle approcha ses doigts de son nez et de ses lèvres.

Annie la surprit alors qu'elle respirait le creux de sa main en prenant de profondes inspirations.

– Moi aussi, l'odeur m'évoque cette horrible journée, avoua Annie.

Elle poussa un soupir de douleur comme si leur père venait de mourir une deuxième fois. Depuis leur retour du Sud, elle affichait une humeur maussade et sinistre.

– Pourrons-nous de nouveau sentir un jour le parfum des sapins sans nous sentir déchirées ?

Sarah coinça les tiges de houx entre les branches des conifères. Cela l'émerveillait qu'une odeur pût faire naître des sensations si opposées. Elle ne se lava les mains que lorsqu'il fut temps d'aider sa mère à préparer le repas.

Monsieur George Stearns et M. Franklin Sanborn, deux des membres du Comité secret des Six de son père, revenaient du Canada où ils étaient allés se réfugier après l'assaut. C'étaient des hommes très riches et influents pour lesquels Sarah avait dessiné plusieurs cartes, y compris celles qui conduisaient à la frontière du « Paradis » – le nom de code pour le Canada. La justice du Sud s'étant payée du sang de leur père, ils retournaient auprès de leur famille et s'étaient arrêtés chez les Brown pour leur présenter leurs hommages. Sarah se préparait à leur transmettre, dès que l'occasion se présenterait, une note les assurant de son assistance indéfectible au Chemin de fer clandestin. Avant le dîner, avec un peu de chance.

Les femmes avaient rassemblé toutes les denrées qu'elles avaient pu trouver pour confectionner un délicieux plat de Noël ainsi que des biscuits au beurre. Sarah aida Mary à organiser le festin : poule rôtie et œufs durs, le tout dans une gelée salée qui en faisait une masse tremblante. Elles la recouvrirent d'un torchon à fromage et la placèrent dehors, dans la cave, pour qu'elle se fixe. Entre-temps, Annie et Ellen découpaient des étoiles et des cœurs dans une pâte sucrée à cuire sur des moules beurrés. Ellen gloussait en mangeant des petits morceaux de pâte crue.

Mary lui embrassa le sommet de la tête.

– N'en abuse pas, ou tu vas te couper l'appétit.

Depuis que leur mère était revenue de l'exécution, elle ne bégayait plus. Elles ne l'avaient pas tout de suite remarqué, trop bouleversées par la tornade qui les frappait : devoir veiller sur le corps de John et préparer leur voyage de retour. Mais quand elles s'aperçurent enfin qu'elle parlait sans aucune hésitation, les filles furent choquées et légèrement effrayées. Mary n'aurait su dire quand le miracle s'était produit, mais elle était convaincue qu'il s'agissait bien d'une intervention divine.

– Votre père a plaidé en ma faveur auprès du Tout-Puissant. Un don pour alléger la douleur de la perte.

Quelle qu'en fût la cause, cela ravissait Sarah d'entendre l'élocution retrouvée de sa mère. Même ce moment si anodin dans la cuisine la réjouissait plus que tout ce qu'elle avait connu auparavant. Ce qu'elles préparaient n'égalait pas les somptueux repas qu'ils partageaient autrefois pendant les fêtes, quand ses frères et leurs femmes se réunissaient pour entendre leur père dire les grâces. Non, elles n'auraient plus jamais de table aussi bien garnie, ni une maison aussi remplie. Mais les bénédictions ne manquaient pas.

Sarah ne pouvait se comporter comme Annie et porter le poids du passé autour de son cou comme les chaînes de Marley. Elle était différente de sa sœur. Sa vie et ses actions ne suivaient pas les mêmes rails traditionnels.

Elle songea à M. Thoreau et à ses promenades dans la nature à Walden Pond, à ses aventures au grand air. Et soudain le visage de Freddy dans la lumière tamisée de la grange s'imprima dans son esprit. Elle rougit au souvenir de son effronterie, de son espoir naïf que son père se lèverait tel le phénix avec sa carte pour guide.

– Tu es rouge comme une betterave, mon enfant, commenta Mary en posant la main sur la joue de Sarah. Tu ne te sens pas bien ?

– Si si, juste excitée par la fête de Noël, répondit la jeune fille en détournant la tête.

– « Allez, mangez des viandes grasses et buvez du vin doux, et donnez-en à ceux qui n'ont rien de prêt, car ce jour est consacré à notre Seigneur ; ne vous affligez point, car la joie de l'Éternel, voilà votre force. »

Dans sa bouche, les mots sonnaient pareils à une berceuse, à un chant de saison, et ils transpercèrent le cœur de Sarah autant que ses oreilles.

Ellen faisait danser sa poupée sur la table de la cuisine et fredonnait « Que Dieu vous garde en joie, messieurs ». Pas de visage peint ni de vêtements brodés de cheveux châtains comme la Kerry Pippin d'Alice, un simple morceau de mousseline rembourré avec des haricots. Sarah décida de lui offrir une jolie écharpe en ruban pour Noël, Ellen serait contente.

Leur mère termina de préparer les chandelles. Une rangée de mèches suspendues sur une corde durcissaient sur le bord de la fenêtre, stalactites de cire à l'arôme profond.

– Allez-vous utiliser celles-là ? demanda Sarah.

– Eh bien, oui, si nous ne voulons pas manger dans le noir, répliqua Annie.

– Elles vont laisser de la suie sur le plafond et nous passerons tout le réveillon de la Saint-Sylvestre sur des chaises, à nettoyer.

Mary ne fut pas insensible à l'argument. Elle s'interrompit un instant.

– Nous les mettrons dans des lampes. Comme les Hill.

Sarah et Annie se figèrent et échangèrent un petit regard. C'était la première fois que Mary mentionnait leur voyage dans le Sud depuis leur retour à la maison. Elles en avaient déduit qu'il valait mieux ne pas aborder le sujet.

– Comment s'appelle leur ville, déjà ? demanda-t-elle en se tapotant le menton. Charlestown, est-ce bien cela ?

– Non, c'est la vieille ville dans laquelle Père était emprisonné, répondit Annie en continuant à plonger les cierges dans une mixture blanche et grasse.

– New Charlestown, ajouta Sarah. Les Hill habitent dans la ville nouvelle.

– New Charlestown. Oui, voilà ! s'écria leur mère en s'essuyant les mains sur son tablier. Nous avons reçu une lettre de là-bas ce matin. Cela m'est sorti de l'esprit avec les préparatifs pour MM. Stearns et Sanborn.

De sa poche elle sortit une enveloppe carrée, estampillée d'un H avec une épaisse cire rouge.

À l'intention de madame Brown,
de mesdemoiselles Brown, et famille
North Elba, New York

Sarah la décacheta. À l'intérieur, elle trouva une carte illustrée d'une lithographie en noir et blanc de la reine Victoria et de sa famille autour du sapin de Noël royal. Peinte par James Roberts quelques années plus tôt, l'image était assez connue, mais Sarah n'en avait jamais vu de reproduction aussi détaillée, sur un papier aussi luxueux. Elle parvenait à distinguer presque toutes les décorations qui pendaient aux branches, les poupées, les bouffons et les calèches, et les visages rayonnants des enfants ainsi que l'expression enjouée de la reine et du roi.

Comme pour le Ebenezer Scrooge de Dickens que le fantôme des Cadeaux de Noël promenait dans la ville, Sarah avait l'impression de regarder dans une vitrine la vie de quelqu'un d'autre, une vie heureuse et pleine. Elle dirigea la carte vers le feu, s'efforçant d'imprimer chaque élément du dessin dans son esprit, s'imprégnant du parfum de l'encre, du papier et des kilomètres traversés.

– S'il te plaît, mon enfant, lis-la-nous, pria Mary, maintenant occupée à vérifier la cuisson des biscuits dans le four.

Sarah s'éclaircit la voix. De son vivant, leur père excellait dans la lecture à voix haute. Depuis toujours, il lui avait appris à garder son dos droit, son menton levé, à prendre une grande respiration et à veiller à articuler clairement. Elle ne savait pas lire autrement. Elle adopta la position de circonstance, la carte dans une main, assez loin de son visage pour suivre les phrases sans s'interrompre.

– « Chère famille Brown. Malgré la brièveté de votre séjour chez nous et ses circonstances tragiques, sachez que vous avez laissé une impression très forte sur notre famille. Nous vous admirons énormément. »

Sarah fit une pause pour l'effet, et pour réfléchir à qui était admiré et par qui. Avant de se laisser déborder par l'émotion, elle poursuivit.

– « Ce ne sera pas chose aisée avec tous ces absents à votre table, nous en avons bien conscience, mais nous espérons tout de même que vous vous laisserez pénétrer par la grâce de Noël. Alice a joint à ce pli un petit cadeau pour Mlle Annie Brown, en souvenir de leur amour commun pour les fleurs. Freddy demande si vous êtes toutes en bonne santé. Il souhaite que vous profitiez de nombreuses... nombreuses promenades dans la nature pour renforcer votre consti... »

Sarah butait sur les mots, embarrassée que Priscilla retranscrive le message codé de Freddy, même si elle était heureuse qu'il ait osé l'ajouter à la lettre. Elle comprenait son vrai sens, la référence à leur rencontre secrète dans la grange et leur discussion sur le Chemin de fer clandestin.

– « ...constitution. Salutations chaleureuses de M. et Mme George Hill, de Freddy, d'Alice, et un aboiement spécial de Gypsy. PS : Siby et les Fisher m'ont demandé également de vous transmettre leurs meilleures pensées. »

– Comme c'est gentil de leur part...

Annie accrocha sa dernière chandelle à la corde, avant de s'approcher de Sarah avec un intérêt redoublé.

L'enveloppe contenait plusieurs perce-neige séchés dont les longues tiges avaient été soigneusement coupées. Elles rappelaient à Sarah des baguettes de fées.

Délicatement, Annie prit une tige entre ses deux doigts.

– On dit que Dieu a envoyé à Adam et Ève des perce-neige pour les consoler après les avoir chassés du Paradis. Elles symbolisent l'espoir et le réconfort.

Mary se pencha pour voir de plus près.

– J'ai toujours pensé que les perce-neige étaient des fleurs étranges. Ils fleurissent en plein cœur de l'hiver.

– Comme un spectre, ajouta Annie.

– Comme un miracle, corrigea leur mère.

L'écriture de Priscilla évoquait à Sarah des rangées de perce-neige miniature, des pétales en forme de boucle au sommet de traits étroits. Elle passa son doigt sur les phrases, sentant la trace creusée par le crayon sur le papier écru, et elle voulut peindre les lignes en vert pelouse et les lettres en blanc. Ce serait tellement charmant. Elle se demanda si Freddy était présent au moment où sa mère avait rédigé cette note. Gypsy à ses pieds, Alice occupée à coudre des branches de pommiers avec les mèches de cheveux qu'elle lui avait laissées, le pain de maïs de Siby dans le four. Elle sentit sa poitrine se serrer. Elle leur faisait plus confiance qu'à aucun parent qu'elle connaissait, plus même qu'aux membres de sa famille proche.

Un journaliste fielleux avait écrit que son père aurait dû être condamné comme on le fait en Extrême-Orient. Là-bas, la trahison était considérée comme une plaie de l'esprit, contaminant ceux qui se trouvaient en contact avec le traître. Ainsi, le criminel, ses complices, ses amis et sa famille étaient également coupables et devaient connaître le même sort. Selon elle, c'était ignoble de souhaiter un tel malheur à des gens que l'on n'avait jamais rencontrés. Elle avait jeté l'article au feu. Les mots s'étaient recroquevillés pour finalement être réduits en cendres.

Les Hill les avaient accueillies avec une réelle gentillesse, sans une once de mépris. Toute la ville avait manifesté une générosité bouleversante, qui avait profondément touché Sarah.

– Les biscuits sont prêts ? demanda Ellen.

– La patience est une vertu, rappela Mary.

Ellen grimaça et s'assit sur le tabouret en comptant les secondes avec ses pieds.

Mary écarta deux bougies qui pendaient et regarda le ciel sombre.

– Messieurs Stearns et Sanborn peuvent arriver d'une minute à l'autre, et regardez dans quel état nous sommes !

Elle se tourna vers Annie.

– Garde les restes de graisse pour le savon et va chercher le plat dans la cave. Sarah, rince la carafe, les hommes voudront boire pour se réchauffer. Ensuite, dépêchez-vous de vous changer, mes filles. Lavez-vous le visage et brossez vos cheveux. Utilisez mon parfum pour cacher l'odeur de suie. Juste une goutte sur le poignet, pas plus.

– Rose-thé impérial, lança Ellen comme si c'était un seul mot. Oh, s'il te plaît, moi aussi !

– Hors de question, gronda Mary. Ce n'est que pour les grandes filles.

Ellen fronça les sourcils, au bord des larmes, mais Sarah sortit le plateau de biscuits du four, les cœurs dorés, les étoiles scintillant dans les yeux de la fillette. Une bouchée suffit pour qu'elle oublie le parfum de rose, qu'elle retrouve le sourire et recommence à fredonner ses chants de Noël. Sarah se demanda à quel âge on perdait cette capacité à ignorer les souvenirs et le désir, le passé et le futur. Cette capacité à vivre pleinement le moment présent. Elle espérait que, contrairement au Scrooge de Dickens, on pouvait y parvenir sans être hanté.

Sarah rangea la carte de vœux des Hill dans sa poche de devant. Dans la cuisine, elle risquait de se perdre ou d'être abîmée. Sa mère lui serait reconnaissante d'en avoir pris soin quand elle se lancerait dans sa correspondance hebdomadaire. Peut-être qu'elle la laisserait ajouter un mot et, sait-on jamais, peut-être que Freddy déciderait d'y répondre cordialement.

Poste de New Charlestown

« North Elba, New York, 14 janvier 1860

Chère madame Priscilla Hill,

Merci mille fois pour la jolie lithographie de Noël et pour vos vœux ! Je joins cette note à la lettre de ma mère pour vous exprimer également ma gratitude.

Je vous prie de bien vouloir transmettre mes remerciements à Alice pour ses ravissants perce-neige séchés. Nous sommes très sensibles à la profondeur et à la sincérité de leur message d'espoir. Annie a l'intention de les disposer dans un cadre argenté. J'y ai ajouté un croquis que j'ai dessiné : des fleurs de pommiers qui me rappellent Alice et m'évoquent les jours meilleurs à venir. Je lui envoie également une mèche de mes cheveux pour ses ouvrages de broderie.

Nous sommes toutes en bonne santé, vous pouvez rassurer Freddy. Les promenades dans la nature font des miracles quel que soit le temps. Il a été médicalement prouvé qu'elles aèrent l'esprit et augmentent la résistance physique. Je pense en profiter encore davantage dès la belle saison.

S'il vous plaît, dites à Freddy que je serais heureuse de lui prêter mon exemplaire personnel, dédicacé de la main de Walden, s'il tient à développer ses connaissances sur le sujet. Thoreau était un ami proche de mon père. Je peux dès maintenant le mettre à la poste s'il promet d'en prendre grand soin. Je dois cependant lui donner ma nouvelle adresse, mère ayant accepté qu'Annie et moi entrions au lycée privé de M. Franklin Sanborn, à Concord, Massachusetts.

Monsieur Sanborn nous a rendu visite à Noël et, pendant le dîner, il a insisté pour qu'Annie et moi poursuivions notre instruction sous sa tutelle bienveillante. Père aurait été du même avis, a-t-il affirmé, ce en quoi il ne se trompait pas. Monsieur George Stearns a généreusement proposé de devenir notre mécène.

Annie restera à North Elba jusqu'à ce que Martha, notre belle-sœur, désormais veuve, donne naissance à l'enfant de notre frère Oliver. Pour ma part, je partirai avant dans le Massachusetts, en cabriolet. Ce sera mon premier voyage d'une telle modernité. Messieurs Sanborn et Stearns ont assuré à mère que j'arriverais à destination sans l'ombre d'une tache de boue sur mes bottes.

Voilà toutes les nouvelles ! Encore une fois, veuillez accepter mes remerciements les plus sincères pour votre hospitalité. Je n'ai pas encore goûté de pains de maïs ni de Johnnycakes aussi succulents que ceux de Siby. Même si certains disent que le grain du Nord n'est pas le même, je pense que le problème vient plutôt de mes qualités de cuisinière : je ne possède pas le secret de la famille Fisher. Une tape spéciale pour Gypsy. C'est la chienne la plus charmante qu'il m'ait été donné de rencontrer. Nous prions pour que la nouvelle année apporte bonheur et bénédictions à votre foyer.

Amicalement,
Sarah Brown »

Eden

NEW CHARLESTOWN, VIRGINIE-OCCIDENTALE
AOÛT 2014

LE MAGASIN DE MLLE SILVERDASH RAPPELAIT À EDEN UN LIVRE : relativement fin à en croire la tranche, mais en l'ouvrant on le découvrait riche et étoffé, sentant bon le papier et la colle, un parfum de forêt par une nuit d'été. Dans la vitrine, des livres de différentes tailles et de couleurs variées formaient une réplique miniature de la rue principale de New Charlestown. Des arbres arc-en-ciel virevoltants faits de pages d'atlas soigneusement pliées bordaient le boulevard, des rubans colorés découpés dans des cartes reliaient les toits des guides touristiques, un octogone rouge de la taille d'une pièce de monnaie s'affichait sur un bâtonnet d'esquimau avec pour inscription « LIS » à la place de « STOP ».

Eden était fascinée par l'ingéniosité de la maquette. Elle ne l'avait pas tout de suite remarquée quand Cleo avait garé son vélo sous l'auvent du magasin et qu'elle avait sorti de son panier le sac de marchandises. La réverbération très forte du milieu de journée et le panneau « Cherche employé » lui avait caché la vue.

– Mademoiselle Silverdash est une artiste, expliqua Cleo. Elle fabrique des dioramas. Celui qu'elle a fait en été s'appelle *La Route des livres*. L'hiver dernier, elle n'a pris que des couvertures blanches et argentées. On aurait dit une ville dans le blizzard. Elle va bientôt révéler celui de l'automne, pendant le festival de cuisine de la fin de l'été. Elle m'a dit qu'elle n'avait pas encore choisi le thème.

Impressionnant. Libraire, historienne et artiste.

– Venez, lança la fillette en tirant Eden par le bras. L'heure du conte est bientôt terminée.

L'atmosphère changea à mesure qu'elles s'enfonçaient dans le magasin, les étagères en chêne et le parquet en pin la rendant plus feutrée et plus chaleureuse. Des ficus camouflaient le comptoir de leurs feuilles. Des philodendrons recouvraient les bibliothèques telles les boucles de Raiponce.

Cleo posa le livre qu'elle avait apporté sur le bureau : *Histoires de fantômes de Harpers Ferry*.

– Tu aimes les histoires qui font peur ? demanda Eden.

La petite leva les yeux au ciel.

– Les histoires de fantômes ne sont que des mystères irrésolus. Mademoiselle Silverdash sait plein de choses sur tout, mais elle est incollable sur Harpers Ferry et New Charlestown. Comme le fantôme de Tom Storm. Vous le connaissez, n'est-ce pas ?

Nonchalante, elle pressa la feuille juteuse d'un arbre de jade derrière la caisse.

Non, Eden ne connaissait pas, mais elle comptait sur la petite pour combler cette lacune.

– Le fantôme de Tom Storm ? répéta-t-elle pour inviter Cleo à lui raconter.

– Sa mère était une esclave et son père, propriétaire terrien en Virginie. Tom Storm avait été affranchi, mais sa femme et ses deux filles étaient encore esclaves. Comme leur maître lui avait proposé de les libérer pour la somme de mille cinq cents dollars, Tom a économisé tout ce qu'il gagnait à la sueur de son front, au penny près. Mais le maître a augmenté le prix !

Le ton de Cleo allait crescendo. Mais se rappelant soudain où elles se trouvaient, elle baissa la voix.

– Alors comme tout homme qui se sentirait coincé, dos au mur, il a décidé d'y parvenir à sa façon. Sa femme et ses filles se sont enfuies grâce au Chemin de fer clandestin. Il les a retrouvées quelque part à New Charlestown. Mais la nuit où ils devaient partir vers le Nord, une terrible averse de grêle a éclaté. Une vraie tempête, *storm* en anglais. Et un groupe d'hommes assoiffés de sang a débarqué dans la maison où elles se cachaient. Le bébé s'est mis à hurler, et pour sauver sa famille Tom a attiré ces monstres dans la forêt où ils l'ont chassé. Ils avaient bu et étaient tellement grisés par l'orage qu'ils ont décidé de ne pas le capturer pour obtenir la récompense mais, au lieu de cela, de le décapiter, de le dépecer et de le couper en morceaux pour le jeter aux cochons à Harpers Ferry.

Ses yeux étaient aussi mauves que des pensées.

– Aucune histoire de fantôme ne peut dépasser l'horreur de ce récit ! C'est un fait historique. Jusqu'à ce jour, le nom de la route au sud de Harpers Ferry est Storm Street, et certains affirment y avoir vu, la nuit, un homme noir avec une cicatrice sur le cou.

Elle se croisa les bras sur la poitrine et leva le menton.

– Comme je vous l'ai dit, je ne crois pas à ces sornettes. D'après mon grand-père, c'est pas presbytérien... Moi, si un membre de ma famille était sauvagement assassiné par des fous, je m'occuperais de hanter les vivants pour que personne ne l'oublie ! murmura-t-elle, en confidence. C'est ma théorie sur l'affaire Tom Storm.

Eden s'accouda au comptoir, fascinée.

– Donc ce ne serait pas un fantôme, mais un parent de Storm qui reviendrait pour rappeler aux habitants de la ville comment son aïeul a été traité ?

Cleo se redressa, ravie qu'Eden ait tout de suite compris son hypothèse.

– Exactement.

Cent cinquante ans, sacrée rancune ! Mais la vengeance ressemble à une plante grimpante de Virginie : impossible à déraciner. Peut-être Cleo avait-elle vu juste.

– C'est ce que tu veux faire quand tu seras grande ? Résoudre les mystères du passé ?

– Et aussi être vétérinaire. J'ai décidé ça cette semaine. Je pensais que je n'aimais que les chats et les chevaux, mais en fait j'adore aussi les chiens comme Criquet.

Elle pouvait encore changer d'avis demain, mais pour aujourd'hui Cleo prenait cette vocation comme un compliment.

– Les seuls animaux que je n'aime pas, ce sont les araignées et les serpents, continua la fillette. Certaines personnes les prennent comme animal de compagnie, mais heureusement personne à New Charlestown. J'ai vérifié avec le docteur Wyatt. C'est notre vétérinaire. Je lui ai parlé de Criquet et il a dit que les chiots devaient recevoir toute une série de vaccins. Criquet a eu les siens ? Sinon, le docteur Wyatt est le meilleur vétérinaire de la ville, et le seul.

Eden n'avait pas imaginé qu'ils garderaient Criquet assez longtemps pour devoir lui administrer des vaccins, mais maintenant…

– Il faudrait sans doute que je l'appelle.

– Je vous donnerai son numéro quand on rentrera à la maison. Sauf si j'oublie.

« Quand *on* rentrera *à la maison* » : Eden aimait l'entendre parler ainsi.

La salle de lecture s'ouvrit, ses murs jaune fade et ses plinthes couleur pervenche. À l'intérieur, des jumeaux se chamaillaient, ne s'épargnant ni coups de pieds ni coups de poings. Derrière eux, trois femmes étaient engagées dans une discussion animée. L'une d'elles portait un enfant sur les genoux, une autre tenait la main d'un petit bonhomme qui en même temps suçait son pouce et fouillait dans son nez avec son index.

Les deux mères papotaient tandis que Mlle Silverdash se contentait de hocher la tête. Son chignon châtain avait de jolis reflets rouges. La peau légèrement tannée, les pommettes hautes, avec un nez rond qui accentuait les traits de son visage, elle avait le maintien d'une danseuse, malgré sa petite taille.

– On pourrait organiser une fête basée sur *Le Vent dans les saules* de Kenneth Grahame, avec un décor et des friandises sur ce thème.

– Et des déguisements ! s'exclama la deuxième.

– Oui ! Ce serait une excellente idée pour un goûter chez l'une ou chez l'autre.

L'enthousiasme des deux femmes dégonfla comme un soufflé.

– Oh, je pensais... commença la première, s'interrompant pour regarder les garçons par terre qui se chamaillaient. Todd travaille tellement, quand il est à la maison il veut du calme. Alors...

Elle se tourna vers l'autre femme.

– Peut-être chez toi, Laura ?

Laura lâcha un grondement audible.

– Chez moi, c'est bien trop petit pour recevoir autant d'enfants. C'est pour ça qu'on organise toutes nos fêtes dehors !

Elles s'agitèrent, mal à l'aise, mais Mlle Silverdash n'en tint aucun compte.

– La prochaine fois, nous nous lancerons dans un nouveau projet... Une anthologie de contes, proposa Mlle Silverdash. Charles Perrault ou Hans Christian Andersen.

En apercevant Cleo et Eden, elle esquissa un large sourire.

– Excusez-moi, mesdames, je voudrais accueillir une nouvelle cliente.

Plutôt que de tendre la main à Eden, elle l'enveloppa de ses deux bras.

– Je suppose que vous êtes madame Anderson ?

Elle sentait bon les fleurs du jardin.

– Bienvenue ! Cleo m'a dit tellement de bien de vous !

Les joues de la fillette s'empourprèrent sous ses taches de rousseur. Elle s'empressa de retourner à son livre sur Harpers Ferry.

– Enchantée de vous rencontrer. S'il vous plaît, appelez-moi Eden.

Mademoiselle Silverdash lui tapota le menton.

– Eden, répéta-t-elle. Très joli. Le jardin d'Éden.

Oui et non.

– C'était le prénom de ma grand-mère.

– Oh ! encore mieux.

Laura sépara ses jumeaux.

– Doug, Dan, arrêtez tout de suite ou vous allez tous les deux recevoir une fessée !

Les garçons continuèrent à se taper dessus en grognant.

– Maman, j'ai essayé de les arrêter, intervint une fillette à peine plus âgée, comme si elle craignait de se faire punir, elle aussi.

Laura lui tendit le bébé pour se pencher vers les chenapans.

– Vous êtes frères ! lança-t-elle, comme si c'était la meilleure raison pour qu'ils ne se battent pas.

L'un d'eux, Doug ou Dan, envoya son poing dans la figure de l'autre, mais le coup atterrit sous la bouche de leur mère.

Laura se frotta le menton en secouant la tête.

– Attendez un peu que votre père apprenne ça !

Elle se redressa, visiblement furieuse.

L'autre mère claqua sa langue et caressa les cheveux de son fils.

– Peut-être qu'une fête n'est pas une si bonne idée. Tout ce sucre, ça les excite trop...

Elle consulta sa montre.

– On doit y aller, c'est bientôt l'heure de la leçon de tennis de William.

Mademoiselle Silverdash s'éclaircit la voix et entrelaça ses doigts. Son regard exprimait une telle autorité que les garçons détournèrent les yeux et ne bronchèrent plus.

– Daniel et Douglas, asseyez-vous sur cette marche et ne bougez plus. Attendez que votre mère se prépare. Vous savez ce que dit la fée des peluches : « Les livres ne supportent pas le bruit, ça leur donne la migraine. »

Ils obéirent et s'installèrent, les sourcils froncés, les bras croisés.

Poussant un soupir, Laura se tourna vers Eden.

– Bonjour, je suis Laura Hunter. Je suis désolée pour...

Elle fit un geste de la main vers ses fils puis posa un doigt sur son menton.

– Le plus doué est mon aîné, Johnny. Il a douze ans. On l'a inscrit dans un collège spécial pour enfants précoces. Parfois je me demande si je n'aurais pas dû m'arrêter à un, confessa-t-elle dans un petit gloussement, mal à l'aise.

La fillette à côté d'elle redressa le bébé endormi sur son épaule. Son mouvement attira l'attention de la mère.

– Je plaisante, bien sûr, dit-elle en posant une main sur le dos de sa fille.

Cette dernière ignora sa mère et noya son regard dans la forêt de livres.

– Aucun problème, mentit Eden.

Autrefois, elle avait aussi été celle qui tenait dans les bras bébé Denny, parfaitement consciente que leur mère rêvait d'une autre vie, une vie où ils n'existeraient pas. Voir cette réalité se jouer sous ses yeux lui fit l'effet d'une pierre qui se libérait de la digue de son cœur. La rivière menaçait de déborder. Eden ne pouvait même pas créer un enfant, bon ou mauvais. Le sang ne coulait plus jusqu'à ses doigts, et elle dut tourner la tête pour retenir ses larmes.

Heureusement, Cleo changea de sujet.

– Au fait, on peut pas rester trop longtemps, Mme Anderson a des œufs mimosa dans son sac.

– Un heureux événement à célébrer à New Charlestown ! s'exclama Mlle Silverdash. La ville a bien grandi cet été. Vous allez vous régaler ! Et donnez-en à Criquet aussi, j'ai lu quelque part que le jaune est bon pour le pelage des chiens. Très riche en oméga-3.

Eden posa une main sur son sac de provisions.

– Criquet vous remercie pour ses repas. *The Holistic Hound* m'est très utile. Je n'ai jamais été une grande cuisinière.

– On a préparé la Casserole Canine, ajouta Cleo. Un vrai succès !

– J'imagine ! confirma Mlle Silverdash en attirant Cleo contre elle pour lui faire un câlin. Une petite touche d'amour améliore toujours la recette.

Ce genre de démonstration d'affection, la mère d'Eden en avait été très avare.

Le bébé fut pris de hoquets et se réveilla en geignant.

– Allez, vous deux, on y va ! lança Laura en direction des jumeaux. On doit passer au marché avant l'heure de la sieste. Dépêchez-vous, les pressa-t-elle en les tirant pour qu'ils se lèvent. Dites au revoir à Mlle Silverdash.

Ils grommelèrent quelques sons inintelligibles et firent un petit geste de la main. Cela suffit à Laura qui les poussa vers la porte.

– Enchantée de vous avoir rencontrée, Eden. Cleo, salue ton grand-père pour moi, veux-tu ? Au revoir, Emma.

Elle conduisit sa petite tribu vers la sortie, son sac à main lui frappant l'arrière-train au rythme de ses pas.

Cleo fronça les sourcils quand la porte se referma.

– J'ai vu un reportage de la chaîne animalière sur une meute de loups qui semblaient bien plus calmes que cette famille.

Le rire de Mlle Silverdash résonna aussi légèrement que le tintement des clochettes de Noël. Eden sourit.

– Nous ne devrions pas rire, se reprit la libraire. Ce n'est pas drôle. Cette femme ne connaît pas sa chance.

Elle prit le livre sur les fantômes.

– Est-ce qu'il t'a plu, Cleo ?

– Beaucoup !

– J'en étais sûre. C'est un des préférés de M. Morris. Vu ta nouvelle vocation, je me suis dit que cette série te plairait.

Elle s'approcha d'une étagère et en tira un poche.

– Un dilemme diplomatique : *Spot, détective privé*, lut-elle.

En examinant la couverture, l'intérêt de Cleo diminua. Le dessin d'un commissaire chien avec une pipe dans la bouche ne semblait pas lui plaire.

– Un livre pour enfants ?

– J'ai lu le premier chapitre et j'ai failli le garder pour moi, confessa Mlle Silverdash. Spot, le chien, repère des indices que nous autres, humains, sommes incapables de percevoir. Il utilise son flair infaillible pour guider son maître, un certain commissaire O'Hannigan, vers les coupables. Il paraît que dans quatre-vingt-dix-neuf pour cent des romans, les chiens aboient. Il était temps que l'on entende ce qu'ils ont à dire. La fée des peluches est du même avis.

Mademoiselle Silverdash était très convaincante. Avant la fin de son discours, Cleo avait commencé à lire, et même Eden avait envie d'en savoir plus.

– Mais tu me diras si tu le trouves trop enfantin pour toi.

Les yeux de la fillette couraient sur les pages. Elle referma soudain le livre et le glissa sous son bras.

– Je vais étudier la question attentivement.

Un bol de bonbons à la menthe trônait sur le comptoir. Cleo en prit un.

– Voilà… commença-t-elle en calant la friandise dans sa joue. J'ai pensé au festival de cuisine. L'année dernière, je devais veiller à ce que les gâteaux et autres plats entrent dans la bonne catégorie pour le concours.

– Tu t'es très bien débrouillée.

– Oui, je suis d'accord, confirma la fillette en hochant la tête. C'est pour ça que je me demandais si, cette année, on pourrait pas me confier un peu plus de… responsabilités.

Pas facile de prononcer le mot avec un bonbon coincé dans la bouche.

– Cela peut s'arranger, je pense, répondit Mlle Silverdash en souriant. Nous avons toujours besoin d'aide et tu vas bientôt avoir onze ans. Tu es presque une adulte.

Le visage de Cleo s'illumina. Eden sentit qu'elle devrait proposer de donner, elle aussi, un coup de main. Cleo lui avait confié que la librairie rencontrait des difficultés financières.

– J'ai vu que vous recherchiez du personnel, lança Eden. Peut-être que je pourrais me montrer utile pendant le festival ou…

Sans lui laisser le temps de finir sa phrase, Mlle Silverdash applaudit, ravie.

– Quel bonheur ! Je cherche quelqu'un pour l'heure du conte. J'espère que ce que vous avez vu aujourd'hui ne vous a pas effrayée. Dès que l'histoire commence, les enfants deviennent des anges. C'est l'avant et l'après qui peuvent nécessiter un peu d'autorité maternelle. Je serai présente tout le temps. C'est un petit atelier d'une heure, les lundis, mercredis et vendredis. Je ne peux pas vous payer beaucoup… mais vous êtes un cadeau de la providence !

Cela réjouit Eden d'avoir fait plaisir à Mlle Silverdash, et avant d'y réfléchir à deux fois elle accepta. Elle n'avait jamais passé d'entretien d'embauche aussi facile.

– Et les animaux sont les bienvenus dans la librairie… ajouta Cleo.

– Nous avons notre propre mascotte poilue : la fée des peluches.

La libraire partit dans la salle de lecture et en ressortit avec un doudou aussi usé que le Lapin de Velours, dans le roman éponyme de Margery Williams Bianco. Avec son museau d'ours, ses grands yeux marron et ses longues oreilles tombantes, il avait un corps humain et portait une robe à col en dentelle brodé de branches en fleurs.

– La fée des peluches est ici depuis le tout début. La boutique partirait en cendres si elle disparaissait, affirma Mlle Silverdash avec un clin d'œil. Les enfants lui obéissent au doigt et à l'œil. Ils restent assis pendant une heure sans bouger. Impressionnant, n'est-ce pas ? Elle sera votre assistante à partir de maintenant.

Le marché était conclu. Eden devenait la conteuse de la ville à compter du vendredi suivant. L'euphorie d'avoir fait plaisir à la libraire la transporta jusqu'à la voiture.

Ce fut seulement lorsque Cleo eut fini de ranger les courses dans le coffre qu'Eden prit conscience de ce à quoi elle venait de s'engager. Trois jours par semaine, elle, une femme sans enfants, serait entourée par la marmaille des autres. Qu'est-ce qu'elle y connaissait aux enfants ? Les jumeaux, par exemple : l'un d'eux avait frappé sa mère. Qu'est-ce qu'ils lui feraient, à elle ? Une vague d'anxiété l'envahit et elle agrippa le volant de sa voiture.

En équilibre sur la selle de son vélo, Cleo frappa à la vitre.

– Madame A., ça va ?

Sa tête cachait le soleil estival qui traçait les contours de sa joue contre le ciel blanc, comme sur le portrait d'elle enfant qu'avait peint sa mère. Elle estimait que c'était la plus belle représentation de sa fille et l'avait accroché dans la chambre d'Eden. Cette dernière l'avait observé pendant des heures, concluant que cette image dénuée d'expression n'avait rien à voir avec elle. Elle s'inventait des histoires, dans lesquelles ce personnage fictif devenait le héros d'aventures effrayantes.

– On n'a pas parlé de la poupée à Mlle Silverdash, répondit-elle enfin.

Cleo haussa les épaules.

– Elle sera encore là demain et après-demain.

Eden hocha la tête mais ne bougea pas.

Les mains autour du visage, Cleo pressa son nez contre la vitre.

– Vous connaissez le chemin, ou vous préférez me suivre ?

À travers la vitre, Eden distinguait toutes les taches de rousseur sur la peau de Cleo. Elle se détendit.

– Je te suis.

Poste de New Charlestown

« New Charlestown, Virginie, 8 février 1860

Chère Sarah,

Ma mère m'a gentiment transmis votre lettre du 14 janvier. Plutôt que de vous envoyer ma réponse dans un pli commun, j'ai décidé de vous écrire directement. J'espère que vous ne me trouverez pas effronté. De notre rencontre, j'ai retenu que les conventions sont inutiles avec vous.

Je vous remercie pour votre proposition de m'adresser un exemplaire dédicacé du livre de Thoreau, et j'aurais volontiers accepté si je ne l'avais déjà en ma possession. Bien qu'il lui manque le cachet personnel de son auteur, c'est un ouvrage que j'apprécie énormément et qui est déjà corné de toutes parts à force d'être lu et relu. C'est ce qui m'a fait comprendre que vous étiez une personne d'esprit quand nous nous sommes promenés ensemble dans la nature. Si vous aviez un autre livre à me conseiller, je serais enchanté de le recevoir.

L'école de M. Sanborn est très réputée ! Elle prêche l'épanouissement de la pensée, valeur chère à tous nos pères fondateurs. Vous devez me raconter ce que l'on ressent à voyager dans un cabriolet moderne. Père et Mère disent qu'ils sont assez populaires à Londres où, à l'époque, ils ont déboursé une somme rondelette pour y être transportés d'une rue à l'autre. Votre bienfaiteur a compris la valeur de sa protégée. Comme vous avez pu le constater, ici, la charrette avec ses chevaux conserve l'avantage. Les chemins de fer doivent encore développer leurs voies dans la plupart des villes du Sud, mais bientôt ils n'auront d'autre choix que de s'y résoudre dans l'intérêt de notre pays. Je suis fasciné par les innovations technologiques du Nord et serais ravi d'en discuter avec vous ainsi que de littérature puisque cela semble être nos deux sujets favoris.

Nous allons tous très bien à New Charlestown. Votre illustration des fleurs de pommiers a éveillé un nouvel intérêt chez Alice. Elle a entamé le diorama d'un champ sur le modèle de votre dessin, dans lequel elle prévoit de faire jouer ses poupées. Tout comme vous, Alice est une véritable artiste.

Continuez à nous envoyer vos illustrations, si vous le voulez bien, elles constituent pour elle des exemples encourageants.

J'assiste mon père dans l'église de New Charlestown au service de notre communauté. Comme j'ai terminé mes études plus tôt que mes camarades, j'ai tout le loisir de m'adonner aux expériences de Walden et à la parole sainte.

Amicalement,

Freddy

PS : Gypsy a posé sa truffe sur la page. Sa façon de vous saluer. »

*

« Concord, Massachusetts, 1er mars 1860

Cher Freddy,

Je suis arrivée à l'école privée de M. Sanborn et ai été ravie de recevoir votre gentil message. Vous êtes un homme de lettres ! D'après ce qu'on m'avait toujours dit, j'avais cru que la frontière entre les gens qui lisaient et les autres se situait sur la ligne Mason-Dixon. Je suis heureuse de voir que la maison des Hill a été épargnée.

Pour répondre à votre souhait, je vous envoie mon exemplaire de Flower Fables, *de Louisa May Alcott. C'est une romancière incroyablement talentueuse. J'ai séjourné chez les Alcott quelque temps dans le Massachusetts avant d'emménager dans le dortoir pour filles. Avec une telle concentration de femmes dans une maison, nous ne faisions pas beaucoup plus que jouer aux dames, lire les fables de Louisa et rêver. Nous ne montrions probablement pas une forte assiduité pour l'étude car, dès qu'une chambre s'est trouvée libre, M. Alcott a conseillé que j'aille y habiter. Il ne pense pas que dormir tête-bêche pour des jeunes filles soit une source d'éveil intéressante pour le corps ou l'esprit. Et comme les pieds d'Abigail sentent les sardines, je n'étais pas déçue de disposer de ma propre chambre. C'est un luxe que je n'ai jamais connu.*

La fenêtre donne sur l'étang de Walden. Un rêve ! Même en plein cœur de l'hiver. Exactement comme le décrit Thoreau, les couleurs du soleil reflètent un arc-en-ciel d'univers au gré du temps et des heures du jour. Des verts nébuleux le matin, du cobalt étincelant à midi, un jaune d'œuf dans la soirée et la nuit, un bleu profond comme les plumes d'un corbeau. J'aurais tant voulu joindre à ces mots un dessin de la scène. Boston se profile à l'horizon trouble. C'est le soir que l'on voit le mieux la ville. Les lumières des réverbères scintillent comme des étoiles. J'étais déjà venue dans le Massachusetts, mais jamais seule. J'ai l'impression de voir la région d'un œil nouveau et vrai.

Je serai heureuse d'envoyer des croquis des paysages les plus beaux et les plus parlants à Alice et ses amies.

Avant que ma bougie ne se consume, je dois vous parler du cabriolet ! C'est terriblement, incroyablement moderne. Il est tiré par des étalons noirs au trot régulier et ses portes pliantes protègent les passagers des éclaboussures des roues. Les vitres en verre m'ont permis de ne rien manquer de la route qui défilait à côté de moi. Je me sentais comme un oiseau déployant ses ailes dans le vent. C'est ainsi que j'imagine le plaisir de voler et je suis contente de pouvoir vous raconter que nous avons atterri en douceur.

J'espère que vous aurez l'occasion de voyager dans un tel véhicule très bientôt. C'est un bon moyen pour se rendre compte que la connaissance et la modernité rendent possible l'impossible.

Ma bougie ne brille déjà plus, je vous écris à la lumière de la lune. Dites-moi si le livre vous a plu. Quand vous l'aurez terminé, vous pouvez me le retourner ici. N'hésitez pas à m'écrire avant.

Votre amie sincère,
Sarah »

*

« New Charlestown, Virginie, 18 mars 1860

Chère Sarah,

Merci pour votre recueil des Flower Fables. *Mère a commencé à les lire à voix haute après le dîner. Nous sommes enchantés par la légèreté de l'écriture. J'ai également lu à Alice votre description de l'étang de Walden.*

Inspirée, elle a créé un diorama avec le miroir de la coiffeuse de Mère pour représenter l'étang et des rubans colorés comme rideau de son théâtre. Quand on les remue, ils s'animent en une cascade de couleurs, exactement comme vous l'avez décrit. Elle s'apprête à nous jouer, ce soir, une représentation de Kerry Pippin dans l'étang de Walden de Sarah, et nous regrettons tous que vous ne puissiez y assister.

Sarah, pourriez-vous nous faire la faveur de dessiner l'animation d'une ville moderne telle qu'Albany ? Mère vient de lire un article approfondi sur le canal Érié, et Alice attend avec impatience une description fidèle. Nous avons une confiance absolue en votre talent pour rendre la beauté des paysages. Connaissez-vous l'endroit ?

Pour passer à des sujets plus graves, nous avons appris que votre belle-sœur, Martha, est morte en donnant naissance à sa fille, qui n'a vécu que quelques jours. Recevez l'expression de nos sincères condoléances. S'il vous plaît, écrivez-nous pour nous dire comment vous surmontez cette épreuve.

Amitiés,
Freddy »

*

« Concord, Massachusetts, 2 avril 1860

Cher Freddy,

Je suis désolée de vous répondre par de tristes nouvelles. Peu de temps avant que je reçoive votre lettre du mois de mars, Annie est arrivée à Concord accablée et inconsolable. La mort de Martha et de la petite Olive semble avoir marqué ma sœur pour toujours. Elle ne mange pratiquement plus et ne se nourrit que de sa propre collection d'herbes et de potions commandée à des médecins européens. Toutes ces mixtures la rendent apathique. Elle m'affirme qu'elle ne parvient pas à étudier. Son esprit est ailleurs, et j'ai peur qu'il ne l'abandonne entièrement.

Je ne peux me confier à ma mère, ni partager mon inquiétude avec qui que ce soit. On nous forcerait à rentrer à la maison, et je préférerais me noyer dans l'étang plutôt que de recommencer à confectionner des chandelles et à coudre des boutons neufs sur des chemises usées. Oh Freddy, à cette pensée je me sens aussi désemparée qu'Annie. Bien sûr, ma famille me manque. S'il vous plaît, n'allez pas penser que je n'ai pas de cœur. Mais je ne suis pas comme elles, comme Mère, Annie, Ruth et mes belles-sœurs, celles qui sont encore en vie et celles qui sont déjà mortes. Je veux plus.

En cachette, je rédige les travaux d'Annie en plus des miens. J'étudie toute la journée à l'école, et ensuite, la nuit, je m'adonne à mon art. Vous trouverez dans l'enveloppe mon croquis du port d'Albany. J'ai eu la chance d'être conviée à une visite de l'écluse organisée par mon professeur d'architecture. Père vouait une profonde admiration aux innovations dans les transports modernes. C'est une matière dans laquelle j'excelle. Dessiner à la lueur de la bougie est devenu mon seul moment de paix. J'espère que cela vous rendra service !

Pour être honnête, je suis à bout et je ne sais combien de temps je pourrai encore tenir à ce rythme... S'il vous plaît, soyez indulgent, j'ai besoin d'une oreille amicale. Vous, Freddy, connaissez toutes mes épreuves et m'avez offert un soutien inconditionnel même à mes heures les plus sombres. J'espère que vous saurez trouver la force de continuer aujourd'hui.

Votre amie sincère,
Sarah »

*

« New Charlestown, Virginie, 20 avril 1860

Chère Sarah,

J'ai reçu votre lettre ce matin et suis très inquiet d'apprendre la charge de travail que vous vous imposez. Sachez que je suis là pour vous et que je vous autorise à m'écrire absolument tout ce qui vous chante sans craindre que je vous juge (même des jurons).

Enfer et damnation ! Voyez, maintenant vous avez la preuve écrite de mes grossièretés et vous pouvez vous en servir contre moi. Je vous fais confiance, tout comme, j'espère, vous me faites confiance. Ces mots couchés sur le papier en disent si peu. J'aurais tant voulu que vous me dessiniez ce que vous ressentez. Si seulement les gens pouvaient voyager comme vos croquis, avec un simple timbre. Peut-être la technologie nous offrira-t-elle un jour cette possibilité. Jusque-là, nous devrons nous contenter du train.

Madame Nancy Santi, ma grand-tante – Tante Nan, comme nous l'appelons – nous a invités chez elle à Boston en juin prochain pendant que notre père sera occupé à rencontrer les prestigieux investisseurs de notre paroisse. Si votre sœur et vous-même jouissez de quelque loisir, Père me demande de vous transmettre son invitation formelle à dîner avec nous le soir qui vous arrangera le plus. Tante Nan insiste pour que vous restiez dans sa maison de Beacon Hill. Pendant que Père travaillera, je serais heureux de profiter de la compagnie des demoiselles Brown.

Je prie pour qu'entre votre lettre et la réception de la mienne, l'état de santé d'Annie se soit amélioré. Dans le cas contraire, j'espère que mon invitation sera reçue favorablement.

Recevez l'expression de mon affection.

Freddy,

PS : nous venons de terminer les fables de Mlle Alcott. Alice et Siby s'amusent à s'appeler Thistledown, Lili-Bell, Sunbeam, Leaf, Summer-Wind et tous les autres noms de fées imaginables. Elles vous baptisent Ripple, l'esprit de l'Eau, en hommage à votre représentation de l'étang de Walden. Nous vous remercions également pour le dessin d'Albany. Alice l'a nommé Le Port de la ville de Ripple. Il a rencontré un grand succès auprès de tout le monde ici. »

*

« Concord, Massachusetts, 6 mai 1860

Cher Freddy,

J'ai tout de suite écrit à Mère pour qu'elle s'adresse à M. Sandorn et lui demande la permission qu'Annie et moi nous absentions pour venir vous rendre visite le mois prochain ! Mon père avait beaucoup d'amis à Boston. Je suis certaine que Mère sera d'accord. Je serais tellement heureuse de voir M. Hill et vous aussi, Freddy !

Monsieur Sanborn a annoncé que la poétesse et artiste Mary Artemisia Lathbury viendrait en juillet nous enseigner la peinture de salon et la dramaturgie biblique estivale. C'est une pionnière dans son domaine. Son œuvre contribue à l'évolution de notre Nation. Je suis flattée d'avoir la chance de travailler avec une telle artiste. J'espère que, grâce à son enseignement, mes dessins deviendront de réelles peintures, dignes d'être plus largement partagées au sein de nos cercles d'amis. Ne craignez rien, cependant : son arrivée ne coïncide pas avec votre invitation. Même M. Sanborn semble enchanté de votre visite à Mme Nancy Santi et de notre séjour à

Beacon Hill. Il estime que les dates se combinent divinement bien.

Enfin, je suis ravie que les Hill aient tous apprécié les Flower Fables. *Si vous en avez terminé la lecture, attendez juin pour me le rendre, vous économiserez ainsi le coût de l'envoi. J'accepte avec plaisir et honneur d'être assimilée à Ripple, l'esprit de l'Eau. C'est une fée très active. De quel nom Alice et Siby vous ont-elles gratifié ? Peut-être celui d'un des elfes qui habitent dans les meules de foin du pays des fées... De sacrées aventures nous attendent à Boston, moi le lutin de l'Eau et vous l'elfe de la Grange !*

Avec toute mon affection,
Sarah

PS : Annie est toujours souffrante, mais je pense que ce voyage aura des vertus curatives pour tous. »

Eden

NEW CHARLESTOWN, VIRGINIE-OCCIDENTALE
AOÛT 2014

QUAND LE CAMION DE GLACES BLANC DES NILES AVEC LE HAUT-PARLEUR couleur cerise s'arrêta dans l'allée d'Eden, elle fut convaincue que la quatrième dimension empiétait encore davantage dans sa réalité pour devenir un film de Stephen King dont elle serait le personnage principal.

Mais Vee Niles, la conservatrice du patrimoine de New Charlestown, était le seul espoir qui lui restait pour classer sa maison sur le registre national des monuments historiques, avec le cachet officiel qui pourrait décupler sa valeur. Alors Eden avait veillé à bien faire ses devoirs.

Les standards nationaux évaluaient l'âge, l'intégrité et la signification historique de la propriété en fonction des personnes, des événements, des activités et des développements. L'architecte qui avait réalisé les travaux datait la maison aux alentours de 1850. Il n'y avait pas à s'en faire de ce côté-là. Même si la maison avait été entièrement ravalée, Eden allait souligner que la façade et les fondations avaient été laissées intactes, juste rafraîchies ; cela suffirait sans doute pour son intégrité. Enfin venait la question de l'importance historique. Trop subjectif à son goût : les déchets des uns font le bonheur des autres. Eden était capable de transformer de la paille en or. Cependant, il valait mieux trouver un lien historique.

C'est pour cette raison que, film d'horreur ou pas, Eden ouvrit la porte.

– Madame Anderson ? demanda Vee derrière la moustiquaire.

– Eden, oui. Vous devez être Vee Niles ? rétorqua Eden en faisant un signe de la tête vers le camion de congélation sur lequel était inscrit en immense *Les Napolitaines de Niles.*

– Désolée pour le désagrément.

Elle était plus jeune qu'Eden se l'était imaginée, à peu près de l'âge de Denny. Ses cheveux noirs, remontés en un chignon torsadé, révélaient une ligne de diamants sur son oreille gauche. À une époque, les piercings de toutes sortes constituaient le moyen pour les rebelles et les marginaux de se distinguer du reste de la société. Mais cela faisait bien longtemps. Avec son jean de couturier, son chemisier sur-mesure et ses bijoux, Vee en était la preuve vivante.

– Je ne pouvais pas faire un saut ici pendant ma tournée. En général, c'est papa qui conduit le camion, et moi je m'occupe du magasin d'antiquités. Mais en juin, en sortant un vieux panneau de circulation d'un grenier à foin, il est tombé de l'échelle et s'est fracturé le bassin. Depuis, il est en convalescence et je dois tout gérer. Le camion arpentait déjà les rues de New Charlestown avant ma naissance. Je ne pouvais pas laisser tomber les gosses !

– Nous avions un camion de glaces aussi dans notre quartier, quand j'étais enfant, compatit Eden. Avec Denny, mon frère, on attendait tous les après-midi au coin de notre rue.

– Exactement ! confirma Vee en souriant pour la première fois. C'est une tradition.

Eden ouvrit la moustiquaire et invita Vee à entrer.

– Enchantée de vous rencontrer, et merci de vous être déplacée.

Vee consulta sa montre chromée avant de faire un pas à l'intérieur.

– Je ne peux rester que quelques minutes.

– Ah oui ? On pourra procéder à une estimation en si peu de temps ?

Eden avait rangé la maison, s'était maquillée et avait demandé à Cleo de promener Criquet, de lui donner un bain et de le brosser. Cela l'occuperait un moment. Elle avait proposé vingt dollars de plus à la fillette. Toute cette organisation avait épuisé Eden, elle avait espéré avoir l'attestation signée après une seule visite.

– J'ai déjà visité la plupart des maisons sur Apple Hill, je peux me faire une opinion très rapidement. C'est l'accord officiel qui prend des semaines à arriver, après qu'on a envoyé le formulaire de candidature.

Vee sortit de son sac sa planchette à pince, et avec son stylo elle se mit à tapoter dessus tout en examinant le plafond.

– Vous devez tout d'abord passer par moi et la Jefferson County Historic League. Après notre évaluation, on transmet le formulaire au département de Culture et d'Histoire de la Virginie-Occidentale. Avec leur autorisation, la candidature atterrit au conseil national et, s'ils l'acceptent, au service des Parcs nationaux à Washington. Là ils sont très rapides, vraiment. Leur réponse prend au maximum quarante-cinq jours, c'est garanti.

– Quarante-cinq jours ! s'indigna Eden.

Des semaines de procédure et trois différentes administrations pour traiter le dossier, et après il fallait attendre encore quarante-cinq jours avant que Washington prenne sa décision. Des mois à patienter ! Et ce n'était que le début. Il faudrait ensuite mettre la maison en vente, trouver un acheteur, empocher la moitié du pactole, engager un avocat pour le divorce et louer un appartement en ville.

Vee ne tint pas compte de l'expression contrariée d'Eden et passa un doigt sur les fentes entre les planches du parquet.

– C'est le bois d'origine… vous l'avez juste fait vernir ?

– Oui.

Vee se redressa et griffonna sur sa planchette, puis se dirigea droit vers la cuisine.

– Oh mon Dieu… murmura-t-elle. Vous n'avez pas lésiné sur les moyens !

Eden sentit une vague de chaleur envahir sa nuque.

– Le minimum de travaux. Pour que la maison soit habitable… selon les normes actuelles.

– Je vois, ponctua Vee en tapotant son ongle sur la planchette. Je suppose que la grande hotte n'était pas ici à l'origine.

Sur la défensive, Eden posa une main sur les briques.

– Tout ce mur était une grande cheminée. Notre architecte nous a conseillé de ne garder que la colonne d'évacuation pour la ventilation. L'intérêt est principalement esthétique, je dois dire.

– Bien sûr. Simplement, plus il y a de modifications, plus il est difficile de qualifier la maison de monument historique, vous comprenez. Si tout ce qu'il reste d'antique dans une bâtisse, c'est une poutre, comment peut-elle figurer au registre national au même titre que la Maison-Blanche ?

Eden n'avait aucune prétention de ce genre. Elle n'avait qu'un désir : augmenter sa valeur.

– Elle a été construite il y a cent cinquante ans. Cela lui vaut une certaine distinction, tout de même.

Vee cocha une case sur sa feuille.

– Oui, mais cela ne représente qu'un tiers des critères d'éligibilité. L'âge seul ne fait pas l'importance d'un bâtiment… et avec de telles rénovations, on peut presque considérer que la maison a été refaite à neuf.

Elle fronça les sourcils et jeta un regard vers la porte.

– Je suis désolée Eden, mais à moins que vous ayez…

Au comble du désespoir, Eden brandit la tête de la poupée.

– On l'a trouvée dans la trappe du garde-manger.

La tête cliqueta dans sa main.

Vee se tourna, intriguée par le son.

– C'est une tête de poupée en porcelaine. Notre petite voisine, la baby-sitter de notre chien… Cleo Bronner…, voulait vous en demander une estimation, à votre père et à vous, comme vous êtes les experts de la ville.

Vee s'approcha.

– Une poupée européenne… commenta-t-elle en posant sa planchette sur la table. Je peux ?

– Je vous en prie ! lança Eden, espérant qu'elle ne se montrait pas trop pressante.

Vee inspecta l'objet qu'elle avait entre les mains, le tourna dans tous les sens, passa un doigt sur son cou en céramique, examina la fissure et l'agita avec précaution.

– Il y a quelque chose à l'intérieur, déclara Eden. Le morceau du haut, je suppose.

Tel un chirurgien sur le terrain, Vee posa la tête, le visage vers le haut, pour tâter le crâne.

– Est-ce que je pourrais vous emprunter une petite pince ?

Eden partit en courant vers sa chambre à coucher et revint avec son nécessaire à manucure. Vee inséra les bouts recourbés, Eden se penchant au-dessus de son épaule pour assister à l'opération. Les deux femmes retenaient leur respiration, tandis que Vee sortait de la fissure un minuscule morceau de métal.

– Une clef ?

Eden n'aurait pas été plus surprise si elle en avait extrait un éléphant.

Vee la mit dans la paume de sa main.

– Plutôt moderne, comme clef. Elle ne date pas de la même époque que la tête qui, elle, remonte à la guerre de Sécession, je dirais. Sachant que les autres maisons sur Apple Hill Lane ont été construites autour de 1850 et que vous avez trouvé la poupée dans le garde-manger…

– La tête, confirma Eden, exagérément enthousiaste. Pas toute la poupée. Oui, dans le garde-manger.

– Vous pouvez me montrer ?

Eden l'y conduisit et ouvrit la trappe sans avoir à chercher longtemps la poignée sur le plancher.

– Une cave à légumes typique ! s'émerveilla Vee. On les utilisait pour conserver la viande et les légumes au frais avant l'invention des réfrigérateurs à glace. On les trouvait dans les caves ou à l'extérieur des cuisines. Je n'en avais encore jamais vu dans la partie de la maison réservée aux serviteurs ou aux esclaves.

– Des esclaves ? s'étonna Eden, frappée par le mot.

– Oui. C'est dans la cuisine, le garde-manger et la buanderie que vivaient les esclaves et qu'ils travaillaient pour servir leurs maîtres. La plupart des maisons de la ville ont ces celliers, mais je n'en connais qu'une où il se trouve à l'intérieur comme ici. Et aucun n'est aussi grand. Une ou même deux personnes pourraient s'y réfugier.

Vee descendit dans la fosse.

– Et je n'ai jamais vu non plus une porte si bien conçue, parfaitement dissimulée dans le plancher. C'est presque comme si…

Sa voix partit dans les aigus, emportée qu'elle était par l'excitation de cette découverte.

– Qu'est-ce que vous avez trouvé d'autre ? demanda-t-elle en se redressant.

Eden secoua la tête.

– Mais ça ne colle pas vraiment. Ces poupées étaient chères à l'époque. Je n'en ai pas beaucoup vu dans notre région qui ne se trouvaient pas déjà dans un musée ou chez un collectionneur sérieux.

Le cœur d'Eden s'emballa. Elle aimait bien entendre « musée » ou « collectionneur sérieux ». Est-ce que le « chères à l'époque » signifiait « très chères maintenant » ?

– La plupart ont été détruites. Les Sudistes les détruisaient, parce que les abolitionnistes les utilisaient pour transporter des médicaments, des messages, des cartes, des armes, ou tout ce qui pouvait servir aux esclaves des plantations. Et quand la guerre a éclaté, les deux camps ont trouvé l'idée si bonne qu'ils ont utilisé ces poupées pour faire passer des plis pour les espions sur le front ennemi. Les soldats ont fini par transpercer à la baïonnette tous les jouets d'enfants. Un massacre de poupées.

– Peut-être que c'est pour ça qu'elle a été cachée dans la cave, hasarda Eden en se penchant vers Vee. Pour la protéger du… massacre, comme vous dites.

– Peut-être... Ça n'explique pas la clef. D'après la forme, la matière et la fabrication, elle date très probablement du XXᵉ siècle. Au moins quarante ou cinquante ans après ce jouet. Et une clef pareille ne tombe pas par hasard dans la tête d'une poupée. Quelqu'un l'a mise là à dessein.

– Donc... celui qui vivait ici il y a cent ans possédait une poupée de l'époque de la guerre de Sécession et une clef qu'il voulait cacher.

– C'est ce que je pense en effet. Mais les questions essentielles sont pourquoi et ce que cette clef ouvre...

– Peut-être quelque chose d'une grande importance, déclara Eden avec emphase.

Vee se hissa sur la pointe des pieds et tendit une main vers Eden pour qu'elle l'aide à remonter à la surface.

– Je pense aussi.

Vee referma la porte et les deux femmes retournèrent dans la cuisine.

– Selon les rumeurs, les racontars des habitants du coin, des gens d'ici travaillaient pour le Chemin de fer clandestin, et quelque part à New Charlestown se trouvait un de leurs relais principaux.

– Des abolitionnistes comme Harriet Tubman et Frederick Douglass ?

– Comme John Brown aussi, oui. Sa famille aurait dormi ici la nuit précédant son exécution. Je m'occupe des antiquités et des estimations, mais c'est Emma Silverdash notre historienne dans cette ville. La librairie sur Main Street est à elle. Nous avons fait des recherches ensemble pendant des années, mais nous n'avons jamais trouvé de preuves pour confirmer ces théories. Old Man Potts a emménagé dans cette maison juste après la Seconde Guerre mondiale, et pratiquement personne n'a mis les pieds chez lui jusqu'à sa mort, quand la banque a repris son bien. Ensuite ce fut le tour des Milton... et de leurs querelles de famille. Madame Milton est morte à cette époque, et la bâtisse est restée inhabitée jusqu'à ce que vous l'achetiez. Il est tout à fait possible que la poupée se soit trouvée là depuis le début du siècle dernier.

– Je connais Mlle Silverdash ! s'écria Eden. Cleo me l'a présentée hier. En fait, à partir de maintenant, c'est moi qui lirai le conte à la librairie. Je commence demain.

Vee afficha un large sourire.

– J'adorais l'écouter raconter ses histoires quand j'étais petite. Il y avait beaucoup plus d'enfants à l'époque, et beaucoup plus de clients dans la librairie. Vous n'avez pas idée comme c'est généreux de votre part. Les affaires ne sont pas faciles pour elle, tout le monde achète ses livres sur Internet maintenant. Et vous savez, la situation économique…

Cleo avait évoqué les problèmes financiers de Mlle Silverdash, mais que Vee en parle aussi les rendaient plus concrets. Eden voulait apporter son aide. La librairie était l'endroit idéal pour le faire. Eden avait besoin de se rendre utile autant que Mlle Silverdash avait besoin d'elle.

– Je vais être en retard pour mon prochain rendez-vous si je ne pars pas tout de suite. Je vous signe mon accord, tenez.

Vee tendit le document à Eden.

– C'est le formulaire 10-900 des Parcs nationaux. Vous devrez rédiger une description historique et architecturale détaillée avec des références bibliographiques. Mademoiselle Silverdash et moi-même sommes à votre disposition au cas où… Vous avez mon numéro.

Au moment où le camion de glaces de Vee tournait à l'angle de la rue, Cleo entra par la porte de derrière.

– Criquet a fait popo, il s'est beaucoup étiré les pattes, et il a été brossé et lavé comme un petit prince avec du shampoing parfumé.

Eden était impatiente de mettre au courant son détective en chef de leur nouvelle piste.

Sarah

BOSTON, MASSACHUSETTS
JUIN 1860

LA DEMI-DOUZAINE DE BEAGLES DE BEACON HILL ACCUEILLIRENT SARAH ET Annie dans un concert d'aboiements. Les chiens reniflèrent leurs jupes et léchèrent leurs bottes avant que la maîtresse des lieux ne les rappelle.

– Entrez, jeunes filles ! N'ayez pas peur.

Un toutou bedonnant posa ses courtes pattes sur l'ourlet de la robe de Tante Nan et la femme le souleva dans les airs. Il se blottit dans ses bras, visiblement à l'aise dans cette position.

– Ils vous disent bonjour, expliqua la vieille dame en tendant sa main libre vers Sarah, comme le font les hommes quand ils concluent une affaire. Je suis Mme Nancy Santi, mais je suis veuve depuis plus d'années que je n'ai été mariée, alors ceux qui me connaissent m'appellent Tante Nan. Faites-en de même, je sens que nous allons devenir de bonnes amies.

Elle adressa un clin d'œil à Sarah, déjà sous le charme. Jamais elle n'avait rencontré de femme à la personnalité aussi affirmée.

– Alors, laquelle des demoiselles Brown êtes-vous ?

– Sarah.

– Et je suis Annie Brown, madame Santi, ponctua d'une petite révérence la jeune fille, ainsi que l'usage l'exigeait.

– C'est un plaisir de vous loger toutes les deux chez moi ou plutôt dans la Maison des chiens, comme les gens de la ville nomment ce lieu.

Elle rit, de fierté ou de mépris envers les commères des environs. Sarah ne la connaissait pas encore assez pour le comprendre.

– Je vous présente, à vos pieds, Matthew, Mark, Luke, John, Magdalene, et voici la vieille Rahab, la catin.

Avec amour, elle serra la chienne dans ses bras.

– Elle est avec moi depuis quinze ans, c'est la maman de toute cette équipe. Et c'est une sacrée bande de joyeux lurons, ma bonne dame, plaisanta-t-elle en direction de Rahab.

Elle lui gratta le haut du crâne, et la chienne bâilla de délice.

– Enchantée de vous rencontrer... tous, salua Sarah en adressant sa révérence aux beagles.

Annie exprima son indignation devant l'attitude de sa sœur, malgré la réaction enjouée des chiens. Elle se montrait continuellement offusquée ces derniers temps. Sarah s'était occupée d'elle, tentant d'apaiser sa mélancolie, aussi longtemps qu'elle l'avait pu, mais sa sœur était devenue une femme aigrie. Elle n'aimait plus qu'on l'approche, ne supportait aucune marque d'optimisme, que ce soit dans les paroles, les chansons ou les livres. L'ancienne Annie manquait à Sarah. La grande sœur toujours présente, qui sentait bon les herbes du jardin et les fleurs séchées. Maintenant, dès que Sarah faisait un pas vers elle, Annie reculait de deux. Entre elles, un mur de glace s'était érigé.

Une chaleur de phénix émanait au contraire de Tante Nan. George et Freddy arrivèrent à ses côtés, telles les ailes d'un ange, et Sarah rougit en les voyant. Des mois avaient passé depuis son unique rencontre avec Freddy, mais dans leurs lettres ils étaient devenus de plus en plus complices.

L'affection que Sarah nourrissait pour les Hill la dépassait. Une partie du souvenir qui leur était associé aurait pourtant dû la plonger dans la douleur. Mais elle refusait de vivre comme Annie, malheureuse et suppliciée.

– Messieurs Hill ! s'exclama-t-elle ravie, en tendant sa main comme Tante Nan venait de le faire.

Tout le corps d'Annie se raidit.

– Ma chère ! répondit George en prenant la main gantée de Sarah dans les siennes. C'est merveilleux de vous revoir. Madame Hill et Alice étaient affreusement déçues de rater votre visite. Alice m'a fait promettre de vous remettre à toutes les deux ce petit présent.

Il sortit de sa veste un livre comptable, à l'intérieur duquel se trouvaient deux trèfles séchés.

– Ils viennent de notre jardin. Alice espère que vous vous portez bien. Et tous les habitants de New Charlestown vous transmettent leurs salutations.

Sarah approcha l'herbe menue de son nez, décelant encore vaguement le parfum de la basse-cour et du soleil de Virginie.

L'espace d'un instant, Annie parut également transportée. Elle caressa tendrement le trèfle à quatre feuilles.

– S'il vous plaît, remerciez Alice de notre part.

Freddy avança d'un pas. Sa peau, d'ordinaire pâle, était tannée par le soleil du Sud, une version colorée du fantôme de l'hiver. Sarah s'en réjouit. Elle avait accumulé trop de spectres au cours de son existence, elle en avait assez de la mort… Place à la vie !

– Bienvenue, mesdemoiselles ! lança-t-il, s'inclinant, en vrai gentleman qu'il était.

Sans quitter des yeux Sarah, Tante Nan passait distraitement les doigts sous le menton de Rahab.

– Allons, allons, ne laissons pas ces jeunes filles debout dans l'entrée toute la journée. Winifred ! Wini…, appela-t-elle.

Une grosse femme en tenue de servante apparut et Tante Nan reposa la chienne au sol.

– Nous prendrons le thé dans le salon des poupées, annonça-t-elle. Messieurs, veuillez porter les bagages de ces dames. Winifred a mal au dos, et j'ai dû me séparer du majordome… il avait la main un peu trop lourde sur mon meilleur brandy. Un type toujours très jovial, mais maintenant nous savons pourquoi.

– Ah ça c'est sûr ! confirma Winifred en hochant la tête.

– Je vous ai fait préparer deux de mes chambres préférées, continua Tante Nan. Annie occupera la chambre du jardin, et Sarah la chambre d'art italienne. Je pense qu'elle appréciera les tableaux qui y sont exposés. J'ai entendu dire que vous étiez une artiste.

Elle adressa un clin d'œil à la jeune fille.

– Allez, Messieurs, laissez-nous. Les hommes n'ont rien à faire dans nos conversations de femmes.

Elle agita une main vers George et Freddy puis, entourant d'un bras la taille de Sarah et de l'autre celle d'Annie, elle entraîna les deux sœurs vers le salon qui embaumait la rose et la bergamote.

– Vous aimez l'Earl Grey ? Je le fais venir d'Écosse. Les propriétaires du magasin dans lequel je le commande se procurent les feuilles chez un cultivateur italien. Il a le zeste de l'Italie et le raffinement de l'Angleterre. C'est le mélange parfait.

Elle rit aux larmes. Vraisemblablement une plaisanterie qu'elle seule pouvait comprendre.

En voyant l'expression médusée de Sarah, Tante Nan développa.

– Les Hill sont d'origine écossaise, et mon défunt époux était italien. Un inventeur et un commerçant.

Elle leva la main vers le lustre au-dessus de sa tête.

– Avec un penchant pour l'extravagance.

Elle tourna son alliance qu'elle portait toujours à son doigt, et Sarah fut bouleversée par ce qu'elle venait de comprendre : Tante Nan aimait encore son mari, bien qu'il ne fût plus là, qu'elle n'eût pas eu d'enfant de lui, et malgré toutes ces années solitaires. Contrairement à sa mère, trop âgée pour se remarier après l'exécution de John Brown, Tante Nan était assez jeune au moment du décès de son mari. À l'aise financièrement, elle aurait pu refaire sa vie avec qui bon lui semblait. Elle aurait pu avoir une maison remplie d'enfants. Au lieu de cela, elle avait des chiens. Profondément triste et touchant. Sarah n'attendait pas de sa vie une histoire aussi romantique, mais… pour le moment elle ne pouvait imaginer plus belle marque de fidélité que celle illustrée par cette séparation ultime.

Quand le rideau du salon s'ouvrit, Sarah fut émerveillée. Des poupées. Partout. Sur les étagères, derrière les vitres des bibliothèques, sur les canapés, les chaises et les ottomanes dans toute la pièce. Arrangées tels des pétales multicolores sur le coin des tables, autour d'une grande poupée au centre. Certaines faites de porcelaine, comme le Kerry Pippin d'Alice, mais la plupart en bois et mousseline souple. Un arc-en-ciel de vestiges : enfants, chiens, chats, pingouins et chouettes, chevaux et centaures, créatures mythiques ou réelles, et de tout ce qui se trouve entre les deux. Les yeux peints les scrutaient.

Tante Nan ne sembla pas remarquer le poids de tous ces regards. Elle s'assit sur un des deux canapés qui n'était pas occupé et invita les jeunes filles à la rejoindre. Un des beagles sauta sur ses genoux, suivi aussitôt par un deuxième. Matthew, Mark, Luke, John… Sarah n'aurait su dire lequel, mais elle espérait fort qu'avec tous leurs noms de saints ils la préserveraient du malheur.

Les deux sœurs se perchèrent côte à côte à une extrémité du divan. Annie observa la pièce lentement puis son regard s'arrêta sur la table basse devant elle, couverte d'un tourbillon de statuettes à moustaches.

– Je n'ai jamais rien vu de pareil, commenta-t-elle.

– Et vous ne le verrez nulle part ailleurs ! Je les déniche dans le monde entier, et celles-ci ont été fabriquées spécialement pour moi par un artiste européen étonnant. Je lui ai envoyé un dessin des petits de Rahab, et voilà ce qu'il en a fait. Selon moi, elles ressemblent plus à des chats qu'à des chiens, s'amusa-t-elle en caressant le toutou sur ses genoux. Je suis une collectionneuse.

Sarah et Annie hochèrent la tête.

– C'est mon mari qui m'a transmis ce goût, et ce passe-temps m'est resté bien après son départ. Chaque pièce de cette maison possède son thème. Quand j'ai eu fini de la remplir, j'ai acheté un manoir assez spacieux pour m'occuper jusqu'à la fin de mes jours. Là-bas aussi, j'ai mon salon de poupées. J'attends en ce moment même une livraison de fées d'un fabricant gallois, un pionnier en son genre. Elles ne seront pas plus grandes qu'un pied. Les petites poupées sont tellement plus simples à transporter d'un endroit à l'autre. Vous ne pensez pas ? C'est déjà assez difficile pour une mère de porter son bébé dans les bras, alors pour un enfant de s'encombrer d'une poupée de taille réelle… Les fées sont la solution idéale, par conséquent je lui ai acheté toutes celles de sa boutique. Elles ne devraient plus tarder à arriver.

– Mais qu'est-ce qu'on peut faire de tant de jouets du même genre ? demanda Annie.

Sarah perçut l'accusation dans son ton. Boulimie, avidité : voilà ce que sa remarque cachait.

– Je ne les garde pas toutes. Seulement celles qui me paraissent les plus intéressantes. Les autres, je les offre.

Winifred entra dans le salon, poussant un chariot à thé.

– Les derniers sablés, annonça la servante. Il faudra commander d'autres petits biscuits.

Tante Nan hocha la tête.

– Je vous laisse le soin de faire l'inventaire.

– C'est mieux comme ça, Madame, acquiesça Winifred. Sinon, on risque de manger la même chose matin, midi et soir pendant trois mois.

– Au contraire, Winifred ! Regardez autour de vous ! J'adore la variété !

Winifred rit de bon cœur en servant le thé.

– Voici pour vous, jeunes filles.

Elle leur tendit à toutes les deux une tasse avec un biscuit sur la soucoupe.

Tandis que Tante Nan racontait comment elle avait amassé toutes ces poupées, de la Chine à Paris, Sarah se régala du goûter offert.

– Devrions-nous nous protéger les oreilles des conversations secrètes des femmes ? demanda George en passant la tête par le rideau du salon.

– Les conversations des hommes sont bien plus mystérieuses et embrouillées, rétorqua Tante Nan en leur faisant signe d'entrer.

– Un peu de thé, Messieurs ? proposa Winifred.

Freddy secoua la tête poliment.

– Non merci.

Il croisa le regard de Sarah et sourit.

Le feu monta aux joues de la jeune femme. Une miette de biscuit se coinça dans sa gorge et elle l'avala avec peine.

George tira de sa veste sa montre de gousset.

– Tante Nan, n'avions-nous pas réservé une table à l'Atwood and Bacon Oyster House ?

– Eh si ! Le temps a filé sans que je m'en aperçoive. Je n'ai même pas montré leurs chambres aux filles.

Elle tapa dans ses mains et la pièce s'anima en un instant. Les chiens se réveillèrent et aboyèrent à qui mieux mieux comme s'ils venaient de prendre conscience de la présence des visiteurs. Tante Nan guida ses invitées vers le deuxième étage.

– Sarah, lança-t-elle en poussant une porte qui s'ouvrit sur une chambre aux murs jaunes festonnés d'or.

Avec leur teinte jonquille, les draps et les meubles assortis donnaient l'illusion que la pièce était baignée de soleil, quelle que soit la saison. Sur tous les murs, étaient exposées des peintures à l'huile, paysages et natures mortes : des vergers en fleurs, des prunes mûres cachées entre des miches de pain, des figures allégoriques s'ébattant dans une vallée fluviale luxuriante.

– Et maintenant, pour mademoiselle Annie… chantonna tante Nan dans le couloir.

Sarah se tourna et trouva Freddy sur le seuil de sa porte.

– J'espère que vous serez à votre aise.

– Absolument.

Les mains fermement posées sur les hanches, Sarah contemplait un tableau sur le mur le plus proche de lui.

On y voyait trois personnages : une femme aux seins nus allaitant son enfant, et un jeune homme qui les observait. Sa mère aurait peut-être demandé qu'on la changeât de chambre, son père l'aurait exigé. Sarah trouvait cette scène merveilleuse. Elle avait presque l'impression d'entendre le clapotis de l'eau et le tonnerre menaçant le ciel sur la toile. Son cœur s'emballa quand elle s'imagina entrer dans le cadre pour intégrer cet autre monde, et laisser derrière elle celui dans lequel elle se débattait.

– *La Tempête*, confirma Freddy, sans oser avancer, son bras seul dépassant de l'embrasure de la porte. Une toile de Giorgione. C'est une reproduction, mais Tante Nan aime s'entourer de beauté non conventionnelle, quelle qu'en soit la forme.

Sarah appréciait d'autant plus la vieille dame qu'elle avait pensé à la loger dans cette chambre. Était-ce Priscilla qui lui avait révélé leurs intérêts communs : Annie pour les herbes et les fleurs, et Sarah pour les pigments et les tableaux ? Ou peut-être quelqu'un d'autre…

Elle s'approcha à quelques pas à peine de *La Tempête*. Les couleurs tourbillonnaient dans le ciel pour s'apaiser peu à peu dans l'herbe. Les seins de la femme étaient lisses et roses, comme la peau du bébé. Copie ou non, le peintre qui avait réalisé cette œuvre ne manquait pas de talent. Ses doigts brûlaient de la toucher, mais elle se retint.

– Je pense que votre tante est l'une des femmes les plus extraordinaires que j'aie jamais rencontrées, affirma-t-elle, toujours captivée par les visages incroyablement expressifs. Je l'admire.

– J'imagine… Elle renverserait tout Boston si elle le pouvait. Elle n'est pas du genre à s'incliner devant le protocole.

Les regards des deux jeunes gens se croisèrent à nouveau, et elle reconnut ce petit sourire qu'il lui avait adressé dans la grange à New Charlestown.

– Mais vous, si ! lança Sarah.

C'était une question plus qu'une affirmation.

– Dans certains cas, oui. On ne peut pas influencer durablement les foules si on les choque par son comportement. Du moins, c'est ainsi que mon père comprend les Saintes Écritures.

– Ce n'est pas du tout comme cela que mon père les voyait, rétorqua Sarah d'un ton affirmatif.

– Non, en effet, dit-il en détournant le regard. Le meilleur moyen de transmettre un message est une question aussi subjective que le meilleur moyen de manger un œuf, je suppose. Mais sur un point, nous ne pouvons que nous entendre : le message doit passer.

Sarah laissa échapper un rire léger.

– Je suis d'accord.

Elle se tourna de nouveau vers la toile. Des couleurs opaques, épaisses. De la tempera à l'œuf.

– Ma mère les cuisine au plat sur une poêle jusqu'à ce que le blanc soit grillé et croustillant, dit-elle. Mais un jour, lors d'une visite à un des associés fortunés de mon père, on nous a servi des œufs mollets. Une révélation, un délice... Une bouchée de soie.

Elle avait l'impression de revivre la savoureuse expérience.

– Plus tard, nous avons découvert que même si cet homme n'était pas un propriétaire d'esclaves, il s'était fourni dans une ferme qui en possédait. Père nous a déclaré que nous avions été piégés, voire empoisonnés.

Elle haussa les épaules.

– Possible, mais en tout cas, je n'ai plus jamais mangé d'œufs aussi excellents. Pondus par une poule bien soignée. J'étais très reconnaissante à l'esclave qui l'avait élevée. Mon erreur a été de le dire à mon père. Il m'a lavé la langue avec du sel de mer.

– Dépêchez-vous, mes chers enfants ! cria Tante Nan de l'autre bout du couloir. Winifred, aidez les demoiselles Brown à s'habiller.

Elle s'arrêta devant la porte ouverte de Sarah, George à ses côtés et un beagle dans les bras.

– Saperlipopette, est-ce ce jeune homme qui vous accapare avec sa conversation ? Frederik... réprimanda-t-elle, malicieuse. Laissez à Sarah le temps de se préparer et venez aider votre vieille tante à nourrir ses bébés avant de partir !

Respectueux, Frederik hocha la tête en direction de sa tante.

– Pochés, conclut-il avant de prendre congé. C'est ainsi que je les préfère.

– Pochés, c'est quand on plonge les œufs sans leur coquille dans de l'eau frémissante ? interrogea Sarah, complice.

Dos à sa tante, Freddy adressa un clin d'œil à la jeune fille avant de rejoindre son père.

– Winifred sera là dans un instant. J'espère que la chambre vous plaît.

– Elle est magnifique ! Cette peinture en particulier.

– Oh, *La Tempête*, commenta Tante Nan, sa large poitrine se soulevant et retombant dans un soupir. Une de mes préférées, aussi. Tellement de passion. Un homme et une femme séparés à jamais par un élément extérieur. La dévotion maternelle. Le besoin de l'enfant. Un tourbillon de désir dans un portrait figé.

Sa voix resta suspendue dans l'air. Elle caressa la tête du chien dans ses bras et se tourna vers Sarah.

– L'art, c'est un conte de fées pour les yeux. Ce tableau a été peint il y a plus de trois cents ans, et il continue de parler, de raconter une histoire et de nous guider vers la nôtre.

Exactement ce que Sarah ressentait.

– Si je pouvais tout recommencer, je choisirais un pinceau, déclara Tante Nan. Même si je n'avais pas le talent nécessaire, j'aimerais apprendre à reproduire les œuvres des grands maîtres. Mais alors, j'aurais peut-être vécu ma vie dans l'imitation plutôt que comme moi-même. Quel ennui !

Son large sourire revint, et elle serra chaleureusement les poignets de Sarah.

– Allez, j'arrête de radoter.

Elle libéra la jeune fille et quitta la chambre, fermant la porte derrière elle.

Sarah retourna se perdre dans le tableau, se répétant les mots de Tante Nan : « Un homme et une femme à jamais séparés par un élément extérieur »... comme le Styx. Elle s'imagina M. Santi d'un côté, contemplant sa femme avec une sincère dévotion. Tante Nan de l'autre côté... mais elle ne portait pas de bébé sur son sein. Sarah se représenta un beagle à la place et gloussa toute seule dans sa chambre. Cela l'aida à chasser le pincement de regret qui lui taquinait le cœur. Elle ne serait jamais cette femme sur cette rive, dans cette vie ou une autre.

À l'Atwood and Bacon Oyster House, Sarah commanda les huîtres rôties de Virginie en l'honneur des Hill. Freddy, lui, choisit un plat qui rendait hommage à la Nouvelle-Angleterre. Ils partagèrent un sourire silencieux et une longue discussion sur les œufs proposés au menu : durs, à la poêle, brouillés, sur toast, avec du gruau, du blé, ou seuls. Mais ni mollets ni pochés : par conséquent, ils renvoyèrent à une autre occasion cette option et se rabattirent sur les spécialités de la maison. George, Tante Nan, et surtout Annie, semblaient confondus par leur badinage léger. La sœur de Sarah trouvait de mauvais goût de se répandre aussi longuement sur un tel sujet.

– Mère et Ellen n'ont quasiment pas assez de nourriture à la ferme pour manger un repas par jour, et vous, vous parlez d'œufs, d'huîtres et de thé européen ! s'offusqua-t-elle derrière la carte qu'elle tenait dressée devant elle.

– Voyons, Annie ! murmura Sarah. Qui a parlé de thé ?

Elle baissa le papier et commanda ensuite, comme tante Nan, une *sarsaparilla*, une boisson à la salsepareille, qu'elle savoura avec délice.

Annie ne prit que des crackers et du lait, ce que Sarah trouva bien plus grossier que sa conversation culinaire au sujet des œufs. Elles étaient les invitées d'une notable de Boston, et dans un restaurant d'huîtres, bon sang ! On ne pouvait pas juste tremper quelques biscuits dans du lait ! Quand George insista pour qu'Annie en goûtât au moins quelques-unes, cette dernière expliqua qu'elle manquait d'appétit. Sarah savait qu'elle ne mentait pas. Annie ne mangeait pratiquement plus rien depuis qu'elle était arrivée à Concord. Ses joues étaient plus creuses qu'une citrouille pourrie.

Pour compenser l'affront fait par sa sœur, Sarah mangea son plat avec double portion de beurre et de citron, but sa *sarsaparilla* jusqu'au bout et rit de bon cœur quand la tour de coquilles de Freddy tomba de la table. Le serveur les rassura aussitôt, cela arrivait tout le temps.

Pour fêter l'approche de l'été, le chef avait ajouté à sa carte un dessert : de la glace. Un fabricant de congélateurs modernes avait équipé le restaurant. La spécialité de la soirée était un rectangle à trois parfums appelé napolitaine : vanille, chocolat et fraise.

– Pour Mlle Sarah, ce sera une part entière, commanda Tante Nan. Tous les grands artistes doivent avoir une palette complète, surtout maintenant que vous allez étudier avec Mlle Mary Artemisia Lathbury.

Sarah n'avait confié cette grande nouvelle qu'à Freddy. Elle était flattée qu'il en eût parlé à sa tante.

– J'ai chanté les louanges de Mlle Lathbury, acquiesça George. Une femme de la Renaissance.

– Ce sont celles que je préfère, confirma Tante Nan. Un jour, Sarah, je vous commanderai une peinture. Peut-être une poupée avec vos traits, pour que j'aie au quotidien le plaisir de votre compagnie.

– Pas trop vite, il faut savoir partager, Tante Nan, plaisanta George. Sarah et Annie doivent d'abord retourner à New Charlestown. Priscilla et Alice résistent avec peine au plus grave des péchés : l'envie.

George se tourna vers les deux jeunes filles.

– Nous serions enchantés de votre visite.

Annie se raidit aussitôt. Elle avait juré de ne jamais retourner sur le lieu où son père et ses frères avaient péri. Mais pour Sarah, New Charlestown et Harpers Ferry n'étaient pas le même endroit. Elle ne supporterait pas de voir la prison de la vieille ville, mais les Hill et leurs voisins habitaient loin du massacre, du bain de sang et de l'agitation civile. Quand elle pensait à New Charlestown, elle se revoyait dans la chaleur de l'âtre, entourée des pétales de jacinthes et de la poupée souriante d'Alice. C'était un bastion, non seulement pour elle mais aussi pour tous ceux qui voyageaient sous la protection du Chemin de fer clandestin.

Et surtout, elle pensait à Freddy. Pour lui, elle ressentait un élan d'une puissance inédite. Il croyait en elle, en son talent, et à leur mission. Elle savait qu'ensemble ils pourraient réaliser des exploits qui rendraient John Brown fier de sa fille.

– Avec grand plaisir, accepta Sarah.

– Parfait ! se réjouit George en tapant sur la table.

Freddy souriait à pleines dents.

Annie triturait son collier noir. Le nœud dans sa gorge ne cessait de grossir.

Le serveur arriva, les bras chargés d'un plateau où les assiettes de glaces colorées se reflétaient dans les couverts en argent, donnant l'impression qu'on leur en apportait deux fois plus : chocolat, vanille, fraise, fraise, chocolat, vanille. Comme les poupées dans le salon de Tante Nan. Sarah mangea avec gloutonnerie et plaisir.

Ils rentrèrent si tard à la maison que seules les étoiles éclairaient désormais leur calèche. Les lampadaires avaient été éteints. Sarah se désolait de voir la soirée prendre fin mais se délectait à l'idée que c'était la première d'une longue série.

Une Winifred fatiguée les accueillit à la porte.

– Madame, le... cargo est arrivé et la marchandise attend d'être rangée à sa place pour la nuit. Les chiens sont dans leur lit.

Tante Nan se tourna et adressa un signe de tête à George.

– Il est tard. Je me charge de la livraison, proposa-t-il en embrassant la main de sa tante.

– Merci, mon neveu.

– Bonne nuit, jeunes filles, salua-t-il en les gratifiant d'une petite révérence avant de suivre Winifred rapidement, se dirigeant vers le quartier des domestiques.

– Freddy, veux-tu escorter Sarah à sa chambre ? Je m'occupe d'accompagner Annie dans la sienne, elle se trouve sur mon chemin.

Il faisait noir dans la maison, Sarah ne distinguait pas les murs des couloirs. Tante Nan prit congé pour la nuit et monta l'escalier avec Annie, l'entretenant des bienfaits de la menthe sur la digestion. À l'évidence, Annie était déchirée entre sa passion pour les plantes et son aversion pour une discussion impliquant l'organisme de la vieille dame. Sarah ne put s'empêcher de sourire. Sa sœur avait bien besoin de se décoincer un peu, et Tante Nan était la meilleure personne pour l'y aider.

Freddy lui présenta son bras, et Sarah le prit volontiers. Son esprit tourbillonnait. Une livraison à cette heure de la nuit signifiait certainement plus que des objets de collection. L'expression sérieuse sur le visage de George en attestait. Mais elle ne pouvait le questionner ouvertement. Pas ici, au milieu de l'escalier, avec les volets laissés entrouverts pour laisser filtrer l'air de la nuit. Quelqu'un à l'extérieur pourrait les entendre.

– Comment va Gypsy ? s'enquit-elle plutôt.

– Comme toujours, elle chasse les poules et vole de la nourriture dans la cuisine de Siby.

Sarah sourit à la mention de son prénom.

– Et les Fisher ?

La bonne humeur quitta alors le visage de Freddy.

– Ils vont bien, compte tenu de la période troublée que traversent les États du Sud.

Ils montaient les marches dans la même foulée puis ralentirent sur le palier désert. Il baissa la voix pour aborder enfin le sujet dont elle voulait s'entretenir avec lui.

– C'est en partie la raison de notre visite ici. La question de l'esclavage provoque une vraie révolution, surtout après l'assaut livré par votre père et son exécution.

Sarah s'arrêta net. Entraînée par le souffle d'audace de la soirée, elle osa parler à son tour.

– Dites-moi, Freddy, quel est le rôle de votre paroisse dans la mission des abolitionnistes ?

Freddy lui caressa le dos de la main avec son pouce.

– Ni mon père ni moi n'utiliserions l'église dans un but autre que transmettre la sainte parole. En tant que famille, en revanche, nous sommes engagés dans la lutte pour l'égalité des êtres humains.

Sa réponse lui rappela le vol d'une abeille autour d'une fleur. Elle ne s'y posait à aucun moment. Sarah fronça les sourcils mais ne retira pas sa main. Elle comprenait sa prudence, mais il savait exactement qui elle était : Sarah Brown. À son tour de savoir qui elle avait devant elle.

– Votre père et vous travaillez pour nos amis du Chemin de fer clandestin, n'est-ce pas ?

Avant qu'ils se remettent à avancer, elle avait besoin de l'entendre confirmer l'évidence, sans symbole, code ou interprétations. *Oui* ou *non*.

Son cœur battait au rythme des secondes de silence qui passaient.

– Nous aidons par tous les moyens possibles la cause de la liberté.

Il se pencha vers elle, un doux parfum de glace au chocolat l'entourait.

– Le transport des hommes et des femmes loin de l'oppression et des maltraitances, par exemple.

– Tante Nan aussi ? Est-ce le sens de la livraison de ce soir ? Des esclaves en fuite ?

Elle murmura les mots, ne laissant plus place à l'ambiguïté.

– Je ne devrais plus parler. Pas ici et maintenant, lança Freddy. C'est trop risqué pour vous.

– Je n'ai jamais connu la sécurité.

– Si je le pouvais, je vous protégerais pour le restant de mes jours.

– Je veux aider. Dites-moi ce que je dois faire.

Son cœur battait furieusement, mais il ignora sa demande passionnée. Ils continuèrent en silence vers sa chambre et s'arrêtèrent devant la porte.

– Mon père et moi-même sommes au courant de votre talent. Vous êtes notre dessinatrice en chef, Sarah. Monsieur Sanborn et Mlle Lathbury ne placent pas leur confiance en n'importe quelle étudiante. Ce soir, ce que vous pouvez faire, c'est profiter de l'hospitalité de ma tante. Tout va bien, ma chère.

Il lui embrassa les doigts, et Sarah eut un léger vertige, chargé de brise marine, de parfums de glaces et de secrets partagés. Avant qu'elle pût le retenir, Freddy continua sa route dans le couloir sombre, disparaissant bientôt de sa vue.

Seule dans sa chambre, elle arpenta un moment la pièce. Les Hill et Tante Nan étaient des membres du Chemin de fer clandestin, elle en avait désormais la certitude. La « livraison » n'était qu'une couverture pour l'arrivée d'un groupe de fugitifs en route vers le Canada. Les poupées devaient servir pour l'opération, aussi. Tout comme l'avait fait remarquer le garde de la prison : une contrebande de messages et d'armes.

Dieu avait déjà décidé que Sarah suivrait les traces des hommes de la famille et prendrait part à leurs actions. Avec une détermination ravivée, elle se promit de peindre des cartes aussi précises que les plans du ciel de Galilée. Elle contempla de nouveau *La Tempête*, percevant à peine sa rivière sombre qui serpentait vers l'horizon de la toile.

Dehors, le tonnerre fut suivi d'un éclair. Une tempête d'été.

Elle s'effondra sur son lit, épuisée par l'intensité de tout ce qu'elle vivait. La pluie qui tombait depuis la corniche berça son esprit agité et elle n'ouvrit pas un œil jusqu'à ce que Winifred frappe à sa porte avec le petit déjeuner.

– Bonjour, Mademoiselle.

Elle posa le plateau sur le lit de Sarah : thé, toasts beurrés et trois œufs mollets dans un service en argent. L'assiette était accompagnée d'un vase avec une rose, et de son exemplaire des *Flower Fables*. Une note avait été glissée dans les premières pages. Sarah reconnut l'écriture qui lui était familière à présent.

« Chère Sarah,

Merci encore de nous avoir prêté le splendide livre d'Alcott. J'espère que ce petit déjeuner rachètera mon absence. La livraison que nous avons brièvement évoquée a nécessité notre départ précipité. Tante Nan promet de vous ramener à Concord dans le plus élégant et le plus moderne des équipages.

Ce moment que nous avons passé ensemble à Boston a dépassé toutes mes espérances, c'était un réel plaisir que j'aimerais réitérer le plus vite possible. Avec l'accord de votre famille, Annie et vous êtes chaleureusement invitées chez nous en Virginie au mois de septembre, si cela coïncide avec votre emploi du temps. Les arbres revêtiront leur nouvelle robe, l'automne est la plus belle saison dans les montagnes Blue Ridge. Un paysage qui ne peut qu'inspirer une artiste de votre talent et que nous serons heureux de vous voir immortaliser pour nous.

S'il vous plaît, écrivez-moi votre réponse dès que vous le pourrez afin que j'organise votre voyage avec des amis dignes de confiance. Nous sommes impatients de vous revoir. New Charlestown vous attend, tout comme moi.

Affectueusement,
Freddy »

Eden

NEW CHARLESTOWN, VIRGINIE-OCCIDENTALE
AOÛT 2014

PLUS TARD DANS L'APRÈS-MIDI, EDEN RACONTA À CLEO LA VISITE DE VEE tout en préparant pour Criquet des biscuits à la citrouille, une recette du *Holistic Hound*.

– Toutes les poupées étaient transpercées à coups de baïonnette. Vee a appelé ça un massacre de jouets.

Cleo ouvrait de grands yeux, plus intriguée qu'horrifiée.

– Elle est passée pendant sa tournée. Tu sais, son père s'est fracturé le bassin et c'est elle qui distribue les glaces. Donne-moi les œufs, s'il te plaît.

Cleo s'exécuta prudemment et continua à mesurer la farine.

– Mon grand-père m'a dit qu'un des frères de Vee aurait dû venir les aider, mais ils habitent dans le Montana et c'est à l'autre bout du pays.

Eden se rappelait que Cleo lui avait parlé de Mme Niles, mais elle ne savait pas qu'elle avait des frères et sœurs.

– Des frères ? demanda Eden en battant vigoureusement les œufs.

– Deux. Pendant une compétition de rodéo, ils se sont entichés de deux sœurs professionnelles de *barrel racing*. Ça a vite pris entre eux, et ils sont allés ouvrir un ranch dans l'Ouest. Vee est partie aussi, mais après quelque temps elle a divorcé. Son ex-mari a déménagé à Boston, et elle est revenue s'installer ici. Mon grand-père dit qu'ils avaient sûrement de bonnes raisons de se séparer mais que maintenant c'est devenu bien trop facile de jeter l'éponge. Selon Mlle Silverdash, ce n'est pas une critique mais juste la preuve de son « éternel optimisme ».

Pas faux. Ce serait sûrement plus rapide de faire signer les papiers du divorce à Jack que de faire classer la maison monument historique. Triste réalité, si l'on considérait qu'elle vivait avec Jack depuis sept ans déjà et dans cette maison depuis trois mois seulement. L'ironie du sort, de son manque de pertinence. Un mariage et une maison, deux souvenirs accumulés, des secrets bien gardés… mais à quel moment décide-t-on qu'on s'est pris assez d'échardes sur le parquet et qu'on n'en peut plus ? Est-ce que penser qu'une couche de peinture fraîche pourrait tout arranger n'est pas un excès d'optimisme ?

Cleo avait abandonné le saladier pour aller observer la clef, et Eden finit de mélanger les ingrédients avant de déposer la pâte sur le marbre pour l'étaler.

– Vee a raison, lança Cleo en retournant le métal. Elle est trop lisse pour être aussi vieille que la poupée. Je pense qu'à cette époque ils utilisaient surtout des matériaux qui rouillaient, comme le fer ou le cuivre. Trop petit pour ouvrir la porte d'une maison. Trop grand pour appartenir à un jouet. Et vous avez vu ? J'ai retiré la saleté et maintenant on voit un minuscule numéro sur le côté.

Eden s'approcha de la fillette, les mains couvertes de farine. Elle se pencha pour mieux voir.

– Trente-quatre ?

– Les seules fois où j'ai vu des numéros sur des clefs, c'était pas de la rigolade.

La remarque de la fillette ne rassura pas Eden. Si cette clef appartenait au gouvernement, par exemple, il pourrait réclamer qu'on lui rende la poupée. Elle laissa échapper un soupir de contrariété.

– Peut-être que c'est le numéro porte-bonheur de quelqu'un. Plutôt que de graver son nom…

Pas convaincant. Cleo fronça les sourcils.

– Quelle est la prochaine étape ? demanda Eden pour changer de sujet. Regarde le livre.

– Couper les biscuits avec l'emporte-pièce en forme d'os, lut Cleo.

Mais Eden n'avait jamais eu d'emporte-pièce en forme d'os. Elle n'avait jamais eu de moule d'aucune forme.

En un clin d'œil, Cleo se servit d'un simple couteau pour tracer des os dans la pâte.

– Tu dessines bien.

– C'est Mlle Silverdash qui m'a appris, répliqua Cleo. Elle est douée pour les travaux manuels. Pas seulement le dessin et la peinture… Elle fabrique ses propres tasses en poterie, et elle coud des déguisements incroyables pour Halloween. Ah ! Elle fait aussi ce qu'elle appelle des « fêtes florales ». En gros, elle assemble de jolies fleurs. En plus de ses dioramas. Elle peut vous enseigner comment les faire si vous voulez, elle veut bien montrer à tout le monde parce qu'elle est allée à l'université. Tout le monde enseigne à tout le monde là-bas. C'est comme ça que ça marche.

– Tes os sont impressionnants, félicita Eden en hochant la tête en direction du plan de travail.

Cleo leva les yeux vers elle, ravie du compliment.

– Vous croyez ?

– Plus réussis encore que si on avait utilisé un moule. Ils ont du caractère. Les « KroKettes de KriKet », avec des K majuscules pour la vitamine K des citrouilles ! Ils sont plus jolis qu'une pub dans un magazine.

Elles se trouvaient dans sa cuisine, se rappela-t-elle, pas dans un showroom.

– Les KroKettes de KriKet ! s'exclama Cleo en frappant dans ses mains. On peut vraiment leur choisir un nom à nous ? Même si on a pris la recette dans *The Holistic Hound* ?

– Une recette n'est rien de plus qu'une formule à suivre. Ce qui compte, c'est comment toi, tu la fais. Le produit fini ne sera pas exactement le même pour tout le monde, et pas toujours pareil à chaque fois, expliqua Eden en haussant les épaules. Tu as déjà vu les numéros de série dans le coin en bas d'un tableau ?

Cleo hocha la tête.

– Ils représentent une sorte de cachet d'exclusivité du fabricant.

– Comme ça ? demanda la fillette en gravant un K sur un des os.

– Exactement ! Et toi, tu es très douée, mademoiselle Cleo.

Cleo agita sa queue-de-cheval et continua à dessiner dans la pâte.

Quand elle eut terminé, Eden plaça les os sur une grille qu'elle glissa dans le four. En quelques minutes, un délicieux fumet avait envahi la maison ; on ne sentait plus rien des dissolvants amers et des vernis acidulés pour bois. Eden se serait crue à Thanksgiving avec les desserts de son enfance : pommes, citrouilles, pêches et baies. Ses parents invitaient toujours des amis pour cuisiner pendant les fêtes, et c'était le seul moment dans l'année où elle se sentait vraiment comblée dans sa maison. La nostalgie de ce qu'elle n'avait jamais eu mais toujours désiré lui fit prendre de grandes inspirations.

Et soudain, Jack passa la porte d'entrée. Il revenait d'Austin, un jour plus tôt que prévu.

– Hello !

À la grande surprise d'Eden, la voix de Jack mêlée aux arômes de pâtisserie fit monter en elle la même joie enfantine qu'elle éprouvait chaque fois que son père rentrait du travail.

– Ça sent super bon, ici !

Avec son blazer bleu par-dessus une épaule, façon Kennedy, il entra dans la cuisine.

– C'est quoi tout ça, Eden ?

– On fait des biscuits ! répondit Cleo.

– Vraiment ? demanda Jack en se penchant vers Eden, intrigué.

– Eh oui, à la citrouille !

Elle brandit la cuillère telle une baquette magique.

– Tu ne cesseras jamais de m'étonner, déclara-t-il en la gratifiant d'un clin d'œil qui bouleversa Eden.

– La première fournée sera bientôt prête, ça te dit de goûter ?

– Oui, soyez notre goûteur impartial, monsieur A. ! lança Cleo.

– C'est un honneur pour moi, dit-il en faisant une révérence chevaleresque aux deux femmes.

– On dirait le roi Arthur quand vous parlez comme ça, gloussa Cleo.

– Jack a du sang noble, il est issu de la famille royale britannique.

– Sans blague ? s'étonna Cleo, émerveillée. Waouh ! vous êtes quoi ? Le prince d'Orque, ou le duc, ou un truc comme ça ?

– D'York, tu veux dire.

– York, orque, porque… chantonna-t-elle. Enfin, ce que vous dites là-bas, quoi !

– Eh oui, confirma-t-il.

Un petit rire léger comme des bulles de savon s'échappa de la bouche d'Eden.

– Non, en fait, rien d'aussi prestigieux, ma puce, continua Jack. Un très ancien cousin a épousé une lady bien au-dessus de son rang il y a des années et des années. Du coup, notre famille est entrée dans la royauté avec une seule goutte de sang.

– Vraiment ? Et ça suffit ? s'enquit Cleo en se grattant le nez et en y laissant une petite tache de farine.

– Pas bête, le gars, dit-il, et il se tourna vers sa femme. J'ai suivi son exemple.

Un éclair irradia dans tout le corps d'Eden et elle laissa sa chaleur l'envahir. Il avait un pouvoir incroyable sur elle, elle n'aurait pu le nier. Quand ils allaient bien, ils étaient tellement heureux ensemble !

Il posa son blazer sur le bar.

– Mais voyons, ne balance pas tes affaires ici comme ça ! cria-t-elle impulsivement.

Il va être couvert de farine, pensa-t-elle, mais elle s'était déjà interrompue.

– Où tu veux que je le mette ? demanda-t-il, le sourire effacé de son visage.

L'agacement de Jack ne lui échappa pas, et elle se braqua.

– Là où tout le monde range son manteau... dans le placard, rétorqua-t-elle, tranchante. Ce n'est quand même pas complètement déraisonnable de te demander au moins ça !

À côté d'elle, Cleo baissa les yeux. Le charme était rompu. Jack partit suspendre sa veste.

En l'entendant, Denny dévala l'escalier. Il était sorti faire une course dans la journée, et était revenu avec un gobelet en carton du restaurant Chipotle. Les plats à emporter mexicains et indiens étaient ses favoris. Le Chipotle le plus proche se trouvait à cinquante kilomètres vers l'est, à Sterling, et elle se demanda ce qui l'avait conduit aussi loin. Elle le lui aurait bien demandé mais elle craignait que cela passe pour du harcèlement. Depuis son retour, il était d'une humeur massacrante et l'envoyait balader quand elle lui posait des questions. Quelque chose le tracassait. S'il n'arrivait pas encore à se confier à elle, peut-être que Jack parviendrait à le faire parler.

Par conséquent, Eden ne bougea pas quand Denny vint saluer Jack et l'entraîna dans le salon, malgré son désir de le rappeler... *Jack, excuse-moi, je ne voulais pas être cassante. Regarde ! Les biscuits sont prêts ! Tu as promis de goûter.*

Au lieu de cela, les deux hommes sortirent promener Criquet pendant qu'elle finissait de cuire les biscuits avec Cleo. Leur balade se prolongea bien après *La Roue de la fortune* et jusqu'à *Jeopardy.* La fillette rentra alors précipitamment chez elle : hors de question qu'elle rate son deuxième programme de la soirée. Maintenant que la maison s'était vidée et que la cuisine était rangée, Eden restait seule avec la poupée.

Elle monta lire dans son lit mais sans réussir à se concentrer, revenant encore et encore sur le même paragraphe. Elle entendit enfin la moustiquaire claquer et le son de la chaîne de sport filtrer à travers le sol. Denny partit se coucher dans la chambre d'amis vers minuit.

Elle savait qu'elle devrait proposer à Jack de revenir dans leur chambre. C'était aussi la sienne, après tout. Le laisser dormir sur le canapé après une longue semaine de travail manquait cruellement de sensibilité. Lui permettre de se reposer ne signifiait pas qu'elle renonçait à ses projets. Cela prouvait juste qu'elle savait se montrer attentionnée. Jack lui avait témoigné bien plus d'égards que la plupart des maris. Elle l'aimait et il l'aimait… Simplement, cela ne fonctionnait pas entre eux. Un matelas sous son dos, il méritait au moins cela.

Sur le point de descendre l'inviter à la rejoindre, une nouvelle idée l'arrêta : et s'il ne voulait pas partager son lit ? Ce serait trop embarrassant. Et c'était tout à fait plausible. Peut-être qu'ils étaient tout simplement mieux séparés.

Elle le laissa passer la nuit en bas et ne trouva pas le sommeil. Elle resta éveillée à contempler les moulures en plâtre du plafond. Quand les plans de rénovation leur avaient été présentés, Jack lui avait expliqué que ce genre de décoration s'appelait « ciel » et représentait une constellation autour de la lune la nuit, et les rayons du soleil le jour. Pour Eden, cela ressemblait plutôt à des rangées de dents.

Au petit matin, elle entendit Jack parler à Criquet en allant dans la salle de bains du rez-de-chaussée. Elle s'inquiéta qu'il n'ait pas de serviette, elle n'en avait pas suspendu en bas. Ensuite, elle l'imagina nu et dégoulinant dans la vapeur et une sensation qu'elle n'avait plus éprouvée depuis bien longtemps l'envahit : le désir. Pas l'envie de coucher avec lui pour faire un enfant, non, elle avait juste envie de lui. Elle se tourna sur le côté, ramena les genoux contre sa poitrine et essaya de chasser ses émotions comme on froisse un papier pour le jeter dans la corbeille.

En entendant des pas dans le couloir, elle paniqua.

N'entre pas, songea-t-elle, mais aussitôt après : *Viens, s'il te plaît, je t'en supplie.* Impossible que ses deux souhaits se réalisent. Elle retint sa respiration en voyant l'ombre des pieds sous la porte et la poignée se baisser, après quelques légers coups.

Ce fut Denny qui passa la tête. Elle fut aveuglée par la lumière du jour, et une violente vague de remords inattendue l'envahit.

– Je suis désolé de te réveiller, Eden, mais j'ai une autre course à faire en ville. Je voulais pas que tu t'inquiètes de pas me trouver à la maison.

Eden se redressa et repoussa une mèche de cheveux de son visage. Elle avait tout de même dû s'endormir. Un court instant.

– Cleo est venue, continua Denny. On a donné à Criquet quelques biscuits pour le petit déjeuner. Tu es devenue la nouvelle reine de la gastronomie canine, on dirait.

– Je compte me faire imprimer des cartes de visite.

Elle passa ses jambes par-dessus le lit et rassembla son courage pour se lever. Ses chevilles et ses genoux craquèrent.

Elle ne se souvenait pas quand cela avait commencé, mais depuis quelques années la douleur n'avait cessé d'augmenter le matin. L'âge est pareil à une plante grimpante qui étend peu à peu ses feuilles dans toutes les directions. Son corps pesait comme s'il avait cent ans, mais il avait l'insolence d'un adolescent se disputant avec elle sans répit. Elle se frotta les genoux et les chevilles pour qu'ils acceptent enfin de coopérer.

– Jack est sorti ? demanda-t-elle.

– Oui, il est parti au travail il y a quelques minutes.

– Qu'est-ce que tu vas faire en ville aujourd'hui... ? commença-t-elle, mais il avait déjà filé dans le couloir.

– Je dois foncer, bonne chance pour le boulot aujourd'hui !

Boulot ? Ce qui réclamait la présence de Denny en ville représentait bien plus que les récentes occupations d'Eden depuis trois mois. C'était vendredi. Elle allait commencer chez Mlle Silverdash à midi et se faisait une joie d'être de nouveau un membre actif d'une communauté.

Eden tourna la baguette en bois pour lever le volet qui donnait sur la plantation et laisser entrer le jour. Elle ne pensait pas l'avoir ouvert une seule fois depuis qu'elle avait emménagé dans cette maison. Un vieil érable l'accueillit, tendant vers elle une de ses branches entortillée. Les nervures sur les feuilles dessinaient des cartes routières.

Un écureuil sortit d'un trou et descendit le long du tronc vers le jardin où Cleo était assise, les jambes croisées entre des rangées de plantes, les reliefs de son petit déjeuner à côté d'elle et le guide du Mexique sur ses genoux. Eden la regarda souligner de son doigt les mots sur la page. Elle lisait lentement, troquant le monde qui l'entourait pour celui qui se révélait devant ses yeux tout en couleurs et en images. Eden eut soudain envie d'emmener Cleo au Mexique, de se promener avec elle dans les marchés de fleurs exotiques, de lui acheter des chocolats *garabato* et de l'inviter à un spectacle de flamenco. Elle adorerait. Et pourquoi pas ? Cela n'avait rien d'irréalisable. Pas comme un voyage sur la lune, une randonnée à dos de dragon ou un baiser de prince pour briser un sortilège. Les gens prenaient des vacances en famille tout le temps.

Mais Cleo ne faisait pas partie de sa famille, c'était une voisine parmi d'autres. Sur le côté de sa nuque, Eden sentit un muscle se crisper et elle frotta jusqu'à calmer le spasme. Ensuite elle se lava les cheveux, les sécha, se maquilla et enfila une robe en soie orange qu'elle avait portée à la Virginia Gold Cup bien des années plus tôt. Trop large sur les hanches, désormais – les kilos de la fertilité l'ayant quittée aussi vite qu'ils étaient venus –, la robe se gonflait derrière elle comme dans une bande dessinée. Criquet arrondit son dos quand elle descendit l'escalier et vint renifler l'ourlet.

Elle le laissa gentiment frotter son museau sur la soie.

– Bonjour, Criquet.

Enjoué, il trotta derrière elle jusqu'à la cuisine où Denny avait laissé une cafetière à moitié remplie de café à la noisette. Il s'améliorait. Elle remplit sa tasse et y mélangea une cuillerée de stevia.

Elle avait toujours pensé que c'était immature de boire du café trafiqué. Au bureau, elle craignait qu'on la prenne pour une femmelette incapable de tenir tête aux vrais mecs. Elle avait toujours, fièrement et sans hésitation, ingurgité le liquide amer devant ses collègues. Le président de l'agence, lui, ajoutait tellement de crème et de sucre à son café que ç'aurait aussi bien pu être un milk-shake. Les règles ne sont pas les mêmes pour les hommes.

À présent, elle reconnaissait enfin qu'elle détestait le café noir. Qu'elle ne l'avait jamais aimé. Elle prit une gorgée de sa boisson chaude à la noisette et la garda un moment en bouche pour la savourer.

La tête de poupée avait été déplacée. Elle gisait sur le côté, la joue contre le marbre, à côté du bocal de biscuits pour chien. Jack ou Denny, sûrement.

– Salut, toi ! lança-t-elle à la poupée.

Imaginant toutes ses années d'emprisonnement dans l'obscurité de la trappe, elle la tourna vers le soleil. Penser que son père avait été incinéré la rassurait. Elle n'aurait pas supporté l'idée qu'il se décompose. Elle traça d'un doigt les vagues de peinture qui couraient à droite et à gauche de son front.

Elle avait honte de sa colère, le soir où elle l'avait trouvée. Pauvre Jack. Elle était tellement folle parfois, c'était incroyable qu'il n'ait pas fait ses valises et envoyé les papiers du divorce depuis longtemps. Il n'aurait eu aucun problème pour trouver une autre femme belle et équilibrée. Elle avait remarqué les regards des hôtesses de l'air, des serveuses et des secrétaires, et même des infirmières à la clinique de fertilité. La note de séduction dans leur voix, le mouvement de leur chevelure et leurs sourires. Cela faisait partie de ce qui le rendait si séduisant à ses yeux. Il était grisant de voir les mines défaites de ses groupies quand il lui prenait la main. Elle aimait être la femme de Jack. Penser qu'il pourrait la quitter avant qu'elle-même parte lui fit monter les larmes aux yeux. Elle se reprocha de nouveau d'être trop sentimentale.

Elle prit un biscuit dans le bocal pour en humer les épices. Elle se réconcilierait avec lui, et ils pourraient se séparer en amis.

Criquet s'assit sagement devant elle, alléché par la friandise dans la main de sa maîtresse.

– Je sais que tu as déjà mangé, mais on ne vit qu'une fois… à moins d'être bouddhiste.

Elle lui jeta le biscuit.

– T'es pas bouddhiste, toi. Chow-chow peut-être.

Il joua un instant avec la friandise. Il passait le biscuit d'une patte à l'autre, et son gros ventre se frottait contre les pieds nus d'Eden. Elle sirotait son café, enfonçant ses orteils dans sa fourrure. Devant les fenêtres de la cuisine, le jardin était vide. Cleo était partie, déjeuner à la banque avec son grand-père, sans doute. Il était midi moins le quart.

– Il faut que j'y aille, moi aussi.

Elle souleva Criquet pour le serrer dans ses bras. Son petit corps était tout chaud, et Eden le tourna vers le ventilateur pour le rafraîchir.

– Garde bien la maison, Haleine de biscuit.

Elle le posa sur son lit de coussins et enfila ses sandales.

– Je reviens après l'heure du conte.

La moustiquaire claqua sur son dos quand elle sortit, mais cela ne l'agaça pas. Elle se demandait quand elle avait commencé à parler à Criquet et à la tête de la poupée, et, encore pire, pourquoi ça lui était même plus naturel que de s'adresser à son propre mari.

Elle se gara de nouveau sur le parking du Milton Market. Trouver une place sur Main Street lui aurait pris plus de temps. Mais au bout de quelques mètres, elle maudit ses sandales. Le frottement des lanières lui avait donné des ampoules. Elle s'arrêta devant la banque pour examiner les plaies rouges et consulter l'heure. Plus qu'une minute.

Dans son agence de com', elle sermonnait toujours ses associées plus jeunes quand elles étaient en retard.

– La ponctualité est la clef de la satisfaction des clients. Le temps est le message le plus évident à faire passer. Cela montre aux gens qu'ils comptent pour vous.

Elle ne se rendait pas à une réunion au sommet, mais c'était son premier jour de travail. Même si elle ne l'avait rencontrée qu'une fois, Mlle Silverdash était devenue aux yeux d'Eden plus importante que tous ses anciens clients. Pour cette raison, elle se redressa et poussa la porte de la librairie au moment précis où l'horloge de la banque Bronner sonnait les douze coups.

Et à cet instant, elle se rappela qu'elle avait oublié d'apporter la tête de la poupée.

Extrait du Purcellville Journal, août 1860 :

« À l'attention des chasseurs de prime »

« Fugitive : Bettia, ma négresse ; enfuie avec ses deux filles de huit et trois ans ; parties vers le Nord, sans doute avec l'aide du Chemin de fer clandestin. Forte récompense à qui les ramènera toutes les trois saines et sauves, moins importante si elles sont blessées ou mortes. Contactez William Thornton. »

Emprisonné

« Monsieur John Clifford, homme d'affaires, a été emprisonné pour avoir tenté de faire sortir des territoires du Sud une caisse en bois contenant un esclave. Il a été également jugé coupable d'avoir passé en contrebande différents articles ménagers à usage illégal pour les nègres.

Les résidents sont invités à contrôler tout le matériel qui entre dans leur maison sous peine de connaître le même sort. »

Sarah

NEW CHARLESTOWN, VIRGINIE
SEPTEMBRE 1860

Sarah et Annie arrivèrent à New Charlestown sous une bruine légère. Un épais brouillard recouvrait les collines et les routes, plongeant le village dans un décor surnaturel.

Annie avait accepté de partir vers le Sud avec Sarah, sous prétexte que c'était son devoir de grande sœur de la chaperonner. Sarah n'y croyait qu'à moitié. Venir à New Charlestown leur permettait de faire partie, l'espace d'un instant, de la famille des Hill. C'était le genre de famille dans laquelle les filles auraient rêvé de vivre : stable, aimante, et épargnée par la mort.

Au grand ravissement de Sarah, les mois d'été étaient passés à une vitesse étonnante. Malgré le petit déjeuner succulent à base d'œufs mollets, le départ précipité de Freddy et de George lui avait brisé le cœur. Ils n'avaient ni pris la peine de lui dire au revoir, ni de l'inclure dans leurs projets. Cela ne diminuait en rien sa détermination à devenir plus que la fille d'un homme autrefois puissant. Elle comptait bien jouer un rôle majeur au sein du Chemin de fer clandestin.

Par la vitre de la calèche, les montagnes Blue Ridge au loin étaient fidèles aux promesses de Freddy : la rivière violette Shenandoah courait gracieusement entre les falaises irrégulières, tachées de jaune et de rouge. Même si le paysage rappelait les bois pittoresques du Massachusetts, la Virginie offrait un panorama bien plus verdoyant, humide et sauvage, même en automne. Sarah était impatiente de reproduire ce cadre féerique sur une toile.

Sa passion s'était embrasée sous la tutelle de Mary Artemisia Lathbury, aussi bien en tant qu'artiste qu'abolitionniste. Avec ses coups de pinceau tranquilles, Mary avait enseigné à Sarah comment agir à son niveau.

– Que les hommes prennent les armes et organisent des élections ! Nous chanterons nos hymnes, broderons nos tapisseries et peindrons les scènes qui se dessinent dans nos cœurs. Nos actions serviront bien mieux à galvaniser le peuple.

Sarah avait compris qu'elle s'était toujours trop empressée de passer à l'action, aveuglée par son désir de frapper avant de l'être et de rétablir l'honneur de sa famille. Freddy avait raison. Avec Mary, elle avait découvert qu'une approche modérée apportait les effets désirés plus assurément qu'un geste impétueux.

Mais, trop tôt pour Sarah, son professeur était parti, la laissant seule avec ses toiles et le besoin ardent de ne pas se cantonner à colorer des feuilles de papier. Pour la première fois, elle fut sermonnée parce qu'elle rêvassait en pleine classe. Elle n'avait plus en tête que le Chemin de fer clandestin, les poupées de Tante Nan, Freddy, et la manière de mettre ses compétences nouvellement acquises à leur service.

Inspectant le ciel au-dessus de la calèche, elle pria pour que le soleil transperce les nuages afin qu'elle puisse explorer la contrée de New Charlestown. Elle s'imaginait découvrir un cadre pareil à celui qu'elle avait vu dans *La Tempête*, un ruisseau bouillonnant bordé par la forêt, la voie idéale pour des fugitifs. Tout son corps frémit à ce souvenir et à la perspective du séjour chez les Hill.

Les chevaux hennirent en arrivant dans la cour, où Siby et Alice les attendaient sous des ombrelles écarlates. Deux enfants en couche-culotte jouaient avec des pelles et des seaux dans le parterre de fleurs. Quand le conducteur de la calèche cria aux chevaux de s'arrêter, les femmes se tournèrent vers la rue, le visage éclairé d'un sourire radieux.

Alice poussa un piaillement de joie et referma son ombrelle.

– Les filles Brown ! s'exclama Siby. Bienvenue à New Charlestown !

Les enfants lâchèrent leurs outils de jardin. Même s'ils étaient vêtus de tenues en mousseline identiques, l'un d'eux portait un bonnet brodé de rose et l'autre avait la tête nue. Un garçon et une fille. Le petit était presque aussi blanc que tous les membres de la famille Brown, et l'espace d'un instant Sarah se dit qu'ils devaient être les enfants d'un voisin.

Alice tendit son ombrelle à Siby et, les prenant par la main, elle leur fit traverser la rue.

– Voici Mlle Sarah et Mlle Annie, présenta-t-elle. Celles de l'histoire que j'vous ai racontée.

Trop jeune pour comprendre ou répondre, la fillette cacha son sourire dans la manche d'Alice. Le garçonnet leva les yeux vers Siby, sa grande sœur, qui hocha la tête.

– Mam'zelle, articula-t-elle.

– Mazelle, répéta-t-il.

– Bravo ! lança Siby, et il lui adressa un sourire ravi. J'vous présente mon frère et ma sœur, Clyde et Hannah, les chaussons aux pommes les plus savoureux de New Charlestwon, comme dit m'dame Prissy !

– Enchantée, salua Sarah, qui percevait désormais la ressemblance.

– Quelle joie ! s'exclama Alice en se jetant au cou de Sarah. C'est merveilleux, merveilleux, merveilleux !

Sarah la serra dans les bras. Une vague de bonheur l'emporta.

Alice se tourna ensuite vers « Aaaaanniiiie ! » pour l'accueillir tout aussi chaleureusement.

Annie sourit, son expression se radoucissant comme lorsqu'elle était enfant. Sarah en eut un pincement au cœur.

– Voyez-moi cela, les demoiselles Brown ! se réjouit Freddy en arrivant derrière elles.

Il se tenait si près d'elle que Sarah sentit sur sa peau l'odeur du harnais en cuir. Il devait venir droit de la grange, se dit-elle, et elle dut baisser la tête pour cacher son trouble.

– Monsieur Hill, s'écria Annie. C'est tellement gentil de votre part de nous inviter. J'espère que ce ne sera pas trop pesant pour votre famille. Les derniers jours de notre père ont souillé le nom des Brown au point d'en faire une insulte dans les journaux du Sud. Je ne voudrais pas que notre présence entache la bonne réputation des Hill.

Sarah grimaça. Juste quand elle pensait avoir aperçu une lueur d'espoir, la lugubre Annie revenait avec force.

– Mais pas du tout, assura Freddy. C'est un honneur pour nous de vous recevoir. À vrai dire, la grande majorité des habitants de New Charlestown chantent la chanson de John Brown. L'avez-vous déjà entendue ?

Alice se mit à fredonner pour ensuite entonner à tue-tête.

– « *John Brown's body lies a-moldering in the grave, John Brown's body lies a-moldering in the grave.*[2] »

Horrifiée, Annie se couvrit la bouche de la main. Même Sarah recula d'un pas.

– Alice… protesta gentiment Freddy pour l'interrompre.

Mais la jeune fille ne se laissa pas intimider.

– « *John Brown's body lies a-moldering in the grave. His soul is marching on!* »

Toujours aussi perplexe, Annie regardait Alice qui agitait désormais les bras en rythme, mettant tout son cœur dans le refrain.

– « *Glory, glory, hallelujah! Glory, glory, hallelujah! Glory, glory, hallelujah, his soul is marching on!*[3] »

---

2. « Le corps de John Brown repose en poussière dans sa tombe. Son âme poursuit sa marche ! »
3. « Gloire, gloire, alléluia ! Gloire, gloire, alléluia ! Gloire, gloire, alléluia, son âme poursuit sa marche ! »

Le conducteur de la calèche toussota et posa les bagages sur une étendue de marguerites sauvages à côté de la clôture.

– C'est magnifique, affirma Annie en se décontractant.

– C'est vraiment ce qu'on chante ? demanda Sarah.

Freddy hocha la tête prudemment.

Surprenant tout le monde, Annie partit d'un rire nerveux mais sincère.

– Père serait d'accord. C'est un cri de guerre, un appel aux armes, dit-elle en adressant à Sarah un sourire encourageant. J'aime beaucoup, mis à part la partie sur la poussière. Mais ce n'est pas faux non plus. La chair est éphémère, l'esprit perdure pour toujours !

Siby s'empara de leurs sacs.

– J'prends vos affaires à l'intérieur. Venez Hannah, Clyde… On traîne pas des pieds. Mam'zelle Alice, allez pas attraper froid ou vous aurez l'droit à une cuillerée d'foie d'morue avant d'vous coucher c'soir !

Alice tira la langue et passa son bras sous celui d'Annie en continuant à fredonner la chanson.

– Je règle la course avec M. Collins, lança Freddy.

Le conducteur de la calèche esquissa un sourire reconnaissant.

Freddy fit un geste de la main en direction de la porte d'entrée.

– Père et Mère vous attendent à l'intérieur. Nous étions tous impatients de vous voir.

Il prit le poignet de Sarah dans sa main et glissa son doigt sous la dentelle de son gant vers sa paume. Cela ne dura pas plus longtemps qu'un éclair. Elle aurait été incapable d'expliquer pourquoi ce contact secret l'avait fait partir à toute allure vers la maison où les voix joviales se déversaient de pièce en pièce comme de l'eau sur la roue d'un bateau à aubes.

La troisième nuit, Siby servit de l'alouette pour le dîner et George expliqua aux filles que c'était un mets délicieux et très prisé dans le Sud. Pour Sarah, c'étaient les oiseaux qui chantaient le matin et elle eut beaucoup de mal à cacher sa peine de les voir couchés dans les assiettes, sans tête, embrochés et le sternum écrasé. Sans hésiter, Annie avait entrepris de découper son volatile ; Sarah, pour sa part, ne pouvait se résoudre à y enfoncer ni sa fourchette ni son couteau.

Manque de chance, elle venait d'en peindre un couple le matin même sur ses toiles. Les oisillons s'étaient posés à côté d'elle sur un rocher, dans le bois qui offrait un panorama de New Charlestown et Harpers Ferry. Les villes, tels deux yeux brillants, la scrutaient sous la frange de ses eaux ondulées : le Shenandoah vers le sud et le Potomac vers le nord. Un visage dans le paysage.

Quand elle l'avait vu la veille pour la première fois, elle en avait eu le souffle coupé. La brume de Virginie qui montait de la voûte des bois révélait une carte parfaite en dessous. Elle avait marqué l'endroit d'un grand cercle blanc dessiné avec du grès sur le rocher. L'emplacement parfait pour placer ses toiles. Elle y était retournée pour peindre en chantonnant sa mélodie préférée de celles que composait Mary Lathbury : « *Day is dying in the west. Heaven is touching earth with rest. Wait and worship while the night sets the evening lamp alight*[4]*...* » Monsieur Sanborn et ses amis quakers avaient décidé de faire découvrir cet hymne dans les États du Sud pour l'enseigner dans les églises, et avant tout aux esclaves.

Elle s'était imaginé les deux alouettes nées de son pinceau gazouiller ce joli chant et l'emporter dans leur vol vers les merveilleuses régions du Sud. Et maintenant qu'elle les voyait mortes dans son assiette, décapitées et recouvertes d'herbe, cela lui paraissait être la plus ignoble des trahisons.

George leva son couteau.

– C'est assez facile de passer entre les os, n'ayez pas peur.

Sarah aurait aimé que Freddy soit là. Un ami à lui avait été arrêté, accusé d'avoir passé en contrebande des médicaments et des consignes pour les esclaves. Il était parti à Purcellville pour témoigner. Elle lui avait parlé de son tableau du matin, avant que M. Fisher et lui ne partent. « Jolies muses », avait-il commenté.

4. « La journée touche à sa fin. Les cieux caressent la terre de leurs mains. Savourez la paix de la nuit qui allume toutes les bougies... »

Maintenant qu'elle voyait le menu du dîner, elle se demandait si elles représentaient une bénédiction ou un mauvais présage.

Elle tourna autour de l'oiseau, mâchant très lentement une carotte bien cuite.

– La livraison arrive aujourd'hui, annonça Siby en servant du cidre. D'la part de mam'zelle Nancy Santi.

L'humeur de Sarah s'égaya à la mention de ce nom.

Alice poussa un cri perçant.

– Mais Noël, c'était hier !

Elle se tourna vers Annie.

– Tante Nan a envoyé une chemise de nuit à Kerry et une pour moi aussi, assorties. Elles ont été cousues par des *gentilles nonnes* en Angleterre ! Des gentilles nonnes, elle a écrit, des gentilles nonnes. Et des poupées quakers pour Hannah et Clyde, mais...

Elle s'interrompit un instant, puis reprit avec le même entrain :

– Elles étaient toutes plates, alors papa et Siby les ont rembourrées.

Priscilla se racla bruyamment la gorge.

– Tante Nan adore te gâter, lança-t-elle avec affection. Pour quand attendez-vous cette livraison, mon cher ? demanda-t-elle ensuite à George.

– Occupe-toi de ce paquet pour nous, veux-tu bien, Siby ? pria-t-il, à l'évidence trop occupé par son assiette pour se laisser distraire.

Une lueur que Sarah ne sut décrypter traversa le regard de Siby, mais elle se ressaisit vite et continua à servir le cidre.

– Oui, bien sûr, m'sieur George. Comptez sur moi.

Alice se figea sur sa chaise.

– Sois patiente ma chérie, la sermonna Priscilla. Rappelle-toi les emballages sales.

Elle s'adressa ensuite à Sarah et Annie, comme si tout le monde savait de quoi elle parlait.

– Les paquets que l'on transporte d'un endroit à l'autre véhiculent tellement de maladies, la typhoïde, des infections. Siby sait mieux que nous comment s'assurer qu'on ne court aucun risque. N'est-ce pas, Siby ?

– Il faut tout d'même que j'porte des gants et un masque pour pas attraper d'microbe.

Siby fixa du regard Alice, qui baissa respectueusement les yeux.

– Après j'dois m'laver les mains jusqu'aux coudes avec du savon d'soude qui gratte plus qu'mille piqûres de moustiques ! Mais faut bien ça pour pas contaminer toute la maison.

– Et nous t'en sommes très reconnaissants, affirma George.

– Pas la peine de m'remercier, j'veux juste que mam'zelle Alice soit patiente et qu'elle mange mes bons légumes avant qu'ils soient tout froids.

Alice s'empara de sa fourchette.

– Tu seras très prudente, Siby. Je voudrais pas que tu attrapes une méchante grippe.

– Promis, ma chérie.

Siby sortit de la salle à manger pour les laisser finir leur repas.

Le père de Sarah recevait souvent des colis de gens importants à l'étranger. Des livres et des essais, des fournitures enveloppées dans du papier marron entouré de ficelle. Il ne s'était jamais inquiété d'un tel risque d'épidémie. En fait, elle se souvenait même qu'il donnait l'emballage à ses fils pour qu'ils confectionnent de petites figurines avec. Sarah voulait suivre Siby pour voir par elle-même ce paquet contaminé. Elle savait qu'il s'agissait de tout autre chose, et sûrement plus que de simples poupées.

Se rappelant les leçons de ruse de Mary Lathbury, elle calma sa respiration qui s'emballait et décida que quoi que fût cette livraison, elle le découvrirait… mais pas en plein dîner. Dans la clandestinité, la retenue était tout aussi importante que l'action.

La pluie se mit brusquement à tomber, battant contre les tuiles du toit. L'humidité mordante s'insinua dans les pièces sans cheminée. Quand ils eurent terminé leur repas, George proposa qu'ils s'installent au salon, où Gypsy dormait bien au chaud devant l'âtre.

– Nous avons eu un printemps tellement agréable grâce à vous et à vos *Flower Fables*, déclara Priscilla. Notre conte préféré est celui de Lily-Bell et Thistledown.

– « Il était une fois, deux petites fées qui partirent découvrir le monde et tout ce qu'il avait à offrir », récita Alice.

– Alice a une mémoire surprenante, affirma Priscilla en souriant. Nos amis à l'étranger ont eu la générosité de nous envoyer un exemplaire de contes similaires, par l'auteur danois Hans Christian Andersen.

Elle s'empara d'un livre sur la table au centre du salon.

– Ah, une histoire pour aider la digestion ! se réjouit George en allumant sa pipe.

La fumée épicée s'éleva au-dessus de sa tête.

Annie s'installa sur le canapé avec Alice qui avait posé Kerry Pippin à côté d'elle.

Sarah n'avait lu que deux contes d'Andersen, des traductions manuscrites rapportées par son père quand il essayait de vendre sa laine à l'étranger. John Brown considérait que les efforts d'Andersen pour se montrer bon chrétien étaient respectables mais que sa fantaisie détournait les paraboles essentielles de la Bible.

Priscilla posa un doigt sur la table des matières.

– *Le Vilain Petit Canard* ? Ou *Le Rossignol et l'Empereur de Chine* ?

L'estomac de Sarah se retourna. L'esprit des volailles était revenu pour se venger ce soir.

Alice supplia qu'on lui lise *Le Rossignol et l'Empereur de Chine* puisqu'elle adorait ces merveilleux chanteurs. Priscilla n'avait pas lu plus de trois mots que la porte d'entrée s'ouvrit en grand, laissant s'engouffrer un vent violent. Freddy entra, affolé, M. Fisher derrière lui.

Gypsy se leva de son tapis mais, pressentant des ennuis, s'abstint de s'élancer vers son maître pour l'accueillir. Elle s'assit, le regardant, inquiète. Les sourires chaleureux qui avaient jusque-là éclairé les visages de George et Priscilla s'effacèrent. Tous se levèrent.

– Que se passe-t-il, mon fils ?

Freddy tourna la tête vers Annie et Sarah. Il ne put s'empêcher de pousser un lourd soupir en retirant son chapeau. Après sa chevauchée enfiévrée dans la tempête, ses cheveux noirs collaient à son front, trempés de pluie et de sueur.

– Sur la route de Purcellville, un groupe de chasseurs de primes nous a arrêtés et interrogés sur la nature de la visite des Brown dans le Sud. Ils feraient tout pour quelques pièces sonnantes et trébuchantes. Sarah et Annie ne sont pas en sécurité ici.

Une rafale glacée traversa la maison, faisant siffler le feu dans la cheminée. Sarah frissonna et alla se blottir contre Annie.

– Le groupe nous a encerclés pour nous bloquer le passage, continua Freddy. Ils ont affirmé qu'ils savaient que les filles de John Brown se trouvaient sous notre toit et que même si les habitants de New Charlestown toléraient leur présence, les gens du Sud se dépêcheraient de...

Il s'arrêta et regarda Sarah avec une telle intensité qu'elle sentit les lobes de ses oreilles brûler.

– Continue ! le pressa George.

Freddy serra les mâchoires. Une veine bleue pulsait au-dessus de son œil.

– ... les envoyer dans la tombe suivre leur père.

Atterrée, Priscilla se plaça entre les deux sœurs et passa ses bras autour de leurs tailles dans un geste protecteur.

– George ?

– Ne t'inquiète pas, Prissy. Je trouerai d'une balle le crâne de quiconque tenterait de s'introduire dans notre maison sans y avoir été invité !

– Z'avaient tous un fusil, intervint M. Fisher. Z'étaient quatre en tout, si j'compte bien. Et z'ont dit qu'la r'lève est d'jà fin prête.

Freddy serra les poings, contenant sa rage avec difficulté.

– Ils prétendent avoir pour mission de débarrasser le pays de la nuisance yankee. Ils ont essayé de prendre M. Fisher, le soupçonnant d'être un esclave en fuite, sans justifier d'aucun mandat.

– Mais j'ai mes papiers, moi ! déclara M. Fisher en tapotant la poche de sa veste. J'vais nulle part sans mes papiers d'homme libre. J'dors avec. On sait jamais quel chasseur fou peut te tirer de ton lit et t'couper assez d'doigts pour qu'ça colle avec sa description d'l'homme à prendre. Même si l'propriétaire dit que c'est pas toi, eux, les chasseurs, ils pensent qu'à l'argent, et toi, t'es d'jà à des kilomèt' d'chez toi à t'vider d'ton sang.

En entendant la voix de son père, Siby était revenue, mais elle restait tapie dans l'ombre.

– Mais j'les aurais abattus si y s'étaient approchés, assura M. Fisher.

Les yeux de Freddy brillaient de rage.

George esquissa une grimace de dégoût.

– Les élections de novembre agitent déjà les esprits. Lincoln contre Breckinridge, le pays va se déchirer.

Il posa une main sur l'épaule de son fils pour le calmer puis écarta le rideau et regarda dehors.

– La tempête va les ralentir.

– Vous voulez que j'prenne les armes ? demanda M. Fisher.

– Je vous serais très reconnaissant de votre assistance et de votre expertise. Mais je ne voudrais pas que vous laissiez Margaret seule avec les enfants.

– Ma famille craint rien. Ces hommes-là viendront pas chez moi. C'est après vous qu'y sont, et d'toute façon Margie laissera jamais aucun homme s'approcher d'son logis. Elle dort avec un couteau de boucher sous son oreiller.

George hocha la tête avant de se tourner vers Siby.

– Je pense qu'il serait plus sûr pour toi que tu retournes chez ta mère ce soir.

Siby posa ses mains fermement sur ses hanches.

– M'sieur George, j'travaille chez vous depuis que je suis toute petiote, vous croyez vraiment qu'j'vais vous tourner le dos et fuir au premier danger ?

Alice se mit à pleurer en tirant sur les cheveux de la jeune femme.

– Ne pars pas, Siby !

– J'vais nulle part, affirma Siby en la prenant dans les bras et en l'emmenant loin du chahut.

George renonça à essayer de la convaincre.

– J'surveille la grange et les bois d'derrière, proposa M. Fisher.

– Freddy et moi, nous nous occuperons de la route de devant, ajouta George en hochant la tête.

– Nous allons cacher les filles, lança Priscilla. Au cas où.

Derrière Sarah, Annie était plus figée qu'une truite hors de l'eau, à l'exception de ses mains qui tremblaient violemment. Sarah les frotta l'une contre l'autre pour tenter d'en calmer l'agitation.

– Tout ira bien, Annie, assura-t-elle.

– C'est comme papa, Watson, Oliver... l'assaut de Harpers Ferry. Ils vont tous mourir, murmura la jeune fille, tétanisée.

Sarah secoua la tête.

– Personne ne va mourir. Ni nous, ni les Hill, ni les Fisher. Personne.

Elle espérait que prononcer ces mots à voix haute les rendrait vrais.

Priscilla les invita à faire vite, et les jeunes filles la suivirent dans la cuisine à travers les quartiers de Siby et vers le garde-manger.

– Nous avons une cave à légumes ici, expliqua-t-elle.

Elle s'agenouilla, passant frénétiquement sa main sur le plancher jusqu'à ce qu'elle trouve la poignée. Elle la tira et quelques lattes se soulevèrent, ne révélant pas seulement une trappe dans le sol, mais quatre paires d'yeux cachées dans le noir.

Annie vacilla. Sarah poussa un cri. Priscilla non plus ne s'y attendait pas, et elle laissa retomber la porte avec fracas. Freddy accourut.

– Des passagers ? demanda Sarah.

Contrairement à Mary, qui soulignait le rôle domestique que Dieu avait assigné aux femmes et feignait de ne rien connaître des agissements de son époux, Priscilla était tout aussi active au sein du Chemin de fer clandestin que les hommes de son foyer. Un relais pour les esclaves en fuite ! Sarah se sentait grisée, malgré le danger imminent.

Freddy regarda tour à tour sa mère et en direction de la cave, ignorant les deux sœurs.

– Je pensais que papa t'en avait informée. Tom et Bettia Storm et leurs filles. C'était un arrêt d'urgence. L'aînée a une fièvre qui a failli lui coûter la vie. Nous avons prévenu Tante Nan. Elle nous a renvoyé un télégramme pour nous informer que la marchandise arriverait aujourd'hui.

Priscilla se frotta le front.

– Oui, je me demandais quelle était la nature de sa livraison.

Elle souleva de nouveau la trappe, prudemment.

– Je vous prie de m'excuser, monsieur et madame Storm. Je ne vous ai pas fait mal ?

– Non, M'dame.

Même si l'homme contrôlait parfaitement sa voix, une certaine anxiété filtrait. Il portait dans ses bras une jeune enfant enveloppée d'un manteau brodé. Elle se cacha le visage dans son cou.

– Excusez d'vous avoir effrayées. On vous r'mercie mille fois d'l'abri qu'vous nous offrez.

– Comment va votre fille ?

Plus bas, dans la pénombre, Bettia berçait le corps de son aînée.

– Mieux, M'dame. Mam'zelle Siby vient d'lui donner un verre d'la potion, et on dirait bien qu'ça fonctionne déjà.

– Vous avez des ennuis ? demanda Tom Storm.

Priscilla fit de son mieux pour afficher un sourire confiant.

– Tout va bien, reposez-vous. Un grand voyage vous attend.

– Peur du noir, pa', peur ! lança la petite fille dans les bras de Tom alors que Priscilla s'apprêtait à refermer la porte.

Le tremblement dans sa voix réveilla une douleur dans le cœur de Sarah. Elle se rappela la poupée bourrée de lavande qu'elle avait offerte au bébé d'une fugitive, plusieurs mois plus tôt. Elle trouva dans la salle à manger la boîte dans laquelle les poupées médicinales de Tante Nan avaient été soigneusement rangées. Sarah sortit de la paille une tête en porcelaine luisante.

– Puis-je ? demanda-t-elle.

Cela avait déjà aidé par le passé.

Priscilla acquiesça d'un signe de tête.

– Tiens, dit-elle en tendant la poupée à la fillette. Une amie pour conjurer la peur.

La petite n'osa pas accepter avant de recevoir la permission de son père.

– Si une brave dame te donne un cadeau, tu dois l'prendre.

Obéissante, elle s'empara de la poupée. Priscilla referma la porte sur eux.

– Le Chemin de fer clandestin, murmura Annie.

– À partir de maintenant, moins Sarah et vous connaîtrez de détails, mieux cela vaudra. Pour votre sécurité, déclara Priscilla.

– À l'étage ! lança Freddy.

Il prit Sarah par la main et monta l'escalier au pas de course vers la chambre de ses parents. Il l'attira contre lui et plongea son regard dans celui de la jeune fille.

– Je ne laisserai personne vous faire de mal, je vous le promets.

Elle le croyait. Elle croyait en lui. La théologie éclatante de son père lui avait enseigné que la foi pouvait déplacer des montagnes. Elle dégagea du front de Freddy ses boucles noires et humides. Il contempla son visage avec insistance et elle le laissa faire sans sourciller. Peut-être que si elle croyait assez fort… Son cœur tambourinait furieusement à l'écoute de ses mots et du son des sabots qui approchaient au galop dehors.

Eden

NEW CHARLESTOWN, VIRGINIE-OCCIDENTALE
AOÛT 2014

BONJOUR ? DIT EDEN EN ENTRANT PRUDEMMENT DANS LA LIBRAIRIE. Ses ampoules à vif s'étaient mises à saigner.

– Mademoiselle Silverdash ?

Les cris perçants des enfants couvraient sa voix.

Dans la salle de lecture, les jumeaux Hunter étaient allongés à plat ventre sur le tapis cousu avec les vingt-six lettres de l'alphabet. Ils s'amusaient à glisser le long des couleurs de l'arc-en-ciel qui formait un paysage autour des lettres. À côté de Mlle Silverdash, les autres enfants semblaient engagés dans un débat animé. Eden en reconnut la plupart de sa visite précédente.

– Oh, s'il te plaît, *La Petite Sirène* ! supplia la sœur Hunter.

– Beurk ! pas une histoire d'amour, riposta William. *Le Chat botté* !

– *Cendrillon* ! réclama une autre fillette avec une queue-de-cheval. J'adore Gus !

– Les enfants, les enfants, intervint Mlle Silverdash. Laissez-moi vous expliquer. Ce ne sont pas des dessins animés de Disney, mais de *vrais* contes.

Elle brandit deux gros recueils à la couverture usée.

– Perrault et Andersen. Ils n'ont pas écrit de chansons pour accompagner leurs histoires. *La Petite Sirène* ne se finit pas bien, *Le Chat botté* est une créature fourbe, et la *Cendrillon* de Perrault n'est pas une leçon de magie, c'est un hommage à la marraine de Cendrillon qui l'aide sans rien attendre en échange.

Les enfants se calmèrent, mais l'impatience se lisait dans tous leurs petits bras et jambes qui ne cessaient de s'agiter.

Mademoiselle Silverdash lança un regard à Eden et lui tendit le livre qui se trouvait dans sa main gauche.

– La fée des peluches a décidé. Pour saluer notre nouvelle conteuse, nous allons lire l'auteur qui porte le même nom qu'elle : Andersen.

Des années plus tôt, Jack l'avait surprise avec des billets pour *Le Petit Soldat de plomb*, par le New York City Ballet. L'histoire d'amour entre le soldat et la ballerine avait fait pleurer Eden dans le théâtre doré. À cette époque, cela faisait un an qu'ils essayaient de concevoir, sans succès. Elle s'était demandé si ses larmes étaient le signe d'un début de grossesse, mais non : juste le yoyo émotionnel qu'elle subissait depuis un moment. Sur scène, les personnages la bouleversaient tant ils lui paraissaient familiers : une fille en papier et un garçon en plomb jetés au feu par le destin.

Mademoiselle Silverdash lui passa le livre, et les visages des enfants se tournèrent vers elle telles des primevères vers la lune.

Anderson, Andersen. Vraiment pas loin, en effet. Eden s'empara du volume.

– Les enfants, voici Mme Anderson, présenta Mlle Silverdash. Elle vient d'emménager à New Charlestown et avant cela habitait à Washington. Nous savons qui vit aussi à Whashington, n'est-ce pas ?

– Le Président.

– Très bien, Will, le félicita Mlle Silverdash.

Ils se figèrent, une expression sidérée sur le visage, comme si c'était elle, la résidente du 1600 Pennsylvania Avenue. Le monde était si grand et si petit à la fois.

– J'habite sur Apple Hill Lane, expliqua Eden. Juste à côté de Cleo Bronner, ajouta-t-elle, puisque tout le monde avait l'air de connaître tout le monde, ici.

Et en effet, les enfants hochèrent la tête, et Eden se sentit immédiatement intégrée, acceptée. Elle devenait, au moins pour les spectateurs de l'heure du conte, un membre de la communauté de New Charlestown.

D'un geste de la main, Mlle Silverdash indiqua à Eden le fauteuil à bascule sur lequel était installée la fée des peluches.

– Madame Anderson, cette heure est pour vous.

Elle quitta la pièce, laissant Eden seule, entourée d'enfants.

Cette dernière sentit alors sa gorge devenir sèche comme du coton. Le livre dans les mains, tout son corps se crispa. Elle déplaça la fée des peluches et s'assit tout au bord du siège en bois qui bascula vers l'avant, manquant de la faire tomber. C'était la première fois qu'elle s'asseyait dans un rocking-chair. Elle s'enfonça plus profondément jusqu'à ce qu'il se redresse.

– Alors...

Elle ouvrit la couverture.

– Et si nous commencions par le commencement ? Le premier conte s'appelle *Le Briquet*.

La sœur Hunter leva la main le plus haut possible.

– Oui... euh, excuse-moi, peux-tu me dire ton prénom ?

– Susannah Leigh, mais tout le monde m'appelle Suley.

– Sou-lier ! se moqua un des jumeaux.

– Sou-lier, répéta l'autre.

Suley baissa les yeux et ne les releva pas pour poser sa question.

– C'est quoi un briquet, dans un conte ?

Au regard de l'époque où le conte avait été écrit, Eden se doutait bien qu'il devait s'agir de quelque chose d'un peu compliqué, mais elle préférait faire simple, pour un début.

– Un briquet, c'est comme une boîte d'allumettes.

– Mon grand-père collectionne les boîtes d'allumettes.

– Alors tu comprends le titre de l'histoire.

Eden se détendit un peu en tournant la première page.

– *Le Briquet*, commença-t-elle.

Elle ne l'avait jamais lu, n'en avait même jamais entendu parler.

– « Un soldat s'en venait d'un bon pas sur la route. Une deux, une deux... »

L'histoire décrivait trois chiens : « ... l'un avec des yeux aussi grands que des soucoupes, un autre avec des yeux aussi grands que des roues de moulin, et le troisième avec des yeux aussi grands qu'une tour ronde ». Eden y voyait trois incarnations de Criquet et espérait qu'il n'arriverait rien de fâcheux à ces trois braves bêtes. Le soldat, en revanche, semblait être un personnage sans scrupules.

– « Les festivités du mariage durèrent toute une semaine et les chiens, assis à la table, regardaient cela de tous leurs yeux. »

Sans les chiens, elle aurait détesté ce conte. Un soldat se remplit les poches, vole et tue une vieille femme, gaspille tout son butin et envoie les chiens lui en chercher plus encore, y compris une princesse et un royaume. Où était la morale à enseigner aux enfants ? N'était-ce pas justement le but de ces allégories : encourager les comportements vertueux chez les jeunes ?

– Fin, annonça-t-elle, avant de tourner la page pour voir ce qu'Andersen leur réservait à présent.

Malgré l'éthique discutable de ce premier récit, les enfants semblaient satisfaits. Elle lut ensuite *Les Fleurs de la petite Ida*, *Poucette*, et commençait à présent *La Princesse au petit pois*.

– « Il était une fois un prince qui voulait épouser une princesse ; mais elle devait être une vraie princesse. »

Même si le conte commençait de façon identique à sa pièce de théâtre du lycée *La Princesse et le Matelas*, il était bien moins spectaculaire et se terminait brusquement.

– « Voilà, c'est une histoire vraie. »

Eden fit la grimace.

– Oui, vrai comme les elfes du Père Noël, ajouta-t-elle, mécontente.

Les enfants échangèrent des regards en coin. Eden fit mine de s'être adressée à la fée des peluches, ce qui rendit son commentaire plus acceptable.

Mademoiselle Silverdash poussa la porte et passa la tête sous la voûte pourpre. Pas d'horloge pour indiquer l'heure dans la salle de lecture, ce qui donnait l'impression d'être en dehors du temps. Comme dans *Le Briquet* d'Andersen.

– Les mamans attendent. L'heure s'est écoulée depuis sept minutes déjà, mais nous n'avons entendu aucun raffut, alors nous en avons déduit que vous étiez encore dans le monde des contes de fées.

Elle en parlait comme d'un endroit où l'on pourrait se rendre en vrai. Comme s'il s'agissait d'une région entre New Charlestown et Washington.

Les enfants se levèrent et partirent en courant vers la sortie.

Avant d'arriver à la porte, Suley se tourna.

– Merci madame Anderson. Vous serez là la semaine prochaine ?

– Oui, on continuera avec *Le Méchant Garçon*.

Suley sourit, et les autres enfants suivirent son exemple et remercièrent Eden à leur tour.

Mademoiselle Silverdash s'écarta pour les laisser passer.

– Passez un bon week-end mes chéris, les salua-t-elle avant de se tourner vers Eden. Je ne me suis pas trompée, vous êtes une conteuse-née !

Eden n'avait pas l'habitude de recevoir des compliments d'une autre femme. Elle n'aurait pu dire quand sa mère l'avait félicitée pour la dernière fois. Elle ne sut comment réagir.

– Un perroquet aurait pu en faire autant, affirma-t-elle, modeste.

Mademoiselle Silverdash ne répondit pas et la conduisit hors de la salle de lecture. Les enfants étaient partis, mais elles ne se retrouvèrent pas seules. Un homme aux cheveux grisonnants était installé à une petite table, contre le seul mur sans étagère de la boutique. Dans une assiette posée devant lui, l'attendait une salade immense. Quelques feuilles de laitue menaçaient de s'enfuir. Il piquait dedans comme s'il s'agissait d'un steak et, malgré son entrain, sa fourchette ressortait chaque fois quasiment vide.

– Eden, je vous présente M. Morris Milton.

Il s'essuya la bouche avec une serviette et se leva.

– Appelez-moi Morris.

Elle lui serra la main. Enfin, elle rencontrait l'homme dont elle avait tant entendu parler.

– Morris Milton, dont le nom figure sur mon contrat immobilier ? Et le Milton du Milton's Market et du Morris Café ?

Il esquissa un sourire plein d'humilité.

– Je ne suis qu'un nom sur un papier, un financier. Le supermarché appartient à mon fils aîné, Mack. Et mon cadet dirige le café à côté.

– J'ai fait la connaissance de Mack, l'autre jour. Félicitations pour votre petit-fils.

– Merci beaucoup, dit-il en s'éclaircissant la voix. Le premier dans la famille. Je ne l'ai pas encore vu…

– Les enfants ont un don pour attendrir même les plus endurcis des cœurs, déclara Mlle Silverdash. Il suffit de regarder l'histoire et la littérature pour en avoir la preuve. Les gens feraient tout pour le bien de leur enfant, affronteraient tous les dangers, combattraient des monstres, seraient prêts à se sacrifier, à mourir… et ils peuvent même ravaler leur fierté.

Morris s'assit et retourna à ses légumes.

– Là, j'avale surtout ma salade, plaisanta-t-il à l'intention d'Eden. Pour rester en vie jusqu'à ce que mon petit-fils soit aussi vieux et décrépit que son grand-père.

– Ce serait merveilleux, taquina-t-elle.

– Si je dois continuer à manger comme une tortue, je préférerais encore qu'on me fasse bouillir et qu'on me dévore avec appétit…

– Ça peut s'arranger, lança Mlle Silverdash en riant. Des années à ingurgiter la nourriture du café, ça laisse de bonnes traces.

Elle se tourna vers Eden.

– Un corps ne peut pas supporter tous les jours de sa vie du jarret de porc, du pain de maïs et des tourtes sans imaginer qu'il en subira tôt ou tard les conséquences.

– C'est exactement ce que mangeaient mon père et mon grand-père et tous deux ont vécu jusqu'à presque quatre-vingt-dix ans !

– Monsieur Mo-rris, lâcha-t-elle en coupant son nom en deux syllabes exaspérées. Votre grand-père a passé les dix dernières années de sa vie au lit, accablé par l'arthrite et une constitution trop fragile. Votre père s'est vu amputer de huit orteils sur dix à cause du diabète. Que leurs âmes reposent en paix, mais pourquoi voudriez-vous suivre leurs traces ? Pour quelles raisons ?

– Les tartes au citron.

Mademoiselle Silverdash secoua la tête en souriant.

– Vous avez du poulet au citron dans votre salade. Cherchez bien, vous le trouverez.

Il fouilla jusqu'au fond, propulsant une feuille de frisée sur la table. Il ne prit pas la peine de la ramasser.

– Il doit bien se cacher, alors.

Mademoiselle Silverdash leva une main en signe de reddition.

– Bon, bon, très bien. Si vous insistez, je vais demander à Mett de vous préparer un sandwich frit au beurre de cacahouète et au bacon. Mais quand votre cœur lâchera, ne vous adressez pas à moi si vous avez besoin d'un bouche-à-bouche.

– Une toute petite opération chirurgicale et on se réveille dans un monde fade et sans goût…

– Une toute petite opération ? Vous venez de subir un pontage coronarien, Morris !

– J'avais oublié ! ironisa-t-il en se tapant la poitrine de façon théâtrale. Allez, laissez-moi me replonger dans ma nourriture de tortue.

Il planta de nouveau sa fourchette dans sa salade et dénicha enfin un malheureux morceau de poulet.

– Mais n'allez pas comparer ça à la tarte au citron, dit-il en esquissant un rictus sarcastique. Un caillou n'est pas un diamant, même si on passe des heures à le polir.

– Des cailloux et des diamants… Peu importe sous quoi on vous enterre, une tombe est une tombe.

Morris leva les yeux vers Eden.

– Un rien dramatique, vous ne trouvez pas, mademoiselle Anderson ?

– Ce n'est pas à moi qu'il faut demander, je ne suis pas la mieux placée pour vous répondre. Nous... j'ai essayé de manger bio...

– En effet. Elle initie même son chien à la nourriture saine. Vous devriez prendre exemple.

Une grimace de défaite se dessina sur le visage de Morris.

– Je suis cerné, abdiqua-t-il en levant sa fourchette vers les deux femmes. Le Sud se rend.

– Ce n'est pas trop tôt, se réjouit Mlle Silverdash en lui adressant un clin d'œil. Si vous mangiez plutôt que de parler, vous vous rempliriez la panse et vous iriez beaucoup mieux.

Elle lui apporta une tasse de thé.

– La menthe, ça fait digérer.

Il lui décocha un regard duquel se dégageait une telle affection qu'Eden dut baisser les yeux. Étrange que ces deux-là ne se soient jamais mariés. Elle repensa à ce que Cleo lui avait raconté, au sujet de Morris qui avait épousé la meilleure amie de Mlle Silverdash, et cela lui fit de la peine de penser qu'ils avaient toujours vécu côte à côte mais séparés. Elle se demanda s'ils avaient été amants plus jeunes, ne serait-ce qu'une seule fois. Il aurait été cruel que le sort leur refuse au moins cela. Mais peut-être plus cruel encore qu'il le leur accorde. Quand on a déjà vécu pratiquement une vie entière, l'amour a-t-il encore besoin de sacrement ? Pas forcément. Mais selon Eden, Mlle Silverdash méritait une reconnaissance officielle. Un gage de fidélité. L'amour est une flamme difficile à maintenir allumée, Eden ne le savait que trop.

– Je dois y aller, annonça-t-elle. Je vous laisse profiter de votre pause déjeuner sans tenir la chandelle.

Elle se mordit la langue, désolée de sa maladresse.

– Mais pas du tout, nous apprécions votre compagnie.

– Autrefois la librairie était tout le temps pleine, ajouta Morris.

– Les temps ont changé, confirma Mlle Silverdash dans un soupir.

Eden se sentit prise au piège. Elle aurait voulu rester pour parler à Mlle Silverdash de la tête de la poupée, mais hésitait à le faire devant M. Morris. Son fils Mack et lui avaient été les propriétaires de la maison de Apple Hill et de tout ce qu'elle contenait. L'agent immobilier, Mme Mitchell, avait réussi à faire baisser le prix de la vente de près de dix mille dollars. Cela pouvait bien être la valeur de la tête de la poupée. La maison avait peut-être été très sous-estimée. Eden craignait de dévoiler toutes ses cartes dès maintenant.

– Désolée, je serais bien restée mais le chien... mon chien... Criquet m'attend. Mon frère, Denny, est aussi à la maison. Et Jack, mon mari. Il n'est pas souvent là. Bref, il vaudrait mieux que j'y aille.

Elle partit vers la porte.

– Lundi, même endroit, même heure ?

– Avec grand plaisir, rétorqua Mlle Silverdash en s'inclinant respectueusement.

– Enchantée d'avoir fait votre connaissance, monsieur Milton... Morris.

– Heureux de vous savoir dans la bâtisse du vieux Potter. Vous êtes une charmante voisine, même si vous adhérez au régime des tortues.

Il brandit une feuille de salade rouge en guise d'au revoir.

Eden sortit de la librairie. Elle avait réussi à oublier ses ampoules pendant toute la durée du conte, mais maintenant elles la brûlaient. Son premier pas sur le bitume lui arracha un peu plus de chair encore. Elle retira ses sandales en entrant dans la voiture et roula pieds nus jusqu'à la maison. Au moment de se garer dans l'allée, elle transpirait à grosses gouttes de douleur et de chaleur, malgré l'air conditionné.

Elle sortit et grimaça en foulant les cailloux. En s'appuyant sur la carrosserie, elle en retira un, coincé entre ses orteils.

– D'abord des ampoules, et maintenant ça !

– Excusez-moi ! lança une voix qu'elle ne reconnut pas.

Eden se redressa.

Une jeune fille se tenait sur sa terrasse. Elle devait avoir une vingtaine d'années. Jolie dans sa simplicité : cheveux châtains, yeux marron, pas très grande, athlétique. Elle avait le visage de la meilleure amie dans toutes les comédies romantiques qu'avait vues Eden. Cependant, contrairement à ses doubles de cinéma, elle ne souriait pas. En fait, elle arborait un air visiblement tragique.

– Puis-je vous aider ? répondit Eden, émue par son air triste.

– Excusez-moi, répéta la jeune fille. Je ne devrais pas être ici.

Elle prit une grande inspiration et glissa une mèche de cheveux derrière son oreille. Ses mains tremblaient.

– Je n'arrive pas à joindre Denny. Ses colocs m'ont dit qu'il avait déménagé… qu'il était chez sa sœur. Ils m'ont donné cette adresse.

Elle se tut, se retenant de fondre en larmes.

– Je m'appelle Jessica. Je suis la…

Les sanglots arrivèrent, et elle ne put finir sa phrase.

Sarah

NEW CHARLESTOWN, VIRGINIE
SEPTEMBRE 1860

La tempête apporta du vent et des torrents de pluie qui envoyèrent les branches de l'érable cogner contre les fenêtres. Gypsy glapissait faiblement, tandis que les femmes se cachaient dans le coin le plus éloigné de la chambre parentale. Siby caressait tout doucement le dos d'Alice qui pleurait, le visage enfoui dans le ventre de sa poupée. Annie, la joue collée à sa bible en cuir, priait en se balançant d'avant en arrière. Priscilla agrippait un fusil, la sécurité enclenchée, qu'elle tenait dirigé vers la porte. Sarah restait postée à ses côtés.

John Brown avait appris à ses enfants à tirer, aux garçons comme aux filles. Un des premiers souvenirs de Sarah était la sensation de la crosse en bois entre ses mains. L'odeur de la poudre et de la graisse, et son père tout près d'elle. Sa main sur les siennes, pour diriger le canon vers un épi de maïs planté sur un piquet de la clôture.

– Va jusqu'au point où ton viseur rencontre la cible.

Mais dès qu'elle bougeait vers la gauche ou la droite, il réajustait le fusil.

– Prête ?

Elle avait secoué la tête, incertaine du résultat et effrayée de l'effet de la gâchette. Sans attendre, il avait posé son index sur celui de sa fille. L'arme avait reculé si violemment contre sa poitrine qu'elle avait laissé sur sa peau une trace jaune qui vira vite au mauve. La détonation lui avait déchiré le tympan, propulsant la douille sur la gauche, de la poudre vers la droite. Annie était là elle aussi, et son père était parti s'occuper d'elle, tandis que Sarah ravalait ses larmes et frottait sa poitrine endolorie. Annie était plus âgée et plus avide de gagner les faveurs de son père. Elle avait visé un gros écureuil et l'avait abattu sans sourciller alors qu'il s'accrochait au tronc d'un arbre.

Et cette même fille tremblait désormais dans le noir. Sarah se demanda quand sa courageuse sœur était morte, et à quel moment ce triste substitut avait pris sa place.

Un homme appela. Un autre répondit. La tempête empêchait de reconnaître à qui appartenaient les voix. Priscilla serra plus fermement son arme. Siby calmait les pleurs d'Alice, Annie se balançait plus fort encore.

La porte d'entrée s'ouvrit, et ce fut comme si la maison retenait sa respiration avec les quatre femmes.

– Brown ! cria un homme, et Sarah l'entendit distinctement.

L'atmosphère changea, plus pesante, plus tendue. Un crissement perçant résonna aux oreilles de Sarah suivi d'un fracas. Un coup de feu ? Elles n'auraient su le dire, mais elles poussèrent un halètement de terreur à l'unisson. Gypsy montra les crocs et aboya furieusement en direction de la fenêtre. Un enfant pleura. Des pas tambourinaient sous elles, des portes claquaient, des voix enragées tonitruaient dans la cour et elles entendirent des sabots frapper violemment la terre trempée pour disparaître dans la pluie drue. Une autre déflagration, l'odeur du soufre. Un coup de feu, le doute n'était plus permis.

Le pouce de Priscilla tremblait sur la crossc, mais son index ne flanchait pas.

Des pas dans l'escalier. Alice et Annie se figèrent. Gypsy approcha de la porte, renifla en jappant. Priscilla débloqua la sécurité.

La porte s'ouvrit et s'il ne l'avait pas appelée avant de montrer son visage, Sarah savait que Priscilla aurait tiré sur son fils.

– Mère ?

– Merci mon Dieu, lâcha-t-elle dans un soupir de soulagement. Freddy…

Son visage était livide, d'une pâleur mortelle.

– Ils sont partis… à la poursuite de M. Storm.

Il secoua la tête.

– Il a essayé de faire passer sa famille par la porte de derrière, mais les chasseurs de primes entouraient la maison sans que nous le sachions. Sa fille a fait tomber la poupée. La tête s'est cassée et l'a blessée. Elle a crié de douleur et les hommes ont entendu ses pleurs. Monsieur Storm s'est manifesté pour attirer l'attention des hommes et s'est enfui dans les bois. Nous avons essayé de l'arrêter, mais…

Il s'interrompit pour reprendre son souffle.

– Mais m'sieur Storm, c't'un homme libre ! s'indigna Siby, les yeux noyés de peur.

– Dans la nuit, un Noir est un Noir, murmura Annie en serrant sa bible contre elle. Que Dieu ait son âme…

Sarah se retint de vomir. La pièce tournait autour d'elle. La poupée qu'elle avait donnée à la petite… la poupée que M. Storm avait demandé à sa fille d'accepter. Le cadeau empoisonné d'une femme blanche.

– Les filles… est-ce qu'elles ont été capturées ? Est-ce qu'elles sont blessées ? demanda Priscilla en se levant et en abaissant son arme.

– La coupure de la fillette est profonde. Elle laissera une cicatrice. Madame Storm est inconsolable. Elle a dit que son mari ne voulait pas mettre notre famille en danger. Nous les avons cachées dans le grenier à foin, nous allons les transférer sur-le-champ.

Les Storm n'avaient pas compris que les chasseurs de primes étaient en fait à la recherche de Sarah et d'Annie. Monsieur Storm s'était sacrifié pour rien. Le cœur de Sarah se serra.

– Il va peut-être réussir à les semer. Ou s'ils l'attrapent, ils verront ses papiers et ils vont s'en mordre les doigts...

Tout le monde détourna le regard. La naïveté de ce qu'elle venait de dire n'échappait à personne. Si le groupe attrapait M. Storm, ils le pendraient à un arbre sans se poser de questions.

Siby se dirigea vers la porte.

– J'ferais mieux d'aller soigner la p'tite. Vais aussi m'occuper d'la malade... et d'leur mère.

Freddy poussa un profond soupir.

– J'étais stupide de vous inviter ici. Le Sud n'est pas un endroit sûr. Qu'on soit blanc ou noir, esclave ou libre. Enfants de John Brown ou pas.

Sarah et Annie avaient beau être les filles d'un abolitionniste condamné à mort, elles étaient avant tout des femmes jeunes et blanches originaires du Nord. L'homme qui oserait poser la main sur elles, qu'il soit ivre ou non, rencontrerait la rage de ceux qui entonnaient « la chanson de John Brown ».

Elles auraient dû descendre affronter ces énergumènes. Si les filles Brown avaient été blessées ou, pire, si elles avaient péri, leurs vies auraient servi la cause des abolitionnistes. Mais qui allait chanter des chansons pour M. Storm ? Qui raconterait son histoire ?

Si seulement elles s'étaient montrées plus courageuses et ne s'étaient pas cachées telles des souris dans le grenier... Si seulement elle n'avait pas donné cette poupée à la fillette... Si seulement elle n'avait pas insisté pour venir... Si seulement, si seulement... Les jambes de Sarah se dérobèrent sous elle, et elle faillit s'effondrer sur place.

Freddy la rattrapa.

– Tout va bien.

Elle secoua la tête. Rien n'allait bien. C'était sa faute. Elle avait voulu aider mais avait causé une tragédie.

Dehors, la pluie redoublait, la grêle frappant désormais contre les tuiles du toit.

– Elles doivent partir vers le Nord aussi vite que possible, déclara Priscilla.

– Monsieur Fisher prépare la calèche, affirma Freddy. Nous emmenons les Storm au relais de Shepherdstown. Nous ne rencontrerons personne sur la route par ce temps. Monsieur Storm est parti vers le sud, vers Harpers Ferry. Nous devons honorer son courage en veillant à ce que sa famille parvienne en lieu sûr.

Il se tourna vers Sarah.

– Dès les premiers rayons du jour, je vous conduis, Annie et vous, à la gare. Père et M. Fisher vont rester ici au cas où ces hommes reviendraient. Même s'ils avaient l'air tellement soûls qu'ils tenaient à peine sur leurs selles. J'espère que cela sauvera M. Storm. Père va faire appel au shérif. Ils vont ratisser les bois. New Charlestown respecte les lois, nous ne tomberons pas dans l'anarchie aussi facilement que les autres États du Sud.

– Les méchants hommes sont partis très très loin ? demanda Alice en ressortant soudain de l'ombre, le visage couvert de larmes.

– Oui, ma chérie, répondit Priscilla. Très très loin.

Malgré l'assurance de Freddy, George insista pour que les femmes restent à l'étage, enfermées dans la chambre parentale. Gypsy aussi. La tempête battait encore son plein dehors.

– Le froid pousse le chaud, déclara Siby. Une saison remplace l'autre avec violence.

Elle faisait de son mieux pour que toutes se sentent le plus à l'aise possible, enveloppant chacune d'une couverture car le temps se rafraîchissait, précisément comme elle l'avait dit. Dès l'aube, elle les réveilla. Elle n'avait pas fermé l'œil de la nuit.

– C'est une nouvelle journée d'miséricorde qu'on vit là, annonça-t-elle. J'descends préparer l'petit déjeuner. Les hommes étaient d'bout toute la nuit. J'vais moudre nos derniers grains d'café et d'chicorée, si ça vous va, m'dame Prissy.

Priscilla la remercia chaleureusement, et Siby les laissa s'habiller seules.

Dehors, le soleil brillait fort, faisant fondre la glace dans l'herbe et sur les racines des arbres qui ressortaient de la terre. En bas, Freddy, George et M. Fisher étaient installés à la table. Leurs voix graves traversaient les murs de la maison, tout comme le parfum de la nourriture, du café et du chêne brûlant dans la cheminée.

– C'est ce discours de guerre qui a transformé les hommes en vrais sauvages, affirma George.

– J'en ai r'connu aucun, rétorqua M. Fisher. Sont pas d'New Charlestown.

Ils se turent quand les femmes entrèrent dans la salle à manger.

Priscilla embrassa George tendrement.

– Dieu merci, tu es sain et sauf !

Elle se tourna vers M. Fisher.

– Avez-vous des nouvelles de M. Storm ?

Monsieur Fisher baissa les yeux vers son assiette remplie de miettes de beignets.

– Madame Storm et les filles seront à Philadelphie avant la nuit, expliqua Freddy, même si cela ne répondait pas à la question de Priscilla.

Sarah grimaça, ne se pardonnant pas la blessure de la fillette et le sacrifice du père. Les odeurs du petit déjeuner lui retournèrent soudain l'estomac. Elle dut respirer dans sa manche pour réprimer un haut-le-cœur.

Siby arriva de la cuisine avec un plat de citrouille frite au beurre.

– Me suis dit qu'un peu d'douceur nous f'rait du bien.

Elle s'approcha d'Alice pour la servir, mais la jeune fille refusa d'un signe de la tête.

– Merci, mais non merci. Non merci.

Freddy piqua un morceau de citrouille avec sa fourchette.

– C'est bon, tu aimes ça, Alice.

Elle baissa le menton.

– Mon secret, c'est une touche de citron, déclara Siby. Personne penserait qu'la citrouille et l'citron, ça va ensemble, et pourtant c'est précisément c'que l'autre a b'soin.

Alice s'obstinait à refuser. Sarah la comprenait très bien, seuls les hommes avaient de l'appétit.

– J'ai mis tout mon amour dans c'plat, mam'zelle Alice.

– Je suis désolée, répondit Alice en bredouillant.

Siby fronça les sourcils et retourna dans la cuisine. Elle en revint avec une poupée pas plus grande qu'un épi de maïs, bien plus petite que celles que Sarah avait vues dans la boîte.

– Elle s'cachait sous les autres. Toute maigre et rachitique. J'l'ai rembourrée pour toi avec du coton.

Une fée. Sarah se rappela la description de Tante Nan.

Alice ouvrit de grands yeux émerveillés et elle tendit la main, impatiente de toucher le jouet.

– C'est un bébé, murmura-t-elle. La petite fille de Kerry.

– Tu dois d'abord promettre que tu mangeras, affirma George.

Alice hocha la tête. Siby lui donna la poupée. Alice ajusta Kerry Pippin sur ses genoux et son nouveau cadeau miniature sur les genoux de Kerry. Chaque robe reflétait la robe en dessous : le bébé, l'enfant, l'adulte.

– Elle s'appelle Pumpkin, citrouille, annonça-t-elle avant de s'adresser à la poupée. Je ne laisserai aucun méchant homme te fairc du mal, Pumpkin.

Freddy recula sa chaise et se leva.

– Le train du Nord pour Washington part à dix-sept heures. Nous devrions nous mettre en route dès que possible.

Même si Sarah reconnaissait la prudence de ce départ précipité, ce fut seulement à ce moment-là qu'elle comprit tout ce qu'il impliquait. Elle partait sans la perspective d'une date de retour. Elle partait, laissant ses cartes inachevées : les chemins et routes secrètes du dernier passage de ses alouettes jusqu'au Potomac restaient encore à croquer au fusain. Ce ne serait rien d'autre qu'un dessin romantique si elle ne le finissait pas.

Elle avait bien conscience du danger, mais ce n'était pas qu'une simple peinture. Il s'agissait de sa contribution à l'œuvre de son père. C'était sa façon de se racheter du mal qu'elle avait fait à M. Storm. Tout comme les chansons de Mary Lathbury qui traversaient les régions du Sud sans éveiller les soupçons des propriétaires d'esclaves, ses cartes pourraient servir de guides pour les hommes et les femmes du Chemin de fer clandestin. Sans avoir besoin de les dissimuler. Elles pourraient être accrochées fièrement sur les murs des maisons du Sud. Leur message serait tout de suite saisi par ceux qui connaissaient les codes secrets. Elle ne quitterait pas New Charlestown sans imprimer les derniers détails dans sa mémoire.

Le jour venait à peine de se lever et elles devaient encore remballer leurs affaires. Cela prendrait au moins une heure à Annie. Sarah devait retourner sur-le-champ au Bluff.

– Je vais chercher mes peintures, affirma-t-elle, déterminée.

– Oui, Siby, aidons les filles à s'organiser ! lança Priscilla.

Dans le salon, Sarah récupéra sa sacoche de papier oignon et ses crayons, puis elle traversa le quartier des domestiques et fila par-derrière. À peine avait-elle dépassé la grange qu'elle entendit un sifflement. Elle ne s'arrêta pas, s'enfonçant plus profondément dans le verger détrempé. À l'orée du bois, elle perçut de nouveau le même sifflement. Plus près cette fois, et plus pressant. Gypsy arriva vers elle, traçant un sillon dans les herbes hautes, et lui courut autour en agitant la queue. Elle se retourna. Freddy l'avait suivie.

Eden

NEW CHARLESTOWN, VIRGINIE-OCCIDENTALE
AOÛT 2014

« PUTAIN DE CIRCULATION DE MERDE ! » PESTA DENNY EN CLAQUANT LA porte derrière lui.

En arrivant dans la cuisine, il s'arrêta net, ses yeux menaçant de sortir de leurs orbites tels des œufs qu'on casse dans un saladier.

Eden avait invité Jessica à rester dîner. Impossible de faire autrement. La pauvre fille était dans un état déplorable, et elle ne pouvait pas rester sous son porche toute la nuit. Avec Denny parti faire ses courses Dieu sait où dans la ville… C'était une jeune femme gentille, quand elle s'arrêtait de pleurer assez longtemps pour finir une phrase. Eden n'avait pas osé lui demander pourquoi elle versait tant de larmes, de peur de la faire redémarrer. Au lieu de cela, elle lui avait donné un couteau et avait pu constater, à sa grande joie, qu'elle était plus douée pour la cuisine que pour la conversation. Elle avait découpé toutes les pommes de terre en moins de temps qu'il n'en fallait à Eden pour en éplucher une. Ensuite, elle s'était occupée des carottes à une cadence de métronome.

– L'homme de la situation ! s'écria Eden en jetant les cubes de pommes de terre dans une marmite remplie de bouillon de poulet. Regarde qui j'ai trouvé sur le pas de ma porte !

Jessica posa le couteau à côté des épluchures.

Denny restait figé, catatonique. *C'est quoi encore, cette histoire ?* se retint de demander Eden qui ne voulait pas passer pour la grande sœur critique. Quoi qu'il se soit passé entre ces deux-là, elle n'était pas en droit de s'en mêler. L'échec magistral que constituait son mariage en témoignait. Mais rester la bouche ouverte comme une carpe n'arrangerait pas la situation. Il fallait bien que quelqu'un fasse bouger les choses, même si cela ne la regardait pas.

– Jessica a fait toute la route depuis Philadelphie pour te rendre visite, Den.

Elle mélangeait le contenu de la casserole fumante, claquant la cuillère sur les bords plus que nécessaire.

– Tu ne lui dis pas bonjour ?

La pomme d'Adam de Denny se souleva.

– Salut...

Peut mieux faire pour briser la glace. Bon, peut-être qu'un autre commentaire de sa grande sœur lui permettrait d'enchaîner.

– On prépare un bouillon de poulet pour le dîner. Tu sais, comme tu les aimes, j'ajouterai des vermicelles pour toi. Ça te va ?

– Oui, ça va.

– Je te demandais pour la soupe, mais ravie d'entendre que tu vas bien.

– Oh oui, désolé...

Il se frotta l'estomac.

– Je ne me sens pas très bien, je suis barbouillé.

– C'est peut-être la saison des gastros, remarqua Eden. Jessica aussi se plaint d'un mal de ventre.

Eden indiqua de la main *The Holistic Hound.*

– Rien de tel qu'un bon bouillon de poulet pour guérir les estomacs dérangés et autres petits désagréments...

– Elle dîne avec nous ? demanda Denny, pâlissant comme s'il allait vraiment tomber malade.

Jessica s'entoura le corps de ses deux bras.

Intolérable, se dit Eden. Indigestion, grippe intestinale, peu importe. Denny avait reçu une meilleure éducation, tout de même. Elle l'avait mieux éduqué que cela.

– Denny ! gronda-t-elle, les mains sur les hanches dans une position qui signifiait « Reprends-toi, mon garçon ! ».

Elle avait invité Jessica dans sa maison. Bien sûr, elle n'avait aucune intention de la garder, cette maison, mais personne ne le savait.

Elle se tourna vers la jeune femme.

– On dirait Jack quand il ne se sent pas bien. Les mêmes exactement. J'ai lu un article dans le *Washington Post* il y a quelques années. Les chercheurs ont prouvé que les hommes avaient un seuil de tolérance bien inférieur à celui des femmes. Une toute petite faiblesse physique ou émotionnelle, et ils se transforment en gros bébés.

Elle secoua la tête.

– C'est comme ça qu'on traite sa petite amie ?

– Elle n'est pas... je ne suis pas... ce n'est pas... bredouilla-t-il.

Et Eden se rendit compte qu'elle venait d'entrer de plain-pied dans la catégorie « mère exaspérante ».

Jessica se ratatina.

– J'ai essayé de t'appeler mais je tombais toujours sur la messagerie.

Denny poussa un soupir et se passa une main dans les cheveux.

– Je passais un entretien d'embauche. Je pouvais pas parler.

Un entretien d'embauche ! Eden ne savait pas si elle devait s'enorgueillir de cette nouvelle ou s'inquiéter qu'il soit arrivé quelque chose de terrible à son éternel guitariste de frère pour qu'il décide de se trouver un travail dans une ville plan-plan comme New Charlestown. À cet instant seulement, elle remarqua qu'il portait un pantalon et une chemise empruntés à Jack.

Denny et Jessica se dévisageaient d'un bout à l'autre de la cuisine.

– Jessica, pourriez-vous surveiller ce blanc de poulet pendant que je cherche le reste des ingrédients ?

– Bien sûr, répondit la jeune fille, plus docile qu'un agneau.

Elle lui passa la spatule.

– Denny, viens m'aider.

Elle l'attrapa par la manche pour qu'il la suive.

Seule avec lui dans l'obscurité du garde-manger, elle lui colla son index à quelques millimètres du visage.

– Maintenant, tu me dis ce qu'il se passe !

Défait, il s'appuya contre le mur et se laissa glisser jusqu'au sol.

– J'ai des ennuis, Eden.

– Oui, j'ai compris ça dès que je t'ai vu.

Elle était sa grande sœur, bon sang. Ils partageaient le même ADN. Elle le connaissait par cœur, même s'il n'y croyait pas. Le sixième sens des grandes sœurs.

– C'est quoi cette histoire d'entretien ?

– J'essaye de trouver un boulot… avec un bon salaire.

– Je veux pas jouer les casse-bonbons, mais tu as déjà vingt-sept ans. C'est vraiment pas trop tôt. Encore quelques années et tu vas avoir l'air d'un vieux croûton dans tes bars à jouer des airs démodés.

Il grimaça. Elle s'en voulait de faire éclater la bulle enchantée dans laquelle il se complaisait, mais il fallait bien que quelqu'un le fasse.

– C'est de ça que vous avez parlé, Jack et toi, pendant votre balade hier soir ?

Les deux hommes étaient très proches depuis leur première rencontre. Elle avait été heureuse d'offrir à Denny le grand frère qu'il n'avait jamais eu, une sorte de figure paternelle. Ce serait un coup dur pour Denny quand ils se sépareraient… *si* c'était bien ce qu'elle voulait toujours. Parce qu'à cet instant, ce qu'elle aurait voulu avant tout, c'est avoir Jack à ses côtés dans le garde-manger. Il prendrait son parti et l'aiderait à régler la situation. Ils formaient une bonne équipe, au bureau comme à la maison. Ou du moins, ç'avait été vrai, autrefois.

– On a parlé du travail, oui, aussi…

– Et de quoi d'autre ?

Il leva la tête, la regardant avec la même expression qu'il avait enfant.

– Je lui ai dit que je savais que vous essayiez d'avoir un bébé et…

Le feu monta aux joues d'Eden, menaçant d'incendier ses oreilles, ses yeux, son nez.

– Vous avez parlé de moi ? interrogea-t-elle, furieuse.

On aurait dit qu'il venait d'avaler sa langue, bafouillant indistinctement des « Jack a dit ci », « Jack a dit ça », mais Eden n'entendait rien d'autre que son ouragan intérieur. Jack n'avait jamais discuté avec elle de leur difficulté à concevoir, et il en parlait librement à son petit frère. Qu'est-ce qu'il lui avait dit ? Comment se sentait-il ? Est-ce qu'il lui en voulait, ou comprenait-il qu'elle avait tout fait pour réussir ? Tout ce qui était en son pouvoir. Qu'elle avait désespérément espéré qu'ils réussiraient, qu'elle était désolée, tellement désolée de les avoir déçus tous les deux. Son esprit tournait en rond…

– Jack se fait du souci pour toi. Il veut que tu sois heureuse. Même si tu n'es pas sûre que vous soyez faits l'un pour l'autre, il t'aime, Eden. Vraiment.

Elle secoua la tête. Bien sûr qu'il lui avait dit cela. Tout à fait digne du parfait gentleman qu'il était, il ne pouvait rien dire d'autre.

Denny passa une main sur le plancher abîmé, et le sol se souleva légèrement.

– C'est la trappe sous laquelle tu as trouvé la tête ?

Elle prit une profonde respiration.

– C'est le cellier.

Elle se concentra sur ce que Denny lui demandait, effaçant de ses pensées le visage de Jack.

– Je ne me souviens pas si notre maison à Larchmont en avait un.

Ils étaient dans le garde-manger depuis trop longtemps. Jessica attendait. Eden ne voulait pas la mettre encore plus mal à l'aise qu'elle ne l'était déjà.

– Pas de cave, non, affirma Denny. Mais on avait des fantômes.

Eden prit deux boîtes de petits pois sur une étagère.

– Je te l'ai déjà dit, Denny, les fantômes n'existent pas. C'est juste de mauvais souvenirs qu'on ferait mieux d'enterrer dans le passé.

Elle le laissa là et retourna dans la cuisine. Une odeur de gibier lui taquina les narines. Du poulet qui brûle. Jessica était partie.

Eden retira la poêle de la plaque chauffante et partit explorer la maison, jusqu'à ce qu'elle trouve Criquet devant la salle de bains des domestiques, attenante au garde-manger.

En approchant, elle entendit des vomissements. Elle frappa doucement.

– Jessica ?

Criquet poussa une plainte sourde en reniflant l'air.

– Je suis désolée, s'excusa Jessica de l'intérieur. Ça allait, mais le poulet…

Elle toussa et se vida de nouveau dans les toilettes.

– Vous avez besoin d'aide ? demanda Eden en appuyant sur la poignée, mais Jessica avait fermé à clé.

Denny sortit du garde-manger.

– Y a un problème ?

– Jessica est malade.

Criquet arrondit alors le dos et cracha une boule d'herbe à leurs pieds.

– Mais qu'est-ce qui se passe ici ? cria Denny, exprimant tout haut ce qu'Eden pensait tout bas.

Elle s'agenouilla et caressa son chien.

– Je n'ai pas encore servi la soupe, alors ce n'est pas ma cuisine !

Jessica ouvrit la porte, se tamponnant la bouche avec un mouchoir. En voyant que le chien vomissait lui aussi, elle se couvrit le nez et détourna le regard.

– Ça doit être un virus, expliqua-t-elle, mais Eden aperçut tout de suite son teint cireux qui contrastait avec le rose de ses lèvres.

Elle était devenue experte pour repérer les signes. À moins que Jessica ne fût une végétarienne pure et dure, seule une femme enceinte réagirait de cette façon à l'odeur de la viande qui cuit. Eden avait connu les mêmes réactions avec le bacon.

Elle jeta un coup d'œil en direction de Denny et comprit tout de suite qu'elle avait vu juste. Et désormais, il savait qu'elle savait.

– Aide-la à s'asseoir ! lui lança-t-elle.

Denny s'exécuta, entraînant Jessica vers le tabouret le plus éloigné de la nuisance olfactive.

– Il faut que tu boives quelque chose, conseilla-t-il, et Eden fut soulagée de voir qu'il ne se comportait plus comme un salopard fini.

– Il y a un citron dans le panier de fruits. Mets une tranche dans un verre d'eau, ça aide, expliqua Eden.

En se dirigeant vers le réfrigérateur, il posa une pièce rouillée sur le comptoir.

– J'ai trouvé ça dans la cave.

Après avoir trouvé une tête de poupée qui contenait une clé mystérieuse et avoir compris que Jessica était enceinte, il en fallait plus à Eden qu'une pièce en cuivre pour l'émouvoir.

– Intéressant, ironisa-t-elle en se dirigeant vers la plaque qu'elle avait laissé allumée.

Jessica dirigea l'objet vers la lumière. Il n'était pas plat comme une pièce de monnaie, mais épais et gravé d'un symbole compliqué.

– Un bouton, commenta-t-elle. Regardez le faisceau de blé tressé sur le devant et la boucle derrière dans laquelle passer un fil. Ma mère cousait beaucoup de nos vêtements quand on était enfants.

Eden l'examina à son tour. Elle avait raison. Un bouton.

– Un autre indice pour Cleo, ma petite détective.

Elle le posa sur le rebord de la fenêtre, à côté de la tête de la poupée, puis se tourna calmement vers Denny.

– Je voudrais que Jessica passe la nuit ici.

Il faillit laisser tomber le verre qu'il tenait dans la main mais ne s'opposa pas à cette idée.

– Non… non… je vous en prie… commença Jessica, mais Eden ne voulait entendre aucun refus.

– Dans une heure, il fera nuit. Vous ne pouvez pas reprendre la voiture pour retourner à Philadelphie ce soir. Je ne vous laisserai pas faire, ma chérie. C'est tout vu, vous dormirez dans la chambre d'amis, et j'ai des œufs mimosa si le poulet ne vous tente pas. Moutarde, sel, citron, vinaigre... le genre de goût qui a toujours aidé mes nausées.

– Merci Eden, murmura Jessica avec un sourire reconnaissant.

Avec Jessica dans la chambre d'amis, Denny coucherait sûrement sur le canapé, et Jack... devrait revenir dans la chambre. Pas le choix. Mais Eden se sentait étonnamment enchantée. Un échange de bons procédés. Elle donnait à Denny et Jessica un coup de pouce pour leur relation, et ils faisaient de même pour Jack et elle en échange.

– Allez, viens, invita Denny. Je te montre.

Il posa tendrement la main en bas du dos de Jessica. Un tout petit geste, imperceptible et pourtant chargé de sens : quoi qu'ils soient devenus désormais, ils seraient toujours proches. Très proches. Ce n'était pas un endroit anodin pour toucher quelqu'un. Cela ne faisait que confirmer l'intuition d'Eden. Elle espérait qu'ils parviendraient à parler seul à seule, s'ils n'y arrivaient pas en sa présence.

Alors qu'ils se trouvaient à l'étage, Eden retira les drapeaux « C'est un garçon ! » des œufs mimosa du Milton's Market. Ni l'une ni l'autre n'avaient besoin de voir ça. Elle fourra les décorations miniatures sous les épluchures dans la poubelle.

– Y a quelqu'un ? appela Jack en passant le seuil de la porte, suscitant l'enthousiasme débordant de Criquet.

Manifestement, le chien se sentait mieux.

– Jack, je suis là, répondit Eden, qui voulait avoir un moment seule avec lui avant le retour des autres, mais Denny et Jessica étaient déjà sortis de la chambre.

– Oh, bonjour... Je ne savais pas qu'on avait des invités, dit-il, les yeux levés vers l'escalier.

– Eh oui, surprise ! confirma Denny en descendant les marches. Je te présente Jessica.

– Jessica ? Jessica ! répéta Jack. Enchanté, Jessica.

Eden comprit au son de sa voix que ce n'était pas la première fois qu'il entendait ce prénom. Denny avait dû parler d'elle pendant leur promenade. Donc les garçons étaient de mèche sur ce sujet-là aussi.

– Enchantée. Je suis désolée de m'imposer comme ça, sans prévenir, s'excusa Jessica.

– Pas du tout, assura Jack sur un ton léger.

Son charme opérait même dans les circonstances les plus tendues.

Les trois arrivèrent dans la cuisine. Eden mixait la soupe, les légumes tourbillonnaient furieusement dans la casserole.

– Alors, tu as fait connaissance avec la petite amie de Denny. Elle reste avec nous ce soir pour le dîner. Et elle va dormir ici.

– Vraiment ? Quelle bonne nouvelle ! Excellent !

Jack ne cligna pas des yeux une seule fois. Cela trahissait toujours son embarras, mais Eden seule le savait.

– Et tu as fait à manger en plus ?

– Oui une des recettes de Cleo, tirée du *Holistic Hound.*

– Encore de la nourriture pour chien ?

Eden fronça les sourcils mais vit à la mine de Jack qu'il n'avait pas voulu l'insulter. Il essayait de détendre l'atmosphère. Un effort pour faire disparaître l'éléphant qui envahissait la pièce.

– Un repas gastronomique, ajouta Denny.

Criquet s'était posté au beau milieu des quatre humains et humait de nouveau l'air.

– Il faudrait peut-être lui donner un bol de soupe, suggéra Jessica.

Eden hocha la tête en direction du récipient en plastique sur le comptoir.

– Ce sont les œufs de Milton's Market. Une spécialité de New Charlestown, à ce qu'on m'a dit.

Personne ne remarqua les petits trous laissés par les cure-dents qu'elle avait retirés.

Eden cacha sa contrariété quand Denny lui annonça qu'il dormait avec Jessica. Ils étaient adultes, et les années cinquante étaient passées depuis longtemps. Et de toute façon, les dégâts étaient déjà faits.

À ce qu'elle avait entendu, ils n'avaient pas beaucoup dormi. Leurs voix avaient filtré jusqu'aux petites heures du matin à travers les murs trop fins de la vieille maison. Elle se demanda si Jack avait réussi à trouver le sommeil en bas. Et Criquet aussi. Ou peut-être était-elle la seule à entendre leurs murmures. Enfant, elle avait déjà vécu ce genre de situation.

Bien trop souvent, elle avait été réveillée par une porte qui vibrait, une clé qui tournait dans la serrure. Des pas lourds qui ne faisaient pas de bruit mais résonnaient dans son lit et en elle, ses jambes tendues comme les dents d'une fourchette. Au début, elle pensait que c'était une autre des créatures de la longue liste qu'elle connaissait par cœur : le père Noël et ses elfes, la petite souris, le lapin de Pâques, les anges, les fantômes, les étoiles filantes, et les maisons de poupées qui s'animaient. Les légendes qui prenaient vie en secret pendant la nuit. Elle regrettait presque de ne plus croire à tous ces contes de fées. Elle aurait préféré ne jamais savoir.

Il pleuvait la nuit où elle avait appris la vérité. Le genre d'averse qui battait en vagues rageuses sur le toit. Le tonnerre gronda si fort et si longtemps qu'elle crut qu'il s'agissait de la plainte collective de tous les esprits inondés dans leurs tombes. La maison tremblait, apeurée par tous ces cris, et la pluie cognait aux carreaux tels des doigts suppliants.

Eden s'était assise dans son lit, les genoux remontés sur la poitrine, aussi longtemps que son cœur battant avait pu le supporter. Et la porte en bas s'était ouverte. Les murs de la chambre combattirent les courants d'air, ses oreilles éclatèrent sous la pression, et l'air empesta la saleté humide. Elle était si effrayée qu'elle était partie se réfugier, non pas chez sa mère ou son père, mais chez Denny. Dans son berceau. Il était trop jeune pour la défendre, mais le voir la rassurait.

– N'aie pas peur, avait-elle murmuré. Les fantômes n'existent pas. Ils n'existent pas. Ils n'existent pas.

Elle avait frotté son petit dos, et le rythme régulier de sa respiration lui avait donné le courage dont elle avait besoin. Ensuite, elle s'était avancée dans la pénombre, avait traversé le couloir pour descendre l'escalier où des flaques de pluie brillaient sur le sol. Une masse noire luisait dans le coin de l'entrée. La silhouette s'était retournée, et Eden en avait eu le souffle coupé.

– Eden, qu'est-ce que tu fais debout ?

Son père, dans son ciré.

Il avait suspendu son manteau mouillé au crochet et s'était penché pour prendre Eden dans les bras, mais elle s'était reculée. Il ne sentait pas la lotion capillaire, mais une odeur âcre écœurante et honteuse. Elle en avait éprouvé une violente nausée, et le besoin d'aller protéger son petit frère et sa mère à l'étage. Pas tant de son père que du mystère invisible qui les menaçait.

Elle n'avait jamais raconté à personne son secret, pas même à Denny. Au début, elle se taisait par peur. Et après, cela n'avait plus eu d'importance. Son père était mort.

Les fantômes n'existaient pas. Le seul fantôme était l'autre homme que devenait son père quand il n'était pas avec eux. Elle avait commencé à mettre des boules Quiès la nuit et n'avait cessé que lorsqu'elle avait emménagé dans le dortoir d'étudiants à l'université, dans un immeuble bien insonorisé.

Elle hésitait à aller en acheter maintenant, dans une station-service ouverte vingt-quatre heures sur vingt-quatre. Au moment où elle s'apprêtait à se lever, les voix se turent pendant une heure, peut-être deux. À l'aube, elles reprirent quand Jessica fit ses adieux à Denny juste devant la chambre d'Eden.

– Je dois donner mon cours de claquettes à midi, expliqua-t-elle. Si je ne pars pas maintenant, je serai en retard.

– Je reviens à Philadelphie après mon dernier entretien, promit Denny. Appelle-moi si tu as besoin de moi avant. Je ne vais plus éteindre mon portable, juré.

Eden fut soulagée d'entendre qu'il prenait ses responsabilités.

Les marches craquèrent sous leurs pas, et la moustiquaire claqua derrière Jessica. Ensuite, c'est la voix de Jack qu'elle entendit à travers le plancher. Elle s'en fichait bien, maintenant, que Denny le voie dormir sur le canapé du salon. Il en savait à présent sûrement plus sur leur situation maritale qu'elle-même. Elle n'y pouvait plus rien, mais elle espérait que Jack saurait conseiller Denny. C'était un gentleman au grand cœur, elle avait tout de suite été séduite par cette qualité. Autant que par son accent britannique sexy. Un chevalier en armure dorée. Elle sourit.

Les deux hommes échangèrent des propos dont elle ne perçut pas le moindre mot. La porte d'entrée claqua de nouveau.

Eden rejeta ses draps. Si tout le monde était réveillé… impossible de se rendormir. Elle trouva Denny en bas, à quatre pattes, épongeant le sol avec du papier essuie-tout. Criquet léchait les semelles de son frère.

– Arrête ça, mec ! gronda Denny. J'ai pas envie que tu te remettes à vomir !

– Il a vomi ? demanda Eden.

Denny sursauta et se retourna pour lui faire face, les mains toujours dans la flaque qu'il nettoyait. Il leva un bout de papier dégoulinant.

– Non, pissé.

– Oh ?

Elle s'assit sur la dernière marche de l'escalier. Si Denny se plaignait de laver un petit pipi de chiot, c'est qu'il n'imaginait pas ce qui l'attendait.

Criquet posa une patte sur les genoux de sa maîtresse et elle le prit dans ses bras.

– Qu'est-ce qui t'arrive, mon bonhomme ?

Il enfouit sa truffe sous son bras, et elle lui caressa longuement le dos.

– Jack est parti courir, annonça Denny en finissant de nettoyer.

– Ah… lâcha Eden en tournant la tête vers la porte.

Autrefois, ils couraient ensemble.

– Et Jessica ?

– Elle est retournée à Philadelphie.

– Elle était en état de conduire si longtemps ?

– Elle allait mieux ce matin. Un virus de vingt-quatre heures, rien de plus.

– Je n'y crois pas, Denny, alors arrête de te moquer de moi avec ta grippe intestinale, s'il te plaît.

– Je… mais… bredouilla-t-il. Oh, bon Dieu…

Il passa une main encore humide de pipi dans ses cheveux.

– Je l'ai sautée, Eden. Elle est enceinte. C'est un accident.

– Un… accident ?

Bien qu'elle ait compris depuis longtemps, entendre la vérité énoncée à voix haute la blessa plus qu'elle ne l'avait anticipé. Elle se souvint de la première phrase de *La Petite Poucette.*

– « Il était une fois une femme qui désirait plus que tout avoir un enfant, mais elle ne savait comment réaliser son rêve. »

– C'est quoi ? demanda Denny en fronçant les sourcils, intrigué.

– Rien. Un conte de fées.

Elle essaya de reprendre son souffle, mais son thorax était trop contracté.

– Qu'est-ce que tu vas faire ?

Sarah

NEW CHARLESTOWN, VIRGINIE
SEPTEMBRE 1860

« OÙ ALLEZ-VOUS ? » DEMANDA FREDDY, ESSOUFFLÉ PAR LA POURSUITE.

Sarah agrippait fermement sa sacoche.

– Ma peinture n'est pas terminée.

Il regarda le paysage derrière elle.

– Vous ne pensez tout de même pas la finir maintenant. Nous devons partir à la gare… Imaginez si les chasseurs de primes se cachent dans les bois.

La veine sur son front était à nouveau là.

– S'il vous plaît, Sarah, soyez raisonnable.

Il leva une main vers la maison, mais Sarah secoua la tête. Elle n'avait pas l'intention de se laisser dissuader. Il devrait l'emporter de force sur son épaule pour l'arrêter, mais il était trop courtois pour cela.

– J'ai juste besoin de voir le panorama une dernière fois. Pour achever mon dessin de la route.

Il la contempla un instant, vaincu par sa détermination, et leva un sourcil, intrigué.

– La route ?

Ils n'avaient pas le temps pour les explications.

– Oui, pour la nouvelle carte, chuchota-t-elle. Vous ne pensiez tout de même pas que je m'exerçais pour l'école, Freddy.

Elle l'entraîna dans la pénombre de la forêt.

– Du Bluff, on voit très bien le passage vers le Nord depuis Harpers Ferry, le long du Potomac. Mary Lathbury m'a enseigné les codes sur des bouts de tissu qu'on apporte aux esclaves des plantations. Je les utilise également. Les feuilles d'érable en forme de pattes d'ours, les ruisseaux, les roues de calèches, les étoiles, les animaux, les formes, les couleurs. Vous ne comprenez pas ? Je dois finir ! Pour M. Storm, en sa mémoire.

À l'évocation de ce nom, Freddy accéléra le pas, redoublant d'énergie.

Soudain, quand ils arrivèrent à quelques pas du Bluff, Gyspy se tapit dans les fougères et montra les crocs en grognant. Freddy attrapa Sarah par la taille pour la cacher derrière le tronc d'un arbre, la mousse humide leur mouillant le dos. D'une main, il la tenait fermement, et il glissa l'autre sous son manteau où, plus tôt, elle avait vu qu'il cachait un pistolet. Il le sortit de son étui. La vue de l'arme et le contact du corps de Freddy contre elle enflammèrent les sens de Sarah.

Gypsy bondit.

Un opossum aux yeux noirs se tenait debout sur ses pattes arrière. Il siffla pour intimider la chienne comme s'il avait le double de sa taille, puis fila à toute vitesse.

Dans le dos de Sarah, la poitrine de Freddy se souleva de soulagement. Il baissa son pistolet mais ne libéra pas la jeune fille. L'absence de mouvement la rendit sensible au bruissement des branches, au clapotis de l'eau autour d'eux. Le vent agitait les feuilles au-dessus de leurs têtes, tel un kaléidoscope. Lever les yeux lui donna le vertige. Elle se rattrapa à Freddy pour ne pas tomber. Son cœur tambourinait contre son dos. Elle posa une main sur sa poitrine, incapable de distinguer à qui appartenaient les battements.

– Juste un opossum, murmura-t-il.

Elle hocha la tête. Elle l'avait vu, elle aussi.

De sa main libre, il retourna doucement Sarah vers lui.

– Vous êtes en sécurité, assura-t-il en approchant sa joue.

Elle tremblait. Il sentait le cuir, le citron et les épices. Elle leva le menton pour le regarder et, sans qu'elle s'y attende, les lèvres de Freddy se posèrent sur les siennes. Elle ne se dégagea pas. Au contraire, elle se tendit tout entière vers lui, laissant le feu la consumer. C'était ce qu'elle avait toujours imaginé. Arrivé et parti bien trop vite. Aussi puissant qu'une drogue.

Gypsy revint à leurs côtés en aboyant, et ils se séparèrent. Freddy rougissait. Sarah savait qu'elle était certainement écarlate, elle aussi.

Son premier baiser. Dans tous les romans d'amour qu'elle avait lus, un chapitre était consacré au baiser. Dans tous les tableaux, un moment suspendu dans le temps. Elle ne savait pas ce qu'on devait dire après. Ils n'étaient pas des amoureux en promenade, se rappela-t-elle. Une famille venait d'être divisée, et le père avait peut-être péri sous ces arbres. Une vague de honte l'emporta.

– Par là, pointa-t-elle.

Au-dessus d'eux, les nuages laissèrent la place à un ciel limpide. New Charlestown était auréolé d'un halo de feu, le soleil devait encore percer la brume qui s'élevait du sol. Sarah ne s'était jamais rendue là de si bonne heure.

Nerveuse, Gypsy avançait en éclaireur sur le chemin, n'osant s'aventurer sur les rochers. Elle les attendit sur un tapis d'épines.

Sarah se planta dans le cercle de grès et sortit son papier. Elle croqua le dernier tronçon du paysage, son esprit toujours plongé dans la scène qui venait de se dérouler : la bouche de Freddy sur la sienne, l'arôme de citrouille, l'odeur du cuir brut, le chant des feuilles. Elle aurait aimé peindre toutes ces sensations.

Plus bas dans la vallée, un fermier sur une charrette pleine de ses récoltes traversait le village. Sarah ne distinguait que le rouge de ce qu'il transportait.

L'agitation civile augmentait. Le pays était au bord de la fracture. Elle dans le Nord. Freddy dans le Sud. Comme dans *La Tempête* de Tante Nan. Ses yeux s'embrumèrent de larmes.

– Vous avez raison, c'est la meilleure vue du chemin qu'il m'ait été donné d'observer, déclara Freddy. Vos toiles seront extraordinaires. Vous êtes extraordinaire !

S'éclaircissant la voix, il lui prit la main, cérémonieux.

– Sarah… commença-t-il.

La gravité de son ton et le sérieux de son expression la crispèrent.

Il contempla les doigts de la jeune fille.

– Je sais que ce n'est pas le bon moment, mais je ne sais pas quand…

Il se redressa.

– Je vous aime, Sarah… et je pense que vous m'aimez aussi.

Il tourna la tête vers le village puis lui fit de nouveau face.

– Je veux que vous restiez à New Charlestown. Pas en danger, sous le nom de Brown, mais en sécurité en tant que ma femme, madame Hill. Je veux que nous fondions une famille. En résumé, je veux que vous m'épousiez, Sarah.

Son regard était intense, ses mains brûlantes. Celles de Sarah devinrent moites.

L'entendre lui déclarer sa flamme avait failli la projeter par-dessus la falaise. Elle s'était sentie chavirer. Était-ce cela, l'amour ?

Les graines de sa foi avaient donné des fruits. Mais elle ne pouvait les cueillir. Une famille, une maison remplie d'enfants… Une telle vie lui était interdite. Elle ne pouvait lui offrir ce qu'il demandait et méritait.

Elle aurait tant souhaité qu'il en soit autrement, qu'elle puisse dire oui et vivre le restant de ses jours à peindre, en couple avec Freddy, unis par un amour infini et leur mission pour libérer leurs frères esclaves. Juste eux deux. Mais ce n'étaient que des rêves idiots. Placer ses désirs à elle avant ceux de Freddy signifiait qu'elle ne l'aimait pas tant. Elle se détestait pour ses imperfections, elle détestait son corps et son esprit. Si elle choisissait d'ignorer la réalité, Freddy finirait par la haïr également de n'avoir pas su respecter la vision qu'il avait de l'existence. Elle ne supportait pas l'idée que lui ou le Chemin de fer clandestin ait à pâtir d'une décision erronée qu'elle prendrait par égoïsme.

Sarah retira sa main d'entre les siennes et les laissa retomber. Effondrée et presque plus malheureuse qu'au moment de l'exécution de son père, elle détourna son regard vers le vide.

Sarah Brown, Sarah Brown, Sarah Brown, qui voudra l'aimer désormais ? Sa mère s'était trompée.

– Je ne peux pas, lâcha-t-elle, l'air autour d'elle plus froid que de la glace.

Freddy resta figé si longtemps qu'elle dut fermer les yeux pour ne pas s'effondrer.

– Vous ne nourrissez donc aucun sentiment pour moi ?

Elle releva la tête, rassemblant son courage pour lui parler. Elle devait se montrer forte, pour lui, pour elle.

– Oh, Freddy, pourquoi voulez-vous tout gâcher ?

– Mais alors… qu'est-ce que c'était, tout à l'heure ?

Il était blessé, et l'expression sur son visage poignarda Sarah en plein cœur.

– Dites-moi que vous ne m'aimez pas…

Elle n'osa croiser son regard.

– Pas de la façon dont vous méritez d'être aimé. Je vous admire beaucoup, Freddy. Vous m'êtes immensément cher.

– Puis-je avoir l'espoir que vous finirez par m'aimer ?

– Pas de cette façon…

Sa voix se brisa.

– Ne comprenez-vous pas que ce ne serait pas juste ? Nous deviendrions amers et insatisfaits à cause de la monotonie du mariage.

Quand il découvrirait qu'elle ne pouvait pas concevoir, comment pourrait-il en être autrement ? Il venait de dire qu'il voulait fonder une famille. Ce serait cruel de sa part de le laisser continuer à l'aimer.

– Je ne peux pas. Voyez-vous, je…

Ce n'était pas un sujet dont on pouvait s'entretenir si facilement. Son utérus atteint… trop honteux.

– Aimez-vous quelqu'un d'autre ?

Elle le regarda. Elle ne pouvait pas le laisser croire qu'elle en aimait un autre.

– Personne, Freddy. J'ai plus de sentiments pour vous que pour quiconque dans ce monde. Restons comme nous sommes, des amis pour toujours.

Freddy serra les mâchoires. Son regard se perdit dans l'horizon.

– L'amitié ne me suffit pas, je veux votre amour. Alors, où tout cela nous mène-t-il ?

– Pardonnez-moi...

Elle ne put rien ajouter.

Il tourna la tête vers New Charlestown.

– Je n'ai rien à vous pardonner. J'ai été assez bête pour me convaincre que vous partagiez mes sentiments.

La brume matinale s'était levée, mais le village restait désolé. Plus bas, un berger menait ses brebis vers le boucher.

De retour dans la maison des Hill, réfugiée dans la chambre d'amis, Sarah pleura amèrement. Elle se demanda s'il ne valait pas mieux naître avec un handicap – sourd, muet, aveugle, orphelin, mal aimé – parce qu'alors jamais on ne connaît la vie autrement. Le souvenir de ce qu'elle venait de perdre ouvrait en elle une blessure que rien ne pourrait refermer. Renoncer à Freddy lui était insupportable. Elle comprenait la torture de sa belle-sœur, Martha, et la souffrance de Mme Storm.

Annie entra dans la chambre au moment où les violents sanglots de Sarah l'étouffaient presque.

Elle la regarda un instant, sidérée.

– Voyons, ma sœur, sois forte. Nous pourrons donner libre cours à nos émotions quand nous serons de retour chez nous.

Elle s'approcha des valises.

– J'ai fait ton sac.

Sarah enfonça son visage dans l'oreiller, fâchée et reconnaissante à la fois de la présence de sa sœur.

– Où étais-tu ? demanda Annie en remarquant une feuille morte collée sous la semelle de la botte de sa sœur.

Elle posa son bagage et vint s'agenouiller à côté de Sarah.

– Est-ce que cela a un rapport avec Freddy ?

Sarah croyait ne plus avoir de larmes à verser, mais la seule mention de ce prénom déclencha une nouvelle déferlante de pleurs. Annie passa une main sur la jupe en popeline de Sarah, la consolant comme par le passé.

– Il t'aime, c'est aussi clair que le nez au milieu de la figure. C'est ce qui s'est passé ? Tu lui as parlé de ton inaptitude à porter des enfants et il t'a rejetée ?

Sarah n'avait jamais abordé le sujet avec Annie. Elle n'en avait même jamais parlé avec sa mère. Elle ne pouvait imaginer en discuter avec quelqu'un d'autre, et encore moins avec l'homme qu'elle aimait de tout son cœur.

– Il m'a demandé de l'épouser, confia Sarah entre deux hoquets. Et j'ai refusé.

Elle s'attendait à lire de la compassion et du réconfort sur les traits d'Annie, mais au lieu de cela sa sœur se leva, furieuse.

– Tu es une imbécile, Sarah Brown ! siffla-t-elle. Je pensais que peut-être il t'avait révélé ses sentiments pour toi, mais la romance et une proposition de mariage sont deux choses complètement différentes. Tu as refusé ?

Sarah s'assit sur son lit. Son humeur s'altéra, la colère faisait moins mal que le chagrin.

– Qu'est-ce que j'aurais pu faire d'autre ?

Annie approcha à quelques centimètres du visage de sa sœur, son index osseux pointé devant elle.

– L'épouser, petite sotte ! Il représentait ta seule chance. Tu t'es condamnée toute seule à mourir vieille fille, alors que tu aurais pu vivre en femme mariée !

Sarah tendit la main pour attraper le doigt d'Annie dans l'intention de le tordre comme une brindille, mais cette dernière se recula à temps.

– Je ne peux pas avoir d'enfants, Annie !

– Et alors ! Il ne l'aurait su qu'un an au moins après le mariage, et vos vœux auraient déjà été prononcés, depuis longtemps. Tu aurais été en sécurité dans ta nouvelle maison, entourée d'une nouvelle famille, fortunée et stable, la sermonna-t-elle en fulminant. Tu ne serais plus pauvre comme maintenant, vivant de la charité d'hommes riches. Tu n'aurais plus eu à t'inquiéter, à avoir peur. Tu n'aurais plus eu à être une Brown ! Tu serais une Hill, tout cela ne vaut-il pas mieux que l'amour ?

Elle fit une grimace de dégoût puis détourna les yeux vers la coiffeuse.

– Certaines d'entre nous feraient tout pour avoir cette chance. Tout... Tu es une adulte, Sarah. Il est temps que tu oublies les jolis contes de fées et les histoires de prince charmant. L'excès de fantaisie n'a servi ni à notre père ni à nos frères.

– Tu aurais voulu que je lui mente ? Le piéger dans un mariage stérile dans mon seul intérêt ? s'écria Sarah en secouant la tête. Père aurait honte de la femme pitoyable que tu es devenue.

Elle se leva, tremblante.

– Retourne à North Elba. Une petite vie insignifiante te convient parfaitement, pas à moi.

La voix de Sarah s'était brisée à force de sanglots. Les deux femmes se dévisageaient, immobiles : deux êtres blessés, foudroyés par la réalité.

Annie s'assit au bord du lit, le dos tourné à sa sœur.

– Peut-être as-tu raison de penser ce que tu penses de moi. Mais pour le mariage, tu te trompes. Tu t'es piégée toute seule en t'en faisant un portrait idéal dont toi seule connais le secret. Crois-tu que Mère ait été follement éprise de Père quand ils se sont mariés ?

Elle frotta sa joue contre son épaule pour essuyer une larme. Sa voix ne trahit pas son émotion.

– Elle m'a confié qu'elle le trouvait affreusement vieux et terrifiant avec son crâne gris et dégarni comme les arbres en décembre. Elle voulait le printemps, pas l'hiver. Mais elle avait seize ans et était déjà veuve. Les jeunes hommes veulent des épouses jeunes mais toujours pures. Si elle s'était accrochée à ton sentimentalisme, elle aurait pu vivre jusqu'à sa mort en habits de deuil aux crochets de ses pauvres parents. Un fardeau pour eux, tant financièrement que socialement. Père était le meilleur parti possible. Installé dans le monde, il lui offrait un toit et la sécurité. Elle a appris à l'aimer avec le respect et la reconnaissance qu'on peut lire dans les Écritures. Elle lui a donné une famille. Elle s'est tenue à ses côtés dans la joie, la douleur, les épreuves, la mort, la disgrâce. Elle a rempli ses devoirs avec honneur. Nous ne serions pas de ce monde aujourd'hui sans cette vie... insignifiante.

Sarah se mordit l'intérieur de la joue, regrettant les mots qui lui avaient échappé. Toujours, quand elle laissait libre cours à son mépris, elle finissait par blesser tout le monde, y compris elle-même. Elle aurait voulu remonter le temps, revenir en arrière. La confession sur sa mère ne la surprenait pas. Elle avait toujours su que ses parents avaient fait un mariage de raison et non d'amour. Ce qu'ils partageaient avant tout, c'étaient leurs enfants.

– S'ils s'étaient aimés à la folie, nous ne serions peut-être jamais nées, continua Annie, ajustant son corset et regardant Sarah après s'être recomposé un visage serein. Tu as vu à quoi ressemblent les couples amoureux. La femme préfère s'occuper de son mari plutôt que de ses enfants, et le mari s'inquiète que chaque nouvelle grossesse abîme le corps de sa femme. Convoitise.

Sarah n'était pas du même avis, mais elle préféra se taire cette fois.

– Peut-être que c'est mieux pour tout le monde que tu aies refusé, lâcha Annie en se redressant. Si tu avais accepté, tu aurais eu le sentiment d'avoir menti. Et ton désir pour Freddy t'aurait poussée à déborder d'une affection excessive et cupide. Trois péchés capitaux cumulés avant même d'avoir échangé vos vœux. Si on y ajoute ton incapacité à porter sa semence...

Annie lissa sa jupe et se leva.

– Excuse ma réaction contre ta décision. Nous avons chacune notre propre chemin à parcourir.

Elle prit son sac et quitta la chambre.

Mensonges, désir, cupidité ? Sarah fulminait. Annie aurait dû se regarder dans le miroir quand elle avait prononcé ces mots. Jamais elle ne s'était sentie aussi seule.

– Père, murmura-t-elle. Comment puis-je arranger les choses ?

Elle n'était plus certaine d'avoir foi ni en l'homme ni en les cieux. Et pour la première fois de sa vie, le doute la rongeait.

Eden

NEW CHARLESTOWN, VIRGINIE-OCCIDENTALE
AOÛT 2014

Sur le canapé, Eden regardait Criquet dormir contre sa cuisse, moite de transpiration, mais elle ne le repoussa pas. Sa respiration la berçait. Paisible. La force de la vie. Quand acquiert-on cet instinct ? Pour ses enfants qui n'étaient pas nés, jamais. Mais à côté d'elle reposait une petite âme qui, elle, possédait déjà cet instinct. Comme le bébé de Denny et Jessica.

Hans Christian Andersen avait eu la gentillesse d'accorder à la maman de Poucette une enfant. Si seulement Dieu s'était montré aussi généreux avec elle… Ridicule tout cela, les contes, Dieu… Qu'est-ce qui lui prenait de mélanger la réalité et la fiction ? Mais savait-elle vraiment où s'arrêtait l'une et où commençait l'autre ?

« Un accident », avait dit Denny. Comme si trouver une poupée dans le cellier ou oublier d'acheter des œufs chez Milton revenaient au même que tomber enceinte. Mince, pas de chance ! Mais elle ne voulait pas que Denny pense qu'elle les jugeait, Jessica et lui. Leurs vies, leur enfant. Elle devait plutôt le soutenir, comme elle l'avait toujours fait.

Après son jogging, Jack s'était douché rapidement pour partir en ville. Un samedi de travail : un gros client d'Aqua Systems était de passage. Enfouissant ses doigts dans la fourrure de Criquet, elle se sentit soulagée d'avoir un peu de temps pour se ressaisir avant qu'il revienne. Ses insomnies l'épuisaient et elle avait besoin de réfléchir. Seule.

Les airs de guitare mélancoliques de Denny lui parvenaient depuis le premier étage, pas plus forts qu'une boîte à musique. Il avait toujours cherché une bande-son pour sa vie. Une mélodie logique qu'il pourrait suivre. À lui de la trouver.

Le jour déclinait dans le ciel d'août. Des particules de poussière voletaient dans un rayon de lumière. Elle les regarda danser, telles une marionnette suspendue à ses fils, et s'agiter dans le souffle du sommeil de Criquet.

La porte de la cuisine s'ouvrit et se referma.

– Jack ? appela-t-elle tout doucement pour ne pas réveiller Criquet.

La tête de Cleo, poupée désincarnée, apparut dans l'embrasure de la porte du salon.

– Non, c'est seulement moi. C'est l'heure du dîner de Criquet… Il a mangé ?

– Les restes de bouillon de poulet et un biscuit, répondit Eden.

– Oh, d'accord. Quand il sera prêt, je pourrai aller le promener.

La fillette vint s'installer sur le canapé à côté d'Eden et de Criquet. Dans leurs sandales, ses pieds se balançaient.

– Je me disais… Monsieur Anderson m'a engagée pour une semaine, donc techniquement j'ai terminé et je devrais recevoir mon salaire…

– Oui, bien sûr.

Eden respectait toujours les termes d'un contrat. D'un doigt, elle se tapota le menton. Son portefeuille était vide et elle avait déjà donné à Cleo les vingt dollars de la buanderie. Elle pouvait aller fouiller dans toutes les poches de pantalon de Jack, mais elle ne pensait pas trouver la totalité de la somme qu'elle devait à la petite. Et de toute façon, elle n'était pas d'humeur à se lancer dans une chasse au trésor.

– Jack aura le compte. Tu peux l'attendre ?

Elle imaginait que Cleo serait ravie de patienter pour cette somme rondelette qu'Eden n'avait elle-même jamais obtenue à cet âge avec les plantes et les animaux dont elle s'occupait pour ses voisins. Mais non. Cleo fronça les sourcils en retirant les poils de Criquet qui s'étaient collés à son short.

– En fait, madame A., j'espérais qu'on pourrait voir ensemble si je ne pourrais pas continuer à travailler pour vous. Vous voyez, j'ai fait des recherches sur Internet après que vous avez parlé de vendre les KroKettes de KriKet.

– J'ai parlé de quoi ?

Eden se repassa le film des derniers jours sans retrouver à quoi la gamine faisait allusion.

– Vendre… les KroKettes de KriKet, répéta Cleo lentement, comme si le problème venait de la surdité d'Eden.

Cette dernière pinça les lèvres, intriguée de savoir où la petite maligne voulait en venir.

– J'ai trouvé des dizaines de sites. La gastronomie canine est en plein essor, c'est incroyable ! Mais nulle part je n'ai vu des biscuits comme les nôtres à New Charlestown ou ailleurs dans un périmètre de quatre-vingts kilomètres. J'ai regardé sur Google Maps. Pas de friandise bio pour chiens. Bien sûr, on peut les commander en ville ou en Californie, mais on ne peut pas se les procurer directement en magasin.

Elle prononça la dernière partie comme si elle l'avait apprise par cœur dans un article en ligne. Eden se retint de sourire. L'idée n'était pas si bête.

– J'ai parlé à M. Morris et à Mlle Silverdash aujourd'hui, continua-t-elle. Je leur ai parlé de nos biscuits à la citrouille et je leur en ai même apporté pour leur faire goûter. Monsieur Morris les a appelés « rêves de tortue du jardin d'Eden ». Il les a trouvés vraiment bons. Il a dit qu'il aurait facilement pu penser qu'ils étaient pour les humains et pas pour les chiens, s'ils en avaient vu au festival de cuisine, s'enthousiasmait-elle. J'ai tout de suite sauté sur l'occasion et je leur ai demandé s'ils nous laisseraient en vendre pendant le festival. Je vous aiderai pour tout ! Et en échange d'avoir utilisé votre idée et votre cuisine, vous n'auriez rien à me payer… même pas cette semaine de travail. À la place on pourrait utiliser cet argent pour financer les logos, les emballages et la publicité. Vous voyez, j'ai déjà bien réfléchi à tout !

– La publicité ?

Jusque-là, Eden avait simplement imaginé vendre un plateau de biscuits à vingt-cinq cents l'un. Et voilà que Cleo parlait de logos et d'emballage ?

– J'ai regardé avec Grand-père le *Shark Tank* à la télé. Le marketing, c'est la clef. Vous avez travaillé dans la pub avant, non ?

Eden était stupéfaite et impressionnée à la fois. Ses réflexes de femme d'affaires revinrent au galop, et elle se demanda pourquoi personne n'y avait jamais pensé. D'ailleurs, même si le festival n'était pas destiné à ces fidèles compagnons, ils apparaissaient dans son intitulé, le *Dog's Day End*[5]. Et elle connaissait une compagnie qui leur vendrait du film plastique au tarif des grossistes pour emballer les biscuits. Le propriétaire avait autrefois fourni à sa boîte de communication du matériel promotionnel. Tout, depuis le stylo-bille aux couleurs de l'agence jusqu'aux bonbons acidulés. Si elles avaient une mascotte pour leurs biscuits… En un éclair, elle vit tout le projet prendre forme. Il lui fallait juste passer un coup de téléphone. Un festival local, quelques dizaines de biscuits…

Comme l'avait dit Cleo, ce serait leur coup d'essai, un test pour évaluer si l'investissement avait de l'avenir. Qui sait ? En cas de succès, elle n'aurait peut-être plus besoin de faire classer la maison monument historique. La tête de la poupée pourrait rester à tout jamais une simple vieille tête de poupée. Cela pourrait même lui assurer leur sécurité financière. Elle deviendrait chef d'entreprise, comme Mlle Silverdash. Les reines des gâteaux pour chiens ! Avec Cleo, elles partageraient le titre : Mesdames Krokettes de KriKet.

– On doit procéder habilement, acquiesça-t-elle. Ne rien laisser au hasard. Et j'ai besoin de ta promesse solennelle que tu m'aideras.

5. La fin du jour du chien.

Cleo fit un bond sur le canapé. Criquet ouvrit un œil, bâilla et se recoucha, la truffe coincée sous le genou d'Eden.

– Je jure sur l'honneur de ne jamais vous laisser seule dans la cuisine et de vous aider pour toutes les tâches de cette entreprise, déclama Cleo en levant un bras. Marché conclu ?

– Marché conclu, répéta Eden en lui serrant la main. Tu es très convaincante, rien à dire là-dessus. Je t'emmène avec moi dans mes réunions.

Enchantée du compliment, Cleo se mordit la lèvre pour cacher son sourire embarrassé.

– Pour être un bon détective, il faut savoir comment inciter les gens à voir différemment. Une corde dans le grenier est bien plus qu'une corde dans le grenier.

Elle sortit son bloc-notes.

– J'ai aussi pensé à notre affaire en cours. Sur Pinterest, j'ai vu des têtes de poupée en porcelaine comme la vôtre, mais elles ont toutes un corps. Et aucune n'avait deux yeux de couleurs différentes. C'est vraiment étrange…

Eden en avait appris autant au cours de ses propres recherches, mais elle était contente de voir que les informations de son associée corroboraient les siennes.

– Ça me rappelle… on a trouvé autre chose encore. Un bouton, à ce qu'on pense.

Cleo leva son crayon, comme un point d'exclamation dans l'air.

– Un autre indice !

Elle griffonna sur son carnet. Du sérieux.

– Dans la cave ?

– Une vieille tête de poupée, une clef moins vieille, et maintenant un bouton rouillé, énuméra Eden en hochant la tête. Si les murs pouvaient parler…

– Mon grand-père dit que si les murs parlaient, ils n'auraient pas besoin de nous. On va et vient si vite. On les agacerait, à penser que chaque première minute est unique en son genre.

Eden rit. Cette gamine était surprenante. Avec Cleo, elle voyait constamment le monde sens dessus dessous.

– Le nouvel indice se trouve dans la cuisine, si vous voulez bien vous donner la peine d'y jeter un œil, détective.

– Je ferais mieux, en effet, acquiesça la petite en se levant.

La moustiquaire claqua sur le montant en bois. Criquet jaillit littéralement du canapé, alerté par ce bruit annonciateur d'un nouvel arrivant.

– Bonjour, bonjour ! salua Jack en direction des deux enquêtrices.

Ses cheveux poivre et sel ébouriffés par le vent lui donnaient un air vivant et pétillant qu'il n'avait pas eu depuis bien longtemps. Rasé de frais, son visage était légèrement coloré, par la chaleur ou la hâte de rentrer à la maison. Que ce fût l'un ou l'autre, Eden se réjouit de le voir ainsi et sentit se ranimer la pointe d'affection qu'elle avait jadis ressentie pour lui. Cette flamme lui avait manqué, plus qu'elle ne se l'était avoué. Il lui avait manqué.

De derrière son dos, il sortit un petit bouquet de roses aux nuances se déclinant du rouge sang au rose pâle. Les vraies roses de Damas ressemblaient à des jupons ouverts et sentaient bon le printemps. C'étaient ses préférées. Saisie par la honte, elle se rappela la rose qu'il lui avait apportée plus tôt dans la semaine et qu'elle avait ignorée.

– Je ne recommence pas, promis, dit Jack, feignant d'être sur la défensive. Juste des fleurs cette fois. Pas un autre Criquet.

Criquet agita la queue en entendant son nom.

– Tu l'as vexé, gronda Eden en riant. Et à vrai dire, je commence à me demander si ce chien n'est pas une bénédiction, finalement.

Son sourire disparut. En prononçant ces mots, elle repensa à l'accident de Denny. Elle respira le bouquet pour contrer l'émotion qui montait.

– Une bénédiction ? répéta Jack en regardant un moment sa femme avant de se tourner vers la porte. Les témoins de Jéhovah sont passés aujourd'hui ? Tu les as laissés te convertir pendant que j'étais sorti ?

– Elles sont splendides, remercia Eden.

– Je suis pardonné ?

Elle ne savait pas s'il parlait de leur dispute du lundi, de ce qui s'était passé la veille, ou de la matinée. Tellement de mois et d'années de chagrin entre eux. Tellement de mots blessants et de nuits de colère. Elle n'en pouvait plus de se rappeler toute cette rancœur, cette amertume… « Il ne faut pas jeter le bébé avec l'eau du bain », disait toujours sa mère. Ils n'avaient pas de bébé, juste l'eau du bain. Alors, pouvaient-ils repartir à zéro ? Elle huma de nouveau le parfum des roses. Eden et Jack Anderson, de New Charlestown.

– Oui, répondit-elle.

Le pardon. Elle le voulait, quoi qu'il lui en coûte.

Cleo revenait avec le bouton.

– Jolies fleurs. Qu'est-ce que vous devez vous faire pardonner ?

– Quoi ? Insolente ! la sermonna Jack, hilare. C'est du passé, je ne vais pas revenir dessus, je ne suis pas fou !

– Ce serait de la folie ou de l'honnêteté ? interrogea Eden.

– Cleo, tu en penses quoi, toi ? demanda-t-il à la fillette.

Cette dernière haussa les épaules.

– Je sais, ce sont les deux faces d'une même pièce, convint Jack.

– C'est pas une pièce, c'est bien un bouton, affirma-t-elle.

Jack fronça les sourcils, interloqué. Eden agita la main pour lui signifier qu'elle lui expliquerait plus tard.

– Pas grave, lance quand même.

– Pile ou face, monsieur A. ?

– Pile.

Cleo jeta le bouton en l'air.

– Face, annonça Cleo.

– Bon, je suis fou, conclut Jack en adressant à Eden un clin d'œil qui la fit fondre immédiatement.

Elle préférait de loin le fou à l'honnête homme. À l'étage, la guitare de Denny s'était tue. Accident, bénédiction, destin, chance, ou circonstances… Tout cela revenait au même : une vie sans garantie de fin heureuse. Ce que les légendes et l'histoire ont en commun, c'est que tout le monde court vers son avenir, quel qu'il puisse être.

Poste New Charlestown

« Concord, Massachusetts, 1er décembre 1860

Cher Freddy,

Je vous en supplie, dites que vous me pardonnez. Je sais bien, vous m'avez assuré qu'aucun pardon n'est nécessaire, mais j'en ai tout de même besoin. Après le lourd silence sur le chemin vers la gare en septembre, j'ai voulu penser qu'octobre renouerait notre amitié. Mais novembre est arrivé, et toujours aucun mot de vous. Je me suis obligée à attendre jusqu'au 1er décembre pour écrire.

Annie est rentrée à North Elba, tandis que moi je continue mes études dans l'école de M. Sanborn. Je travaille tous les jours sur ma peinture de New Charlestown. La nouvelle de la mort horrible de M. Storm renforce ma détermination à faire disparaître de notre pays cette oppression monstrueuse ! Mon plus grand espoir est que vous appréciez mon tableau et qu'il puisse jouer un rôle dans la grande cause.

S'il vous plaît, donnez-moi de vos nouvelles. Avec l'élection de Lincoln et les Républicains noirs au pouvoir, les journaux du Sud sont aussi déconcertants que votre silence.

Votre amie pour toujours,
Sarah »

*

« *New Charlestown, Virginie, 2 janvier 1861*

Chère Sarah,

Je n'aurais pu espérer meilleurs vœux de nouvelle année que votre lettre. La poste fonctionne au ralenti. J'ai reçu votre courrier du 1er décembre le 31. Je suppose que je devrais déjà me montrer reconnaissant qu'il soit arrivé, avec les rumeurs qui circulent sur le chapardage à la poste.

Octobre, comme vous l'avez compris, était une période de réparation. Vous connaissez mes sentiments pour vous, je n'ai donc pas besoin de vous expliquer pourquoi. Avec l'agitation causée par les élections et les résultats considérés par une majorité comme une catastrophe, novembre a été un mois épuisant.

Ensuite Père a subi un violent épisode d'hémorroïdes et, pendant deux semaines, a été cloué au lit à plat ventre sur ordre du médecin. Son état ne présentait aucun danger pour sa vie, mais ni Alice, ni Siby, ni moi-même ne pouvions soulager son mal. Il ne permettait qu'à Mère de le soigner et elle l'a veillé nuit et jour, si bien que nous ne les avons vus quasiment ni l'un ni l'autre jusqu'à la semaine de Noël.

Quand je vous ai dit qu'il n'y avait rien à pardonner, je le pensais. Des rapports inconditionnels signifient qu'on ne se vexe pas, ni en amour ni en amitié. On recherche le bon et le meilleur chez l'autre, et c'est ainsi qu'on le trouve. Est-ce que ce ne sont pas les commandements de Dieu ? Mon père et le vôtre seraient de cet avis. Cependant, je comprends le tumulte que doit traverser votre esprit... Alors si vous insistez, rassurez-vous : recevez mon absolution éternelle.

Je vous prie de présenter mes salutations les plus respectueuses à Mme Brown, Annie et la petite Ellen. Je souhaite par cette lettre effacer toute trace de discorde entre nous. Il en existe déjà bien assez dans ces temps troublés. Nous restons fidèles à nos amis du Nord, comme ils nous restent fidèles malgré notre situation géographique. Nous sommes impatients de voir votre tableau de New Charlestown achevé, si vous êtes toujours disposée à nous le faire découvrir.

À vous pour toujours,
Freddy »

*

« *Concord, Massachusetts, 29 janvier 1861*

Cher Freddy,
Je suis si heureuse ! Merci d'avoir dissipé ma peur et de m'avoir permis de croire que notre dernière rencontre en Virginie n'était pas la dernière. Je n'aurais pu le supporter.

Je suis contente d'apprendre que votre père s'est rétabli. La rubéole, le scorbut, la variole sont bien plus mortels, mais aussi plus faciles à combattre avec le soutien de ses proches. Même dans la mort, la famille se réunit. C'est la souffrance que l'on ne peut partager qui tourmente le plus...

Au rythme que prend la poste en ce moment, je voulais vous informer le plus tôt possible de la nouvelle adresse à laquelle vous devrez m'écrire : Fort Edward Institute, Saratoga, New York. Je pars étudier sous la tutelle de Mary Artemisia Lathbury. Nous nous sommes vraiment bien entendues cet été. Et Mary n'est que de cinq ans mon aînée, même si elle est déjà encensée dans tout le pays, du nord au sud, pour ses histoires, ses illustrations, ses hymnes et son travail assidu auprès de nos amis communs.

Je vous prie de transmettre mes meilleures pensées aux Hill et aux Fisher. Et une caresse spéciale sur la tête pour Gypsy, si vous le voulez bien.

À vous pour toujours,

Sarah

PS : je me remets de ce pas à mon tableau de New Charlestown et m'apprête à vous l'envoyer dès qu'il sera achevé. Avoir de vos nouvelles a catalysé mes efforts ! »

Eden

NEW CHARLESTOWN, VIRGINIE-OCCIDENTALE
AOÛT 2014

LE VENDREDI PRÉCÉDANT LE FESTIVAL CULINAIRE, EDEN PRÉPARA AVEC succès, pour le dîner, du Bulldog's Buffaloaf, sans même qu'il attache. Elle plaça cérémonieusement le pain de viande sur un plat à gâteau entre les plateaux de KroKettes de KriKet qui refroidissaient. Mais sans témoin pour le partager, le triomphe avait un goût bien fade.

Cleo venait de rentrer chez elle. Un tournoi de *Jeopardy* se jouait à ce moment même, et la fillette avait l'intention de gagner jusqu'au dernier cent nécessaire pour ouvrir un compte à la banque Bronner, afin de placer l'argent qu'elle était certaine de gagner au festival ce week-end.

Plus tôt dans la journée, Suley Hunter et elle étaient venues l'aider à mélanger, découper et enfourner des dizaines de KroKettes de KriKet à la citrouille (l'original) et à la pomme (du nom de sa rue, Apple Hill).

– Elle a deux ans de moins que moi, mais elle est super forte pour la cuisine, avait expliqué Cleo tandis que Suley se lavait les mains dans la salle de bains. Faut dire, elle a pas trop le choix : sans elle, les autres gosses de la famille mourraient de faim. Une fois, Mme Hunter a préparé une brioche aux raisins pour un pique-nique de l'église. Monsieur Morris a dit que même les fourmis n'en avaient pas voulu.

Cleo avait raison : Suley n'avait besoin d'aucune consigne, elle trouva rapidement sa place dans leur mécanique bien huilée. La compagnie des filles dans sa cuisine avait beaucoup plu à Eden : écouter leur discussion légère sur le beurre et la farine, les citrouilles et les pommes, voir leurs queues-de-cheval se balancer pendant qu'elles remuaient la pâte… Les deux fillettes étaient tellement heureuses de créer quelque chose, d'ajouter leur pointe de magie dans une entreprise d'adulte. Eden elle-même se sentait emportée par cet enthousiasme. Comment aurait-il pu en être autrement ?

Denny était sorti manger des hamburgers et boire quelques bières, déprimé que les propositions d'emploi même les plus modestes se soient soldées par un « On vous recontactera ». Tous les jours, il s'était rendu à des entretiens pour des postes allant de l'homme à tout faire d'un politicien, à plongeur au Willard Hotel's Café du Parc. Son absence de diplôme lui fermait la porte à des emplois aux salaires élevés, mais il ne pouvait plus retourner partager un appartement sale avec les gars qui se succédaient dans son groupe et fumer le narguilé en chantant des berceuses de Def Leppard. Ridicule.

Il se trouvait dans une impasse : pas de marche arrière, aucune possibilité de progression.

– Ma dernière chance avant de ne plus manger que du riz, avait-il annoncé au téléphone.

– Au moins, prends du bio.

La tentative de plaisanterie d'Eden ne lui avait valu qu'un grognement agacé. Elle se faisait du souci pour lui, mais cette épreuve, il devait la traverser seul. Elle ne pouvait le porter en aucune façon. Le poids de sa propre vie pesait déjà assez lourd sur ses épaules.

Jack venait de rentrer d'Austin, et il se changeait à l'étage.

Avant de partir, Eden était venue le trouver alors qu'il dormait dans le canapé, espérant avoir un moment en tête à tête avec lui après l'affaire Jessica.

– Jack... avait-elle murmuré. Jack, réveille-toi.

Les petites heures du jour avaient un goût de fin d'été, et elle se surprit à attendre l'arrivée de l'automne avec son cortège de feuilles orange et rouge vif qui allaient habiller les arbres d'une nouvelle robe. Elle avait placé ses roses dans un bocal en verre sur le guéridon où était posé le téléphone. Pendant la nuit, leur teinte semblait s'être encore intensifiée.

– Tu veux te promener avec nous ? Cleo va à l'église, ce matin.

Elle s'était baissée pour prendre Criquet dans les bras et une mèche de ses cheveux bouclés était tombée sur la joue de Jack. Il ne l'avait pas repoussée.

– Oui, bien sûr.

Il se redressa pour trouver ses chaussures et les rejoignit sous le porche.

Le dimanche matin, Apple Hill Lane était calme. Les fidèles chantaient déjà leurs hymnes tandis que les autres habitants de la ville dormaient encore paisiblement. Pour une fois, ils virent très peu de voisins sur leurs pelouses et leurs terrasses. Seul le jet des arroseurs rompait le silence de la matinée. Une brume humide léchait le sol, la terre était plus froide que de l'éther. Criquet avançait à l'aveuglette, se fiant à ses maîtres.

– Tiens...

Eden tendit à Jack une laisse avec des empreintes de pattes imprimées sur le tissu et un collier assorti, qu'elle avait achetés à Milton.

– Ça veut dire qu'on le garde ? Dans la maladie comme dans la bonne santé, dans la rage comme dans les puces ? plaisanta Jack.

Elle ne pouvait pas vendre les KroKettes de KriKet sans Criquet, et elle s'était prise d'affection pour lui. Il faisait partie de la famille désormais.

– Oui, répondit-elle comme on répond au prêtre qui vous marie.

– Criquet Norton Anderson, déclara Jack, gratouillant la brave bête derrière les oreilles. Bienvenue, petit gars. Je sais pas comment tu as fait, mais tu as réussi à gagner le cœur de cette jeune femme !

Ils reprirent lentement leur promenade.

– Je voulais te parler. Je pense que tu le sais déjà, mais… Jessica est enceinte de Denny.

Jack s'arrêta, mais sans paraître le moins du monde surpris. Heureusement. Elle n'était pas d'humeur à jouer au chat et à la souris.

– Donc, il te l'a dit.

Il hocha la tête.

– Au début, je lui ai dit de l'épouser, confia Jack. L'idée ne lui a pas trop plu.

Elle esquissa une petite moue, reconnaissant bien la galanterie vieux jeu de Jack mais consciente que plus grand monde ne pensait ainsi. Cela ne se faisait tout simplement plus, même si cela semblait plus moral.

– Je lui ai dit de soutenir Jessica et d'assumer ses responsabilités en tant que père. Il m'a dit qu'ils n'avaient pas encore décidé ce qu'ils feraient.

Denny lui avait dit la même chose, le matin où Jessica était partie.

– Pour être honnête, je suis assez en colère contre lui.

– Ne le juge pas, Jack. Il essaie de se racheter.

Elle glissa son bras sous celui de son mari, et ils se remirent en marche.

– Pas pour ça. Je sais bien que tout le monde commet des erreurs. On regrette ce qu'on vient de faire à la minute où on le fait, mais on n'y peut plus rien.

Il se racla la gorge, et elle comprit qu'il avait dû penser à elle et à ses crises injustifiées au cours des derniers mois. Il ne lui avait pourtant jamais tourné le dos. Il avait lu dans ses yeux ce qu'elle n'avait pas pu exprimer à ces moments-là : je suis désolée.

– Je suis fâché contre lui parce qu'il te l'a dit. Je lui avais bien dit de faire preuve d'un minimum de tact. C'est juste que…

Il prit une profonde inspiration, mais sa voix resta teintée d'une réelle gentillesse.

– Je commence à peine à te retrouver, Eden, et j'avais peur...

Elle lui frotta le bras, sentit son muscle contracté.

– Il ne m'a rien dit. J'ai compris toute seule.

Il la regarda avec attention et elle lui adressa un sourire rassurant.

– Après tout ce qu'on a traversé, l'ironie de la situation ne m'a pas échappé. Ça m'a un peu secouée, je ne peux pas dire le contraire. Mais je me suis vite dit que j'étais trop égocentrique. C'est entre Jessica, Denny et leur bébé que ça se joue. Je n'ai rien à voir dans tout ça.

Pendant sept ans, cela s'était joué entre Jack et Eden et ce qu'ils ne parvenaient pas à créer. Elle s'était laissée dévorer par le chagrin, avait passé bien trop de temps à s'apitoyer sur son sort. Cela avait assez duré. Comme dans l'histoire de Jonas et de la baleine, il était temps de sortir du ventre de la bête.

Jack tendit le bras, et la main d'Eden glissa dans la sienne. Leurs doigts s'entrelacèrent et ils continuèrent leur route main dans la main, comme ils le faisaient à l'époque où ils flirtaient. Un geste d'adolescents amoureux, pas de gens de leur âge. Mais elle aimait ça, la sécurité de leurs paumes jointes.

Criquet tira sur la laisse et Jack lui donna plus de mou.

– Tu penses que Jessica va garder le bébé ? demanda-t-il. Je suppose qu'avorter serait le plus simple pour une femme dans sa situation.

Eden s'était posé la même question. *Qu'est-ce que je ferais à la place de Jessica ? Est-ce que je sacrifierais mes études, mes ambitions de carrière, ma rencontre avec Jack et tout le reste si je pouvais avoir un enfant en échange ?*

– Ce n'est pas une décision facile. Il faudrait connaître l'avenir pour la prendre avec légèreté. C'est un pari avec la nature ou avec Dieu...

Parlait-elle de Jessica ou d'elle ?

– Je ne les envie pas. C'est pour ça qu'on doit se montrer présents pour Denny, quoi qu'ils décident.

Non. Et soudain, elle fut frappée par l'évidence. Comme un coup de feu. Elle ne troquerait pas Jack et tout ce qu'ils avaient vécu pour un enfant. Elle ne rendrait aucune minute de son existence avec lui et ne regarderait pas par-dessus son épaule pour voir ce qui aurait pu être. La peur est un amant trompeur, et elle en avait assez de partager son lit avec. Elle avait Jack. Elle serra sa main et l'idée qu'ils puissent se séparer l'attrista. Elle prit une grande bouffée d'air pour chasser la pointe de remords qui la tourmentait.

Un parfum sucré d'azalées embaumait l'air.

– Merci encore pour les fleurs.

– Content d'avoir vu juste, cette fois…

Elle secoua la tête et regarda le trottoir gris, jouant à ne fouler que les traits qui séparaient les dalles de béton.

– J'ai été invivable.

– Tu as enduré beaucoup d'épreuves. Les hormones… commenta-t-il, continuant à prendre sa défense.

– Hormones ou pas, il n'y a aucune excuse à blesser les gens qu'on aime. J'ai complètement perdu la raison avec cette histoire de bébé.

Elle laissa échapper un soupir.

– Je suis tellement fatiguée de tout ça. Je voudrais retrouver ma vie d'avant. Notre vie…

Il s'arrêta de nouveau de marcher pour se tourner vers elle.

– Je n'ai jamais voulu que ce qui te rendrait heureuse. Bon Dieu ! On a essayé de créer la famille parfaite, c'était notre seul objectif. Mais on ne peut pas forcer le destin, ni le bonheur, ni l'amour…

Eden sentit les larmes monter et elle ne les réprima pas.

– On a essayé, c'est certain, on a essayé…

C'était la première fois qu'elle lui permettait de voir sa détresse. Plutôt que de la regarder avec pitié, il prit son visage entre ses mains.

– Ça ne veut pas dire qu'on ne doit plus croire aux miracles.

Elle s'appuya contre sa main, espérant qu'elle soutiendrait tout son être. Criquet tournait autour d'eux, sa laisse les serrant l'un contre l'autre.

– Comme Criquet, dit-il en l'étreignant pour éviter qu'ils ne tombent tous les deux.

La cloche de l'église presbytérienne lâcha quelques coups dissonants. Le premier service était terminé, le suivant allait commencer. De la brume, il ne restait qu'un mince filet que la lumière du jour dissipait petit à petit. Criquet se mit en boule sur les sandales d'Eden. Oui, comme Criquet. Mais en réalité c'était bien plus que cela. C'était cette ville, New Charleston.

Le carillon d'un camion de glace retentit quand la cloche se fut tue : Vee faisait sa ronde après l'église. Et soudain, Eden se rappela sa candidature auprès du registre national des monuments historiques. Elle se rappela Cleo et leurs KroKettes de KriKet, la poupée et la clef, et tout ce qu'elle avait entrepris en secret. Peut-être toutes ces démarches ne représentaient-elles pas le glas sonnant la fin de leur mariage mais plutôt une piste ouvrant sur un nouveau début.

De l'autre côté de la cuisine, la tête de la poupée la contemplait.

À son intention, Eden montra le pain de viande, d'un geste de la main.

– C'est moi qui l'ai fait.

Elle retira ses maniques.

– Je t'aurais bien proposé de goûter, mais vu que tu n'as pas d'estomac…

Elle sortit un couteau d'un tiroir et découpa trois parts. Elle posa la première, encore fumante, sur une assiette.

– Le dîner est prêt !

Criquet continuait à dormir paisiblement, son petit corps se soulevant à chaque respiration.

Seul Jack répondit à son appel.

– Ça sent bon !

Il était pieds nus, portait un jean noir et un tee-shirt blanc. Elle ne le voyait plus très souvent en tenue décontractée, mais à vrai dire elle ne l'avait que rarement croisé depuis qu'ils avaient emménagé dans cette maison. Le changement était appréciable.

Son pouce glissa sur la tranche qu'elle venait de servir. Elle se lécha les doigts, heureuse de constater que le goût égalait largement l'aspect.

– Celle-là, c'est pour moi !

Jack lui prit l'assiette des mains et mangea avec les doigts sans lui laisser le temps de s'y opposer.

– Délicieux ! lança-t-il, la bouche pleine.

– Jack... sermonna-t-elle en regardant ses doigts gras.

– Quoi ?

Elle esquissa un sourire en soupirant. Quoi... rien. Quoi... tout.

– Attends au moins que je te donne une fourchette !

Elle partit vers le tiroir mais avant qu'elle ait le temps de se retourner, il avait tout terminé.

– J'en veux bien une deuxième part, si c'est possible...

Il posa l'assiette vide à côté du moule. Pendant qu'elle s'exécutait, il contourna le bar pour venir à côté d'elle, ses orteils frôlant les siens. Et de nouveau, le parfum de cèdre mentholé la fit chavirer.

Bon sang, elle voulait tant qu'il l'embrasse ! Elle voulait l'embrasser. Mais cela faisait si longtemps, elle avait oublié comment on pouvait se montrer proche sans avoir pour seul objectif de concevoir. Elle avait oublié comment on faisait l'amour. Alors, même si elle se sentait attirée vers lui comme un aimant, son corps resta figé contre les carreaux de la cuisine. *S'il te plaît,* pensa-t-elle, *je t'en supplie, Jack, aide-moi !*

Criquet jappa brusquement, agitant ses pattes furieusement. Ses yeux étaient toujours fermés, mais il montrait les crocs.

Alors que Jack se penchait vers le chien, Eden l'arrêta. Elle se souvenait d'un article qu'elle avait lu dans le journal du dimanche. Un pit-bull docile s'était jeté sur un volontaire de la SPA qui avait essayé de le réveiller d'un rêve de combat. C'était une bête parfaitement paisible, abandonnée par un maître qui l'avait dressée à être un chien de garde malgré sa nature profonde. Pendant qu'il se faisait recoudre aux urgences, le volontaire avait supplié ses collègues de ne pas piquer le chien. Le responsable de l'équipe avait conclu que chez les animaux comme chez les hommes, l'inconscient ne se contrôle pas.

– Il rêve, expliqua Eden.

Elle s'assit sur le sol à quelques mètres de son petit compagnon.

– Eh, bonhomme ! Tu es en train de rêver… Criquet !

Ses longs cils remuèrent, il luttait dans son sommeil. Ses pattes arrière se raidirent de tout leur long, et soudain il se réveilla en bâillant.

Eden le prit sur ses genoux.

– Alors, bébé ?

Il était brûlant.

– Tu l'as attrapé, alors ?

Il lui lécha le cou et le visage, et elle ne le repoussa pas. Elle l'attira plus près d'elle encore.

Jack s'agenouilla à côté d'eux.

– Comment t'as su ?

– Je savais, c'est tout, dit-elle en haussant les épaules.

Jack caressa le cou de Criquet et le chiot lui sauta dessus, se dégageant des bras d'Eden.

– Tu es douée pour ça, Eden.

– Pour tenir un chien ?

– Pour les câlins, corrigea-t-il dans un sourire.

– Je ne suis pas une mère, à quoi bon ?

Ces mots faisaient toujours aussi mal. Elle baissa les yeux sur la boule de poils entre eux. La queue de Criquet battait l'air joyeusement.

– Je ne suis pas d'accord, lança Jack, sérieux. Tu as changé.

– Oui, je n'ai plus envie de le mettre dehors, c'est vrai, je te l'accorde.

– Il n'y a pas que ça. Tu es plus maternelle. Ça se voit à ta façon d'être avec Cleo aussi. Et au fait que tu as accepté ce job à la librairie.

– Tu ne m'as jamais vue là-bas, riposta-t-elle, pour le plaisir de le contredire.

Les vieilles habitudes sont coriaces.

– Je n'ai pas besoin de te voir avec des enfants pour le sentir.

Elle comprit qu'il ne parlait pas seulement de ses talents de conteuse.

– J'ai toujours voulu que tu obtiennes ce que tu voulais, Eden. Si c'était un enfant, alors d'accord. Mais pour moi, ça n'a jamais été une obligation. Je n'ai jamais considéré ça comme une nécessité absolue dans ma vie. Pas comme t'avoir, toi.

Les larmes lui brouillaient la vue, et elle les refoula. Elle voulait le croire. Leur promenade sur Apple Hill représentait pour eux les pourparlers de paix. Maintenant, venait le temps des termes du traité : une vie ensemble sans enfants ? Pouvait-elle rebâtir son rêve ? Peut-être que l'avenir pouvait se construire simplement, sans rêve ni attente.

Cette pensée la transporta. Pas d'obligation, plus besoin de rassembler les pièces de leur puzzle cassé. Eden comprit alors qu'elle avait toujours essayé de créer l'image classique du tableau qu'elle avait eu en tête, sans mode d'emploi. Elle n'y était pas parvenue et avait tout gâché. Le pire, c'était qu'elle avait réussi à se convaincre que Jack lui en voulait. En réalité, elle seule leur reprochait cet échec, à tous les deux.

Dans sa quête d'un enfant, elle en avait oublié son mari. Cela l'avait rendue malheureuse et affreusement seule, et elle s'était bercée du mensonge que seul un enfant comblerait ce manque dans sa vie. Pendant des années, Jack avait supporté les coups bas, les silences glacials, son incapacité à exprimer sa souffrance, les remarques blessantes et les heures amères. Parce qu'il continuait à l'aimer, même quand elle doutait de son amour pour lui. Elle avait cru leur couple terminé, mais désormais… Elle l'embrassa.

Dans la chambre à coucher, leurs corps se retrouvèrent d'instinct. C'était la première fois qu'ils faisaient l'amour à New Charlestown, et la première fois depuis très longtemps qu'Eden se laissait aller sans penser au résultat, bon ou mauvais. Comme au début. Non, mieux encore. Parce que dans cette étreinte se jouait tout ce qu'ils avaient perdu, et ce qu'ils allaient gagner. Le pardon, et la promesse d'un lendemain.

Poste de New Charlestown

« Fort Edward Institute, Saratoga, New York, 14 avril 1861

Cher Freddy,

S'il vous plaît, donnez-moi de vos nouvelles dès qu'il vous sera possible ! Le temps n'est pas aux formalités, nous sommes en guerre ! Que Dieu nous garde. Je me consume d'inquiétude et je ne trouverai le sommeil qu'en recevant une lettre de vous, Freddy. Je passerai mes nuits à prier avec ferveur pour vous et tous ceux que j'aime à New Charlestown.

Avec tout mon amour,
Sarah »

*

« New Charlestown, Virginie, 4 mai 1861

Chère Sarah,

Nous sommes tous sains et saufs, même si je ne peux vous cacher notre angoisse. Je suis désolé que cette lettre vous parvienne avec un tel retard. J'espère que vous n'êtes pas restée toutes ces nuits sans sommeil.

Mi-avril, une tempête venant du nord-est a frappé notre village avec une fureur digne de la plus cruelle des armées. Les routes ont été bloquées par des arbres arrachés du sol et par des inondations. Nous étions coupés de tout jusqu'à ce que les eaux baissent et que le passage sur les collines soit dégagé. Nous avons émergé de cet isolement pour découvrir un monde nouveau, en guerre, et une Virginie divisée.

Harpers Ferry est désormais aux mains des forces de la nouvelle confédération, les propriétaires d'esclaves. New Charlestown a été épargnée de l'infiltration des troupes armées grâce à la tempête et à sa situation entre les méandres de la rivière. Malheureusement, cela ne durera pas. Des deux côtés, les soldats sont appelés à prendre les armes.

*Lincoln a suspendu l'*habeas corpus *permettant aux Yankees de juger et punir librement. Les Rebelles ont adopté les mêmes pratiques. Bientôt tout le monde se sentira en droit de prendre une vie pour une simple insulte. Une nation civilisée sombre dans l'anarchie. Mère pense que nous vivons l'Apocalypse de la Bible. Père et moi-même ne sommes pas de cet avis, c'est bien une révolution à laquelle nous assistons ! Et pour cette raison, nous devons nous préparer à lutter pour que ce soit notre façon de voir le monde qui l'emporte. Nous allons nous engager dans les forces de l'Union.*

Il me faut maintenant vous écrire des nouvelles fort déplaisantes, mais je dois m'y résoudre étant donné l'urgence de la guerre. Il s'agit d'une jeune fille du nom de Ruth Niles. Sa famille et elle comptent parmi nos fidèles depuis de longues années et nos amis proches, ses parents sont venus vous rendre hommage le jour de l'exécution de votre père. Ruth est la plus âgée de six frères et sœurs. Elle sait élever des enfants et diriger un foyer, c'est une jeune fille bien. Père et Mère estiment que c'est un bon parti et les Niles sont enchantés de cette idée, mais... je sens que mes pensées pour vous trahissent son dévouement.

Mère a régulièrement évoqué votre nom au cours de nos conversations, pour comprendre ma réaction, je suppose. Elle sait, comme seule une mère le peut, à qui appartient véritablement mon cœur. Elle était prête à demander du temps pour que je puisse prendre une décision, mais le temps n'est pas un luxe que nous pouvons nous permettre. Si j'épouse Ruth, il faut que je le fasse avant de rejoindre les troupes du Nord. Elle emménagerait alors chez Mère, Alice et Siby pendant que Père et moi partirions. Elle leur apportera un soutien inestimable.

Ce qui me cause le plus d'hésitations, c'est l'espoir (aussi fou que vous puissiez le penser) que vous reconsidérerez ma proposition. Je prie pour cela à chaque heure du jour et de la nuit. Je me trouve dans une impasse, Sarah. Je ne peux me tourner à gauche ou à droite, je ne peux avancer ni reculer. Si vous me disiez seulement que vous avez besoin de temps pour réfléchir, j'arrêterais immédiatement de penser à en épouser une autre.

Je vous aime. Je ne ressens aucune difficulté à vous l'écrire parce que c'est aussi vrai aujourd'hui que cela le sera dans un millier d'années. Cependant, si vous êtes certaine de ne nourrir aucun sentiment à mon égard, je suivrai les usages et me marierai pour la compagnie plutôt que par amour. Dites-moi ce que vous voulez, Sarah, et j'agirai en conséquence.

À vous pour toujours,
Freddy »

*

« Fort Edward Institute, Saratoga, New York, 25 mai 1861

Cher Freddy,

Épousez Ruth Niles. Elle vous donnera une belle famille, un futur riche en bonheur et en héritiers. Cela me briserait le cœur pour toujours de vous voir vieillir seul. S'il vous plaît, mon cher ami, vous méritez une vie remplie et un foyer, comme le veut Dieu pour tous les hommes. Mariez-vous, et rapidement. Je ne supporte pas l'idée que vous partiez pour la guerre sans le baiser d'adieu d'une bien-aimée qui attendra votre retour avec impatience. Bien évidemment, moi aussi je le guetterai, mais je reconnais que mon amitié n'est pas suffisante, comme vous l'avez dit. Vous méritez bien plus.

Dites bien à votre famille que s'ils ont besoin de notre aide, ils fassent appel à nous et nous leur enverrons tout ce dont ils manquent. Je reste à Saratoga auprès de Mary Lathbury. S'il vous plaît, écrivez-moi à cette adresse depuis votre position militaire, mais sachez que je comprendrais si vous vous trouviez dans l'impossibilité de poursuivre notre correspondance. Dois-je vous dire que je suis dévastée ? Je prierai sans relâche pour que Dieu vous protège, votre père et vous.

Votre amie pour toujours,
Sarah »

*

« New Charlestown, Virginie, 30 juin 1861

Chère Sarah,

Je suis marié.

Même si presque tout New Charlestown est venu assister aux noces, l'atmosphère pesait plus lourd que du plomb. Nous étions tous conscients que c'était le dernier rassemblement sans animosité entre voisins.

Père et moi partons demain dans le district de Columbia, où des milliers d'hommes s'engagent pour l'Union. Ceux qui rejoignent la Confédération se dirigent vers Richmond.

Ruth s'installe à la maison avec Siby et Mère. Alice, pour une raison que j'ignore, ne parvient pas à s'entendre avec sa belle-sœur, bien qu'elle l'ait connue toute sa vie. Mère pense que c'est l'agitation ambiante, à la maison et dans le pays, qui affecte son humeur. Elle s'y fera. Elle n'a pas le choix.

Cela me rassurerait grandement si vous preniez la peine d'écrire à Alice de temps en temps. Vos lettres lui apportent une joie certaine. S'il vous reste du temps après cela, je serais également heureux d'avoir de vos nouvelles, mes sentiments pour vous n'ayant pas changé.

Je vous enverrai mon adresse militaire dès que je la connaîtrai.

À vous pour toujours,

Freddy »

Eden

NEW CHARLESTOWN, VIRGINIE-OCCIDENTALE
AOÛT 2014

ILS OUVRIRENT LA FENÊTRE DE LA CHAMBRE. L'AIR FROID DE LA NUIT charriait les odeurs des feuilles mortes et de l'automne à venir. La brise caressa leurs peaux nues, leur donnant la chair de poule tandis qu'ils parlaient et que des branches de l'érable tapaient à leur fenêtre. Désormais le plafond ne formait plus un tourbillon de dents monstrueuses, mais un toit magnifique de constellations en mouvement. Dehors, un engoulevent poussait son chant nocturne.

Ils discutaient depuis plus d'une heure, Eden blottie dans les bras de Jack. Elle se dégagea légèrement de son étreinte pour consulter l'heure.

– Denny va bientôt rentrer.

Jack l'embrassa avant de se lever.

– Je vais aller me doucher.

Il ramassa sa chemise et son pantalon puis se dirigea vers la porte.

– On a une salle de bains ici, rappela Eden en caressant sa nuque de ses cheveux. Très agréable, avec une douche en cascade…

– Mais oui, ponctua Jack en s'arrêtant. Tu as raison. Je me souviens que je l'ai commandée moi-même. La pub disait « le débit des chutes du Niagara avec la grâce d'une pluie d'été ».

Eden rit.

– C'est un peu exagéré. Tu verras par toi-même.

Elle prit soudain un air sérieux.

– S'il te plaît, ne pars pas, Jack.

Même dans la pénombre de la chambre, elle distingua son air enchanté. Il la gratifia d'une petite révérence et laissa tomber ses vêtements au sol.

Eden n'avait aucune envie de quitter la chaleur de leur lit et se glissa de nouveau sous les draps froissés. Elle se sentait comme une adolescente, malgré les quelques centimètres de plus autour de ses hanches. Peut-être pas aussi jeune, vingt-cinq ans, disons. Elle joua avec une boucle de ses cheveux, l'enroulant autour de son doigt comme de la laine sur un fuseau.

Il laissa la porte entrebâillée, d'où un fin rai de lumière transperçait la pénombre. La douche se mit à couler.

– Jack Anderson, Jack Anderson, chuchota-t-elle pour elle-même. Jack et Eden. Les Anderson de New Charlestown.

Elle répétait ces mots telle une formule magique, les rendant vrais à force de les réciter encore et encore. Elle tourna la tête vers la lune couleur de gypse. Un V s'y dessinait sur toute la surface.

Soudain, le portable de Jack carillonna sur le sol. Elle se pencha et le sortit de la poche de son jean. Un texto. L'indicatif téléphonique d'Austin.

Comme elle avait autrefois été la chargée de communication de Jack, elle connaissait la plupart de ses contacts. Les seules personnes avec qui il travaillait à Austin étaient les riches investisseurs d'Aqua Systems. Cela pouvait être important. Elle décida donc de lire le message.

Pauline : hello, désolée qu'on n'ait pas pu se retrouver pendant ce voyage. T'as eu une semaine chargée apparemment. Tu reviens lundi ? On t'attend avec Lulu pour notre prochain dessert. Le Chaud Baiser était clairement mon préféré. Love, P.

Pauline ? Lulu ? Le parfum de la douche de Jack envahit la chambre. Il lui rappelait cette nuit pluvieuse où elle avait découvert son père qui revenait du lit de sa maîtresse. Elle faillit vomir.

L'eau cessa de couler. Jack sortit de la salle de bains, une serviette autour de la taille. La lumière entourait sa silhouette et de la vapeur s'élevait de sa peau. Une brume morbide.

La brise était devenue glaciale et lui mordait le nez.

– Il fait froid, lança-t-il en fermant la fenêtre.

Eden remonta ses genoux sur sa poitrine et les entoura de ses deux bras pour se protéger.

– Ton téléphone, lâcha-t-elle, surprise par la fermeté de sa voix. Un SMS… de Pauline.

Jack lui adressa un regard interloqué avant de s'en emparer.

– Si tu veux bien, lis-le dehors, exigea-t-elle.

Elle se leva, emportant le drap avec elle. Elle ramassa ensuite le jean et la chemise de Jack et les lui colla dans les bras.

– Je veux dire, dehors, pas dans la maison.

Il jeta un rapide coup d'œil au message et prit un air abasourdi.

– C'est pas ce que tu crois…

Le rire caustique d'Eden trancha l'air. C'était le mieux qu'elle pouvait faire pour ne pas pleurer.

– Classique, Jack.

– Lulu est une enfant, c'est la fille de Pauline !

Une image bouleversante s'afficha dans son esprit : Jack, un enfant, une mère. Pas étonnant qu'il n'ait pas besoin qu'elle lui donne un bébé, il en avait déjà un. Un enfant illégitime. Une liaison. Comment avait-elle fait pour ne pas voir les signes ?

Sa mine défaite lui en donnait la preuve. Jack ne perdait jamais son sang-froid.

– Eden, s'il te plaît, ça n'a rien à voir avec ce que tu imagines. C'est une vieille amie, que j'ai connue quand j'avais douze ans… avant l'accident de mes parents. Je suis tombé sur elle et sur sa fille dans l'avion il y a des mois. Elles habitent à Austin. On a fait une dégustation de gâteaux.

– C'est quoi ça, Chaud Baiser ? Un code obscène ? S'il te plaît, Jack, épargne-moi ces foutaises. La communication, c'est mon domaine. C'est à moi que tu demandais, avant, de transformer de la merde en or !

– Des gâteaux, rien d'autre que des gâteaux ! Ce n'est pas un euphémisme. Ne va rien chercher d'autre là-dedans. Chaud Baiser, c'est le nom d'un gâteau. Je sais pas pourquoi les gens s'obstinent à donner des noms débiles à la nourriture. Aux cocktails, aux desserts, aux bons petits plats !

– Vas-y, continue à me balader.

Elle tremblait de colère et de douleur.

– Tu sais ce qui ne change pas, peu importe comment tu décides de l'appeler ? L'adultère. Et quand une femme signe « Love » en s'adressant à un homme marié, on peut pas trop aller contre l'évidence. C'est un code pour « Tu es à moi ».

– C'est un excès de familiarité, rien de plus ! Typique de ces satanés Américains !

– Je te laisse dix minutes pour rassembler tes affaires et ensuite, je te jure, j'appelle la police s'il le faut !

S'efforçant de se calmer, il se pinça l'arête du nez.

– Eden, ma chérie, je l'admets, je n'aurais pas dû les voir sans t'en parler. Mais je le jure sur ma vie, c'était complètement innocent. Son divorce se passe vraiment mal et sa fille en souffre énormément…

Elle en avait assez entendu et se fichait royalement de ce que cette mère et cette fille pouvaient bien endurer. Elles souffraient ? Et elle, qu'est-ce qu'elle avait traversé exactement ?

– Sors d'ici ! gronda-t-elle.

Il obéit et quitta la pièce, son jean en boule dans ses bras.

– Eden, c'est de la folie !

Elle claqua la porte. Comment osait-il sous-entendre qu'elle était…

– De la folie ? hurla-t-elle à travers la porte. Tu verras ce que c'est la folie si tu te barres pas de cette maison sur-le-champ ! Je te donne huit minutes !

Les marches craquèrent sous ses pieds. Toujours enroulée dans le drap, elle colla son oreille contre le bois pour écouter. Jack dit quelques mots à Criquet, des pas résonnèrent sur le plancher, la moustiquaire claqua. Eden avait noué le drap si fermement avec sa main qu'il l'enserrait tel un étau. Elle desserra un peu ses doigts. Ses ongles étaient maintenant bleus et glacés par manque de sang. Elle enfila sa robe de chambre et entrouvrit la porte.

Du rez-de-chaussée lui parvenaient les jappements de Criquet, mais, hormis ce léger bruit, la maison était calme. Jack était parti. Elle descendit et s'assit en bas de l'escalier, prenant Criquet dans ses bras. Elle glissa ses doigts sur son ventre chaud pour qu'ils retrouvent des sensations.

– On ne t'a pas donné à manger, se rappela-t-elle. Je suis désolée. Ça ne se reproduira plus.

Elle se leva, l'emportant dans la cuisine où sa part de pain de viande trônait toujours sur le comptoir. Le four était encore tiède.

COMPAGNIE AMÉRICAINE DE TÉLÉGRAPHE

À L'ATTENTION DE MLLE SARAH BROWN
REÇU À SARATOGA, NEW YORK, 5 JUILLET 1862
DE NEW CHARLESTOWN (RÉCEMMENT REBAPTISÉ), VIRGINIE-OCCIDENTALE

FREDDY BLESSÉ BATAILLE DE SEPT JOURS. À LA MAISON. JAMBE TOUCHÉE. INFECTION SE PROPAGE. FAIT TOUT CE QUI ÉTAIT EN NOTRE POUVOIR. MAIS ÉTAT SE DÉGRADE FAUTE MÉDICAMENTS. BLOCUS. L'UNION INTERDIT LIVRAISON EN VIRGINIE. SI BONS AMIS DU NORD PEUVENT OFFRIR AIDE, POUR TOUJOURS RECONNAISSANTS. MADAME GEORGE HILL.

Sarah

NEW CHARLESTOWN, VIRGINIE-OCCIDENTALE
10 JUILLET 1862

SARAH AVAIT AUSSITÔT ÉCRIT À PRISCILLA QU'ELLE PRENDRAIT LE TRAIN vers la capitale. De là, elle avait traversé les lignes de combat de la Virginie à bord d'une calèche dont elle avait loué les services, pour arriver dans le nouvel État de Virginie-Occidentale. Elle s'était déguisée en sœur de la miséricorde. Dans la chaleur de juillet, la cornette la démangeait atrocement, mais elle aurait accepté de porter une couronne d'épines pour retrouver Freddy.

Ce n'était pas seulement pour lui qu'elle avait entrepris ce voyage, essayait-elle de se convaincre. Elle apportait son assistance à de chers amis qui les avaient abritées et protégées au mépris des risques qu'ils encouraient. Membres essentiels du Chemin de fer clandestin, les Hill avaient désormais besoin de leurs camarades abolitionnistes. Elle apportait à Freddy les médicaments qui lui sauveraient la vie, ce qui se révélerait précieux pour nombre d'entre eux. Son père en aurait fait autant.

– Si tu es déterminée à prendre la route, alors déguise-toi en nonne, ce sera le plus sûr, avait conseillé Mary Lathbury. Les

Rebelles et les Yankees violent des femmes de tous âges. Ce que tu caches leur permettra de justifier leur vulgaire agression.

Sous sa robe ample, Sarah portait une trousse avec trois pains de savon antiseptique, une fiole d'iode et une autre d'acide phénique. Il était illégal de traverser les lignes ennemies avec ces produits. Si on les trouvait, on les lui confisquerait aussitôt. La corpulence de Sarah jouait en sa faveur, noyée qu'elle était sous l'habit de bonne sœur. Elle était entièrement camouflée, ainsi emmitouflée de noir et blanc.

Avant son départ, elle avait passé beaucoup de temps dans le poste infirmier de Saratoga et dépensé une bonne partie de ses allocations hebdomadaires pour correspondre par télégramme avec le docteur Nash et lui demander des conseils sur le traitement d'une blessure par balle. Les informations qu'elle avait reçues n'étaient pas encourageantes. Les patients avaient de meilleures chances de survie si le membre infecté était amputé dans les quarante-huit heures. Comme cela faisait déjà des semaines que l'infection se propageait, le docteur Nash recommandait un bandage hydrophile et des antiseptiques. Les infirmières lui fournirent gracieusement le matériel nécessaire sans lui poser de questions, et deux des plus jeunes lui montrèrent comment appliquer correctement un pansement.

Elle écrivit à Annie et à sa mère une rapide lettre d'explications, qu'elle posta à la gare avant de monter dans le train. Elles ne recevraient pas la nouvelle avant des semaines, et elle serait déjà en sécurité chez les Hill. Elle ne voulait pas qu'elles s'inquiètent pour le trajet ou qu'elles essaient de la dissuader.

Les Hill étaient aussi chers à son cœur que sa propre famille. C'était sa façon de leur manifester sa profonde affection. George à des centaines de kilomètres, Freddy sur son lit de mort, sans médicaments, et une Priscilla en plein désespoir qui avait lancé un appel au secours. Ils étaient seuls et en danger.

Harpers Ferry était aux mains de l'Union, mais pour combien de temps ? Quotidiennement, des rumeurs couraient au sujet des plans de Stonewall Jackson pour s'emparer de la vallée de Shenandoah.

Sarah n'allait pas attendre tranquillement à New York de recevoir l'annonce de la mort de Freddy. La perspective lui faisait monter les larmes aux yeux. Après tout, elle l'aimait d'un amour pur et sincère. Assez fort pour sacrifier son propre bonheur pour le sien. Sa vie pour la sienne, s'il le fallait.

Alors que la calèche traversait New Charlestown, le spectacle qui défilait devant ses yeux la bouleversa. Les forêts où elle s'était autrefois promenée avec Freddy avaient été dévastées. Des hectares d'arbres arrachés. Le paysage verdoyant qu'elle avait peint n'existait plus. Elle voyait désormais que ses toiles n'avaient plus de raison d'être avant même que MM. Sanborn et Stearns aient pu les reproduire. La contrée avait été rasée jusqu'aux deux rivières brunes qui serpentaient dans la gorge. Des tentes triangulaires se dressaient là où s'étaient trouvés des chênes, des peupliers et des érables. Des volutes de fumée s'élevaient pour former une voûte dans le ciel de juillet. Le soleil même semblait distant, exilé derrière un rideau de guerre.

Foulant les pavés des rues vides, les sabots du cheval attirèrent l'attention de ceux qui occupaient les tentes. Ils passèrent la tête par les pans : des hommes, des femmes et des enfants noirs avec quelques Blancs parmi eux. Des lambeaux de ce qui avait été autrefois des uniformes ici et là. Bleu ou gris, Sarah n'aurait su le dire à cause de l'usure du tissu.

– Qui sont ces gens ? demanda-t-elle au conducteur.

– Ce sont des camps de contrebande. Pour la plupart, des esclaves en fuite. Ils se sont rendus aux Fédéraux en tant que propriété confisquée. C'est un moyen.

– Un moyen de quoi ?

– D'être libres, répondit l'homme en haussant les épaules. Jusqu'au retour des Rebelles. Ensuite ils seront envoyés dans le Sud, enchaînés et rendus aux marchands d'esclaves. Ils font bien d'attendre loin des plantations de leurs maîtres. Lincoln finira par gagner la guerre. Des cargaisons entières d'Irlandais arrivent tous les jours du Nord, des nouvelles recrues qui coiffent le képi en échange d'un repas chaud et d'une arme. Ils ont le combat dans le sang, vous savez. Les Sudistes se trompent lourdement s'ils pensent qu'ils pourront faire porter l'uniforme aux Français. Ils filent vers la Louisiane et s'enfuient le plus vite possible par les marais. Sont trop malins pour se laisser entraîner dans ce bazar !

Le conducteur arrêta le cheval devant la maison des Hill. La clôture blanche avait disparu. De la pelouse, il ne restait plus qu'une espèce d'herbe à chat et des têtes de pissenlits. Un véritable jardin sauvage. Un vieux balai au manche écorché barrait l'entrée sous le porche.

– Vous êtes sûre que c'est là ? demanda le conducteur.

Sarah hocha la tête.

Il sauta à terre et descendit son bagage de l'arrière de la calèche. Il lui tendit ensuite la main pour l'aider à descendre. Marcher dans cet habit se révélait plus inconfortable encore qu'avec un corset et une jupe à cerceaux. Sarah laissa derrière elle des empreintes dans la boue.

Le conducteur s'attarda un instant, se grattant la nuque, perplexe, en regardant la jeune femme. Payé par Mary Lathurby, il n'avait plus rien à attendre que les remerciements de Sarah.

Rapidement, elle gravit les marches du perron, retira le balai et frappa à la porte. Après une minute, elle frappa de nouveau, plus fort cette fois. Elle entendit alors le cliquetis d'un verrou dont elle n'avait pas le souvenir. La porte s'entrebâilla à peine.

– Un ange... murmura une voix.

Une poupée se faufila dans l'interstice et Sarah fit un pas en arrière, se prenant les pieds dans l'ourlet de sa robe.

– Poussez-vous, mademoiselle Alice. Ce n'est pas un ange, affirma Siby en ouvrant grand la porte.

Alice serra Kerry Pippin dans les bras, le visage de la jeune fille était aussi pâle que celui de son jouet.

– Mam'zelle Sarah, sapristi ! s'exclama Siby, les yeux écarquillés. C'est vous sous cette capuche et dans cet accoutrement d'bonne sœur ? Grand Dieu, qu'est-c'qu'vous avez fait d'vous-même dans le Nord ?

– Sarah est un ange, insista Alice. Un ange venu emmener Freddy au ciel.

Elle berçait tendrement sa poupée.

Sarah hocha la tête, la secoua, la hocha de nouveau.

– Oui, c'est bien moi, mais non…

Elle se tourna pour s'assurer que la calèche était partie.

– C'est un déguisement. Pour être en sécurité sur la route.

Les épaules de Siby tombèrent de soulagement.

– Je vois… Oh, mam'zelle Sarah !

Elle la prit dans ses bras, puis se ressaisit.

– M'dame Prissy sera tellement contente d'vous avoir ici !

Alice se joignit à leur accolade affectueuse, embaumant l'air exactement comme dans le souvenir de Sarah. Fleurs séchées et babeurre.

– Entrez, entrez ! Elles sont à l'étage avec lui. M'dame Prissy et m'dame Ruthie, les deux dames de Freddy.

Cachée sous l'habit sacré, Sarah frémit à la mention de ce nom.

– On a préparé vot' chambre, la même qu'd'habitude, affirma Siby en s'emparant du sac de leur invitée. J'monte vos affaires et j'vous rapporte une citronnade bien fraîche. J'l'ai pressée c'matin et j'l'ai sucrée avec un peu d'miel. Les citrons, c'est tout c'qui pousse encore ici. Les Rebelles, ils ont coupé tous les pommiers pour faire du feu. Mais les citronniers, c'est trop dur et ça fait trop d'la fumée quand on les brûle.

Elle fit entrer les deux femmes et referma le verrou derrière elles.

Les fenêtres étaient recouvertes du même tissu sombre dont ils s'étaient servis le jour de l'exécution de son père. La peur l'envahit tel un raz de marée.

Siby lui prit la main.

– On les a posés y a des années d'ça, après qu'deux Rebelles ont volé la porcelaine de m'dame Prissy. Elle en a eu l'cœur brisé, mais pour moi c'était une bénédiction. L'aurait fallu qu'j'enterre toute la vaisselle d'toute façon, et j'ai d'jà bien assez à faire. Les tasses de thé et les p'tites cuillères en argent sont rev'nues un peu après.

Elle éloigna Sarah de la fenêtre.

– Mam'zelle Alice, vous voulez bien m'aider à préparer d'la citronnade ? J'suis sûre que mam'zelle Sarah s'ra heureuse d'voir une jolie fleur su' l'plateau pour lui faire chaud au cœur.

– Les myosotis viennent d'éclore, lança Alice en direction de Sarah. Elles iront parfaitement.

– Oublie pas d't'assurer qu'y a pas d'danger dans la cour, rappela Siby en tapotant le dos d'Alice. Dépêche-toi et fais pas un bruit.

– Comme un papillon qui sirote une goutte de rosée.

– Exactement, confirma Siby. Tout à fait comme ça.

Siby coinça une mèche de cheveux d'Alice dans son chignon et la laissa partir vers la porte, sa poupée dans les bras.

Malgré le passage du temps et toute cette souffrance, la maison n'avait pas changé : le parfum persistant du pain de maïs, la lumière tombant en arcs scintillants, les marches qui craquent sous les pieds, la rampe en bois, accueillante et familière sous la main de Sarah alors qu'elle montait l'escalier.

Elle hésita un instant devant la porte de Freddy, incapable de l'ouvrir. Sa chambre à coucher, devenue la chambre du couple qu'il formait avec sa femme. Et il gisait sur son lit, agonisant. Elle ferma les yeux pour se ressaisir. Le voile de sa cornette amplifiait tout autour d'elle : l'air qui entrait et sortait de ses poumons, les battements trop rapides de son cœur, les voix qui provenaient de l'autre côté.

Siby revint de la chambre d'amis où elle avait posé les affaires de Sarah. Elle ne lui demanda pas pourquoi elle restait là sans bouger. Au lieu de cela, elle posa tendrement sa main sur le dos de la jeune femme et la poussa à l'intérieur.

Les murs étaient dépourvus de décoration. Ni papier peint ni tableau. Aucun tapis pour réchauffer les pieds. Aucune couleur, hormis la brique nue dans un coin de la pièce. Sur la droite, à côté de la fenêtre, elle vit un coffre surmonté d'un lavabo. Sur la gauche, une petite malle pour les vêtements avec, au-dessus, une étagère de livres. Le lit sur lequel reposait Freddy occupait la plus grande partie de la pièce. Ses cheveux noirs contrastaient de façon effrayante avec sa peau, aussi blanche que les draps en mousseline. Il avait les yeux mi-clos, et une respiration saccadée typique d'une grosse fièvre. Son corps était emmailloté dans le lit, tel un cadavre dans son cercueil. Un frisson glacé parcourut le dos de Sarah. Elle voulait se précipiter sur lui, retirer les couches qui l'emprisonnaient et lever le mauvais sort. Mais ce n'était pas à elle que revenait le droit de le réveiller.

Assises côte à côte, Ruthie et Priscilla brodaient une couverture en crochet, Gypsy allongée à leurs pieds au milieu de l'écheveau de laine. La chienne dressa la tête mais ne se leva pas avant que Priscilla ne prenne la parole.

– Jésus, Dieu le Père, est-ce bien vous, Sarah ?

Prudemment, Gypsy avança, glissant la tête sous la robe pour retrouver l'odeur familière des bottes de Sarah. Elle remua la queue en guise de bienvenue.

– C't'un déguisement, expliqua Siby.

– Les sœurs de la Miséricorde, confirma Sarah en retirant son voile. Mon professeur a insisté. Surtout parce que je transporte ces produits.

Elle passa la main dans une manche pour en extraire la trousse cachée contre son ventre. Elle la brandit en direction des trois femmes.

– Des médicaments, du savon et des bandages propres. Ce n'est pas un remède absolu, mais cela aidera à enrayer l'infection.

Priscilla se leva de sa chaise et enlaça Sarah avec l'énergie du désespoir.

– Demandez et il vous sera donné, murmura-t-elle dans l'oreille de Sarah. Vous êtes notre miracle.

Derrière Priscilla, Ruth posa la couverture et attendit patiemment d'être présentée. La peau couleur pêche, les cheveux roux, elle était parfaitement proportionnée, étroite où il fallait, rondelette ailleurs. Telle une amande sans sa coque, pleine de promesses. Belle, mais très différente de Sarah.

Priscilla essuya une larme de joie puis approcha Sarah de Ruth.

– Voici madame Ruth Marie Hill.

– Ma famille m'appelle Ruthie, ajouta-t-elle en serrant chaleureusement la main de Sarah. Je serais heureuse si vous le vouliez bien, vous aussi. J'ai entendu tellement de bien de vous, j'ai un peu l'impression de retrouver une sœur.

Sans laisser le temps à Sarah de répondre, Ruth la serra tout contre elle.

– Merci d'avoir bravé tous les dangers pour venir. Vous êtes la femme la plus courageuse que je connaisse. Je ne pourrai jamais vous remercier assez.

Les boucles de la jeune femme sentaient bon la camomille, et immédiatement Sarah aima sa simplicité. La corne sur ses mains lui indiquait qu'elle ne rechignait pas à la tâche. Elle n'avait rien d'une précieuse. Son apparence ne trompait pas : elle dégageait gentillesse et sincérité. Sarah était heureuse que Freddy l'ait choisie, elle.

Gypsy posa sa lourde tête contre les jambes de Sarah. Cette bête fidèle comprenait ce que cela signifiait de vivre dans un silence dévoué. Sarah la caressa derrière l'oreille, et Gypsy remua de nouveau la queue.

En sentant l'agitation dans la pièce, Freddy tourna la tête. Ses doigts bougèrent pour trouver une prise.

– Sarah...

Les femmes entourèrent le lit rapidement.

– Il n'avait pas encore dit un mot, s'étonna Priscilla.

Elle poussa Sarah tout contre Freddy pour que leurs visages se rencontrent, que leurs mains se touchent.

– Elle est ici.

La bougie scintillait dans ses yeux noirs, vitreux et immobiles. Sarah s'était figée.

– Bonjour Freddy. C'est bien moi.

– Sarah...

Le son sortait pratiquement sans que ses lèvres bougent. L'effort couvrit son front de sueur.

Elle essuya la transpiration de ses doigts. Sa peau était moite et brûlante.

– Je suis venue vous inviter à vous promener avec moi dans la nature, comme avant. Au Bluff, pourquoi pas ?

La voix de Sarah se brisa.

– Je voudrais... murmura-t-il.

Sa lèvre inférieure tremblait, fébrile. Sarah mordit la sienne pour refouler ses larmes.

– C'est comme cela que j'ai appelé ma peinture de l'automne dernier, *Le Bluff*. J'avais l'intention de vous l'offrir comme cadeau de mariage, mais je n'ai pas pu l'emporter. Ils voulaient faire des copies... Tout a tellement changé... Peut-être que je peindrai un nouveau tableau, j'ai tant appris. Il serait plus beau, c'est certain. Cela vous plairait, à Ruthie et à vous ?

Il ferma les yeux et hocha la tête faiblement.

– Vous allez vous rétablir, Freddy, vous verrez.

– J'aimais le premier.

– Freddy... répéta-t-elle en lui serrant la main.

Il ouvrit les yeux vers elle et la vit dans une parfaite clarté.

– Il n'en existera jamais d'autre pour moi, Sarah.

Elle agrippa le bord du lit et inspira profondément pour ne pas s'effondrer. *Il est marié*, se rappela-t-elle. *Aime-le si tu veux, mais il a épousé une femme mieux pour lui.*

– Je ne peindrai plus un seul trait si vous ne promettez pas d'aller mieux.

Il la regarda comme s'il lisait dans ses pensées et hocha la tête, une fois.

– Bandage hydrophile, annonça Sarah, et elle se leva, s'essuyant discrètement le coin des yeux. Vous devez maintenir la partie infectée constamment propre. Siby, pourriez-vous nous apporter de l'eau neuve, préalablement bouillie ? Et des chiffons propres.

– Bien sûr, répondit cette dernière en quittant la pièce.

Sarah retira sa robe de nonne et, débarrassée de son encombrant habit, retroussa ses manches jusqu'aux coudes.

– Ruthie et Priscilla, nous devons lui retirer son bandage, laver la plaie au savon et à l'eau, appliquer l'antiseptique et rebander la plaie.

Priscilla repoussa les couvertures pour exposer la jambe blessée. De vieux draps avaient été déchirés pour servir de pansements. Sarah reconnut les bourgeons brodés de la couverture dont elle s'était enveloppée dans la grange lors de sa première visite. Le bandage était trempé de pus verdâtre, mais pas une goutte de sang.

– La balle a-t-elle été retirée ?

– Oui, répondit Ruthie en se serrant les mains si fort que ses phalanges en perdirent toute couleur. À l'hôpital de campagne.

– Très bien, affirma Sarah, rassurante. Cela veut dire que nous devons seulement combattre l'infection.

Alice entra, portant un plateau. Elle apportait une carafe de citronnade avec un verre déjà rempli et un petit bouquet de myosotis pour décorer. En voyant Freddy découvert et les femmes s'affairer autour de lui, elle posa le plateau sur le coffre et recula jusqu'au mur.

Siby revint avec une bouilloire et versa l'eau fumante dans le lavabo. Sarah y trempa les nouvelles bandes sans même penser qu'elle pouvait se brûler les mains. La fièvre avait replongé Freddy dans la torpeur. Il grimaçait mécaniquement quand elles le remuaient. Sarah hésita. Malgré toute l'assurance qu'elle affichait, elle n'avait jamais soigné de blessure par balle et n'avait jamais vu la chair nue d'un homme.

En grandissant, elle s'était occupée de ses frères et sœurs quand ils avaient souffert de dysenterie, de toux, de fièvre, de pneumonie, de douleurs de toute sorte, mais jamais de maladies typiquement masculines. Cette division entre les hommes et les femmes ne figurait pas dans les écrits bibliques. Les sœurs de la Miséricorde traitaient indifféremment les deux sexes et n'avaient pas dû être épargnées par la misère humaine.

Sarah chercha le courage qui lui manquait dans la robe qu'elle avait portée. *Tu peux y arriver*, s'encouragea-t-elle. *Freddy a besoin de toi*. De l'autre côté du lit, les mains serrées sous son menton, Ruthie observait son mari.

Sarah défit les bandes sales, humides et empestant le porc rance en plein mois d'août. Sa gorge se serra et elle dut détourner le regard.

– Quand les avez-vous changées pour la dernière fois ?

– À l'aube, répondit Ruthie.

Les infirmières de Saratoga s'étaient montrées très claires : la plaie devait être lavée toutes les heures jusqu'à ce qu'elle ne soit plus purulente. L'infection maintenue dans cet état provoquait la gangrène qui pouvait se propager à tout le corps. S'il en était déjà là, il ne restait plus rien à faire. Le docteur Nash lui avait dit de regarder la couleur des yeux : c'était le meilleur indicateur du pronostic d'un patient. Si le blanc était jaune et strié, alors l'infection était passée dans le sang. Freddy avait des cernes, il ne demeurait pas longtemps conscient, mais le blanc de ses yeux était clair.

Après avoir retiré les bandages, elle examina la chair de près. La peau entourant la blessure était pourrie jusqu'à l'os, mais la jambe ne semblait pas entièrement nécrotique. Un petit ver se tortilla et tomba de la plaie vers l'intérieur de la cuisse de Freddy.

– Que Dieu nous garde ! s'écria Priscilla.

Ruthie ne put retenir un violent haut-le-cœur.

Siby s'approcha pour le tuer, mais Sarah l'en empêcha. Les infirmières l'avaient préparée à cela aussi.

– Les vers mangent la chair infectée et laissent celle qui est encore saine. C'est bien.

– D'la vermine qui vous dévore la peau, c'est bon, ça ? demanda Siby, horrifiée.

– Les hôpitaux les utilisent sur les soldats, confirma Sarah en hochant la tête.

Priscilla se cacha la bouche avec un mouchoir, pour étouffer ses pleurs.

Les joues de Ruthie étaient écarlates, sa lèvre supérieure légèrement brillante.

– Je fais confiance à Sarah. Dites-nous quoi faire !

Sarah laissa tomber les bandes sales sur le sol. Gypsy renifla la pile et gagna l'autre côté de la pièce.

Tout doucement et malgré son profond dégoût, Sarah prit la larve entre son pouce et son index.

– Il faut les récupérer pour les remettre dans la plaie dès qu'elle sera propre.

Siby reversa dans la carafe la citronnade qu'Alice avait préparée pour Sarah et lui apporta le verre. La bestiole sirota les quelques gouttes sucrées.

En voyant cela, Alice poussa des cris.

– De la viande à vermine ! Elles ont fait de moi de la viande à vermine... Oh ! j'ai reçu mon affaire, et bien à fond... Vos maisons !

Ruthie se couvrit les oreilles de ses mains tremblantes.

– De la viande à vermine ! De la viande à vermine ! hurlait Alice.

Priscilla alla vers sa fille, mais Alice la repoussa violemment contre le mur en brique, la blessant au menton.

Siby entoura fermement Alice de ses deux bras.

– Du calme, mon bébé. C'est d'la bonne vermine, comme celle qu'on trouve dans l'jardin et qui aide les fleurs à pousser.

Elle berçait la jeune femme qui s'apaisait doucement.

– La peste, la peste... murmurait encore Alice, regardant au loin.

Avec son mouchoir, Priscilla tamponna le sang sur son menton.

– Tout va bien, assura-t-elle en se redressant et en lissant sa jupe.

Elle s'approcha d'Alice.

– C'en est trop pour elle. J'aurais dû le savoir.

Elle embrassa le front de sa fille.

Alice grommelait désormais des paroles indistinctes et se balançait au rythme de son incantation.

– Elle s'est complètement épuisée. Vaut mieux que j'la couche. Ensuite j'rapporte encore d'l'eau et des chiffons propres ?

Siby se dirigea vers la porte, Alice presque catatonique dans ses bras.

– Qu'est-ce qu'elle disait ? demanda Ruthie, toujours ébranlée.

– *Roméo et Juliette*, répondit Sarah. Une tragédie de Shakespeare.

Eden

NEW CHARLESTOWN, VIRGINIE-OCCIDENTALE
AOÛT 2014

LE SAMEDI MATIN, UN ÉPAIS BROUILLARD RECOUVRAIT LE FESTIVAL culinaire. Un front froid provenant de la rivière Potomac s'était retrouvé piégé entre les falaises, entraînant humidité et fraîcheur.

D'ordinaire, Eden ne se levait pas aussi tôt pour observer le ciel bas aux petites heures du matin, mais ce n'était pas un jour ordinaire.

– J'ai pas fermé l'œil de la nuit ! avait lancé Cleo depuis la porte de la cuisine.

La faible lumière donnait aux cheveux de la fillette une teinte dorée, alors que ses yeux reflétaient encore l'indigo de la nuit.

Eden n'avait pas réussi à dormir non plus. Au cours de ses heures de solitude, sans sommeil, elle avait réfléchi à la loyauté de Jack pendant toutes ses années où il avait fait des voyages d'affaires et à l'infidélité de son père à elle. Ces deux trahisons lui faisaient tellement mal qu'elle se recroquevillait sur son oreiller, le serrant de toutes ses forces pour empêcher son cœur de s'échapper de sa poitrine.

Après sa tempête de larmes, ses muscles l'avaient démangée et picotée à tel point qu'elle avait changé les draps à minuit, persuadée qu'une colonie de mites et d'araignées y avaient élu domicile. Toujours incapable de calmer son esprit et son corps, elle s'était occupée à dresser une liste mentale pour le festival : une nappe en vichy, une caisse enregistreuse et du papier pour les reçus, de la monnaie, la grande boîte des KroKettes de KriKet originales à la citrouille, une boîte aussi pour celles à la pomme, la banderole avec le logo, une énorme affiche de Criquet, et Criquet en personne, bien sûr. Elle repassa dans sa tête tous les détails, rangeant au fond de son esprit un prénom, Jack.

Il avait appelé Denny pour qu'il plaide sa cause. Pas bête, il savait exactement comment l'atteindre. Quand Denny était rentré à la maison, elle l'avait écouté lui raconter la même version qu'elle avait déjà entendue de la bouche de Jack dans leur chambre à coucher. « Une vieille amie. Une période difficile. Une fille. Rien qu'un café et des gâteaux. Les Américains et leur familiarité excessive. » C'était peut-être vrai. Elle aurait tant voulu le croire.

– Réfléchis bien, sœurette, avait assené Denny avant de partir pour Philadelphie.

Il allait assister au premier rendez-vous obstétrique de Jessica. En attendant de recevoir des réponses, il s'était résolu à retourner jouer au Mother Mayhem. Il valait encore mieux gagner quelques pourboires que rien du tout et il voulait prouver à Jessica qu'il était sérieux, qu'il ne la laisserait pas tomber.

– Ne prends aucune décision trop rapidement. Si Jack avait une liaison, tu ne l'aurais sûrement jamais su. C'est un Anglais, ils savent y faire en matière de double vie, ils ont ça dans le sang, regarde Henry VIII, le prince Charles, James Bond, Alfie...

– C'est ta liste d'hommes à femmes prestigieux ? Super, Den. C'est sympa. Ça m'aide pas.

– Ce que je veux dire, c'est qu'il se serait arrangé mieux que ça pour que tu l'apprennes jamais.

Comme notre père, pensa-t-elle, sachant qu'il avait raison. Mais ce qui la rendait folle, c'est qu'il ait eu besoin de lui cacher cette relation pendant tous ces mois, aventure ou non. Il ne l'avait pas rencontrée juste une fois par hasard. Elle l'avait lu dans le texto : « ... ce voyage. On dirait que tu as eu une semaine chargée. Tu reviens lundi ? »

Eden regrettait de ne pas avoir appelé cette Pauline pour la prier d'utiliser ses pouces de divorcée à d'autres fins. *Bon Dieu !* Jack était son mari. L'imaginer blotti, tout sourire, dans le lit d'une autre lui arrachait le cœur. Le secret est la plus intime des trahisons.

Incapable de ne pas penser à lui, elle s'était levée puis occupé l'esprit en remplissant les formulaires barbants du registre national. Elle devenait très douée pour ne pas dormir. À l'aube, elle était descendue dans la cuisine. Criquet l'avait suivie, quittant son lit pour s'allonger sur le carrelage tandis qu'elle collait des étiquettes à leur effigie et attachait des rubans sur leurs CroKettes de KriKet.

Eden n'avait jamais vu un chien dormir autant et dans tant de positions improbables. Dans un livre de puériculture, elle avait lu que dans les phases du sommeil le plus profond, les bébés dormaient recroquevillés pour retrouver ce qu'ils avaient connu au cours des neuf mois de gestation. Donc un bras tordu, une jambe coincée, un torse entortillé ou des membres écartés ne faisaient que reproduire les sensations inconscientes du confort des origines. Elle imagina Criquet dans le ventre de sa mère, les pattes grandes ouvertes en forme d'étoile poilue. Cela la fit sourire, et elle en oublia un instant sa tristesse.

Elle s'était préparé une grande tasse de café serré. Voulant plus que tout ce qu'elle essayait de fuir, elle s'assit par terre à côté de Criquet, tapis de fourrure contre elle. L'amertume et la chaleur du café la firent trembler. Elle s'approcha un peu plus de son chien pour chasser le frisson qui la parcourait.

Sentinelle toujours aux aguets, la poupée la regardait depuis le rebord de la fenêtre. Ses yeux, l'un noir, l'autre vert, ne clignaient pas. Eden avait promis à Mlle Silverdash de la lui apporter pendant le festival. Elles avaient rassemblé plusieurs éléments solides, mais l'intégralité du passé d'un objet ne se trouvait pas dans les livres. Seuls les gens pouvaient lui en faire le récit.

Elle avait levé sa tasse.

– À une belle nénette avec une jolie tête mais pas de gambettes.

Elle avait essayé de rire à sa propre plaisanterie mais la trouva plus pitoyable que spirituelle. Elle entendait parler derrière son dos. « Elle met son mari à la porte, nu, en pleine nuit, elle vit seule dans une maison hantée, elle parle avec des chiens et des poupées, elle prépare des biscuits magiques sûrement bourrés de cannabis… Elle se drogue, c'est évident. Elle est soi-disant dans la mouvance bio. J'ai vu une tête de poupée vaudou par la fenêtre de sa cuisine. »

Vraiment pas très loin de devenir cette vieille folle. Tout le monde a une voisine comme ça. Le pire, c'est qu'elle ne pourrait pas les contredire.

À cet instant, Cleo avait frappé à la porte. Folle ou pas, elles avaient des biscuits à vendre.

Sur la route vers Main Street, la voiture trancha la brume comme un couteau de la pâte à gâteau, la séparant lentement.

– C'est *Brigadoon* ! s'exclama Eden en activant l'essuie-glace sans raison et en se penchant sur le volant. Où est passé Gene Kelly avec ses claquettes ?

– Briga-quoi ? demanda Cleo, installée à côté d'elle.

– C'est un vieux film. Demande à ton grand-père, ça parle d'une ville qui sort du brouillard tous les cent ans.

– Oh… Je vois pas de claquettes dans le coin, juste des croquettes. On a ça tous les ans. En septembre, le brouillard est si épais que les enfants obtiennent des dispenses pour l'école parce que les chauffeurs de ramassage scolaire passent leur chemin sans les voir.

Elle souffla un nuage de condensation sur la vitre et y dessina un os : deux cœurs reliés par deux traits.

– C'est la fin de l'été, ajouta-t-elle. La rentrée mercredi…

Eden ne pensait plus du tout à l'école. L'odeur de l'humidité, des cahiers, des goûters, de la craie et du jus d'orange encore sur les lèvres des enfants. Cela la rendit nostalgique et elle éprouva une pointe de tristesse en pensant que Cleo serait occupée la plus grande partie de la journée. Depuis la banquette arrière, Criquet laissa échapper un petit bruit, alors qu'elles tournaient sur Main Street. Au moins, elle l'aurait toujours, lui, pour lui tenir compagnie.

La rue était barrée des deux côtés et elle grouillait des vendeurs qui préparaient leur stand pour la journée. Eden stationna sur le parking de Milton's Market et transporta leur marchandise vers l'entrée. Mademoiselle Silverdash et M. Morris avaient monté une tente KroKettes de KriKet devant la librairie et le café.

Deux femmes aux cheveux gris et talons hauts entouraient M. Morris, cajolant des tourtes tels des bébés emmaillotés.

– Tous les agriculteurs disent que le citron est le meilleur fruit cette saison, expliqua l'une d'elles.

– Voyons, Myra, c'est la pêche qui a gagné le prix cette année, riposta l'autre.

– Les pêches, bien sûr que non ! Mon Bill a trouvé un ver dans la sienne pas plus tard qu'hier !

Monsieur Morris intervint.

– Mesdames, Mesdames... la table des tourtes se trouve devant la banque, comme toujours.

– Eh bien, j'apprécierais grandement que vous m'y accompagniez, monsieur Morris, dit Myra en se redressant. Pour m'assurer que toutes les consignes sont respectées à la lettre.

L'autre femme leva les yeux au ciel mais, sans lui donner le temps de répliquer, M. Morris se leva pour les aider à s'installer.

– Par ici, Mesdames.

Eden et Cleo passèrent à côté du trio.

– Elles sont remontées, ces deux-là, leur glissa Morris discrètement.

Eden rit.

Cleo lui adressa un regard malicieux.

– Ça commence fort...

Ignorant la dispute stérile des deux femmes, Mlle Silverdash les accueillit à bras ouverts.

– Eden, Cleo, et notre mascotte à fourrure !

Criquet suivait, apathique, au bout de sa laisse.

– On lui a fait goûter trop de biscuits, il va exploser.

Mademoiselle Silverdash souleva le chien.

– Alors je déclare que c'est de la bonne pâtisserie, plaisanta-t-elle en lui caressant le ventre.

– Grâce au *Holistic Hound* !

– En parlant de ça…

Mademoiselle Silverdash posa Criquet sur le coussin qu'elle avait apporté pour lui.

– J'ai passé une commande spéciale…

Sur une table pliante perpendiculaire au stand, s'étalaient plusieurs livres : *The Holistic Hound*, *Guide de dressage pour chien*, et l'intégrale des aventures du détective Spot. Perchée sur un socle, au milieu des volumes, trônait la fée des peluches, l'ange gardien de la librairie, invitée de marque au festival.

– Surprise ! s'écria Mlle Silverdash.

Ravie, Cleo applaudit.

– C'est comme si on avait notre propre boutique !

– Tout à fait, confirma Mlle Silverdash en lui montrant les emballages avec le logo animé. Vous deux… c'est extraordinaire ce que vous avez réalisé. Extraordinaire !

Eden rayonnait. Il fallait bien le reconnaître, elle était très fière de ce qu'elles avaient accompli.

Mademoiselle Silverdash et Cleo déplièrent la nappe en vichy haut dans les airs et, alors que les carreaux retombaient sur la table, la brume se dissipa entièrement. Il fallut moins d'une minute au soleil pour briller haut et fort. Mademoiselle Silverdash se protégea les yeux d'une main et regarda le ciel.

– Si j'en crois les signes, la journée s'annonce splendide. C'est toujours comme ça pour le festival, quelles que soient les menaces.

Elle adressa un clin d'œil à Eden et lui frotta le bras.

Monsieur Morris revint, escorté par Vee.

– Les médecins disent que mon père se rétablit très bien. Avec un peu de chance, il pourra quitter la maison d'ici quelques semaines. Il est désolé de rater le festival, nos chiens McIntosh et Nutmeg aussi, d'ailleurs. Il a tellement entendu parler des nouveaux arrivants, les Anderson !

Elle adressa un gentil sourire à Cleo avant de se tourner vers Eden.

– Papa est impatient de vous rencontrer, vous et Criquet.

– Peut-être que j'aurai cette chance très bientôt, annonça Eden. J'ai terminé de remplir le formulaire la nuit dernière. Je pourrais passer vous le déposer.

– Ce serait parfait, acquiesça Vee en souriant. N'en attendons surtout pas trop, au cas où cela ne donnerait rien. Mais avec Emma, je travaille sur cette rue depuis des années. Ce serait sympa de faire enregistrer une maison de plus.

– Vous parlez d'Apple Hill Lane ? demanda Mlle Silverdash en arrangeant un bouquet de myosotis dans un vase.

– Entre papa et la boutique, je n'ai pas eu le temps de te raconter. Eden va déposer sa candidature auprès du registre national des Monuments historiques.

– Excellente idée ! s'enthousiasma Mlle Silverdash. Cette maison doit y figurer, c'est évident. Elle est spéciale, ça se voit.

– Elle t'a dit ce qu'elle y a découvert ?

– L'affaire de la tête de poupée d'Apple Hill, répondit Mlle Silverdash dans un clin d'œil. Cleo mène l'enquête.

– Oui, la tête, mais ce que j'ai trouvé plus intéressant encore… ce qu'il y avait dedans.

Eden n'avait pas eu l'occasion de parler de la clef ni du bouton avec Mlle Silverdash. Les événements se succédaient à un rythme infernal ces derniers temps, et le manque de sommeil lui engourdissait le cerveau.

– Madame A. ! Vee, mademoiselle Silverdash ! appela Cleo. Venez vite, regardez ça !

Elle brandit la fée des peluches, montrant son dos, où la robe était attachée par deux boutons en cuivre sur lesquels on voyait deux faisceaux de blé tressé.

Le cœur d'Eden s'emballa. Elles emportèrent la fée des peluches vers la boîte où Eden avait rangé les vestiges trouvés dans la maison. Cleo approcha le bouton rouillé de ceux de la poupée.

Les mêmes. Cleo poussa un cri, et Eden la souleva dans les airs d'excitation.

– Qu'est-ce qui se passe ? demanda Mlle Silverdash.

Eden prit dans ses mains la tête en porcelaine et la clef. Mademoiselle Silverdash en resta sans voix.

– Nous avons trouvé, enfin... Monsieur et Mme Anderson ont trouvé la poupée et ce bouton dans la cave à légumes ! expliqua Cleo. C'est ce qu'on appelle une *percée* !

Mademoiselle Silverdash semblait toujours sidérée. Elle tendit une main pour toucher le visage puis serra de nouveau le poing.

Monsieur Morris revint et, en voyant son expression, s'alarma.

– Que se passe-t-il, Emma ?

– La fée des peluches... commença Cleo d'un ton léger, troublée par le manque de réaction de Mlle Silverdash. Elle a les mêmes boutons, et regardez...

Elle baissa délicatement le tissu brodé sous le cou du chien en peluche pour révéler une bordure de coutures serrées et anciennes.

– Quelqu'un a cousu la tête de chien, mais elle a un corps d'humain, comme si autrefois il s'était agi d'une poupée. Avec le bouton assorti...

Elle se gratouilla le nez et hocha la tête pour elle-même.

– J'en déduis que nous avons trouvé la tête originale de la fée des peluches...

Elle frappa la table de ses doigts pour souligner ce rebondissement.

Eden posa la peluche à côté de la tête en porcelaine. Les proportions correspondaient parfaitement.

– Les deux parties semblent coïncider au millimètre près. Mais comment est-ce possible ?

– La fée des peluches appartenait à mon arrière-grand-mère, chuchota Mlle Silverdash. Madame Hannah Fisher Hill.

Elle toucha de son index une des oreilles du chien.

– Hannah et sa famille habitaient à New Charlestown il y a plus d'un siècle. Le passé de ma famille a toujours été un mystère. C'est sans doute pour cette raison que je me passionne autant pour l'histoire. J'aime savoir ce que les autres ont cru bon d'oublier.

Elle jeta un regard en direction de M. Morris, qui lui prit la main. Ensuite elle se tourna, le menton levé.

– Mon arrière-grand-mère, Hannah, et son frère jumeau Clyde ont été envoyés vers l'Ouest durant la guerre de Sécession et sont revenus dix ans plus tard. J'ai passé des années à faire des recherches et j'en ai même fait mon sujet de thèse, mais les éléments concrets manquaient cruellement. Je n'ai pu obtenir qu'une théorie, leur appartenance au Chemin de fer clandestin, fondée sur quelques photographies usées et des lettres codées entre son beau-père, mon arrière-arrière-grand-père, Freddy, et une certaine Sarah. Et cette… fée des peluches.

Elle lui redressa le col qui ressembla alors aux pétales d'une fleur séchée.

– Je savais qu'il s'agissait d'un trésor. Alors que tout le reste a été enterré ou brûlé, cet objet a été conservé et transmis de génération en génération. Mon grand-père Silverdash m'a raconté que, pendant la guerre, son grand-père avait travaillé pour le Chemin de fer clandestin et que ce genre de poupée était utilisée pour transporter des messages, des plans et des objets de contrebande à travers les lignes de combat.

Elle souleva la robe de la poupée et exposa toute une rangée de coutures sur son corps.

Cleo se pencha pour mieux voir.

– Tu as regardé à l'intérieur ?

Mademoiselle Silverdash redescendit la robe.

– Du coton uniquement. Mais je la rembourre régulièrement. Une dame doit savoir se faire une beauté de temps en temps !

Elle sourit.

– Mais la robe et les boutons sont d'époque.

Les cheveux de Cleo tombaient sur ses épaules, telle une professionnelle elle les coiffa en une queue-de-cheval qu'elle attacha avec l'élastique qui entourait son poignet.

– Donc... pour en revenir aux indices. Comment expliquer que la poupée d'Hannah ait ces boutons ? Et pourquoi le changement de tête ?

– Je ne saurais le dire, répondit Mlle Silverdash en haussant les épaules.

Cleo poussa un soupir exaspéré et jeta les mains en l'air.

– L'affaire de la tête de poupée d'Apple Hill n'est toujours pas élucidée !

– Si, en partie, la contredit Mlle Silverdash en caressant d'un doigt la joue en porcelaine. Tu m'as aidée à résoudre une énigme qui me turlupine depuis toujours. Je suis l'arrière-petite-fille d'une enfant esclave envoyée dans l'Ouest par le Chemin de fer clandestin, et la maison des Anderson sur Apple Hill Lane devait vraisemblablement servir de relais. C'est une sacrée découverte sur moi-même et sur ma ville, s'écria-t-elle, des larmes de joie dans les yeux. Et tout cela grâce à toi, ma merveilleuse détective ! Et grâce à Eden.

D'un bras, Eden entoura les épaules de Cleo et la serra contre elle. Elle remit ensuite la fée des peluches à sa place sur le socle. Pourquoi et comment le corps et la tête avaient été séparés, cela restait un mystère, mais l'histoire de la poupée sortait peu à peu de l'obscurité du passé. Son visage d'origine avait disparu, mais la fée des peluches n'avait pas cessé de vivre pour autant, aimée par les parents de Mlle Silverdash et élevée au rang de mascotte par la librairie. Elle n'avait pu garder sa figure humaine, mais le sort lui avait réservé un destin bien plus magique.

– Ce n'est pas fini, ajouta Eden. Si la poupée appartenait à votre famille, alors cette clef aussi.

– C'était caché dans la tête de la poupée, expliqua Cleo. Elle porte le numéro trente-quatre.

Mademoiselle Silverdash l'examina à la lumière, M. Morris inspectant l'objet en même temps qu'elle.

– Ça me semble être une vieille clef de coffre-fort de banque, hasarda-t-il.

Cleo se tapota le front.

– J'aurais dû y penser !

– Il y a peut-être d'autres documents, des lettres, des réponses sur l'héritage de ma famille et sur le Chemin de fer clandestin !

Mademoiselle Silverdash tremblait d'excitation.

Ce qui se trouvait dans ce coffre, s'il s'agissait de cela, lui appartenait sans conteste, et Eden se sentit heureuse d'avoir permis que ces objets retournent à leur propriétaire de droit. Si la maison avait fait partie du réseau du Chemin de fer clandestin, alors elle serait évidemment référencée dans le registre des Monuments historiques. Tout le monde était gagnant.

– Tu vois, Morris, c'est la providence ! s'écria Mlle Silverdash. Monsieur et Mme Anderson étaient destinés à emménager dans cette maison. Tout s'est agencé exactement comme c'était écrit.

– Qu'est-ce que tu veux dire par là ?

– Morris, c'est la preuve que toutes les graines parviennent à se frayer un chemin vers la surface. À toute chose, il existe une raison, c'est la nature qui le dicte.

Monsieur Morris tourna la tête de Main Street vers Milton's Market, où un groupe de musiciens répétaient en jouant quelques notes.

– Merci, Eden et Cleo ! lança Mlle Silverdash en se tamponnant le coin de l'œil avec un mouchoir brodé. Vous n'avez pas idée du cadeau que vous venez de m'offrir !

Mademoiselle Silverdash mit la clef dans sa poche, s'assurant qu'elle y était bien rangée.

– Je serai à la banque Bronner dès l'ouverture lundi matin, et je vous ferai un compte rendu détaillé de tout ce que je trouve dans le coffre.

– Je vais prévenir grand-père de votre visite.

Les musiciens entonnèrent une mélodie.

– Ça va bientôt commencer ! s'exclama Cleo.

– Tu as raison. Morris, tu dois retourner à ta place dans le jury des goûteurs pour que Mme le maire déclare ouvertes les festivités. Et moi, je dois m'occuper de la vitrine de la librairie sur-le-champ !

– Le nouveau diorama ! se réjouit Cleo en tapant dans ses mains. Mademoiselle Silverdash va enfin nous présenter *L'Automne,* quand le groupe sera passé devant la boutique.

– J'espère que le nouveau tableau vous plaira. Je me suis inspirée des fleurs qui viennent d'éclore, du premier petit-fils de la famille Milton et…

Elle adressa à Eden un sourire affectueux.

– … des nouvelles familles de New Charlestown.

Eden rougit, à la fois flattée et gênée par l'honneur que lui faisait la libraire. Si Jack et elle ne réglaient pas leurs différends, ils deviendraient une sorte de fausse-couche pour la ville.

Mademoiselle Silverdash inspecta le stand, satisfaite.

– Je suis sûre que c'est le point de départ d'une merveilleuse entreprise !

Eden fit l'inventaire. Des friandises pour chiens en rangées bien alignées, une caisse enregistreuse éclatante, Criquet endormi sous la table, Cleo dans ses vêtements du dimanche, le logo des KroKettes de KriKet épinglé sur le revers de sa veste, la fée des peluches qui surveillait les livres et les biscuits. Tout était en ordre.

Il ne manquait plus que la touche finale. Monsieur Morris sortit du café avec son escabeau et déroula la banderole au-dessus de leur tente.

Douceurs pour chiens
La compagnie des CroKettes de Kriket
Sponsorisée par le Morris Café et la librairie Silverdash

Cleo et Eden n'avaient dévoilé à personne leur slogan. Dans les bras l'un de l'autre, M. Morris et Mlle Silverdash le contemplaient, attendris et rayonnants, comme des parents fiers de leur progéniture. Le dessin de Criquet au-dessus d'eux, telle l'étoile du Nord.

– Tu es célèbre, affirma Cleo en caressant la tête de la brave bête.

Eden jubilait. Une fois n'est pas coutume, tout se passait bien mieux encore qu'elle n'aurait pu l'espérer. Elle regrettait que Jack ne soit pas là pour le voir. Quelle idée de penser à lui à cet instant ?

Elle se montrait hostile depuis si longtemps que le sentiment lui était presque devenu naturel. Mais désormais elle ne voulait plus alimenter continuellement son chagrin.

Pour être tout à fait honnête, elle avait autant que lui trahi leurs vœux de mariage. Peut-être même plus. Elle lui avait témoigné une cruauté gratuite, l'insultant, le blessant, lui interdisant l'accès à son cœur, et envisageant de divorcer tout en acceptant ses cadeaux et sa gentillesse inébranlable.

Mettre Jack à la porte représentait le cliché ultime : le mari adultère à la rue, la femme éplorée se ressaisit et, avec la force de l'indignation, rencontre le succès, laissant son époux désespéré de ne pas avoir su retenir la perle rare. Pitoyable, le feuilleton débile de l'année. Super pour la chaîne de la ménagère moyenne, mais elle refusait d'être associée à cette platitude. Jack n'était pas son père. Et elle ne ressemblait pas à sa mère, même de loin ; elle ne vivrait pas le reste de sa vie amère et aigrie.

Elle aimait Jack. Ils n'avaient pas vraiment été sur la même longueur d'indes ces dernières années ; mais, même quand elle remettait tout en cause dans leur relation, elle ne pouvait nier son amour pour lui. Elle s'en voulait pour ses sentiments contraires à ce que la société attendait d'elle.

Mais sa vie n'était pas une campagne marketing. La vie privée ne doit pas entrer dans la sphère publique. D'accord, elle approchait des trente-sept ans et n'avait pas d'enfants. Et alors ?

Elle avait renoncé à sa carrière pour partir en Virginie-Occidentale et était bien plus heureuse qu'elle ne l'avait jamais été à Washington. Qui pouvait le lui reprocher ?

Elle aimait goûter les recettes pour chiens du *Holistic Hound* bien plus qu'elle n'avait apprécié les restaurants branchés. Quel mal à cela ?

Elle était éperdument amoureuse de son mari, malgré sa liaison probable… Elle s'arrêta. Elle ne respirait plus. Comment avait-elle osé penser cela ? Outrage au féminisme !

Et pourtant, c'était vrai. Elle était venue à New Charlestown pour cette raison : découvrir sa vérité. Elle avait été transformée par Criquet, Cleo, Mlle Silverdash et M. Morris. Par les enfants de l'heure du conte, et par cette ville à laquelle Jack avait cru dès le début.

La foule se rassembla. Les familles s'assirent sur le trottoir des deux côtés de la rue, les yeux plissés sous l'effet du soleil radieux. Mademoiselle Silverdash avait raison : le ciel était d'un bleu intense, entaché seulement à l'horizon par une faible traînée nuageuse. Le brouillard s'était levé, la journée battait désormais son plein, lumineuse et dégagée de tout regret. Tous, sauf un.

Eden afficha le numéro de Jack sur son portable. Les trompettes et clarinettes, le tuba et la batterie s'étaient unis pour entamer un air enjoué, créant une ambiance électrique en harmonie avec l'humeur des habitants de la ville. Une femme coiffée d'un chapeau à larges bords et tenant en laisse un caniche laineux vint à leur table. Une cliente.

Pas le moment de parler. Plus tard. Eden posa son téléphone.

– Dixie adore les petites gâteries, déclara la dame. Je vais prendre deux sachets à la citrouille et un à la pomme.

Elles venaient de réaliser leur première vente avant même que le marchand de maïs embaume l'air de ses graines, avant même que la mairesse inaugure le festival – avec son chapeau rouge en l'honneur de son Redbone Coonhound, Little Ann –, avant même qu'on présente le jury des goûteurs et que M. Morris s'asseye derrière sa plaque de chef des tourtes, avant même que le groupe descende la rue principale pour inonder la rue de musique, et avant même que Mlle Silverdash dévoile son diorama *L'Automne* – une maquette de Main Street construite avec des pages d'illustrations florales : peupliers mauves et sapins verts sur des tiges or et bronze. Si vivant que quand Eden leva les yeux de la miniature pour regarder les vrais, les arbres et les pas de porte sur Main Street lui semblèrent briller de mille feux.

Sarah

NEW CHARLESTOWN, VIRGINIE-OCCIDENTALE
SEPTEMBRE 1862

LA FIÈVRE DE FREDDY MIT UNE SEMAINE À TOMBER. ET IL EN FALLUT ENCORE deux pour que la plaie cesse de suinter. La seule qui osait sortir pour le ravitaillement était Siby, à la faveur de la nuit. Sa famille ne prendrait jamais le risque de venir jusque-là.

Le conflit entre les forces adverses avait rendu les papiers des Fisher inutiles. Libre ou esclave, c'était une famille de Nègres qui habitait dans sa propre maison. Siby racontait que son père restait éveillé toutes les heures du jour et de la nuit, à faire des rondes dans leur propriété, son fusil à la main. Pourtant, s'il abattait un Blanc, il serait aussitôt exécuté. Mais il préférait pendre au bout d'une corde plutôt que voir sa femme et ses enfants frappés par le diable. La mère de Siby lui rétorquait que, pour sa part, elle préférait qu'il reste en vie. Pour s'occuper l'esprit, elle cuisinait tous les fruits et les légumes du potager. De cette manière, au moins, ils ne rempliraient pas les estomacs des Rebelles. Siby rapportait des caisses de galettes de maïs, des bocaux de crème au citron, des pains de pommes de terre et maïs, des haricots, et bien plus encore.

Même s'ils avaient averti leurs amis du Chemin de fer clandestin qu'ils ne pourraient plus servir de relais pour le transport et les livraisons pendant que George et Freddy se trouvaient sur le champ de bataille, la maison des Hill demeurait un point de passage sur les cartes et les plans. Ainsi continuaient-ils à entendre des coups furtifs à la porte. Priscilla refusait de tourner le dos à ceux qui étaient dans le besoin. Elle offrait des sacs entiers de provisions des Fisher aux esclaves qui s'enfuyaient vers le Nord à la lueur des étoiles.

Durant tout le mois d'août, Freddy ne s'alimenta que de gruau de maïs. Même si sa vie n'était plus en danger, Sarah ne sut qu'ils parviendraient à sauver sa jambe que le matin où des vers sortirent du pansement à la recherche de nourriture. La plaie avait cicatrisé. En voyant la vermine ramper sur les draps, elle avait annoncé à tout le monde le rétablissement de Freddy. Priscilla embrassa la joue gauche du jeune homme, Ruthie la droite. Alice brandit sa Kerry Pippin comme s'il s'agissait d'une statuette sacrée et dansa dans la pièce en chantant un hymne. Sarah, elle, se contenta de lui caresser le visage.

– Je vous ai promis de guérir. Maintenant, vous devez tenir votre promesse et peindre, lança-t-il, son menton barbu lui piquant la paume de la main.

Au début du mois de septembre, Freddy quitta son lit. Sa jambe était soignée, mais désormais il boitait. Monsieur Fisher lui confectionna une canne en chêne sur-mesure. Freddy s'habituait avec peine à sa lenteur et à son handicap. Il tombait régulièrement, et on l'entendait pester depuis la cuisine.

– J'ignorais qu'il jurait comme ça, commenta Ruthie tandis qu'elle barattait le beurre avec Sarah.

– C'est nouveau, assura cette dernière en riant. Mais j'ai toujours su qu'il se cachait une canaille sous ses allures d'homme du monde.

Ruthie la regarda, perplexe, et Sarah comprit qu'elle avait parlé sans réfléchir.

– Nous sommes tous pareils, non ? ajouta-t-elle pour essayer de se rattraper.

Ruthie continua à baratter sans répondre.

Sarah remarqua que, même s'ils se montraient agréables l'un avec l'autre, Freddy et Ruthie n'avaient pas la même relation que George et Priscilla, mais plutôt des rapports ressemblant à ceux de ses propres parents. Côte à côte, et pourtant distants. Ruthie nettoyait, cuisinait et restait constamment aux petits soins. Freddy la remerciait pour sa sollicitude, la complimentait sur ses petits plats et lui était très reconnaissant de repriser ses chemises et ses chaussettes.

Le soir, Priscilla lisait tout haut les lettres de George quand ils en recevaient, ou les comptes rendus du *New Charlestown Spectator*. Freddy ne pouvait pas marcher sans sa canne, et encore moins tenir un fusil sur un champ de bataille. Sa carrière de soldat était bel et bien terminée. Cela rassurait Sarah et les autres femmes, autant que cela le dévastait de honte. Il ne parlait jamais de ses expériences sur le Front, ni de son statut de blessé de guerre.

Il parlait plutôt de l'église et interrogeait Sarah sur ses études à Saratoga, sur la littérature, l'art, et la cause de son père. L'abolitionnisme, il n'en parlait jamais en présence de Ruthie, même s'il avait écrit à Sarah que les Niles étaient leurs *amis* de confiance, code pour membres du Chemin de fer clandestin. Tout comme John Brown, Freddy avait décidé de tenir à l'écart de sa vie sa propre femme qui aurait dû être sa première confidente.

Sarah et Freddy se promenaient tous les soirs dans la cour et jusqu'au verger aride pour faire de l'exercice. Il parlait alors ouvertement du Chemin de fer clandestin. Sarah avait vu juste au sujet des poupées de Tante Nan. Alors qu'à l'époque elles servaient pour le transport des provisions dans les plantations, elles étaient à présent plus cruciales encore dans le combat pour éradiquer l'esclavage. Les poupées cachaient des messages de l'Union et des plans indiquant les maisons alliées, sur les lignes de combat, qui abritaient des fugitifs et des espions de l'Union.

– Donc le train de la liberté continue à avancer ? demanda Sarah au cours d'une de leurs promenades.

– Officieusement, oui. Même s'il est beaucoup plus difficile pour les passagers de déterminer aux mains de qui sont les villes à traverser. C'est une question de vie ou de mort, et les Rebelles ont compris qu'il leur fallait saisir toutes les poupées. Toute une cargaison a été attrapée et les cartes ont été détruites. Maintenant nous ne les acheminons plus que par diligence. Monsieur Silverdash est notre conducteur. C'est risqué, mais pas plus dangereux que de transporter des passagers. Le problème, c'est qu'ils bloquent à présent presque toutes les routes.

– Et si les cartes n'étaient plus à l'intérieur des poupées ! s'exclama Sarah, comme frappée par une illumination.

Elle se sentit soudain fiévreuse.

– Les Rebelles ont découvert nos cachettes. Alors laissez-les dépenser leur énergie à inspecter les livraisons et les jouets. Nous pourrions peut-être même dissimuler des informations erronées dans les poupées, pour les mener vers de fausses pistes.

Il s'arrêta à l'orée d'une rangée de pommiers.

– Comment ?

Elle posa un doigt ganté sur une souche et suivit les anneaux, année après année. Plus elle montait, plus l'écorce s'écaillait.

– Peignons la carte sur le visage des poupées, expliqua-t-elle. Comme les traits de l'homme sur la lune.

C'était l'heure, entre chien et loup, où le soleil s'accroche encore aux bords fragiles du jour tandis que la lune se blottit à l'est, tranquille et translucide, les deux luttant pour le même ciel.

– Les Rebelles vont chercher ce qui est caché et secret, ils passeront à côté de l'évidence. Comme les chansons des esclaves et mes paysages. Les cheveux peuvent être peints de la couleur d'une rivière. Les yeux, des relais du chemin de fer clandestin et des villes alliées. Les taches de rousseur et grains de beauté peuvent représenter les relais. Un nez signifie une église de confiance, et ainsi de suite. Même si les soldats retirent le corps de la poupée, le vrai message, le plan vers le Nord, existe toujours.

Freddy frappa sa canne contre le tronc.

– Ça pourrait fonctionner !

Sarah se sentit rougir. Mais une pensée traversa son esprit.

– Sauf si la tête casse…

Comme pour la fille de Storm. Elle grimaça à ce souvenir et trouva son idée particulièrement ridicule.

– Seulement celles en porcelaine, continua tout de même Freddy.

Il réfléchissait désormais plus vite que Sarah.

– Nous pouvons nous servir des poupées que Tante Nan nous a envoyées comme modèle. Et ensuite utiliser des têtes en bois.

– Bien sûr ! acquiesça Sarah. Mais la peinture sur le bois s'érode vite. Sur une substance naturelle, elle peut disparaître complètement après un certain temps.

– Nous n'avons pas besoin qu'elles tiennent cent ans, dit-il en riant. Si l'esclavage perdure aussi longtemps, c'est que nous aurons échoué dans notre mission.

Il avait raison. Sans attendre, ils se mirent au travail. Avec la permission d'Alice, Sarah s'entraîna à peindre un visage sur Kerry Pippin. Les cheveux en vagues noires, le Shenandoah et le Potomac fusionnant au centre, l'œil droit en noir pour Harpers Ferry, occupée par les Rebelles, l'œil gauche en vert pour le refuge que constituait la maison des Hill. Elle laissa le nez en blanc pour New Charlestown. Les lèvres pincées sifflaient aux esclaves de quitter l'Ohio. Les taches roses sur les pommettes s'étendaient trop bas : des quakers à Pittsburgh, et un relais dans les Appalaches.

Quand elle montra le résultat à Freddy et Priscilla, ils s'émerveillèrent.

– C'est magnifique ! s'exclama Priscilla.

– Peignez toutes les poupées que nous avons ici, pria Freddy. Nous les enverrons avec M. Silverdash et nos amis du Nord en feront des copies.

Le lendemain il partit tôt à la poste pour envoyer un télégramme à M. Silverdash. À midi, il rentra, traversant la pelouse tout en appelant Sarah, Gypsy sur ses talons. Elle sortit de sa chambre, où elle venait de finir de dessiner une douzaine de visages. Les vapeurs de peinture lui donnaient le vertige.

– Sarah ! criait Freddy en bas des marches, haletant après sa marche depuis New Charlestown et agitant dans une main une feuille de journal.

Priscilla et Ruthie apparurent depuis le salon, Siby et Alice sortirent de la cuisine. Toutes regardaient tour à tour Freddy au pied de l'escalier et Sarah sur le palier de l'étage.

– Pour l'amour de Dieu ! répliqua Sarah en s'essuyant les doigts avec un chiffon, pourquoi ces hurlements ?

– Dieu en personne descendra du ciel en criant ! chanta Alice.

– Sarah, nous devons faire vos bagages et vous renvoyer chez vous le plus vite possible. Tout de suite.

Aussitôt, le cœur de la jeune fille battit la chamade. Elle saisit la rampe à deux mains. L'histoire se répétait, et avec elle des souvenirs douloureux.

– Je dois rentrer ? Aujourd'hui ? Mais c'est impossible ! Freddy, je ne comprends pas...

Il brandit la page de journal.

– Ils arrivent ! L'armée rebelle progresse. Je ne peux pas vous protéger comme le devrait un homme.

Tapant sa canne contre le sol, il eut l'air abattu.

– Tout ce que je peux pour vous, c'est vous mettre en sécurité. Siby ? Nous devons faire ses valises. Maintenant.

– Oui, m'sieur Freddy.

Siby escalada les marches deux à deux, passant à côté de Sarah pour courir dans la chambre d'amis.

– Où est le déguisement de bonne sœur ? demanda-t-il.

Sarah ne bougea pas, ne quittant pas Freddy des yeux. Son cerveau fonctionnait à toute vitesse pour trouver des arguments logiques.

– Je... je ne veux pas partir... se contenta-t-elle de riposter.

– S'il vous plaît, implora Ruthie. Le faut-il vraiment ?

Freddy hocha la tête, et tout le monde se mit en action. Sarah avait désormais l'habitude de prendre part aux activités de la famille ; mais à cet instant elle eut l'impression d'être un poisson pris dans l'aube d'un bateau, remué entre les pales, parant les coups de justesse.

Priscilla et Alice l'aidèrent à enfiler sa robe de religieuse. Freddy attela la calèche avec l'aide de Ruthie. En moins d'une heure, toutes les femmes pleuraient autour de Sarah en se séparant d'elle. Freddy était déjà assis, les rênes en mains, quand elle s'installa dans l'habitacle, la nuque entourée de sa collerette blanche en signe de reddition. La vieille Gypsy monta, maladroite, à l'arrière. Tout était en ordre, Freddy claqua la langue et les chevaux commencèrent à trotter. Ils s'en allaient. Le ciel d'automne n'avait jamais été d'un bleu aussi limpide. La couleur lui rappela les yeux de son père.

Elle supposait qu'ils se rendaient à la gare, comme la dernière fois, et elle fut surprise quand Freddy s'arrêta dans un petit chemin à côté d'une maison en bois. Les attendait là une vieille calèche usée tirée par plusieurs chevaux. Le cocher portait un képi de soldat avec sur le bord une croix faite de deux cuillères à la place des fusils. Un foulard lui cachait le visage. Freddy arrêta ses chevaux.

Sans recevoir d'instruction, il prit la caisse qui se trouvait aux pieds de Sarah.

– Bonjour Gypsy, lança-t-il sous son masque, avant de se tourner vers Freddy. Celles-là ?

Freddy hocha la tête. Priscilla et Siby avaient emballé les poupées que Sarah avait fini de peindre, à l'exception de Kerry Pippin.

– Monsieur Silverdash, laissez-moi vous présenter Mlle Sarah Brown.

Le cocher la salua d'un signe de tête tout en attachant soigneusement la boîte avec des cordes.

– Je ne connais pas d'homme plus digne de confiance, affirma Freddy.

Elle avait entendu les mêmes mots dans la bouche de son père pour présenter George Hill. Une vague d'émotion l'emporta. Les deux hommes lui manquaient terriblement. Tant de choses avaient changé depuis qu'il lui avait parlé du Chemin de fer clandestin. Quelle peine Freddy et elle avaient endurée…

– Avec lui, je vous sais en parfaite sécurité.

Monsieur Silverdash s'empara ensuite des affaires de Sarah pour les ranger dans sa calèche et s'installa à sa place.

– Si je le pouvais, je vous emmènerais à Saratoga moi-même, continua Freddy. Je n'ai pas de mots pour vous exprimer ma gratitude. Ce que vous avez fait pour moi n'a pas de prix.

Il baissa les yeux vers sa canne.

– Malgré ce que vous m'avez dit, Sarah, vous avez dû m'aimer pour vous occuper ainsi de moi... Pour rester auprès de ma famille. Mais, voyez-vous, je suis... cassé. J'ai de la peine pour Ruth qui va devoir me soigner pour le restant de ses jours, et je suis soulagé que vous échappiez à cette corvée.

Sarah essuya une larme, qui se mêla à la peinture qu'elle avait sur les doigts et tacha la collerette de son déguisement.

– Je vous interdis de parler ainsi. Ruthie vous aime. Elle vous donnera beaucoup d'enfants, Freddy. Moi... je ne peux pas, lâcha-t-elle dans un souffle.

Ce n'était ni le lieu ni le moment, mais la vie n'avait rien d'un conte de fées. Seul le présent comptait.

– Voilà pourquoi j'ai refusé votre demande. Je ne peux pas avoir d'enfants. Je suis cassée, moi aussi.

Les mots sur sa langue sonnaient plus lourd que des balles de plomb, mais ils ne frappèrent pas de la même façon. Le regard de Freddy resta inchangé : droit et affectueux.

Monsieur Silverdash s'éclaircit la gorge bruyamment.

– Mes amis, il faut partir.

Freddy prit la main de Sarah, son pouls battait fort contre sa peau. Il lui embrassa la paume et l'intérieur du poignet. Ses lèvres aussi douces et sincères que dans son souvenir. Cette sensation l'accompagnerait toute sa vie.

– Je ne vous en aurais aimée que davantage...

Sarah sentit sa vue se brouiller, le courage de ces derniers mois l'abandonner.

Monsieur Silverdash siffla, et ses chevaux hennirent en tirant sur les rênes.

– Vous devez partir.

Elle monta dans la calèche, lui adressant un dernier regard avant de poser le pied sur la marche. Elle se glissa dans l'espace confiné entre toutes les boîtes et les cartons. Les hommes échangèrent quelques mots à voix basse puis le convoi se mit en branle. Elle ignorait dans quelle direction il l'emportait. Des voiles recouvraient les vitres. Il ne lui restait plus qu'à prier, pour Freddy, pour les Hill, et pour New Charlestown, avec l'ennemi à l'approche. Pour que ces colis et leurs secrets arrivent à bon port. Et pour elle aussi, avec toutes ces poupées.

Extrait du New Charlestown Spectator : journal de la civilisation
16 septembre 1862 :

« Nous sommes assiégés »

« Tous les résidents ont l'ordre de rester dans leurs maisons, qui sont désormais aux mains des troupes confédérées du général Thomas "Stonewall" Jackson. Les résidents possédant des esclaves doivent présenter les papiers de leur enregistrement. À défaut, tous les biens seront confisqués et rendus aux États sudistes. »

Eden

NEW CHARLESTOWN, VIRGINIE-OCCIDENTALE
AOÛT 2014

VERS MIDI ET DEMI, AU MOMENT OÙ PASSAIT LA SPA DE NEW CHARLESTOWN, elles avaient vendu toutes leurs boîtes de KroKettes à la citrouille. En voyant les pauvres bêtes, Eden avait annoncé que pour tout animal adopté elle offrirait un mois gratuit de ses biscuits. Vee ajouta qu'elle les livrerait à domicile avec son camion de glaces. Les dernières boîtes à la pomme partirent alors en un clin d'œil ; et Cleo nota les noms et adresses de toutes les familles d'accueil.

Quand les trompettes annoncèrent le résultat de la délibération des juges, il ne restait plus au stand des KroKettes de KriKet qu'un guide pour entraîner son chien à la propreté. Tous les exemplaires du *Holistic Hound* avaient été vendus et, en douce, Eden avait acheté l'intégrale des aventures du détective Spot. Elle aimait penser que la fillette pourrait corner les pages du livre sans s'inquiéter de devoir le rendre. Le plaisir de posséder sans la peur de perdre rendait l'objet aimé encore plus précieux. Pour de bon, pour toujours...

Mademoiselle Silverdash avait emballé les nombreux volumes pendant que Cleo discutait avec les membres de la société de protection des animaux. À son retour, la petite avait soupiré de déception de ne plus les trouver en ne les voyant plus sur la table.

– Je n'ai même pas eu le temps de les feuilleter !

Eden avait caché son sourire, se réjouissant de la surprise qu'elle allait lui faire.

Mademoiselle Silverdash afficha dans sa vitrine le panneau « Je reviens tout de suite », veillant à ne pas obstruer la vue sur son diorama.

– Je suis impatiente d'entendre le nom du gagnant, affirma-t-elle. Même si je suis sûre aussi que Morris ne m'épargnera pas ses complaintes sur ses douleurs d'estomac. J'y aurai droit toute la nuit. Il n'a plus aucune volonté devant une belle tourte !

La cérémonie de remise du prix constituait le dernier événement du festival. La foule s'était rassemblée autour du stand présidentiel. La petite Chrissy Smith, la fille de treize ans de Mme le maire, remporta le trophée dans la catégorie Crumbles pour son « Tourbillon café-groseille ». Elle sautilla sur les marches du podium et sa mère, débordante de fierté, l'accueillit avec un ruban bleu et un gros câlin. La « Blondinette crémeuse » de Vee (petit clin d'œil à un parfum à succès) figurait à la troisième place des desserts. Dans la catégorie Biscuits et Roulés, ce fut la « Galette de la Miséricorde au jambon et au cheddar » qui décrocha la palme, et dans celle des gâteaux glacés, une pâtisserie de trois étages, le « Hey Diddle Diddle », inspiré de la berceuse du même nom, ingénieusement inscrit avec de la crème sur le nappage.

– Il est trop beau ! On va pas oser le manger ! lança Mlle Silverdash.

– Moi ça va pas m'arrêter ! répliqua Cleo.

Ils citèrent rapidement les lauréats des catégories Cookies, Bonbons, Pains, Muffins et Cheesecake dans le désordre, selon le juge qui parvenait à attirer l'attention de Mme le maire. Enfin, ce fut le tour de M. Morris.

Il se leva, barbouillé et imbibé de sucre, pour appeler la candidate qui avait cuisiné la meilleure tourte. Les deux femmes,

Mlles Aigrette Citron et Pêche Parfaite, comme Eden les avait surnommées, s'étaient redressées sur leurs sièges.

Monsieur Morris leur adressa un petit signe de tête, avant de regarder le reste de la foule pour annoncer les deuxième et troisième positions.

– Et la première place cette année revient à... Suley Hunter et sa...

Il consulta la carte dans sa main.

– Tourte à la rose d'Ida avec ses pétales en sucre. Unique et délicieux.

– Hans Christian Andersen ! s'exclama Mlle Silverdash.

Le conte de fées *Les Fleurs de la petite Ida* ! Eden applaudit avec un enthousiasme non dissimulé. Grisée, elle siffla entre ses deux doigts comme jamais elle ne l'avait fait de sa vie.

Timide et écarlate, Suley se dirigea vers le podium. Monsieur Morris lui tendit son ruban bleu et le chèque de cinquante dollars offert à tous les gagnants. Debout à côté de lui, les deux mains tendues, elle fut aveuglée par le flash du photographe du *New Charlestown Spectator*. Eden se mordit l'intérieur de la joue pour éviter d'éclater de rire à nouveau, mais sa joie l'emporta et elle ne put se retenir. Sa fierté s'exprima haut et fort.

– Suley ! hurla-t-elle en applaudissant de toutes ses forces.

Laura Hunter, votre fille est une perle, songea-t-elle.

La petite croisa son regard, un immense sourire aux lèvres.

Quand l'ovation se calma, la mairesse s'éclaircit la voix.

– Nous allons maintenant remettre un dernier prix pour une toute nouvelle catégorie. Et à vrai dire, voilà bien longtemps que nous aurions dû y penser. Désormais le mal est réparé pour cette édition de notre festival culinaire ainsi que pour les suivantes : j'ai l'honneur de remettre le premier ruban bleu à Cleo Bronner et Eden Anderson pour leurs KroKettes de KriKet !

Cleo poussa un cri si aigu qu'il faillit briser toutes les vitres de la rue. Son enthousiasme déclencha l'euphorie de la foule. Elle conduisit par le bras une Eden stupéfaite vers le podium, puis serra la main de la mairesse avant d'accepter le ruban bleu.

– Merci, New Charlestown ! Mais nous n'aurions pas pu préparer nos KroKettes de KriKet sans l'aide de M. Morris et de Mlle Silverdash. Je voudrais les inviter à monter sur l'estrade avec nous.

Les yeux de la mairesse s'ouvrirent tout grand de surprise. Monsieur Morris se trouvait déjà sur scène, et pour compenser son étonnement initial elle l'accueillit chaleureusement aux côtés d'Eden et de Cleo, tandis que Mlle Silverdash montait les marches sans se faire prier.

– Oh… et Mack et Annemarie ! ajouta Cleo sans même attendre Mlle Silverdash. C'est au Milton's Market que nous avons acheté tous nos ingrédients bio !

Elle fit un signe vers l'endroit où Mack se tenait auprès d'une jolie blonde qui portait un bébé endormi dans un BabyBjörn.

Les spectateurs scandèrent alors « Milton ! Milton ! Milton », mais Mack resta figé jusqu'à ce que sa femme l'entraîne vers la scène. Les deux hommes hésitèrent un instant, puis Mack tendit la main vers son père qui accepta de la serrer. Sans hésiter, Annemarie sortit leur fils de son porte-bébé et le confia à Morris. Le vieil homme rougit en prenant fièrement son petit-fils. Mack entoura d'un bras l'épaule de son père et, de l'autre, celle de Mlle Silverdash, laissant les spectateurs ébahis. La famille était réunie sur le podium, et Cleo brandissait son ruban bleu comme un étendard.

Les applaudissements redoublèrent.

Cleo se pencha vers Eden.

– Où est Criquet ? Il devrait être avec nous, lui aussi !

Criquet ? Avec toute l'agitation de la journée, Eden l'avait presque oublié. Se reprochant sa négligence, elle sentit l'inquiétude monter. Il lui tardait de le retrouver et de le serrer contre elle. Pour le dîner, elle lui préparerait la meilleure recette du *Holistic Hound*. Rien de tout cela n'aurait été possible sans lui.

Alarmée, elle scruta son stand, à la recherche de son compagnon. À son grand soulagement, elle repéra le bout de sa queue couleur citrouille là où elle l'avait laissé le matin. Pourtant, le voir ainsi ne la rassura pas entièrement. Il dormait plus que les autres animaux qu'elle avait connus, mais en général il venait lui rappeler quand il était l'heure de manger, de boire ou d'aller marquer son territoire. Il jappait, aboyait, l'effleurait de son museau humide, n'importe quoi pour attirer son attention. Mais elle réalisa que, de la journée, elle ne l'avait pas vu bouger.

Eden fila droit vers leur stand, jouant des coudes dans la foule qui se dispersait joyeusement. Elle s'agenouilla alors vers le brave toutou et posa une main sur son dos.

– Criquet ?

Il tourna la tête et durant un bref instant elle se dit que tout allait bien. Mais soudain elle vit son estomac, plus gonflé qu'un ballon de foot bien qu'il n'ait rien mangé ni bu depuis le matin. À midi, M. Morris lui avait apporté une bouteille d'eau. Elle en versa un peu dans la gueule de son chien, qui la recracha et se tortilla comme une otarie. Il avait la truffe glacée, les gencives grises comme de la suie.

Elle devait le montrer d'urgence à un vétérinaire. Elle aurait dû l'y emmener dès qu'elle l'avait eu.

Cleo la rejoignit. En voyant la détresse d'Eden, elle posa son ruban et s'accroupit.

– Qu'est-ce qui ne va pas ?

Eden écarta le pelage dru pour lui montrer le ventre distendu de Criquet.

Cleo le toucha délicatement.

– Dur comme de la pierre. Il a avalé une chaussure ?

– Pas que je sache, répondit Eden en secouant la tête. Il n'a pas bougé de la journée.

– Il faut qu'on appelle le docteur Wyatt, déclara Cleo, soucieuse.

Vee approcha, se dégageant des spectateurs qui commençaient à se diriger vers leurs véhicules, maintenant que le festival était terminé. Elle avait assisté à la scène, et sans dire un mot elle sortit son portable.

– Bonjour docteur Wyatt, c'est Vee Niles. Nous avons une urgence. Non, McIntosh et Nutmeg n'ont pas recommencé à manger du raisin, c'est le chiot des Anderson, Criquet. Super. On sera à votre cabinet dans moins d'une heure.

Elle raccrocha.

– Mon père et lui jouent au golf ensemble. Vous serez coincée dans la circulation si vous essayez de partir maintenant en même temps que tout le monde. Les organisateurs du festival ont utilisé notre camion pour bloquer Main Street. Je viens vous chercher avec, attendez-moi.

– Merci, Vee, murmura Eden, heureuse de s'être fait de nouveaux amis.

Elle prit Criquet sur ses genoux, bouleversée par ses gémissements.

– Tout ira bien, mon bonhomme. Le docteur Wyatt va bien s'occuper de toi. Ne t'inquiète pas, maman est là.

Elle caressa tout doucement la partie enflée. Le chien la fixait de son regard noir et tendre.

Le festival était terminé. Les cloches de l'église presbytérienne sonnaient le service de cinq heures, mais cette fois leur tintement n'agaça pas Eden. Elle pria. Elle n'avait plus prié depuis des années. Discuter avec une tête de poupée et son animal domestique, passe encore ! Mais parler à un être tout-puissant lui paraissait tout de même un peu excessif. Pendant son enfance, sa mère avait dispensé des prières comme on récite des incantations magiques et des sorts maléfiques. Jamais ses prières n'avaient été exaucées, alors Eden avait perdu la foi.

Pourtant, à cet instant, elle eut l'intime conviction que quelqu'un écoutait. Elle n'aurait pu se lancer dans un discours éloquent, comme le prêtre de la paroisse de sa mère. Elle répéta simplement : « Faites qu'il aille bien, s'il vous plaît. » Et elle espéra que ces mots suffiraient pour que sa supplique s'élève au-dessus de la vallée et atteigne les oreilles célestes.

Poste de New Charlestown

« New Charlestown, Virginie-Occidentale, 6 octobre 1862

Chère Sarah,

Les Rebelles contrôlent désormais la région et toute la correspondance qui y circule. J'espère que M. Silverdash aura réussi à vous porter ce pli. J'imagine que vous avez eu vent de la bataille de Harpers Ferry. Les Rebelles ont pillé toutes les marchandises fédérales. Nous avons bénéficié d'une heure seulement avant qu'ils pénètrent dans les rues de New Charlestown. Cela a suffi à Siby pour aller chercher Clyde et Hannah chez les Fisher et les emmener chez nous. Monsieur Fisher a refusé d'abandonner sa maison, et Mme Fisher de l'y laisser seul. Nous avons donc caché leurs trois enfants dans la cave. Mère a recouvert la trappe avec un tapis en priant pour que les Rebelles se contentent de voler nos victuailles et partent. Nous aurions dû nous douter qu'ils se montreraient plus voraces. Ils n'ont fait aucun effort pour cacher leur lubricité répugnante.

Ils m'ont ligoté et allongé face contre terre, attachant également les poignets de Ruth et de Mère. Quand ils se sont approchés d'Alice, il ne restait que notre fidèle Gypsy pour la défendre. J'ai entendu la détonation du fusil juste avant la plainte de la pauvre chienne qui s'écroulait sur le plancher. Un soldat l'avait abattue d'une balle en plein museau. Elle est tombée, ses dents se répandant telles des grains de maïs ensanglantés. Une vision glaçante. Un acte démoniaque.

Alice a poussé un hurlement de banshee et s'est précipitée vers Gypsy, mais les Rebelles ont interprété son élan comme une agression. Un autre soldat a frappé Alice sur la tête avec son mousquet. Son corps a heurté le sol dans un bruit sinistre. Elle avait le crâne ouvert et sanguinolent comme la gueule ravagée de Gypsy.

Je m'efforce de ne pas les haïr, ces jeunes imbéciles effrayés par un chien et par la douleur enragée d'Alice. Ils auraient dû se trouver chez eux à faire les récoltes. Nous aurions tous dû être occupés à labourer nos champs et à couper du bois pour l'hiver, mais nous ne l'étions pas. Nous sommes ici, noyés dans cet enfer. Je sais que je peux vous parler ouvertement, Sarah. À personne d'autre, je ne peux me confier ainsi.

Je n'ai pas réussi à protéger ma famille. Je revois les scènes dans ma tête, telles des photographies brûlées par la lumière. Vous écrire reste le seul salut de mon âme. S'il vous plaît, pardonnez-moi ce manque de bienséance entre un homme marié et une femme célibataire. Même si nous connaissons bien nos secrets, plus rien n'est pareil. Cette guerre a dévoilé une autre face de l'humanité. Il faudra beaucoup de patience pour voir le bien reprendre le dessus.

Éduqués dans des églises partout dans le Sud, ces Rebelles nous ont laissé nos « possessions » – j'utilise leur mot –, conscients qu'ils avaient gravement blessé la fille simple d'esprit d'un pasteur. Siby n'a plus quitté le chevet d'Alice depuis. Le coup à la tête semble avoir définitivement endommagé ses capacités intellectuelles. Elle s'exprime en syllabes incompréhensibles, gémissant à longueur de journée comme un bébé. Sans médecin pour nous assister, nous craignons à chaque instant que sa dernière heure n'arrive.

Nous cachons toujours Hannah et Clyde. Tels des fantômes, ils trottent dans la maison sur la pointe des pieds et passent la plus grande partie de leur temps tapis dans la cave, jouant avec les poupées dont Alice ne peut plus s'occuper. Hannah reconnaît ses propres cheveux courts dans ceux des petites figurines. Avec leur peau et leurs yeux clairs, Mère estime que l'on pourrait les prendre pour des Blancs. Peut-être à une autre époque, dans un autre lieu. Mais ici et maintenant, ils seront considérés pour ce qu'ils sont et nous ne voulons pas courir ce risque. Désormais, ce qu'il nous reste à faire de plus sûr, c'est de continuer à envoyer vos poupées aux relais du Sud. Vos exemplaires sont arrivés à temps, Sarah, et ont depuis été reproduits avec succès ! Je voulais vous faire part de cette petite victoire, tout de même très significative dans ce contexte malheureux...

Au cours du rassemblement, M. et Mme Fisher ont été capturés et envoyés dans un marché d'esclaves. Les Confédérés utilisent désormais leur maison comme entrepôt de fortune. Comme le jardin ne leur offrait plus de quoi se nourrir, ils ont tué Tilda, trop vieille pour transporter un soldat sur le champ de bataille ou pour tirer un chariot d'armes. Ils ont fait griller ses flancs sur un feu de joie et se sont régalés de sa chair comme s'il s'agissait d'un bon veau gros et gras. L'odeur a imprégné l'air pendant plusieurs jours.

Nous n'avons toujours pas reçu de nouvelles de Père depuis la prise de Harpers Ferry. Si vous entendez parler de lui, nous vous en serons éternellement reconnaissants.

Les Confédérés m'ont attribué la mission de prêcher la bonne parole au sein de leur troupe à New Charlestown. Je rechigne à cette tâche. Ruth doit me rappeler jour après jour que tous les hommes sont des créatures du Tout-Puissant, indépendamment de leur uniforme. Elle a raison. Mais mon cœur s'est glacé, plus dur à présent que les pierres des rivières. Il pèse comme un poids mort dans ma poitrine. Plus aucune chaleur, plus de rythme. Il reste là, éteint, jusqu'au moment où je trouve une heure pour vous écrire. À cet instant seulement, je le sens battre, quand je suis avec vous, Sarah. Pardonnez ma franchise, mais comme le dit le proverbe : « Celui qui a beaucoup de compagnons les a pour son malheur, mais un véritable ami est plus attaché qu'un frère. » Ou qu'une sœur, en ce qui me concerne.

Avec tout mon amour,
Freddy »

*

« Fort Edward Institute, Saratoga, New York, 1er novembre 1862

Chère Annie,

Hier, j'ai reçu des nouvelles des Hill, en Virginie. C'est encore plus affreux que ce que nous aurions pu imaginer. Oh ma sœur, je suis horrifiée ! Je pleure et maudis ces satanés Rebelles. Je ne pouvais cacher ma détresse à Mary Lathbury, je lui ai tout confié. Elle a généreusement pris contact avec nos amis qui se chargent activement de transmettre des informations derrière les lignes ennemies. Je prie pour qu'ils nous rapportent de bonnes nouvelles au sujet de M. Hill. Je serais heureuse de leur fournir au moins ce réconfort.

Transmets mes meilleures pensées à Mère et à la petite Ellen. Fais bien attention à toi et à elles, à North Elba. Ceux qui méprisent notre nom sont prêts à tout, et ceux que nous chérissons sont conduits vers leurs tombes.

Ta sœur qui t'aime,
Sarah »

*

« North Elba, New York, 20 novembre 1862

Chère Sarah,
Le poison de l'esclavage s'est répandu partout ! J'ai reçu une proposition pour enseigner en Virginie, mais une semaine après que j'ai accepté les menaces ont commencé à pleuvoir sur notre toit, à North Elba ! Même la ville de Père, sur la colline, est infestée d'espions et de chasseurs de prime. Si nous ne sommes pas en sécurité ici, quel danger attend un Brown dans le Sud ? J'ai dû refuser cette offre, mais je crains que l'école ne reçoive aucune de mes deux lettres.

La Proclamation d'émancipation du Président Lincoln n'était rien de plus qu'un discours creux. Comme le dit la Sainte Parole, il ne sert à rien d'étaler ses bonnes intentions, ce sont les actes qui comptent. Lincoln n'est pas notre père. Et nous autres, les Brown, ne pouvons espérer aucun répit, comme on attendrait une livraison.

Regarde les Hill, par exemple. Devrions-nous rester dans notre cuisine à cuire du pain et faire du feu, jusqu'à ce qu'un voyou vienne nous voler et nous assassiner ? Non. Nous serions trop inconscientes d'attendre un tel sort sans rien faire. Nous devons tirer les leçons de ce qui arrive à nos amis et partir pour protéger notre famille.

Nous avons parlé, Mère, Salomon et moi-même, et pensons plus avisé de nous rendre dans l'Ouest. Mère m'a demandé de t'envoyer cette lettre après qu'elle a écrit à

M. Stearns, M. Sanborn et Mme Lathbury. C'est arrangé. Tu vas revenir à North Elba immédiatement, et alors nous partirons ensemble rejoindre nos proches dans l'Iowa.

Je me doute que tu n'accepteras pas cette décision avec bonheur. Mais comprends que tes aspirations artistiques ne valent rien si elles mettent en danger ta vie et celle de ta famille. Regarde Père, par exemple.

Si tu t'y opposes, cela ne fera que retarder notre départ inévitable en augmentant les risques pour nous. Le péché d'égoïsme entraîne la destruction, Sarah. Je te le dis en tant que sœur aimante pour que te soit épargné le jugement divin. Obéis et reviens. Souviens-toi, tu es une Brown, pas une Hill.

Ta sœur dévouée,
Annie »

Eden

NEW CHARLESTOWN, VIRGINIE-OCCIDENTALE
AOÛT 2014

« Allô ? »

La voix de Jack brisa les dernières défenses d'Eden. Elle ouvrit la bouche pour répondre, mais aucun son n'en sortit. Trop de choses à raconter. Son cœur grondait trop fort dans sa poitrine.

– Jack… dit-elle simplement.

– Eden, je te jure… commença-t-il alors directement.

– Jack, s'il te plaît…

Elle voulait juste qu'il l'écoute.

– Je suis allée voir le docteur Wyatt. C'est le vétérinaire de la ville.

Le reste suivit sans qu'elle puisse s'interrompre.

– C'est Criquet. Ce n'est pas un chiot, comme on pensait. Le docteur estime que, d'après sa dentition, il doit avoir quatre ou cinq ans. Et il est malade, Jack. Ils lui ont fait des radios et ont trouvé dans son ventre une masse de la taille d'un pamplemousse. C'est monstrueux ! Un lymphome… le cancer.

Elle s'arrêta pour reprendre son souffle mais fut secouée par un sanglot.

– Il est en train de mourir, Jack. Le docteur Wyatt m'a donné une boîte de stéroïdes pour le soulager jusqu'à la fin. Mais j'en ai pris, moi, des stéroïdes, ça ne soulage rien du tout !

Sa voix s'éteignit telle une flamme qu'on souffle, et elle pleura en silence dans le noir.

Elle ne se l'était jamais autorisé. Jamais. Pas quand ils avaient perdu leurs bébés avant même qu'ils naissent. À aucun moment, au cours du processus de fertilité, malgré la douleur, la fatigue et le désespoir. Elle faisait bonne figure, se permettait de temps en temps des sanglots étouffés ou des crises de colère provoquées par la prise d'hormones. Et même quand elle avait lu le texto de Pauline et noyé de larmes son oreiller, il s'agissait de pleurs de colère. À présent, elle se laissait aller comme une enfant, fragile et vulnérable, se libérant du poids de sa tristesse jusqu'à se vider entièrement.

– Je peux être à la maison d'ici une heure. Tu veux que je vienne ?

– S'il te plaît, supplia-t-elle. Rentre. On a besoin de toi.

Vingt-trois minutes plus tard exactement, juste avant minuit, il franchit le seuil de la porte. Elle était assise sur le canapé, Criquet endormi sur ses genoux, et les yeux rivés sur les chiffres qui s'affichaient sur l'horloge digitale. Elle regardait chaque minute qui passait. Une de plus. Encore une. Et une autre... Tous ces instants envolés.

La porte-moustiquaire s'ouvrit et claqua derrière Jack. Jamais elle n'avait été plus heureuse d'entendre ce bruit.

– Eden ! s'écria-t-il dans l'obscurité.

Comme il ne la voyait pas, il l'appela de nouveau, mais elle s'était levée pour se jeter dans ses bras, lui coupant le souffle et la parole. Bon sang, comme il lui avait manqué ! En une nuit, avec cette peur de le perdre pour de bon, son absence l'avait torturée plus qu'il ne pourrait l'imaginer.

Elle recula pour le regarder. Il avait des cernes noirs et profonds. Elle aussi, sûrement.

– Je n'aurais jamais dû te mettre dehors comme je l'ai fait. Tu méritais au moins que je t'écoute. Tu mérites plus…

L'émotion l'empêcha de continuer.

Il la serra contre lui, le visage d'Eden laissant une marque humide sur sa chemise, comme le linceul de Turin. Il aurait dû être furieux contre elle. Elle l'avait mis à la porte sans même le laisser s'expliquer. Les adultes ne se comportent pas de cette façon. Les gens qui s'aiment ne se montrent pas aussi cruels. Mais il était revenu et l'acceptait comme elle était.

– Depuis l'instant où je t'ai rencontrée, je n'ai aimé que toi. Je ne pouvais pas… assura-t-il, le menton posé sur son front. Je n'ai jamais voulu que toi. Tu me suffis. Vraiment. Je ferai tout ce qui est en mon pouvoir pour que tu te sentes bien. Pauline est tout le contraire de ce que je veux. Seule, brisée et désespérément en mal de bonheur. Je n'aurais pas dû accepter de boire un verre avec elle. Je n'aurais pas dû les emmener, sa fille et elle, manger des gâteaux. C'est juste une ancienne copine du temps où j'avais encore une famille.

Il laissa échapper un soupir.

– Où j'avais encore mes parents… J'avais peur que tu le prennes mal si je te le disais. J'aurais dû t'en parler tout de suite.

– Je ne t'aurais pas écouté. Ça fait des années que je ne t'écoute plus. Je n'avais que ce bébé en tête…

Elle aussi, elle devait assumer la part des responsabilités qui lui incombait.

Une larme coula sur la joue d'Eden, et Jack l'essuya avec son pouce.

– Si tu veux un bébé, on aura un bébé. D'une façon ou d'une autre ! Si tu veux retourner dans ton agence de com, je te soutiendrai. Si tu veux quitter New Charlestown, on retournera en ville. Tout ce que tu veux.

Il lui offrait gracieusement tout ce qu'elle avait projeté pour elle-même. Mais la panique l'envahit.

– Je ne veux pas partir. Je veux rester ici.

Elle se dégagea de son étreinte et baissa les yeux vers Criquet sur le canapé.

– Je veux qu'il soit enterré dans le jardin, tout près, quand le moment viendra. On ne va pas l'abandonner.

Jack l'attira de nouveau vers lui en hochant la tête. Quand elle parlait, son souffle lui réchauffait le cou.

– Je n'ai jamais vu le visage des bébés qu'on a perdus. Je ne leur ai jamais préparé leur repas ou chanté des berceuses pour les endormir. Je ne les ai jamais tenus dans mes bras quand ils étaient malades. Je n'ai jamais entendu leur voix, ni vu leurs yeux étinceler sous le soleil. Je ne me suis jamais occupé d'eux, même si je les ai portés en moi. Criquet, lui, m'a laissé être sa mère. Tu ne trouves pas ça bizarre ?

Il secoua la tête.

– On a ce merveilleux cadeau. Et je ne veux pas le laisser repartir.

En prononçant ces mots, son corps se tordit.

Il la laissa pleurer sans l'interrompre par des paroles vides. Elle en avait déjà bien trop entendu quand son père était mort, chacune d'elles sonnant comme un coup de gong creux et vain. Les phrases toutes faites, cousues sur des coussins – « plus riche d'avoir aimé » –, les platitudes de la Bible – « trouver la force dans la vallée de l'ombre de la mort » – ne font que vous contraindre à la gratitude : « Merci pour votre gentillesse. » Alors que tout ce que vous ressentez, c'est cette perte. Ce genre de désespoir effraie. Les amis, les voisins, les connaissances ont peur d'attraper le virus ; alors ils enfilent des gants stériles pour vous balancer un « Nos pensées t'accompagnent » quand ce qu'ils veulent vraiment, c'est fuir le plus loin possible. Trop douloureux à accepter, notre mortalité.

Jack la comprenait. Il avait vécu le même enfer quand ses parents étaient morts. Pauline les avait connus. Comment Eden osait-elle lui reprocher d'avoir voulu ranimer leur souvenir ? Même s'il fallait pour cela inviter la mère et la fille à manger des gâteaux. Elle, elle avait Denny, mais Jack n'avait personne pour se remémorer le bon vieux temps.

Elle l'agrippa de toutes ses forces.

– Je ne veux pas revenir à comme c'était avant, murmura-t-elle.

– Bien sûr que non. Ce ne sera pas pareil.

Elle pressa son nez contre sa poitrine et respira son parfum unique.

– Je veux quitter Aqua Systems, affirma-t-il soudain.

Elle se recula pour le regarder, choquée mais pas fâchée. Il reprit la parole avant qu'elle puisse formuler sa question.

– Ce n'est pas la vie que je voulais pour nous. J'ai envie d'être avec toi. Là où tu seras heureuse, et moi aussi.

Elle fronça les sourcils, mais un sourire lui monta aux lèvres.

– Mais comment on va faire pour payer les échéances de la maison et les factures de la clinique ? On est déjà bien endettés. Un de nous deux doit avoir un salaire stable…

– Tu es bien partie pour faire fortune, madame KroKettes.

Madame, oui, songea-t-elle. *Madame*, ça sonnait bien.

Il lui avoua qu'il pensait à démissionner depuis plusieurs mois déjà. Il avait fait des recherches sur les compagnies agricoles qu'il appréciait dans la région de Washington, et en particulier l'ancien employeur de son père, Cropland Genti-Corp. Il avait envoyé un mail au président pour lui parler des recettes de son père, à l'abri dans un coffre à la banque. Cela lui avait fourni le billet d'entrée, le vice-président lui avait répondu immédiatement. Le président l'attendait dans son bureau pour discuter de la possibilité de reprendre les recherches, afin de lancer une nouvelle gamme de produits et ainsi placer leur compagnie en tête des entreprises écocitoyennes. Et tout cela dépendait, bien évidemment, de la bonne personne pour développer le projet. L'homme qui détenait les brevets. Jack.

Il avait pensé en parler à Eden après leur réunion, quand l'encre aurait séché sur le papier. Il ne voulait pas lui infliger une nouvelle déception. Mais il comprenait maintenant qu'il avait besoin d'elle à ses côtés pour réaliser ce rêve. Il voulait qu'elle soit partenaire active de cette aventure, et pas simple passagère.

Eden était éblouie comme au premier jour par cet homme et par son ambition. Voilà celui qu'elle avait rencontré des années plus tôt à son agence de communication. L'homme sûr de lui qu'elle admirait et auquel elle croyait. Elle avait assez pesé sur sa vie, cela ne pouvait plus durer. Ils redeviendraient alliés et s'entraideraient pour dépasser même leurs espoirs les plus fous. Elle voyait clairement leur avenir, limpide et rayonnant telle la pleine lune.

La pendule de la cuisine sonna et réveilla Criquet. En les voyant, il remua la queue, son ombre touffue s'imprimant sur le mur. On était dimanche, et la famille Anderson se trouvait exactement où elle devait être. Ensemble. Et Eden put dormir.

Poste de New Charleston

« Decorah, Iowa, 15 mai 1863

Cher Freddy,

Je ne peux vous dire à quel point je suis désolée de tous ces mois sans correspondance. Je suis désolée que vous vous soyez inquiété, désolée de cette guerre, et plus désolée encore de me trouver dans ce fichu Iowa ! J'ai pleuré en lisant chaque ligne de votre dernière lettre. Au moment où je la recevais, j'ai dû partir de l'école de M. Sanborn pour rejoindre ma famille dans l'Ouest, à Decorah ! Nous y avons été confinées tout l'hiver.

J'ai appris qu'il existait pire sort que la mort. Être enterré vivant. La neige est tombée plus haut que le sommet de nos fenêtres. Nous n'avions plus aucun moyen de savoir s'il faisait jour ou nuit. À toute heure, le froid nous maintenait au lit, Mère, Annie, Ellen et moi-même, serrées les unes contre les autres telles des dépouilles sur un champ de bataille. Il m'arrivait de me réveiller et d'imaginer Ellen morte à mes côtés, son corps si frêle et glacé. Ce fut une saison monstrueuse, qui a failli nous transformer en bêtes. Cette promiscuité nous rendait soit muettes, soit odieuses.

Seul Salomon s'aventurait dehors, dans sa fourrure d'ours attachée par des lacets en cuir brut. Même si la maison de sa famille est à moins d'un kilomètre de la nôtre, il lui fallait une demi-journée pour aller de l'une à l'autre. Au cours de ces mois, nous n'avons pas vu Abbie, ma belle-sœur, mais il nous a raconté qu'elle avait perdu un bébé qu'elle ne savait pas qu'elle portait. Le sol était trop dur pour creuser, mais il ne pouvait pas déposer le corps dans la neige, les loups auraient senti son odeur. Alors ils l'ont gardé dans la cave. Vous imaginez ! Le seul bon côté de ce satané Iowa, c'est que le froid a gelé le bébé, évitant ainsi qu'il se décompose. Cependant, quand ils l'ont sorti de son tombeau temporaire, la vision de son enfant sans vie a ébranlé Abbie au point de lui faire perdre la raison et de la laisser dans un état de fragilité irréparable. Salomon se fait un sang d'encre pour elle, tout à fait justifié. Lui a contracté une méchante toux qui ne le lâche plus. Cette terre pourrait fendre une montagne si la roche osait s'ouvrir pour avaler toutes les larmes qui sont versées là.

Chez nous, j'imagine les plants de fraises florissants. Ma gorge se serre en pensant à leurs fruits. Cela fait des mois que nous nous nourrissons de compote de pommes en boîte. C'est l'aliment principal dont les Day, nos parents, ont approvisionné le garde-manger pour nous accueillir quand nous sommes arrivées, avant de disparaître, coincés eux aussi par la neige. Si l'on me forçait à en ingurgiter encore une cuillerée, je pourrais vomir. Immonde bouillie. Je rêve de légumes croquants cueillis dans le potager, mais nous sommes plongés dans un hiver éternel.

Savoir que les poupées accomplissent leur mission me procure mon unique joie ! Merci de me l'avoir appris, Freddy. Je suis heureuse aussi que nos amis parviennent à porter vos mots intacts jusqu'à ma porte. Je prie pour que vous receviez aussi mes lettres sans le passage de la censure.

Quelles sont les nouvelles de New Charlestown ? À force d'imaginer que la situation s'était améliorée, j'ai fini par me convaincre que tout allait bien désormais : qu'Alice s'était réveillée de sa blessure avec le sourire ; que les Fisher étaient revenus ; que vos parents étaient réunis ; que les Hill se retrouvent tous les soirs autour des délicieux pains de maïs de Siby. Que la guerre a pris fin pendant nos mois d'isolement forcé et que le bien a vaincu. Ces pensées me réconfortent, même si elles ne sont que le produit de mon imagination.

Mère et Annie ont enfin retrouvé un peu de bon sens. Nous ne tiendrons pas une autre saison ainsi. Un cousin est venu de Californie nous rendre visite. Il nous a parlé d'un endroit appelé Red Bluff et nous assure que le soleil y brille tous les jours de l'année et que les températures y sont toujours clémentes. Nous nous organisons pour repartir vers l'Ouest.

À vous pour toujours,
Sarah

PS : à mille lieues de vous, j'attends anxieusement des nouvelles de nos fidèles amis. Mes peintures et mes pigments feront le voyage avec moi et, dès que nous serons installées en Californie, je pourrai reprendre ma mission. Prévenez-moi dès que la voie sera libre. »

*

« Cher Freddy,

Nous avons survécu à la piste de l'Oregon par la grâce de Dieu… et avec l'aide de la cavalerie des États-Unis. Je n'ai jamais été aussi heureuse de voir des hommes armés à cheval. Mieux qu'une escorte d'anges, pardonnez mon blasphème.

Entre Topeka et la frontière de l'Idaho, nous avons repéré un groupe de Rebelles qui s'approchaient rapidement. Nous n'avons pas demandé notre reste et avons filé à toute allure. À Soda Springs, nous sommes tombées nez à nez avec un groupe de Morrissites. Dissidents des Mormons, ils étaient sous la protection des troupes de l'Union. Nous leur avons expliqué que nous étions de la famille de John Brown et craignions que les Rebelles assoiffés de sang ne se vengent sur nous. Les soldats ont aussitôt pris leurs fusils pour éliminer nos poursuivants !

Ils nous accompagnent désormais jusqu'à la vallée de Sacramento depuis Fort Hall, et nous leur en serons éternellement reconnaissants. Salomon, Abbie et la petite Ellen souffrent d'une toux tenace, Mère est épuisée et amaigrie, Annie est retournée dans ses abysses de désespoir. Et moi... sans aucun doute, tout mon être reflète la tragédie que nous subissons.

Les militaires qui nous accompagnent nous ont informés de la progression de la guerre : l'avancée du général Sherman sur Atlanta, les campagnes de Grant à Spotsylvania, Cold Harbor et Petersburg. Même si le succès des Yankees me réjouit, je suis triste de penser que le chaos règne encore chez vous, Freddy.

Mère dit qu'en cette période que nous traversons, nous devons nous tenir les mains et prier avec force. Je comprends son élan et je suis d'accord sur le principe. Cependant, les mains serrées et les prières n'ont pas empêché l'exécution de Père. Je ne supporterais pas qu'il vous arrive un malheur. J'écris avec l'espoir que vous recevrez cette lettre et que vous pourrez me répondre.

S'il vous plaît, soyez très prudent dans votre travail avec monsieur S. Si ce n'est pour le bien de votre jeune femme, de votre mère et de votre sœur malade, pour le bien de New Charlestown, qui aura besoin d'hommes à poigne quand cette guerre prendra fin.

J'aspire à des jours meilleurs, comme l'époque où nous nous promenions ensemble dans le Bluff, où nous écoutions le vent souffler dans la forêt et sentions le parfum des fougères humides. J'en arrive à me demander si j'ai imaginé ces journées bénites. Était-ce un rêve ?

À vous pour toujours,
Sarah »

Eden

NEW CHARLESTOWN, VIRGINIE-OCCIDENTALE
OCTOBRE 2014

CRIQUET MOURUT LE MATIN DES PREMIÈRES GELÉES. UNE DENTELLE de cristal s'accrochait à la fenêtre de Jack et Eden, et les feuilles de l'érable étaient tombées dans la nuit sous le poids de la glace.

Jack s'était levé tôt pour aller au travail. Il se préparait pour sa première semaine en tant que nouveau vice-président de la branche marketing de Green Line, qui avait repris la recette de son père.

– Eden, ma chérie…

Il avait réveillé Eden d'un sommeil profond, sa voix tremblait.

– Je pense que l'heure de Criquet est arrivée.

Assis par terre, au pied de l'escalier, Eden dans son pyjama en flanelle et Jack en costume, ils avaient bercé leur fidèle compagnon jusqu'à ce qu'il rende son dernier souffle. Ensuite Eden avait embrassé sa truffe froide avant que Jack l'enveloppe dans une couverture et l'emmène au cabinet du docteur Wyatt pour la crémation.

Cleo était à l'école, heureusement. Eden eut le cœur brisé d'annoncer la nouvelle à la fillette quand elle rentra chez elle dans l'après-midi. Elles s'installèrent sur le canapé et Eden la serra dans ses bras, attendant que ses larmes se tarissent.

– On m'a raconté que Grand-mère était morte rapidement, murmura Cleo. Un jour, elle lisait sur la terrasse, et le lendemain, elle était partie.

Eden l'enlaça plus fort encore. Les cheveux caramel de la petite sentaient divinement bon.

– Je n'ai pas peur de mourir, continua la petite. Tout le monde meurt. Il y a pire… comme vivre alors que personne ne veut de vous. Même si sa vie n'a pas été longue, Criquet vous avait, M. Anderson et vous. J'ai parlé à mon prêtre et il m'a dit que les familles restent ensemble pour toujours, même après la mort. Alors c'est bien qu'il vous ait trouvés, et que vous l'ayez trouvé. Il ne sera plus jamais seul. Ça aurait été pire.

Eden frotta le dos brûlant de la fillette. Elle aimait penser que Criquet s'était senti aimé… et que leurs âmes étaient unies pour l'éternité.

– Ma mère m'a laissée avec mon grand-père quand Grand-mère est morte, dit Cleo. Elle est partie en Californie. En désintox. Mais une fois guérie, elle n'est jamais revenue.

Elle baissa les yeux vers ses genoux, tirant sur les fils qui dépassaient de l'ourlet de sa jupe d'écolière.

Eden connaissait enfin le fin mot de l'histoire : la mère de Cleo était une toxicomane qui vivait de l'autre côté du pays. Cela ne la regardait en rien, mais Cleo lui avait fait suffisamment confiance pour le lui raconter. Elle n'était pas juste une petite voisine. Pour Eden, elle représentait bien plus. Eden prit la main moite de la fillette dans la sienne, pour l'empêcher de se venger sur sa jupe.

– Je ne sais même pas si elle est encore en vie. J'ai une photo de quand j'étais bébé, mais elle était malade à l'époque… j'aime pas beaucoup la regarder. J'ai essayé de rassembler les pièces du puzzle.

Elle leva les yeux vers Eden.

– Grand-père dit qu'il ne sait pas non plus où elle est. Ça fait des années qu'il n'a plus de nouvelles. Elle a disparu. Mais personne ne peut s'évanouir dans les airs comme un fantôme…

Eden répéta les mots de la petite fille, qu'elle trouvait particulièrement sage.

– Les histoires de fantômes ne sont que des mystères irrésolus. Comme la tête de la poupée.

Cleo se blottit contre Eden.

– Cette affaire non plus n'a pas encore trouvé d'explication.

– Eh bien, parfois, on n'a pas à connaître toute l'histoire. Seulement la partie que Dieu, le destin, l'Histoire ou je ne sais quoi encore décide de révéler. Je suis désolée de ne pouvoir élucider le mystère de ta mère pour toi. J'aurais aimé le faire. Et même la plus futée des fillettes de onze ans, détective et aspirante vétérinaire, n'aurait pu savoir que Criquet était malade.

Cleo prit une profonde inspiration, et Eden repoussa une mèche trempée de sueur du front de la fillette. Elle connaissait ce sentiment de culpabilité accablant, cette impuissance.

– On ne peut pas forcer la vie à faire ce qu'on veut quand on le veut. On ne peut pas changer le passé, ni contrôler l'avenir. On peut juste vivre le présent le mieux possible. Et avec un peu de chance, il nous sourit.

Prononcer ces mots les rendait crédibles. Une vague de chaleur l'envahit et, dans un élan, elle embrassa le haut du crâne de Cleo. *J'aurais voulu être ta mère*, songea-t-elle. *Si j'étais ta mère, je serais revenue. Si j'étais ta mère, je ne t'aurais jamais abandonnée.*

– Je suis heureuse de vous avoir, lança la fillette en serrant Eden dans ses bras.

– Je suis heureuse de t'avoir, moi aussi, mademoiselle Cleo.

La petite aida Eden à choisir un carré de terre couvert de trèfles dans le fond du jardin. Ils avaient acheté un jeune pommier pour honorer la mémoire de Criquet. Elles creusèrent un trou pour planter le pommier, en enfouissant les cendres du chien. Tout Criquet dans une boîte à bijoux. Cela semblait si dérisoire, pour un être de chair et de sang.

Elle repensa aux cendres de son père enfermées dans une urne en or que sa mère avait choisie. « Certains pourront t'oublier, d'autres te considérer comme une partie de leur passé. Mais ceux qui t'aimaient et t'ont perdu te garderont pour toujours dans leur cœur. » L'inscription que sa mère avait choisie parmi la liste de poèmes proposés par l'entreprise funéraire. Eden l'avait trouvée sans intérêt à l'époque. Une sorte de berceuse fade. Elle était jeune et dévastée de douleur par tout ce qui n'avait pas été dit, entre un père et sa fille. Elle le garderait dans son cœur, certes, mais noyé dans une mer de doutes et de déceptions. À présent, elle comprenait que ce poème soulignait le libre arbitre de chacun. Il incombait aux vivants de décider : oublier entièrement, classer derrière soi, ou reconnaître son amour et le garder pour toujours.

Cleo vint à l'enterrement de Criquet dans ses chaussures vernies et sa robe en calicot qui rehaussait le bleu pétillant de ses yeux. Monsieur Bronner l'accompagna, offrant une couronne de pin avec un ange en bronze accroché sur le devant. Eden regrettait de le rencontrer en une occasion ausi triste, mais elle fut touchée par son geste. Elle suspendit la couronne sur la porte d'entrée, et à partir de cet instant ne la referma plus.

Les enfants et les parents de l'heure du conte lui adressèrent leurs condoléances sur des cartes qui sentaient la peinture à doigts et la colle à paillettes. Vee et son père arrivèrent dans leur camion de glaces, les bras chargés de biscuits à la cannelle, une recette des Niles. Monsieur Niles raconta que c'était une tradition aussi vieille que la ville. Il pouvait désormais marcher avec une canne qu'il utilisait avec l'aplomb de Dickens, frappant le sol pour ponctuer ses phrases. Eden l'apprécia tout de suite. Tout comme Jack, d'autant plus qu'avant de se casser le bassin, M. Niles revenait d'Écosse où il avait acheté des antiquités et rendu visite à sa famille.

– Votre Cornouailles est de l'autre côté de l'île, mais j'accepte tout de même de partager une bière avec vous puisque nous assistons aux funérailles d'un bon chien parti trop tôt, plaisanta le vieil homme. J'ai deux labradors. Ils ont perdu leur père, Breaburn, il y a dix ans déjà, et pourtant il continue à me manquer.

Jack et M. Niles restèrent un long moment à discuter sur la balançoire de la terrasse, tandis que Vee annonçait à Eden une bonne nouvelle. Son formulaire avait été validé par le comité national et allait être présenté au service des Parcs nationaux à Washington pour le cachet final.

En plus des informations qu'Eden avait elle-même rassemblées, le coffre de Mlle Silverdash à la banque avait fourni les preuves irréfutables de l'authenticité historique de la maison. Il contenait les dernières volontés et le testament certifié conforme de Mme Hannah Fisher Hill, avec la description détaillée de la maison des Hill comme relais du Chemin de fer clandestin dirigé par son beau-père, Frederik Hill, et ses parents, George et Priscilla Hill. Un arbre généalogique indiquait que ses parents étaient des esclaves affranchis, Hank et Margaret Fisher, qu'elle avait une grande sœur, Siby, et un frère jumeau, Clyde Fisher. Elle avait été mariée à George Hill II et parmi ses enfants figuraient Henri, George III, Betty et Camilla, la grand-mère de Mlle Silverdash.

Grâce à cette découverte, M. Bronner, avec l'accord du juge Jamison, avaient déclaré Mlle Emma Silverdash bénéficiaire officielle du contenu du coffre : cinquante mille dollars en lingots d'or datant de 1867.

Mademoiselle Silverdash avait organisé une grande fête dans sa librairie avec une offre spéciale « Un livre acheté, un livre offert » pour remercier les habitants de la ville de leur soutien inconditionnel. Le Morris Café avait fourni nourriture et boissons, mais Mack et Annemarie avaient apporté leur spécialité : les œufs mimosa. Père et fils s'étaient réconciliés.

– Dès que Matthieu est né, j'ai compris, avait confié Mack à M. Morris.

– Les familles ne se divisent jamais, elles ne font que se multiplier, s'était réjouie Mlle Silverdash. Ce sont les mathématiques de l'humanité !

Et ils avaient porté un toast à ces bonnes paroles.

Cela remontait à une semaine. À présent, tous se réunissaient de nouveau pour enterrer Criquet, apportant des gâteaux à la citrouille et des pains de maïs, un livre de prières et des sacs de provisions qui remplirent le garde-manger des Anderson pour un bon moment.

Eden n'avait jamais éprouvé cette solidarité nulle part ailleurs. Elle se sentait enfin en famille, bien plus même que quand elle était enfant. Ce bonheur, elle n'avait jamais osé l'espérer. Il manquait juste une personne.

– Denny ? lui téléphona-t-elle de la cuisine, où elle avait rangé la tête de la poupée à côté du bouquet de violettes apporté par Suley Hunter. C'est fait. On l'a enterré.

Elle l'avait appelé tout de suite quand Criquet était mort, mais ses pleurs l'avaient empêché de prononcer un seul mot.

– Je suis désolé de pas avoir pu venir, s'excusa Denny dans un profond soupir. Mon patron au Mother Mayhem a dit que si je loupais un autre service, ils me reprendraient pas, et j'ai toujours aucune nouvelle de mes entretiens d'embauche. Comment ça s'est passé ?

Elle lui raconta tout. Les Milton accompagnés de Mlle Silverdash, les tourtes de M. Morris, les biscuits traditionnels de Vee, le registre des monuments historiques, Cleo et M. Bronner qui se délectaient du thé au citron tandis que Jack et M. Niles échangeaient des souvenirs de l'Angleterre.

Denny la laissa parler sans l'interrompre. Quand elle eut fini, il prit la parole.

– Jessica a avorté. Je viens de l'apprendre.

Le chagrin de Denny la prit par surprise, et Eden n'eut pas le temps de se blinder. En entendant le souffle saccadé de son frère à l'autre bout de la ligne, Eden éclata en sanglots... pour lui, pour les bébés nés et morts, pour Criquet, pour elle-même et pour ses espoirs déçus. Et même si elle était loin de lui, elle savait que Denny avait le cœur brisé.

– Reviens à la maison, lança-t-elle. Reviens à New Charlestown.

Poste de New Charlestown

« Red Bluff, Californie, 20 septembre 1864

Cher Freddy,

Nous sommes arrivés. Notre cousin n'a pas exagéré. C'est l'automne, et pourtant la nature florissante nous a accueillis avec des champs de roses et de sédums. Alice aurait pu cueillir toutes les fleurs possibles et imaginables. Ce ne sont pas des forêts de chênes et d'érables qu'on trouve ici, mais des conifères qui poussent si serrés et si haut vers le ciel qu'on croirait voir les flèches de Goliath dirigées vers le soleil. Et quel soleil ! Je vous écris à présent baignée de ses rayons. Les mauvais souvenirs de Decorah fondent sous sa chaleur. Je ferme les yeux, et il caresse ma peau. La Terre promise, cette Californie !

Nous avons entrepris de chercher une maison. Les terrains ne manquent pas et les habitants de la région ont coiffé leurs plus beaux chapeaux pour nous montrer les environs. Le correspondant du journal de la ville vient nous rendre visite tous les après-midi afin de nous interroger pour un article. Par la force des choses, je me retrouve porte-parole de la famille. Mère n'ouvre pas la bouche quand il vient chez nous. Annie se cache dans la cuisine, soudainement très occupée par la soupe à l'oseille qui cuit. Et la petite Ellen a plutôt l'âge de raconter aux voisins comment elle a réussi à broder une fleur sur du tissu.

La ville est petite mais on y trouve de tout : un bureau de poste, une épicerie, une banque, un tribunal, une armurerie, une quincaillerie, une église, et un forgeron. Salomon et Abbie voudraient acquérir un domaine pour élever des moutons. Mère, Annie, Ellen et moi, sommes plutôt à la recherche d'une simple maison en ville. Il nous faut d'abord des emplois stables. Ce que les gens d'ici ne comprennent pas, c'est que même si notre nom est connu dans tout le pays, nous n'avons pratiquement plus d'argent, ayant tout dépensé au cours de notre voyage.

L'école de Red Bluff cherche une institutrice, comme la plupart des villes environnantes. Annie et moi-même espérons remplir deux de ces postes immédiatement, étant donné notre formation. Encore une fois, nous sommes très reconnaissantes à M. Sanborn d'avoir financé nos études. C'est un avantage de poids pour la survie de notre famille. On m'a également appris qu'un groupe de dames de la haute société arrivées de l'est du pays aimeraient apprendre à coudre, broder et peindre. Je réfléchis à un moyen de transformer mon art en gagne-pain puisqu'il ne peut avoir aucune autre fin pour le moment.

Mon cher et fidèle ami, nous attendons de vos nouvelles avec une profonde impatience, nous n'en avons plus reçu depuis bien trop longtemps !

À vous pour toujours,
Sarah

PS : je joins à ce pli une des pommes de pin miniatures que l'on trouve ici. De la taille d'un dé à coudre, elles semblent droit sorties des fables de Louisa May. Elles ont ravivé ma curiosité. La magie existe peut-être, après tout… ou, au moins, l'espoir de la magie. »

*

« New Charlestown, Virginie-Occidentale, 20 octobre 1864

Chère Sarah,

J'ai écrit des dizaines de lettres au cours de cette dernière année avec l'espoir d'envoyer les plus récentes dès que la voie serait libre. Cependant, Harpers Ferry, New Charlestown et les villes alentour ont si souvent changé de mains, passant d'une juridiction militaire à une autre (Lee, Jackson, Milroy, Early), que sitôt l'encre séchée sur le papier, une autre bataille éclatait et nous nous retrouvions de nouveau séparés de nos amis du Nord. Cette guerre s'est transformée en jeu de cartes pour les généraux et nous autres, simples citoyens, ne sommes plus que des pions sur la table du bar.

L'état des forces confédérées se dégrade de jour en jour. Leurs uniformes ne sont plus que des haillons, et ils en sont réduits à voler des bouts de tissu sur les soldats des troupes fédérales morts au combat. Si bien que nous ne savons plus reconnaître nos propres hommes. Un individu en tenue fédérale peut se révéler n'être qu'un Confédéré déguisé. Les Yankees ne sont pas plus glorieux. Ils viennent quand cela leur chante et se servent dans nos réserves. Si on essaie de les arrêter, ils nous soupçonnent d'être des sympathisants sudistes. Que les Confédérés m'aient nommé pasteur de leurs troupes a servi de preuves contre moi, malgré mes papiers de permission de l'Union. Aucun des deux côtés ne nous fait confiance, et nous ne faisons plus confiance à personne, à l'exception de nos fidèles amis et des habitants de New Charlestown.

Père est mort à la bataille de Gettysburg. Je suis désolé de vous l'annoncer si tard et pourtant de façon si brusque. Son corps nous a été retourné. Il repose désormais dans le cimetière de la ville, auprès d'Alice, qui ne s'est pas remise de ses blessures, malgré tous nos espoirs. Mère est en deuil permanent. Le chagrin l'a vieillie de dix ans. Malgré les rumeurs d'une paix imminente, cette guerre continue sans fin. J'aurais aimé que cette lettre fût à l'image de celles que nous échangions autrefois, pleine de littérature, d'art et de bons souvenirs, mais les temps ont changé. Et même si nous aussi nous avons changé, je vous considère toujours, Sarah, comme ma plus chère amie.

C'est en gardant cela à l'esprit que je vous adresse une requête sans prendre de détour... J'ai l'intention de confier cette lettre à M. Silverdash et à nos amis.

D'après ce que l'on entend des esclavagistes et étant donné le nombre d'années qui se sont écoulées, nous avons renoncé à attendre le retour de M. et Mme Fisher. Nous abritons Hannah et Clyde chez nous depuis le début de la guerre. Ces deux enfants font partie intégrante de notre famille, notre attachement dépasse de loin les liens du sang. Je donnerais ma vie pour qu'il ne le leur arrive rien. Les cacher chez nous était plus facile quand ils étaient plus jeunes, ils ont désormais cinq ans et grandissent vite. Bientôt la trappe qui les protège les trahira. Elle sera vite trop petite pour les dissimuler si les Confédérés venaient à procéder à une nouvelle inspection.

Ruth est débordée avec notre premier-né, le petit George, qui va bientôt avoir un an. L'allaitement la fatigue énormément, d'autant que nous sommes tous ici sous-alimentés. Siby se voit désormais investie de la mission de prendre soin d'elle et de ma mère souffrante. Hannah et Clyde sont le plus souvent livrés à eux-mêmes et passent plus de temps qu'il n'est sain sous le plancher du garde-manger. Il leur faudrait le soleil que vous décrivez.

Depuis votre départ, M. Silverdash est devenu un élément extraordinaire. Son travail s'étend jusqu'à l'État libre d'Ohio. Malgré la déclaration d'émancipation de Lincoln, les routes sont restées tout aussi secrètement actives. La plupart des lignes avancent vers le Canada, mais d'autres partent vers l'ouest, vers vous et la vallée de Sacramento.

Le danger est omniprésent pour Hannah et Clyde. J'ai insisté pour que Siby parte avec eux, mais elle refuse d'abandonner Mère. Elle n'accepte de se séparer des enfants que si vous, Sarah, acceptez de les accueillir. S'il vous plaît, parlez-en avec votre famille et répondez-moi le plus vite possible. Quelle que soit votre décision, je reste…

À vous pour toujours,
Freddy »

COMPAGNIE AMÉRICAINE DE TÉLÉGRAPHE

Reçu à New Charlestown, Virginie-Occidentale, 19 novembre 1864
de Red Bluff, Californie

« Freddy. Avons bien reçu votre lettre du 29 octobre et répondons aussitôt. Envoyez. En contact avec les Alcott. Un quaker d'Ohio nommé Haymaker connaît bien monsieur S. et se tient à notre service. À vous pour toujours. Sarah »

Sarah

RED BLUFF, CALIFORNIE
FÉVRIER 1865

Assise dans le lit entre Hannah et Clyde, Sarah leur lisait une histoire, tous les trois blottis sous le plaid.

– Il était une fois…

Les enfants étaient arrivés le 1er janvier tels des cadeaux de Noël. Les habits souillés et le front recouvert de sable, après un long voyage à travers les plaines de l'Ouest. Intimidés par tous les visages, effarouchés par le moindre contact, ils s'agrippaient désespérément à leurs quelques biens.

Pour Clyde, il s'agissait de l'exemplaire des Hill des contes de Hans Christian Andersen. Les pages étaient ternies par le temps, et sur la première une note avait été écrite à la main : « Il l'aide à s'endormir, Freddy. » Clyde avait transporté le livre sous sa chemise depuis la Virginie, et encore maintenant qu'il était en Californie il ne le quittait plus.

Hannah, elle, avait apporté la Kerry Pippin d'Alice. Même si elle était vêtue d'une jolie robe brodée de fleurs de pommier, la poupée faisait peine à voir : décapitée, sale et dure. Sarah savait pourquoi. Elle découpa la couture du milieu, tandis que sa mère et Ellen baignaient les jumeaux. À l'intérieur, elle trouva une liasse de lettres de Freddy jamais envoyées qui dataient de l'année passée, ainsi qu'un petit cadre doré : Freddy, Ruthie et le petit George.

La première fois qu'elle voyait l'enfant de Freddy. La première fois qu'elle revoyait Freddy et Ruthie ensemble depuis son départ de New Charlestown. Freddy avait toujours les mêmes cheveux noirs, avec les yeux assortis sur la photo en sépia. Elle passa son pouce plusieurs fois sur son visage.

Ruthie et lui semblaient émaciés, et le sérieux de leur expression ne s'accordait pas à son souvenir. Étaient-ce les conséquences de la guerre, ou juste l'effet de la photographie ? Son inquiétude fut soulagée par la vue du petit George, indifférent au regard de pierre de ses parents, et au fond terne devant lequel ils étaient installés. Avec ses bonnes joues rondes, il souriait la bouche ouverte et tendait la main vers le visage de sa mère. Sarah l'imaginait la toucher. Le cadre trônait désormais sur son chevet pour que les enfants puissent les voir dès que cela leur chantait.

Bien que la poupée de Hannah n'eût plus de tête, Sarah l'avait lavée et rembourrée avec de la lavande et du coton, avant de la recoudre. Elle avait beaucoup travaillé ses talents de couturière, et passé une annonce dans le journal local pour offrir ses services. Elle avait été ravie de recevoir des réponses immédiatement pour des travaux de broderie. Elle avait désormais un grand nombre de clientes parmi les dames de Red Bluff. Tous les centimes qu'elle pouvait gagner étaient les bienvenus, et elle s'usait les doigts tous les soirs après ses longues heures d'école. Annie et elle travaillaient comme institutrices et leurs salaires leur avaient permis d'acheter une maisonnette en ville, tandis que Salomon et Abbie avaient ouvert un ranch à Bridgeville.

Mary avait essayé de convaincre Hannah de partager une chambre avec Ellen, mais les jumeaux refusaient d'être séparés. Par conséquent, Ellen avait été contrainte de dormir avec sa mère, tandis qu'Annie occupait un lit d'appoint et que les jumeaux partageaient celui de Sarah.

À la lueur de la bougie, elle finit sa lecture et referma le livre. Hannah se tortilla contre elle. Clyde, lui, s'était endormi.

– Mais, mademoiselle Sarah, je suis pas encore fatiguée, chuchota Hannah tout bas.

Sarah l'enveloppa de son bras.

– Tu dois être un oiseau de nuit, Han.

– Non, je suis une petite fille !

Hannah rit, le visage caché derrière sa poupée.

Sarah l'écarta tendrement. Plus besoin de se dissimuler, plus besoin de codes. Qu'elle sourie ouvertement, qu'elle rie aux éclats sans craindre les conséquences. Elle assit la poupée sur les genoux de la fillette et lui ajusta le col.

– Tu sais, ce bébé a besoin d'une tête…

Hannah fixa un moment du regard l'espace vide au-dessus des épaules.

– Siby a dit qu'on devait laisser sa tête dans la cave pour pas qu'elle se casse et qu'elle nous fasse repérer dans le train, expliqua-t-elle.

Sarah fit la grimace. Elle se demanda ce qu'il était advenu des filles de M. Storm, sûrement adultes, libres, mais sans leur père. La tristesse de cette nuit la poursuivait encore, ainsi que tant d'autres moments qu'elle regrettait de ne pouvoir changer.

Elle serra Hannah tout contre elle.

– Plus rien ne se cassera, plus rien ne te menace ici. Je te le promets.

– Parce qu'il y a pas de soldats à Red Bluff ?

– Exactement, et aussi parce que tu fais partie de notre famille maintenant, affirma Sarah en posant sa joue sur la tête de Hannah, respirant le shampoing de roses qu'Annie avait concocté à partir des buissons sauvages qui encerclaient leur porche.

L'enfant leva son index couleur fauve vers le tableau au mur : le Bluff, avec une brouette de villageois au centre d'un champ rougeoyant. Sarah avait pensé à récupérer son original auprès de M. Sanborn avait de quitter Concord. C'était la seule partie de New Charlestown qu'elle garderait avec elle.

– Ils me manquent là-bas, lâcha la petite.

– À moi aussi, soupira Sarah. Cela leur a arraché le cœur de devoir se séparer de vous, mais je suis heureuse de vous avoir avec moi.

Hannah couvrit son sourire d'une main, mais Sarah la retira aussitôt avec douceur.

– Tu as le plus joli des sourires. Ne le cache pas. Il me procure tant de plaisir !

Hannah regarda Sarah dans les yeux.

– Monsieur Freddy dit que le cœur de Dieu est rempli de bonheur, même quand il est triste, parce que la joie est comme un jardin. Une fois qu'elle s'est enracinée, personne, même pas les soldats, ne peut l'empêcher de fleurir sous le soleil, déclara-t-elle, fière d'avoir retenu le sermon.

– C'est écrit dans l'Évangile, confirma Sarah. Monsieur Freddy t'a transmis la bonne parole.

Elle se frotta la poitrine juste au-dessus du cœur et reprit la poupée.

– Alors tu vois combien il est important de donner une tête à cette poupée. C'est toi qui choisis. Dis-moi comment tu la veux et je me charge de la coudre.

Hannah hocha la tête avec enthousiasme.

– Je l'imagine qui sourit comme Gypsy.

– Gypsy ? Tu connais Gypsy ?

Hannah avait été trop jeune pour se souvenir de leur fidèle compagnon.

– Tout le monde connaît Gypsy, répondit la fillette dans un haussement d'épaules. C'est la fée des peluches qui veille sur nous. C'est Siby qui le dit.

Sarah ne comprenait pas vraiment, mais pourquoi pas. Qu'il soit réel ou imaginaire, son sentiment était vrai.

– Très bien, alors. Nous allons lui donner le sourire de Gypsy.

Le visage de Hannah s'éclaira, mais rapidement elle se mordit la lèvre inférieure. Se rappelant ce que venait de lui dire Sarah, elle se détendit légèrement, au grand soulagement de cette dernière.

– Nous allons nous en occuper dès demain, mais maintenant, il faut dormir.

Hannah tira sur le plaid, obéissante, et se tourna sur le côté, face au chevet.

– Bonne nuit, monsieur Freddy, madame Ruthie, et petit George.

Elle envoya un baiser volant au cadre.

– Bonne nuit madame Prissy et Siby, murmura-t-elle. Et bonne nuit, maman et papa, où que vous soyez. Bonne nuit…

Elle bâilla.

– Bonne nuit, mademoiselle Hannah, dit Sarah. Je t'aime.

– Je t'aime aussi, mademoiselle Sarah, lâcha la fillette en s'endormant. Bonne nuit, fée des peluches.

Elle serra sa poupée tout contre elle, et sa respiration s'accorda à celle de son frère.

Sarah l'imita, envoyant un baiser à la photo. Elle espérait que les sermons de son père disaient vrai. Que quand on croit comme un enfant, des miracles s'accomplissent.

Bon repos à vous tous, mes chers, songea-t-elle, et elle jeta un dernier regard à son tableau du Bluff, avant de souffler la bougie.

NPS 10-900
(Rev. 10-90)

Département de l'Intérieur des États-Unis
Service des Parcs nationaux

REGISTRE NATIONAL DES MONUMENTS HISTORIQUES

1. Nom de la propriété
Nom historique : Hill, George et Priscilla, relais du Chemin de fer clandestin

2. Emplacement
Rue et numéro : 8 Apple Hill Lane
Ville ou commune : New Charlestown
État : Virginie-Occidentale
Code : VW
Comté : Jefferson

3. Certificat fédéral ou de l'État
En tant qu'autorité désignée par le National Historic Preservation Act de 1986, je certifie par la présente que cette requête de nomination pour la détermination de l'éligibilité rencontre les normes procédurales et professionnelles requises établies par le 36 CFR partie 60. J'affirme que la propriété satisfait aux critères du registre national. Je recommande qu'elle soit classée d'importance nationale.

Signature du responsable/titre : Alanna White
Date : 17/10/2014

Agence fédérale ou de l'État
Division de la culture et de l'histoire de Virginie-Occidentale
(Bureau des Monuments historiques)

J'estime que la propriété satisfait aux critères du registre national.

4. CERTIFICAT DU SERVICE DES PARCS NATIONAUX

Je certifie par la présente que cette propriété :

X entre dans le registre national

Signature du conservateur : Patrick Peabody

Date de mise en place : 1/12/2014

Eden

NEW CHARLESTOWN, VIRGINIE-OCCIDENTALE
DÉCEMBRE 2014

Une neige fine et continue, et New Charlestown se défit de son manteau doré d'automne pour revêtir ses habits argentés d'hiver. Eden et Jack s'étaient couchés alors que les flocons tombaient doucement, et à leur réveil la ville ressemblait au nouveau diorama de Noël de Mlle Silverdash.

Jack s'était séparé de sa femme en déposant un tendre baiser sur son front et en lui chantonnant une mélodie de Noël. Il avait remonté le store pour qu'ils puissent voir les branches chatoyantes.

– Elle a tenu, commenta-t-elle avant de remonter la couverture jusqu'à son menton et de respirer le parfum musqué de Jack qui imprégnait les draps.

Plus tard, il lui avait envoyé un texto :

« Bien arrivé au bureau. À Washington ça roule sans problème. N'oublie pas de mettre tes bottes. »

Elle suivit ses conseils, soulagée d'avoir les pieds au sec quand elle prit sa voiture sur Main Street, ses roues crissant sur la poudreuse fraîche. Quelques voitures seulement s'étaient aventurées dans la rue avant midi. La plupart étaient garées devant Milton's Market, pour des courses de dernière minute pour ne plus avoir à ressortir par ce temps et s'installer au chaud chez soi. Ses pneus furent les premiers à laisser des empreintes devant la librairie.

Elle ne savait pas si elle aurait du public. Annuler le conte du vendredi aurait été plus avisé, mais Mlle Silverdash n'accepterait de fermer sa boutique que si la neige bloquait complètement la porte. Et pour l'instant, malgré l'impression de féerie, la couverture neigeuse ne devait pas atteindre plus de deux ou trois centimètres. Dans l'ancien quartier Adams Morgan d'Eden à Washington, les saleuses seraient passées à l'aube, avant l'heure de pointe, pour remplacer le tapis blanc par de la boue grise. Les citadins n'avaient alors plus qu'à gratter leur pare-brise puis à partir au travail comme tous les jours. Ici, il n'en allait pas ainsi. Rien n'était pareil. Et c'est ce qui lui plaisait.

Ils avaient finalement débarrassé la chambre d'enfant, vidé les cartons dans la cuisine et enfin occupé vraiment les lieux. Les vêtements et autres accessoires de bébé étaient pour le moment rangés dans le grenier, et la maison en semblait revigorée. Ils avaient ouvert un site Web pour les KroKettes. Les commandes arrivaient par dizaines du nord au sud, du Connecticut aux Carolines. Avec l'aide de Jack et les conseils de M. Bronner, ils avaient déposé leur marque et augmenté leurs ventes grâce à une entreprise extérieure. Cleo avait accepté que ses parts de la société soient bloquées pour financer ses études, et Eden était enchantée de contribuer à son avenir. *Cela aurait réjoui aussi Criquet,* songeait-elle.

Les Niles leur avaient prêté leur camion de glaces pendant la période hivernale. Eden avait proposé à Denny de venir travailler pour sa compagnie. Elle avait besoin de quelqu'un pour livrer la marchandise de neuf heures à cinq heures, alors pourquoi pas lui ? Il fallait qu'il quitte Philadelphie. L'affaire Jessica avait calmé sa fougue juvénile, et il avait revu ses ambitions de rock star à la baisse.

Comme le lui avait suggéré Vee, il avait placé dans le *New Charlestown Spectator* une petite annonce pour donner des cours de guitare après l'école. Il rencontrait un franc succès auprès des lycéens de la ville qui rêvaient de faire carrière. Ces rêves d'enfants lui plaisaient, justement, et contre toute attente il se découvrit excellent professeur. Avec ses deux emplois, il gagnait assez pour louer la chambre au-dessus du Morris Café et s'était installé à New Charlestown pour de bon.

C'était l'appartement qu'avait occupé Mett Milton jusqu'à son départ pour l'Académie de Cuisine à la rentrée. Annemarie Milton l'avait relayé devant les fourneaux du café en attendant qu'il reprenne son poste. Tous les jours, elle emmenait Matthew à Mlle Silverdash dans sa librairie pendant qu'elle travaillait au café et au Milton's Market. Monsieur Morris et Mlle Silverdash adoraient s'occuper du bébé. Le petit bonhomme les faisait fondre.

Assis sur les genoux de Mlle Silverdash, il suçait justement son doudou, une joue collée contre l'épaule de la vieille femme.

– Je pense qu'on n'aura que les jumeaux Hunter aujourd'hui, annonça cette dernière. Ils ne ratent jamais l'heure du conte, qu'il pleuve ou qu'il vente.

Eden s'installa dans le fauteuil à bascule. Malgré le succès de son entreprise, elle avait décidé de ne pas renoncer à son rôle dans la librairie. Le recueil d'Andersen comptait cent soixante-huit histoires, et ils en étaient à la cent quatrième : *La Plume et l'Encrier*. Mais Eden estima que ce serait injuste que les autres n'en profitent pas.

– Et si on lisait tout autre chose aujourd'hui ? proposa-t-elle. Une histoire rien que pour vous, pour que vous soyez sages avec maman.

Doug et Dan échangèrent un sourire complice.

– La fée des peluches ! lança Doug.

– La fée des peluches ! confirma Dan.

Elle les différenciait aisément désormais. Des taches de rousseur discrètes entouraient le nez de Doug, contrairement à son frère.

– Demandons à la fée des peluches, bonne idée, acquiesça Eden en tournant la tête vers l'étagère.

Les garçons, eux, avaient le regard rivé sur le vrai petit chiot qui dormait sur les genoux d'Eden.

– Elle ! déclara Doug en la montrant du doigt.

L'idée fit sourire Eden. Elle serra le petit animal contre sa poitrine.

La tête de Ladybug remua quand Eden la souleva. La chienne battit des cils avant de refermer les yeux. Son haleine de lait taquina les narines d'Eden. Elle avait neuf semaines. Une King Charles Spaniel, qui aurait pu être la petite sœur de Criquet. Eden et Jack en étaient fous. Une semaine plus tôt, ils étaient allés la chercher dans une famille de Harpers Ferry et ne l'avaient pratiquement plus reposée depuis.

– Je pense qu'elle est trop endormie pour donner son avis. Et si vous preniez la fée des peluches pour qu'elle nous aide à choisir un livre ?

Ils revinrent avec *Les Mystères de Noël* de Maurice Sendak, une histoire-puzzle dans une boîte.

Eden quitta le rocking-chair pour s'installer sur le tapis de lecture, Ladybug toujours sur ses genoux. Elle lut pendant que les garçons assemblaient le puzzle. Quand ils l'eurent terminé, ils se levèrent et dansèrent autour d'elle en chantant « *We Wish You a Merry Christmas* » avec des voyelles et des consonnes comprises d'eux seuls. Elle ne les corrigea pas… parfois l'esprit surpasse les mots et les souvenirs.

Quand Eden revint chez elle, le soleil brillait haut et fier dans le ciel, faisant miroiter les branches des arbres à chaque virage. Elle fut accueillie par le riche fumet du poulet braisé. Ladybug bâilla et huma l'air, visiblement affamée. La veille, Cleo avait apporté la mijoteuse qui avait appartenu à sa grand-mère. Eden n'en avait jamais utilisé et fut très impressionnée.

– C'est ton style, avait expliqué la fillette. Tu y jettes tous les ingrédients que tu veux et tu allumes le feu.

– Incroyable. Mais où s'était cachée cette merveille, pour que je ne découvre pas son existence avant ?

– Dans notre maison. Sous les poêles.

Eden l'avait remerciée en organisant le premier dîner de famille officiel. Cleo, M. Bronner, Denny et les Niles venaient manger, et Eden avait très envie de tous les épater. Elle souleva le couvercle de la casserole et une volute de vapeur à l'odeur alléchante s'en échappa.

Ladybug posa une patte sur le pied de sa maîtresse.

– Attends encore un peu, ma chérie, papa n'est pas encore rentré de son travail.

Le téléphone sonna. Elle remit le couvercle en place et décrocha, tout en soulevant la jeune chienne. Ladybug s'installa confortablement dans ses bras, une de ses pattes pendant par-dessus le bras d'Eden.

– Allô ?

– Allô, madame Norton Anderson… C'est le docteur Baldwin, du Cherry Grove Fertility Center.

Son spécialiste en fertilité. Cela faisait si longtemps qu'elle l'avait presque oublié.

– Oh, bonjour docteur ! Comment allez-vous ?

Son appel la prenait par surprise, comme si elle revisitait un lieu cher du passé qui lui était désormais étranger. Un endroit où elle avait embrassé et pleuré, où elle avait mangé sa première tartine de confiture et bronzé sur la terrasse. Et pourtant maintenant il n'avait plus rien de familier. Il ne lui inspirait plus que l'envie de rentrer chez elle.

– Je vais bien, merci, répondit le docteur Baldwin avant de continuer sur un ton plus formel. J'appelle parce que la dernière fois qu'on a parlé, votre mari et vous vouliez vous accorder un peu de temps pour… vous reposer.

Elle entendit le froissement de papier à l'autre bout du fil.

– J'ai votre dossier sous les yeux, et il semble que nous ayons encore quatre embryons congelés. Fertilisés et viables. Nous avions discuté de votre âge et de vos bilans sanguins, et de votre col de l'utérus qui donne des signes d'atrophie précoce.

Elle grimaça. Elle avait oublié combien les médecins pouvaient se montrer directs dans leurs informations. Avant, elle l'aurait sûrement interprété comme un signe de professionnalisme.

À la recherche de réconfort, elle serra Ladybug contre elle. Un petit être de chair et de sang, qui respire et qui sent.

– Si nous décidons d'effectuer les implants, le plus tôt serait le mieux. Si vous voulez porter l'enfant vous-même, il ne faut pas traîner.

De nouveau le froissement de papiers, comme des feuilles mortes qu'on empile.

– Étant donné vos antécédents médicaux, je suggère de commencer par deux ou trois en même temps. Cela nous en laissera un ou deux en renfort au cas où les autres ne prendraient pas.

Eden se passa une main dans les cheveux. Et si... L'espoir ressurgit dans son cœur, mais elle était plus prudente à présent.

– Donc nous recommencerions les injections d'hormones, les rendez-vous réguliers... tout comme avant. Et il ne nous resterait plus qu'à attendre et croiser les doigts ?

– Oui. Peut-être que votre corps avait juste besoin de se réajuster. Je ne peux pas prédire l'avenir... je suis juste un médecin, pas Dieu.

Il ricana, fier de sa plaisanterie.

En effet, se dit Eden.

– Je peux vous adresser à la secrétaire pour fixer un rendez-vous.

– Non, il faut que j'en discute d'abord avec mon mari.

– Bien sûr. Appelez le secrétariat quand vous serez prête.

Facile. Seulement, rien dans tout cela ne l'était. Eden se mordit l'intérieur de la joue, remercia le médecin pour son appel et raccrocha. Les mots résonnaient dans sa tête : « Atrophie... ne pas traîner... réajuster... l'avenir... » Elle en eut le vertige et s'assit sur un tabouret.

En temps normal, elle se serait lancée dans un Rubik's Cube mental de ce qui l'attendait, imaginant les différentes possibilités, tournant les pièces dans un sens puis dans l'autre jusqu'à ce que tout semble s'emboîter. Mais à cet instant, elle ne vit devant ses yeux que la neige qui recouvrait le rebord de la fenêtre là où la tête de poupée s'était autrefois trouvée.

Après l'enterrement de Criquet, Cleo et elle s'étaient donné pour mission de restaurer la poupée. Vee les avait aidées à trouver un corps en mousseline dans sa réserve de jouets antiques. Elles avaient réparé le crâne fissuré avec de la colle pour porcelaine et repeint le visage, respectant les couleurs d'origine.

Madame Silverdash authentifia officiellement la tête et le corps comme datant de l'époque de la guerre de Sécession. La peinture particulière sur le visage était en fait un code utilisé par le Chemin de fer clandestin. Une carte pour les fugitifs. La seule poupée identique à celle-là avait été découverte dans un relais aux abords de Cincinnati, dans l'Ohio. Malheureusement, le visage s'était presque entièrement effacé sur la tête en bois. L'équipe d'anthropologie du National Underground Railroad Freedom Center n'avait pu déterminer qui en était l'auteur, mais son rôle dans le Chemin de fer clandestin était indéniable. Désormais, grâce aux découvertes d'Eden et aux lettres de Mlle Silverdash, il paraissait évident que la Sarah de cette correspondance n'était autre que Sarah Brown, la fille de l'abolitionniste légendaire John Brown.

Eden se demandait combien de vies les poupées de Sarah avaient sauvées, pas seulement les esclaves qui avaient eu en main ces cartes mais aussi leurs enfants et les enfants de leurs enfants. Mademoiselle Silverdash lui avait laissé lire les lettres qu'échangeaient Sarah et Freddy, et les mots passionnés de Sarah correspondaient parfaitement au regard perçant et au sourire tendre de la poupée. Une femme d'exception pour son époque, une femme extraordinaire. Eden chérissait son legs comme un trésor.

Rechignant à la céder à un musée quelle que soit la somme qu'elle aurait pu en tirer, elle avait placé la poupée dorénavant restaurée sous le pupitre du téléphone dans le couloir, lui confiant le soin de saluer leurs invités.

– Bonjour, madame A. !

C'était Cleo. L'école était terminée. Tout le monde serait là dans un instant.

– Ça sent trop bon ! complimenta la fillette, allant droit vers la casserole pour en soulever le couvercle. Elle est super, cette mijoteuse, hein ?

Connaissant déjà la réponse, elle n'attendit pas qu'Eden réagisse. Elle enleva son sac à dos et en sortit le *Frommer's Mexico*.

Cleo avait choisi ce guide touristique pour faire une fiche de lecture à rendre avant les vacances de Noël. Eden l'avait aidée à préparer sa présentation, en l'agrémentant d'un poncho aux couleurs de l'arc-en-ciel (trouvé dans l'armoire d'Eden), d'un grand bouquet de fleurs en papier (fabriqué dans leur salon) et de biscuits mexicains (cuits dans le four des Anderson).

– Communication, règle 101 : ce n'est pas le produit qui compte, mais son histoire. L'expérience d'un rêve commun, avait-elle expliqué à Cleo en confectionnant le bouquet. L'émotion est le souvenir le plus inoubliable. Montre ça à tes camarades et ils se rappelleront le Mexique pour toujours. C'est l'effet « Il était une fois... ».

Que l'on fasse la promotion de livres ou de biscuits pour chiens, le même principe valait pour tous les publics. Les gens ne veulent pas juste du shampoing, ils veulent les cheveux de Raiponce pour donner envie à un beau prince d'escalader le mur de leur tour. Une légende.

– Comme ça, avait dit Eden en glissant une fleur rouge derrière son oreille. *Viene con migo, muchacha.*

Elle avait prononcé ces mots avec son plus bel accent espagnol avant d'esquisser quelques pas de flamenco que Jack et elle avaient vu danser à Puero Vallarta

– Zorro ! Zorro ! s'était exclamée la fillette, se joignant à elle en dessinant des Z dans l'air.

La petite brandissait le livre.

– J'ai eu un A + ! Madame Blakey a dit qu'elle n'avait jamais entendu de fiche de lecture plus réussie.

– *Bueno*! la félicita Eden en l'attirant dans ses bras, et Cleo se laissa faire et embrassa la tête de Ladybug.

Elle resta tout contre Eden, tandis que la chienne lui léchait le nez.

– Tu as une haleine de carotte. T'as dû aimer nos biscuits !

Une variante de la recette des KroKettes : de la purée de carottes et des graines de lin pour les rendre encore plus croustillantes. Ladybug avait dévoré leur première fournée d'essai.

La porte d'entrée grinça en s'ouvrant.

– Eden, c'est nous, annonça Denny en arrivant avec les Niles.

Entendre le tintement de plaisir dans les voix de Denny et de Vee réchauffa le cœur d'Eden. Ils se complétaient parfaitement, pensa-t-elle, mais Ladybug ne la laissa pas s'attendrir plus longtemps : elle tendit ses pattes vers les nouveaux venus. Eden la posa sur le sol pour qu'elle file vers eux.

– Voilà notre vedette ! s'écria Vee.

– Tu comptes toujours préparer les amandines aux haricots verts ? demanda Cleo. Ce sont mes préférées.

– Bien sûr. Lave-toi les mains et enfile ton tablier, *Señorita* A +. Tu peux les équeuter avec moi.

Denny entra dans la cuisine avec un immense gâteau au gingembre. Monsieur Niles avait apporté une bouteille de Cairn O'Mohr, et Vee un bac géant de glace napolitaine. Eden leur avait demandé de s'occuper du dessert, mais là elle en avait assez pour toute une armée.

Ladybug sautillait entre leurs pieds.

– Nous avons suivi l'étoile et te déposons nos offrandes, dit Denny en se penchant respectueusement. De l'or, de l'encens et des mets délicieux.

– Si tu deviens poète, on n'est pas sortis de l'auberge, plaisanta Cleo en faisant mousser ses mains.

– Oh, mais regardez-moi ça ! continua Denny avec un accent de gangster. Une petite futée ? demanda-t-il en tirant sur la queue-de-cheval de la fillette.

Le portable d'Eden vibra, nouveau texto : « Je rentre ! »

– Jack arrive.

– Grand-père aussi, lança Cleo.

Vee dressa la table, et M. Niles servit du cidre à tous les convives tandis qu'Eden plaçait le poulet dans un plat pour le service. Denny mit un CD de chants de Noël interprétés et enregistrés par lui-même, accompagné de sa guitare acoustique. Eden fut emportée par la beauté de sa voix et ne manqua pas de le lui dire. La musique inonda la maison de bonne humeur. Cleo et elle fredonnèrent les mélodies en allumant des bougies dans la salle à manger.

– L'effet « Il était une fois… » ? demanda la fillette.

– Exactement, confirma Eden.

Elle parlerait plus tard à Jack de l'appel du docteur Baldwin. Ils devraient prendre des décisions, mais pour l'instant sa maison était remplie d'amis et de bonheur, et c'était bien.

Hannah

NEW CHARLESTOWN, VIRGINIE-OCCIDENTALE
DÉCEMBRE 1889

AVANT MÊME QUE LEUR CALÈCHE S'ARRÊTE COMPLÈTEMENT, LA PORTE de la maison sur Apple Hill Lane s'ouvrit et toute la famille en sortit, en une colonne ordonnée de visages rayonnants malgré les brassards noirs de deuil.

– Voilà Mme Ruthie et le petit George, plus si petit maintenant, indiqua Clyde par la vitre.

Hannah écarta le rideau de la calèche pour les voir. Les boucles sur son front chatoyaient dans le soleil vif. Elle ajusta son chapeau de plumes pour que les mèches violettes ne lui tombent pas dans les yeux. Elle avait commandé la robe et le chapeau assorti dans une boutique de San Francisco, où sa mère travaillait pour l'US Mint, le principal fabricant de pièces de monnaie du pays.

Sa mère n'avait jamais porté de corset ; par conséquent, Hannah n'imaginait pas qu'elle en apprécierait la taille ajustée, les bordures en dentelle et les lacets.

– La mode… rien d'autre que des fanfreluches et des colifichets, avait commenté Sarah en secouant la tête, avant que se dessine sur ses lèvres un large sourire. Tu es ravissante, Han.

Hannah était devenue une jeune femme splendide. Sa peau avait la couleur d'une biche, ses yeux étaient pareils à des bourgeons passant du vert au brun roux, et ses lèvres naturellement colorées faisaient pâlir d'envie les fleurs. Une vraie rose de Californie, comme tout le monde l'appelait, caressée par le soleil et rayonnante. Solidement bâti, son frère, Clyde, avait le même teint bronzé et des traits d'une rare beauté. Les habitants de Red Bluff pensaient que leurs parents, les Fisher – tous les deux morts pendant la guerre – devaient être d'ascendance italienne ou espagnole. Le détail de leurs origines resta un secret de famille.

Peu de temps après l'arrivée de Hannah et de Clyde en Californie, Sarah avait commencé à enseigner à des enfants d'immigrés et à des orphelins. D'abord marginaux, ils finirent par dépasser en nombre les enfants de la région, à l'école où elle travaillait. Les dames de la Red Bluff League (pour la plupart des clientes de Sarah, qui lui achetaient régulièrement ses travaux de couture et ses tableaux) décidèrent qu'il fallait agir. Elles avaient ouvert une autre école, et nommé Sarah institutrice principale. Elles imaginaient que c'était sa compassion qui l'avait poussée à adopter les jumeaux. « Quel grand cœur ! Un pilier de notre communauté ! », disaient-elles. Jamais elles n'auraient pu imaginer le voyage périlleux que les deux petits avaient entrepris, ni les deuils qu'ils avaient subi en tant qu'enfants d'esclaves affranchis.

Leur maison en Californie leur offrit un refuge sûr, loin des blessures ouvertes longtemps encore après la défaite des Confédérés et le treizième amendement qui déclarait l'abolition de l'esclavage. Le rêve de John Brown s'était réalisé, mais rien n'est jamais acquis pour toujours. Le sang n'avait pas été lavé, et il continuait à couler abondamment. Même si le pays considérait officiellement tous les hommes égaux, Sarah avait entendu suffisamment d'histoires pour comprendre que l'intolérance continuait à se propager et l'être humain à tuer avec toujours autant de cruauté.

Pour cette raison, Hannah et Clyde étaient restés dans l'Ouest toutes ces années. Leurs tantes Annie et Ellen avaient toutes les deux épousé des Californiens. Mais, toujours célibataire, Sarah avait élevé les jumeaux et soigné Mary, leur grand-mère souffrante, jusqu'à ses derniers jours.

Petite fille fascinée par les contes, Hannah avait un jour demandé à Sarah si elle avait jamais aimé, et où était son prince charmant. Sarah lui avait simplement répondu que Dieu avait écrit son histoire à elle, différente des autres. Il lui avait donné deux enfants magiques plus précieux que des milliers de royaumes, et cela représentait plus d'amour qu'il n'était possible de le décrire. Ses arguments avaient convaincu Hannah.

Freddy et Ruthie avaient sept enfants : cinq garçons et deux filles. Fidèlement, les Hill avaient gardé contact par une correspondance régulière. Ils n'avaient jamais quitté le cœur des jumeaux. Leur premier fils, George, était adulte à présent. Diplômé de l'université de médecine de Virginie au printemps, il venait d'ouvrir son cabinet à New Charlestown. L'aînée des filles avait épousé un pasteur. C'est Freddy lui-même qui les avait mariés. Le couple avait transformé la grange en maison pour s'y installer ; les autres enfants habitaient tout près, aux abords de la route récemment baptisée Main Street.

Un cartographe du gouvernement, venu faire le recensement de la ville pour le Statistical Atlas of the United States, fit l'honneur aux Hill de baptiser leur rue Apple Hill Lane.

À la mort de Priscilla, dix ans plus tôt, la loyale Siby avait continué à travailler pour eux. Elle avait entrepris de chercher ses parents dans le Sud à la fin de la guerre, mais leur trace disparaissait à la frontière de la Caroline du Nord.

– S'ils sont en vie, ils reviendront. S'ils sont morts, leur esprit restera pour toujours avec nous.

Leur maison lui avait été rendue, mais elle était persuadée que les fantômes des Rebelles la hantaient et elle refusa de passer ne fût-ce qu'une nuit sous son toit. Freddy l'aida à la vendre pour une belle somme. Il l'invita à rester vivre chez eux. Les Fisher et les Hill n'étaient qu'une seule et même famille, et ils ne se seraient pas imaginé vivre sans elle.

Siby accepta et devint la Mama des enfants de Freddy et de ses huit petits-enfants. L'argent des Fisher fructifia à la banque de la ville pendant les années d'après-guerre. N'ayant aucune confiance en la valeur de l'argent qui pouvait s'effondrer subitement, Siby décida d'acheter des lingots d'or et de les garder dans un coffre aux noms de Hannah et Clyde. Ce fut l'annonce de son décès qui rappela les jumeaux à New Charlestown. Hannah et Clyde étaient ses seuls parents, et ils se souvenaient de leur grande sœur avec amour.

Sarah les avait aidés à faire leurs valises et s'était séparée d'eux à la gare. Elle n'avait pas accepté de les suivre malgré leur insistance, prétextant qu'elle n'était plus aussi vaillante qu'autrefois. Le voyage était trop long, sa vie était désormais en Californie et elle y demeurerait auprès de sa mère, de ses sœurs et de son frère jusqu'à la mort. Les jumeaux s'étaient résignés. C'était justement cette même dévotion familiale qui les faisait traverser le pays.

Freddy et Ruthie furent les derniers à sortir sur le perron. La maison avait une nouvelle façade, différente de celle dont Hannah se souvenait : une terrasse peinte en blanc, recouverte de lierre grimpant, et un toit noir en pignon. Dans ce cadre ravissant et entouré de leurs enfants, le couple âgé souriait paisiblement.

– C'est exactement comme dans le tableau de Mère, remarqua Hannah.

Clyde acquiesça d'un hochement de tête.

L'année où ils étaient entrés à l'école élémentaire, leur nouvelle institutrice avait organisé une vente de gâteaux pour acheter des fournitures scolaires et du charbon pour l'hiver. Hannah et Clyde étaient venus trouver Sarah pour lui demander s'ils pouvaient l'appeler « Mère », pour ne pas se distinguer des autres élèves.

Sarah avait écrit à Freddy pour avoir l'autorisation de Siby. Dès que la réponse était arrivée, elle leur avait donné son accord. Les deux enfants avaient dansé autour d'elle en chantant « Mère » à tue-tête, l'employant à tout propos : « Tu nous lis quelle histoire ce soir, Mère ? Le dîner sent bon, Mère. Comment vas-tu aujourd'hui, Mère ? Où est Mère, Clyde ? Je ne sais pas, je vais l'appeler : Mère ! »

Sarah avait exulté de joie avec eux. Elle tremblait tant qu'elle ne parvenait plus à tenir droite son aiguille. Elle avait dû mettre de côté sa broderie, et bien qu'ils aient école le lendemain ils étaient sortis dans le verger cueillir des pêches à la lueur de la lune.

Hannah et Clyde étaient allés se coucher le ventre plein et les lèvres collantes, mais Sarah était restée éveillée pour peindre une nature morte du panier de pêches. Ce besoin d'immortaliser l'événement, les enfants l'avaient découvert au petit matin.

– On dirait des vraies ! s'était exclamé Clyde.

– Je veux les manger ! avait confirmé Hannah en passant son doigt sur la toile encore humide.

– Si vous mangez cela, vous aurez très mal au ventre, avait plaisanté Sarah.

Elle avait essuyé l'index de Hannah puis serré les deux enfants dans ses bras.

– Aucune peinture ne peut vous rassasier. Ce n'est pas réel, juste l'empreinte d'un instant. Un souvenir pour quand ce ne sera plus la saison des pêches.

Elle avait pris un vrai fruit du panier et mordu dans la chair juteuse à pleines dents. Elle l'avait ensuite tendu à Hannah. La petite fille l'avait dévoré jusqu'au noyau. Elle en garderait le souvenir toute sa vie.

La porte de la calèche s'ouvrit en grand. Une brise fraîche s'y engouffra, accompagnée du doux parfum des pins.

– Bienvenue ! salua George, en jouant au valet.

Il avait les cheveux brun roux de sa mère et le regard assuré de son père.

Malgré l'accueil chaleureux, Hannah ne se leva pas. Clyde lui donna un petit coup de coude, et elle tendit timidement la main.

D'ordinaire, c'était Clyde qui se montrait réservé et prudent. Hannah, elle, se lançait tête la première, sans réfléchir. Cette hésitation ne lui ressemblait pas.

Elle descendit la marche, sa main dans celle de George, éblouie par ses yeux dorés. Son corset la serrait et, même si elle retenait sa respiration, son cœur tambourinait sous la dentelle. Elle n'avait jamais rien ressenti d'aussi bouleversant. Elle ne pouvait plus s'en détacher.

– Petit… George, lança Clyde en tendant à son tour la main.

George libéra Hannah et elle fit un effort pour ne pas vaciller.

– Je reste Petit George pour la famille, rassura-t-il. Bienvenu, Clyde, mon frère. Ma sœur, Hannah, continua-t-il en se tournant vers la jeune fille.

La tête lui tournait.

Et soudain, de toutes parts, des bras, des visages, des accolades les assaillirent. Des variations sur le même thème : les yeux de Freddy, le front de Ruthie, la bouche de Freddy, les boucles de Ruthie. Les petits-enfants aussi avaient des airs de famille. Une petite fille blonde tenait dans ses bras une ravissante poupée qui attira l'attention de Hannah.

– J'avais une poupée comme celle-ci quand j'étais enfant, dit-elle. Mais nous avons dû remplacer son visage par une tête magique.

– Qu'est-ce qui s'est passé ? demanda la fillette. Pourquoi vous avez dû lui changer la tête ?

– Il m'a fallu oublier son ancien visage, répondit Hannah en souriant.

– Parce qu'elle est devenue une Californienne ?

Hannah hocha la tête.

– C'est grand-père qui me l'a donnée, affirma la fillette en brandissant sa poupée. Elle vient de Boston. Elle s'appelle Nancy.

– Elle est très jolie, complimenta Hannah. Mais pas aussi jolie que toi.

Hannah lui embrassa la joue, et la petite fille se serra contre elle.

Hannah et Clyde se frayèrent un chemin parmi la foule des Hill, vers Freddy et Ruthie. Le couple les enlaça comme s'ils célébraient le retour de leurs propres enfants.

– Vous nous avez tellement manqué pendant toutes ces années ! déclara Freddy.

Son regard s'attarda un instant sur la calèche vide, comme s'il attendait que quelqu'un d'autre en descende, mais rapidement il baissa les yeux.

– C'est bon de vous avoir avec nous. Fils, s'il te plaît, occupe-toi de leurs bagages.

– Avec plaisir ! lança George en faisant une révérence à Hannah, laissant celle-ci le souffle coupé.

Ruthie entoura les épaules de la jeune fille de son bras.

– Venez manger une part de gâteau et boire un bon thé chaud. Mon pain de maïs n'est pas aussi bon que celui de Siby, mais je pense qu'elle l'aurait savouré en votre honneur, pour fêter votre retour.

À l'intérieur de la maison, un chien aboya pour saluer les Hill et les jumeaux qui remontaient ensemble le long de l'allée bordée de myosotis et de peupliers couleur vermeil, toujours en fleurs dans cet hiver d'une douceur surprenante.

United States Patent and Trademark Office (Bureau américain des brevets et des marques de commerce)

AUTORISATION DE BREVET DU DÉPARTEMENT DE COMMERCE DES ÉTATS-UNIS

1. NOM DE L'INVENTION

KroKettes de KriKet Originales®

Adapté du *Holistic Hound*

Pour 50 KroKettes® en forme d'os

2. INGRÉDIENTS

2,5 tasses de farine bio complète

2 cuillerées à soupe de farine de lin bio

2 gros œufs bio, battus

¾ de boîte de purée de citrouille, ou de la citrouille fraîche cuite et en purée

¼ de tasse d'eau froide, plus ou moins.

3. INSTRUCTIONS

Préchauffer le four à 180 °C. Beurrer deux grilles de cuisson ou les recouvrir d'un papier sulfurisé.

Mélanger la farine et la farine de lin dans un bol. Dans un autre récipient, mélanger les œufs battus et la citrouille jusqu'à obtenir une substance lisse. Laisser reposer les ingrédients humides pour qu'ils sèchent. Ajouter ensuite l'eau froide, une cuillerée à café à la fois, jusqu'à ce que la pâte forme une boule spongieuse.

Étaler la pâte à un demi-centimètre d'épaisseur. Dessiner des os dans la pâte à l'aide d'un couteau (deux cœurs reliés par deux traits) ou à l'aide d'un moule en forme d'os. Placer les biscuits ainsi formés sur les plaques de cuisson. Utiliser les dents de la fourchette pour décorer : un trait au milieu, des vagues... Graver le logo C. Renouveler l'opération avec le reste de la pâte jusqu'à ce qu'il n'y en ait plus.

Cuire 20 à 25 minutes, jusqu'à ce que le dessus soit doré. Retirer du four et tourner chaque biscuit. Enfourner de nouveau en plaçant le devant de la plaque à l'arrière, et laisser cuire encore 20 minutes jusqu'à ce que les biscuits soient croquants. Laisser refroidir sur une grille. Conserver dans une boîte hermétique pour l'approvisionnement aux clients, ou donner immédiatement aux gloutons sur pattes.

4. INVENTIONS SUPPLÉMENTAIRES BASÉES SUR LES KROKETTES DE KRIKET ORIGINALES®

• Les Apple Hill® : remplacer la purée de citrouille par de la compote de pommes et la farine de lin par de la farine d'épeautre. Ajouter 1 cuillerée à café de cannelle.

• Les Miss Cleo® : ajouter ½ tasse de myrtilles bio.

• Les Ladybug® : remplacer la purée de citrouille par ¾ de boîte de purée de carottes bio. Ajouter 2 cuillerées à soupe de graines de lin grillées.

Notes de l'auteur

DESSINER UN PORTRAIT DE SARAH

Selon mon carnet Moleskine® que j'ai toujours avec moi, l'esquisse de ce roman m'est venue le 5 juin 2011. Je ne pouvais me sortir de la tête la voix d'une femme. Elle répétait sans cesse dans mon esprit « Un chien ne remplace pas un enfant ». Au marché en achetant des poivrons, la nuit en écoutant les ronflements de mon mari, quand je me faisais du thé et cuire des biscuits, lorsque je sortais mon chien le soir… elle me poursuivait depuis les marches de la maison d'Apple Hill.

Quand j'ai fini par écrire cette phrase, le 5 juin, j'ai ouvert la porte à une dizaine de pages rapidement griffonnées de l'histoire contemporaine de New Charlestown. Comme pour mes autres romans, j'ai tout de suite su les noms : Eden et Jack Anderson.

C'est fascinant comme les personnages peuvent prendre forme pour un auteur. Il nous incombe de creuser, doucement et ardemment, pour déterrer l'histoire qui les entoure. Et j'ai donc mis au jour le paysage fictionnel. Je savais que les Anderson habitaient à côté des vraies villes de Harpers Ferry et de Charlestown en Virginie-Occidentale. J'ai cherché des adresses sur Google : Liberty Street, Duncan Field Lane, Washington Street. Toutes longeaient les maisons de la Quenn Ann, aux terrasses sophistiquées et aux toits à pignon. Une architecture splendide. Les descriptifs des agents immobiliers indiquaient qu'il s'agissait de façades de bâtiments bien plus anciens, datant du XIXe siècle. Le processus narratif était lancé. J'avais un lieu, une vision du décor.

J'ai tout de suite commencé à rédiger les chapitres d'Eden, mais c'est seulement en septembre 2011 que le nom de John Brown est apparu dans mon carnet. Un arbre généalogique tiré d'Internet s'est glissé entre les pages, en même temps qu'une autre scène qui m'obsédait. Retranscrite à la hâte pour ne pas l'oublier : « Cellule. Gardien. John, pendu avant midi. Femme. Filles. » Et enfin, Sarah Brown.

SARAH BROWN

Avec l'aimable autorisation des archives de l'État de Virginie-Occidentale

Les détails de son personnage se sont déversés comme une coupe trop pleine. Freddy, Mlle Silverdash, Cleo et les Milton aussi. Tous hantaient mon imagination, insistant pour que j'ajoute leurs noms à la liste, pour que je ne les oublie pas.

En octobre, j'ai commencé des recherches historiques sur la famille Brown, sur Sarah en particulier. J'étais subjuguée par sa vie dont personne ne semblait se souvenir. Artiste talentueuse, féministe avant l'heure, abolitionniste, amie de la célèbre famille Alcott

(Louisa, Mary et les autres), proche des leaders du Chemin de fer clandestin et du Comité secret des Six de John Brown, érudite. Batteuse de monnaie, agricultrice, enseignante auprès d'orphelins, elle s'est occupée d'enfants qui n'étaient pas à elle. Réputée la plus belle des filles Brown, elle ne s'est jamais mariée, jamais fiancée, alors que toutes les autres avaient fondé un foyer. Cela m'agaçait de ne pas connaître son histoire.

J'ai donc entrepris de la retracer pendant trois ans, au cours desquels je l'ai suivie dans tout le pays. À Concord, Massachusetts, j'ai visité l'Orchard House, où elle a séjourné avec les Alcott tandis qu'elle étudiait dans l'école de Franklin Sanborn. À Boston, où elle a rendu visite à des « amis » de son père, John Brown. À Harpers Ferry, en Virginie-Occidentale, j'ai arpenté toute la ville, d'un bout à l'autre, de la rivière à la voie de chemin de fer. Avec mon père à mes côtés, je me suis rendue dans l'arsenal fédéral où l'assaut de John Brown a connu sa fin sanglante. Là, les frères de Sarah et d'autres ont péri, esclaves et hommes libres, Blancs et Noirs, tous désormais poussière.

Dans la chaleur suffocante de l'été 2012, le poids de l'histoire qui s'était jouée à cet endroit nous a laissés sans voix. Mon père a alors dit : « Tous ces fils, ces garçons… morts. Une tragédie. » Ses mots m'ont donné la chair de poule.

Cent cinquante ans plus tard, un père pleurait des avenirs gâchés. J'ai deux frères, Jason et Andrew. En tant que sœur, je ne peux imaginer la douleur de leur perte. Vous pouvez me traiter d'égoïste, mais si j'avais été à la place de Sarah Brown je n'aurais pensé qu'à une chose : revoir ma famille réunie. Leur cause était glorieuse, et leur sacrifice a servi de catalyseur à la guerre de Sécession et à la fin de l'esclavage.

Ensuite, j'ai visité Charlestown. L'ancien tribunal où a été emprisonné, jugé et pendu John Brown se dresse encore en face de la banque, de la mairie et de l'église. Si pittoresquement américain, et pourtant son histoire est entachée de violence et de souffrance. C'est là que j'ai clairement vu Sarah et Eden, côte à côte, comme dans un miroir.

J'ai continué à suivre la piste de Sarah à travers la Virginie-Occidentale, et vers la Californie et Red Bluff. La directrice des archives et des collections du Saratoga Historical Foundation Museum a eu la gentillesse de m'ouvrir ses portes en dehors des heures de visite pour que j'entreprenne mes recherches. Elle a répondu avec beaucoup de patience à ma ribambelle de questions, me fournissant tous les documents à sa disposition, me permettant de prendre des photos, de visiter le domaine couvert de roses, et de contempler les peintures de Sarah.

Sarah McCoy devant le Saratoga Historical Foundation Museum

John et Mary Day Brown : portraits par Sarah Brown.
Avec l'aimable autorisation du Saratoga Historical Foundation Museum.

Les cinq tableaux exposés sont les seules œuvres de Sarah Brown qui demeurent, du moins accessibles au public : des portraits au crayon de John et Mary Brown, des peintures à l'huile intitulées *Pêches*, *Vue du mont Diablo*, et *Mission Carmel*. Entre ses études d'art et ses commandes, il doit en exister d'autres. Mais à l'instar de sa vie, ils se sont évanouis dans la nature, enterrés auprès des gens qu'elle a aidés à trouver la liberté, des orphelins dont elle s'est occupée, de sa famille, de ses amis, et de sa communauté, à laquelle elle s'est toujours dévouée.

J'ai également visité la ville de Red Bluff. Même si elle se trouve à près de cinq mille kilomètres de Concord, Harpers Ferry et Charlestown, sa rue principale est pratiquement identique, avec les mêmes habitants qui vaquent à leurs occupations quotidiennes, des enfants qui les suivent, des hommes d'affaires qui se saluent tout comme ils le faisaient au XIXe siècle. Je me suis rendue sur la tombe de Sarah. Je me suis assise à côté d'elle sur un lit de pommes de pin et j'ai écouté le murmure des feuilles d'automne. Je peux affirmer avec assurance que j'y ai senti la présence de Sarah et qu'elle a été mon ange gardien au cours de la rédaction de ce roman. J'avais avec moi, à toutes les heures du jour et de la nuit, une femme à la vie et à l'héritage extraordinaires. Sa foi m'a apporté de la force. Sa créativité et son indépendance m'ont inspirée.

Mais que ce soit clair, je n'ai pas eu l'intention d'écrire la biographie de Sarah Brown, ni une version romancée des faits. Mon rôle de narratrice a simplement consisté à utiliser du matériau et à imaginer ce que la vie de Sarah avait pu être, ce qu'elle avait ressenti, ses combats et ses joies, ses rêves. Et ainsi je l'ai dessinée selon l'image que je m'étais faite d'elle. J'ai fait des recherches pendant des années : dans les articles de journaux, des lettres, auprès de la famille Brown encore en vie, avec les œuvres d'art de Sarah, les vestiges du Chemin de fer clandestin, leurs symboles et leurs codes, les objets de contrebande, les poupées, et toutes les informations sur John Brown disponibles dans les archives des bibliothèques.

Les symboles que je décris dans ce roman ont réellement constitué les codes du Chemin de fer clandestin. J'ai réuni les différents cryptogrammes avec l'hypothèse que les poupées servaient à transporter des produits en contrebande, des messages d'espions et à apporter des médicaments aux esclaves avant et pendant la guerre de Sécession. J'ai tiré énormément de matériau pour mon récit à partir du débat autour de la poupée « Nina » exposée au musée de la Confédération à Richmond, Virginie. La famille qui a fait don de « Nina » a affirmé qu'elle fournissait un exemple parlant de cette théorie. Transmise de génération en génération comme une légende, elle est passée à la postérité grâce à son passé ambigu. « Nina » a alimenté la trajectoire que j'imaginais pour Sarah et Eden.

J'avoue que j'ai pris des libertés avec les événements historiques et les faits. J'avais plus à cœur de cerner les sentiments de Sarah et son impact sur Eden de nos jours que de dresser un portrait officiel. Ce livre est entièrement mon invention propre.

En tant que romancière et lectrice, la partie la plus satisfaisante dans la création des personnages (historiques, contemporains, réels ou fictionnels) est le voyage émotionnel qu'on effectue à leurs côtés et au cours duquel ils acquièrent leur indépendance et assument toute la puissance de leur personnalité. J'ai la conviction qu'ils nous rendent plus forts. Nous apprenons avec eux à voir le monde et toutes les vies qui nous entourent comme une seule et unique carte géante. Des trajectoires, des décisions, des histoires, des destinées qui s'entrecroisent, même si nous ne pouvons pas clairement en voir les liens. Mais avec la distance et un point de vue fixe dans le temps, ils deviennent évidents et absolument divins. C'est ce que Sarah et Eden m'ont prouvé. J'espère que leurs histoires, deux en une, vous en auront également convaincus, mes chers lecteurs.

Remerciements

Ma gratitude éternelle pour…

Les courageuses femmes – famille, amies, voisines, étrangères, celles d'ici ou d'ailleurs – qui ont ouvertement partagé leurs combats, leurs peurs, leurs douleurs physiques et leurs batailles émotionnelles pour définir et créer une « famille ». Et merci aussi aux hommes qui les ont soutenues et aimées tout au long de leur vie. J'ai écrit ce roman en leur honneur.

Molly Glick, ma super agente (c'est officiel, tu as la clé), mon âme sœur littéraire, et ma chère amie. Emily Brown, sa précieuse assistante. Kristin Neuhaus, qui a chanté les louanges de ce roman dans le monde entier avant même que j'en écrive le dernier mot. Et tous ceux qui font de Foundry une maison exceptionnelle.

Mon éditrice, Christine Kopprasch, véritable Wonder Woman (aussi à l'aise avec les lettres qu'avec le tablier), Maya Mavjee et Molly Stern : vous êtes des championnes au grand cœur. Charlie et mes trois drôles de dames à Crown : Jay Stones, Annsley Rosner, Sarah Breivogel, Rachel Meir. Et mes anges gardiens de toujours : Meagan Stacey, Emily Davis et Kira Walton. Bonnie Thompson pour son œil de lynx, et Mary Doria Russel.

Katie Alexander, la directrice de la Saratoga Historical Foundation Archives and Collections, qui a eu l'extrême gentillesse de m'ouvrir son musée en dehors des heures d'ouverture, pour que je contemple les tableaux de Sarah. Je les ai admirés, photographiés. Ils m'ont fait rêver. J'ai pris des notes, posé des centaines de questions au sujet de la famille Brown, pendant des heures et des heures. Ma visite au Saratoga Historical Museum m'a permis de mieux connaître la vie de Sarah en Californie.

Le personnel du cimetière de Madronia, qui a autorisé une fille de Virginie en bottes texanes à s'asseoir sur la tombe de Sarah Brown, à ramasser des feuilles et des pommes de pin, à passer ses doigts sur la pierre usée et à murmurer quelques paroles, sans la traiter de folle.

Les institutions et collections suivantes qui ont constitué pour moi un trésor de ressources : l'université de Virginie pour les archives de John Brown, et les photocopies du journal *Staunton Spectator* ; l'université du Missouri-Kansas City, pour ses compilations des lettres de John Brown ; le département de Culture et d'Histoire de la Virginie-Occidentale, la Virginia Military Institute Archives, la Virginia Foundation for the Humanities, et les archives du *Harper's Weekly* ; le Miller-Cory House Museum pour sa liste d'herbes coloniales et leur usage ; le blog d'Alice Keesey Mecoy « John Brown Kin » ; le musée de cire John Brown, le Harpers Ferry National Historic Park, le Harpers Ferry Historical Association, le Jefferson County Museum, le National Museum of Civil War Medicine, la Jefferson County Public Library ; l'émission *PBS's History Detectives*, avec en particulier l'historien Gwen Wright ; le Museum of the Confederacy, le Louisa May Alcott's Orchard House, la Saratoga Historical Foundation, et le EVMS Jones Institute for Reproductive Medicine.

Je voudrais tirer mon chapeau aux écrivains qui ont creusé pour moi dans l'Histoire et m'ont offert des informations essentielles dans leurs livres, leurs essais, leurs articles et toutes les autres sources dans lesquelles je suis allée piocher. Je n'aurais jamais pu écrire ce livre sans leur travail et leur autorité empilés sur mon bureau : *The Browns of Madronia*, de Damon G. Nalty ; *The Californians : After Harper's Ferry : California Refuge for John Brown's Family*, de Jean Libby ; *Stitched from the Soul : Slave Quilts from the Antebellum South*, de Gladys-Marie Fry ; et les romans qui ont enrichi mon imagination d'informations et d'éclaircissements : *Pourfendeur de nuages*, de Russell Banks ; *Retour à Cold Mountain*, de Charles Frazier ; *Les Quatre Filles du docteur March*, de Louisa May Alcott ; et les *Contes* de Hans Christian Andersen.

Je voudrais exprimer mes remerciements les plus chaleureux aux amis qui ont partagé leurs blessures et leurs joies, et n'ont jamais tiqué devant mes questions précises, mes plaisanteries stupides et mes larmes irrationnelles. Merci pour votre amitié inconditionnelle et généreuse. Je vous suis tellement reconnaissante de m'avoir permis de faire partie de votre famille : Christy et J.C. Fore, Stacy Rich et Eric Schatten, Mary et Courtney Holland, Kristin et Jason Romesburg. Vos merveilleux enfants, mes nièces et neveux de cœur, sont la preuve des miracles modernes et des promesses ancestrales.

Un merci tout particulier à Christy Fore, l'étoile qui brille dans ma nuit. Sans toi, je ne pourrais mener à bien mon processus créatif. Je ne serais pas entière. Je continuerais encore et encore... Comme tu le sais, mes mails peuvent en témoigner, mais je ne révélerai pas l'exubérance de notre correspondance. Je transmets tout mon amour à Kelsey Grace et Lainey Faith – parce que, eux aussi, méritent d'avoir leurs noms dans ce livre.

J'adresse mon infinie gratitude à mes amis lecteurs, qui m'ont soutenue, aimée et appréciée d'un bout à l'autre des États-Unis et sur toute la planète, tandis que je travaillais sur ce roman : la seule et l'unique Jenna Blum, Caroline Leavitt (avec ses bottes de *cow girl* clinquantes), Beth Hoffman (#Happydale), Emmy Miller (ma mama déesse), Robin Kall Homonoff et ma famille de cœur (Emily, Burt, David, Ari), Chris Bohjalian, Jen Pooley, mon SSS (tu te reconnaîtras, Lovin) ; Edan Lepucki, Patrick Brown, et D'Bean qui m'ont prouvé qu'avoir des parents écrivains était extra-cool (grenades bio et pantalons de yoga pour toujours !) ; Therese Walsh (ma partenaire de thé) et mes amis du Writer Unboxed ; Kathy Parker, Marcie Koehler, et les canons du Best Book Club ; les librairies et clubs de lecture dans tout le pays et dans le monde entier, qui ont défendu et salué mon travail. Vous êtes sans conteste le moteur de mon inspiration.

Pour ma famille, aucun remerciement, aucune expression de ma gratitude ne serait suffisant. Vous constituez les fondations de mon esprit. Sans vous, je serais une âme en peine. Votre soutien quotidien, vos prières et votre amour éternel, qu'il vente ou qu'il pleuve, représente la vraie définition de ce qu'est une famille : mes splendides jeunes frères, Andrew et Jason McCoy, vous êtes mes meilleurs amis et mes héros ; mes grands-parents Wilfredo et Marian Norat, ma grand-mère Mona Louisa McCoy, et tous mes parents proches et éloignés. Merci à ma tante Gloria O'Brien de m'avoir montré la beauté d'une famille adoptive. Titi Ivonne Tennent qui a littéralement été une deuxième mère et qui m'a chanté *Going to the Chapel* dans la voiture le jour de mon mariage, m'amenant par ses étreintes affectueuses des larmes au rire en ce merveilleux après-midi d'octobre 2013. Tu es une marraine extraordinaire.

Et avant tout, merci à mes parents, Eleane et Curtis McCoy. Je vous suis infiniment reconnaissante pour la chance d'être votre fille. Momacita, tu sais lire dans mon cœur. Daddio, à qui ce livre est dédié, tu es mon émerveillement. Merci de m'avoir accompagnée en Virginie-Occidentale et d'avoir arpenté avec moi tous les recoins de Harpers Ferry, dans la chaleur caniculaire, avec le sourire et un enthousiasme égal au mien. Nous ne saurons jamais pourquoi ils ont déplacé cette vieille armurerie, mais en tout cas nous nous souviendrons des ailes de poulet de KFC que nous avons dévorées sur la route.

À mon mari, Brian (alias Doc B), on s'est engagés dans la même voie depuis le lycée, et dans l'écriture de ce roman ; ton courage, ta nature obstinément positive et ta foi nous ont menés vers de nouveaux territoires. Il ne passe pas un jour sans que j'admire ton talent et ta compassion. La générosité de ton amour me bouleverse.

Merci de m'avoir invitée au bal de fin d'année, il y a si longtemps maintenant, et de m'avoir dit que j'étais toujours suffisante, parfois largement même. Rejoue cette cassette de K-Ci & JoJo. Je remercie Dieu de t'avoir trouvé.

À propos de l'auteur

Journaliste au *New York Times* et à *USA Today*, Sarah McCoy est l'auteur du best-seller international *Un goût de cannelle et d'espoir* ; de la nouvelle « *The Branch of Hazel* », dans *Grand Central* ; et du roman *The Time it Snowed in Puerto Rico*. Son travail a été loué dans nombre de magazines et autres publications. Elle donne des cours d'écriture à l'université Old Dominion et à l'université du Texas à El Paso. La Virginie est l'État cher à son cœur, mais elle demeure actuellement avec son mari, un médecin de l'armée, et leur chien, Gilly, à El Paso, Texas. Vous pouvez la suivre sur Twitter à @SarahMMcCoy et sur Facebook, ainsi que sur sa page web, www.sarahmccoy.

Composé par Compo Méca Publishing
64990 Mouguerre

Imprimé en Espagne
Dépôt légal : février 2016
N° d'impression : 01
ISBN : 978-2-7499-2598-1
LAF : 2035